大学人文小品读本

YOUYA LANDIAN

优雅蓝典

主　编　任丽花　高　原
副主编　雷岩岭　马小萍
　　　　马　晖　刘　洁

北京大学出版社
PEKING UNIVERSITY PRESS

图书在版编目（CIP）数据

大学人文小品读本　优雅蓝典/任丽花，高原主编. —北京：北京大学出版社，2014.2
ISBN 978-7-301-23761-8

I.①大… II.①任… ②高… III.①小品文—作品集—中国—当代—高等学校—教材 IV.①I267.3

中国版本图书馆 CIP 数据核字（2014）第 013862 号

书　　　名：大学人文小品读本　优雅蓝典
著作责任者：任丽花　高　原　主编
责 任 编 辑：唐娟华
标 准 书 号：ISBN 978-7-301-23761-8/H·3472
出 版 发 行：北京大学出版社
地　　　址：北京市海淀区成府路 205 号　100871
网　　　址：http://www.pup.cn　新浪官方微博：@北京大学出版社
电 子 信 箱：zpup@pup.pku.edu.cn
电　　　话：邮购部 62752015　发行部 62750672　编辑部 62753374
　　　　　　出版部 62754962
印 刷 者：北京鑫海金澳胶印有限公司
经 销 者：新华书店
　　　　　　720 毫米×1020 毫米　16 开本　19.75 印张　343 千字
　　　　　　2014 年 2 月第 1 版　2014 年 9 月第 2 次印刷
定　　　价：39.00 元

未经许可，不得以任何方式复制或抄袭本书之部分或全部内容。
版权所有，侵权必究
举报电话：010－62752024　电子信箱：fd@pup.pku.edu.cn

总　序

励雅、励趣、励慧的"大学人文小品读本"

《读者》杂志社编委会主任

彭长城

"依然是那些看上去保守的东西，在拯救、平衡着我们的内心！"

我与美国《读者文摘》主编对话时曾讲过这样一句。这实质上是多年来我们《读者》杂志能在"物欲迷雾"里始终坚持"人文守望"的理由！

今天各种人文素质教育读本接连面世，其精神品质不可谓不高，但正因其太高、甚至晦涩以及较大的部头等原因，难以在更多的国人中产生实际的影响。有鉴于此，高原教授和她带领的大学人文教育团队结合高等院校"通识教育"以及构建和谐社会的需要而竭诚奉献的这套"大学人文小品读本"系列，以极富创意与个性化的方式整合了人文精神的基本构成元素——"那些看上去保守的东西"，即具有普世性的价值元素，崇尚智慧、勇气、平和、从容、优雅、理解、宽容、和德及超越的爱，此皆是人生在世谁都绕不过去的为人的根本德行。

我十分欣赏这套书出版的初衷，它不是那种本质为励欲甚至励俗的所谓"励志书"，因为它的目标是扩展胸怀、开明精神、提升格调这种人文修养的获得，是为了励雅、励趣、励慧以及建立优雅纯正的人性，以超越平面化、单向度的成功，让生命立体，让生命鲜活，让生命彰显本该有的雅致、趣味及慧采。

本套书的旨趣是超越于一般以财富地位为追求的所谓"成功"的。即便谈成功，也是在谈多元化的富有精神与文化含量的成功。因为在世俗的成功之外总是存在着其他的"成功"模式；因为灿烂的生命模式可以是多元化、多样态的。总之，"大学人文小品读本"旨在倡导一种优雅纯正的生命趣味。

坊间关于优雅礼仪的书籍可谓汗牛充栋，而读本之一的《优雅蓝典》的特色与亮点在于，它不仅仅讲一般礼仪，也不是出于唯美，那种从内心、从灵魂开始的深度优雅才是它倾心追求的终极目标。它强调的是一种精神的大雅，是一种人文精神，并且以优雅教育为介入点探索人文教育的新思路，同时也是理念的理想性与现实的可操作性兼顾的良好做法。优雅教育对矫正应试教育带来的青年学生精神质地的粗糙苍白自有它不可替代的价值。

正如本系列书最早出版的《人文蓝典·前言》所述："'人文蓝典'的趣味是蓝色的，因为蓝色代表着优雅、清明、理性、智慧及艺术化浪漫且富有创意的人生。"这套书更是提出"中庸是最自然的生活方式"，因此它虽提倡一种带有人文精神与美感的脱俗的生活方式，也指出一种与物质和世俗适当拉开距离的智慧，但它并不在极端的意义上排斥人们合理的欲望，没有要求现代人去过"苦行僧"的生活，只是意欲使人们的愿望有序化、理性化，使欲望的追求不破坏生命的美感及安宁，不对更高级的生命方式的实现构成妨害。

这套"大学人文小品读本"融汇整合了大量古今中外鲜活的实例，其中许多还是著者自己现实生活体验的升华，以此来生动地说明上述各人文元素以及基本的人文精神。同时本套书的编排方式与内容设计也很有创意，行文陈言务去，文短意长，每篇小品文都仿佛一级人文台阶，每认同其中一篇的精神意趣，便等于踏上了一级人文台阶。当你拾级而上，你就会抵达一个"生命智慧得到开启，人生境界得以提升"的人文高地，这是"大学人文小品读本"的最大特色。

人应该首先追求活得更高贵一些，而不是把富贵当作唯一的生活目标。因此，"优雅的生命姿态"才是我们生活真正"幸福的姿态"。做事粗糙、生活粗糙本质上是心灵粗糙、精神粗糙的结果，"再造精神的质地"应该成为每个人的生命必修课，这也是这套人文小品读本的旨趣所在，即力图通过外修之术与内修之道结合的方式，引导学子们重塑一个优雅温润并富有智慧与力量的生命形象。

更具启发意义的是本套书《人文蓝典·秋篇·创意》部分倡导一种"广义的创新"。其所言"创新"不单指一项发明、一个设计或一个具体的创意，而是主要关注"道"的层面的生命创新，是将"创新意识"当作人生观、世界观来讨论的。创新首先应是一种生活态度、一种生活方式，创新的要义是刷新生命、刷新生活。

《人文蓝典·春篇·和德》部分首倡"和德"理念，这将对我国构建和谐社会产生独特的贡献。因此，本系列除可做高校大学生通识教育核心课程"大学人文""优雅礼仪""西方文明精神"等课的更具亲和性的教材，同时也可作为一般公民提升人文素质修养、开拓生命境界的上佳人文读本。

在这套人文小品读本中，虽然不乏可商榷、需要进一步完善的地方，但是我们可以感到编著者既具有强烈的社会责任感，同时又能将一种人文激情变成现实而有效的行动。他们没有在那里垂衣拱手"坐而论道"、没有牢骚满腹地"处士横议"，而是带着建设性的姿态"起而行"！

十分难得的是，这套读本将极高的精神品质与生动通俗的叙述方式有机结合起来，可以使学子们踩着这些颇具现实可操作性的精神台阶，"再造"自己的"精神质地"，一步步抵达一个以智慧、开明、优雅以及和德为底蕴的较高的"精神成人"的平台，那里有最辉煌的人文风光！

这是一套有气质的人文教育读本！

2013年12月

绪言

优雅，是因雅而优秀。

雅是正而美，因为在《辞源》中，"雅"的主要含义是"正确、规范、高尚、文明、美好"。

优雅是人独有的本质，是人的自性。讲究优雅是为了建立美好纯正的人性。

这本《优雅蓝典》是我们人文通识教育专著《人文蓝典》一书的续版。

本书不仅仅讲一般礼仪，也不是出于唯美，那种从内心、从灵魂开始的深度优雅才是本书倾心追求的终极目标。这里依然主要讲的是一种精神的大雅，是一种人文精神。

许多书都在励志，甚至是励欲，《优雅蓝典》一书则旨在励雅励趣。

《优雅蓝典》一书由三大部分组成：雅颂之什、大雅之什与小雅之什。具体来讲，这三部分各有侧重。

雅颂之什：从多种角度阐释"优雅精神"的本质，揭示广义的"优雅"所包含的内容。

大雅之什：道的层面的优雅，重在灵魂与精神的优雅。

小雅之什：操作层面的优雅，关注着装与动作的优雅。

优雅也是成功，是一个人最深刻、最本质、最真实的成功状态。

践行优雅与人文精神是从我们2008年推行人文通识教育开始的，"大学人文"与"优雅精讲"是其中的两门核心课程。

而这种从我们授课老师开始的优雅践行，起初让大家都有一种被优雅"绑架"的感觉，也会觉得累、觉得麻烦。但像一切真正有价值的品质皆是助我们人生进入自由之境一样，慢慢地伴随优雅而来的自由、轻松以及生命的升华感，也来到我们这些人文与优雅课老师的感觉里。

学生马万里在"大学人文"课后说："优雅就是不自由中的自由，自由中的不自由。"优雅不是对人生的束缚，而是一种解脱与自由。

当别人遇事有可能生气时，你能选择不生气；当别人行事粗糙马虎时，你能选择耐心精致，这就是解脱与自由。身心的轻松由此而生，生命的价值与高贵也因此而来。

周作人说:"礼节并不单是一套仪式,空虚无用,如后世所沿袭者。这是用以养成自制与整饬的动作之习惯,唯有能领解万物感受一切之心的人才有这样安详的容止。"

优雅也不单单是一种外在的生命形式或动作习惯,也只有"能领解万物感受一切之心的人才有这样安详"的生命姿态。

优雅从心开始。若非从心开始,优雅便只是嗽叶的学问、洗面的工夫,终究无根柢。而不触及心灵的根本,就是不可持续甚至肤浅的。

涵养不到、修为不够,不从内心出发,不来自生命的根处,仓促之间,便会尽显粗疏狼狈。

优雅者信奉世界是精神的。托尔斯泰说:"随着年岁的增长,我的生活越来越精神化。"那种"正确、规范、高尚、文明、美好"终究是一种精神性的东西。

优雅是美的,但优雅却不是唯美。因为基于人文精神之"大雅"的人是有力量的,他的人生饱蓄着生命的正能量、大能量,特别是因雅而来的力量!

优雅是各种建设性精神力的集合,比如"耐受力""开明力"等等。

优雅是一生一世的事,生老病死、婚丧嫁娶等等每一个人生节点都需要从容得体、文明美好地应对。

每个人的长相外貌有别,但优雅的追求同一。优雅尤其适合天生不够丽质、不够帅气的人,因为她(他)可以通过优雅的智慧活得美丽、活出帅气。

《优雅蓝典》希望借倡导追求优雅的生命,让生活更少粗糙粗鄙与躁气戾气,更多温雅温润与人性的美好高贵。

你的中国就是你的形象,你怎样,中国就怎样。你的优雅改变的不仅是自己,还能在局部改进中国的形象。优雅自己,也是我们爱国的一种方式。

让我们一起为提升中国"优雅GDP"尽吾辈之责与力!

目 录

○ 雅颂之什

雅颂之什导语	3
优雅不是唯美	**4**
优雅是让精神达到中产以上	5
因雅而优秀	6
优雅是必要的虚伪	7
优雅的人更有力量	7
优雅是各种自由	8
优雅法兰西	9
超越粗糙	10
检束放肆的生命	11
生活简约易于优雅	11
风带走了浮云	12
不典不伦	13
自由独立才是真正的奢华	14
优雅是全人类恒久的时尚	15
选择"高人一等"	16
长得善良可当信用卡刷	17
你可以被信任吗?	18
微妙地美地生活	**20**
慢是上流的速度	21
"半小时把饭吃完是野蛮"的哲学原理	22
会吃菠萝吗?	24
养一杯清水	26
用有质感的物品	27
晚香的玉	29
有番茄酱品质的婚礼	30
可否让婚礼只属于我?	30
春节过得很腐败	32
升华生命的斋月	32
秋天不可错过的事	33
认真过节,做不打折中国人	35
年,可以安静点过	36
史上最牛笔记什么样?	37
堕落到钢笔为止	38
五星级行事的派头	39
六星级行事的派头	40
茶几上可以没有塑料袋	41
富有意趣地为生活命名	42
用新词刷新生活	42
办公室里的橘子树	43
低成本活漂亮的本事	44
姿势好看地做人	**45**
越老越帅的秘密	46
有种珍惜生命叫"随时美丽"	47
在做与不做之间做人	48
嘲讽地对待人生既颓靡又毁容	50
谣言止于智者	51

拜托让体型"中产"	52	"无欲则刚"新解	78
站着把钱挣了	53	《逍遥游》说的是地上飞	79
没品位，所以讲奢华	53	幽默者行远	80
没品位能有怎样极致的悲惨？	54	用诗来升华厄运	81
买百达翡丽表需要"政审"	55	"穷人"有大电视	82
制止社会的戾气	56	"穷人"有高清电视	83
学会优雅是一个过程	57	兰生空谷，不为无人而不芳	84
气质朝阳的校长	58	人生不可全凭兴趣	85
圆润与生硬的人生抉择	58	我什么都不能控制	86

积德攒人品 60

葱宝碎碗	61	该怎样就怎样	87
在韩国体验人性的温度	62	不悠然什么也看不见	88
诚敬是"精神总动员"	64	风景为从容而在	89
只有做美才靠谱	65	把工作变成娱乐的大侠	90
五星酒店里咳嗽一声的"后果"	66	小成本活好的智慧	91
对1/8秒镜头都认真的姜文	66		

全然地活在当下 93

没心没肺让生活粗糙不堪	67	100%地起立	94
无限的耐心是天才唯一的凭证	68	你有发烧的故事吗？	94
耐心是人的神性	68	虔敬做事自有光辉	95
融入月亮温润的手工产品	69	境由心造	96
点心不再点心	70	感恩一切，便拥有了一切	96
糯粽发妙香	71	玫瑰花无法为蒙尘的眼睛绽放	97
手工面和机器面	71	请乖乖地听母亲诉说往事	98
我还是喜欢得个奖状	72	造次间君子小人立判	99
学说有意思的话	73	没有杂质的爱	99
流浪猫咪咪	74		

◎ 大雅之什

情商高活着省劲 75

有情商是个什么概念	75	**大雅之什导语**	103
我来世上玩	77	**有林下风致的上品女人**	104
虚弱与强大一念间	78	在做与不做之间做女人	105

大美女之"大"	106	男友不"男"	136
正版"巴黎女郎"	107	请吃饭还是送鲜花	138
读书丰胸	108	**恋爱必备的情商**	**139**
若水之美 若玉之润	109	你的恋爱有"形状"吗？	140
什么样的女人最性感？	110	风雅地表达爱	141
最美的华服是自信	112	好色登徒子的三种档次	142
自信原本就是一种美丽	113	爱情是两只青蛙一起变	
开花只是女人生命的一季	113	王子公主的事	143
坦坦地老夫	114	让爱情空灵一些	143
广义的怨妇是怎样炼成的？	115	没人值得你丧失尊严去爱他	144
美女如何变成了流氓兔	116	如何让付出的爱有100%回报	145
万勿小鸟依人	117	恋爱，你准备好了吗？	146
作为树的形象和你站在一起	118	生命尊严与恋爱	147
中西方模特的差别	119	相思的妙处	148
"男闺蜜"与"女兄弟"之我观	120	相约海棠树下	149
绅士就是正版男人	**121**	雪白公主才能遇见马白王子	150
极品男人的极致品质	122	约会时没话说怎么办	151
绅士是举止更自然的人	124	一朵玫瑰与九千九百九十九朵	
不够绅士令世界哗然	125	玫瑰的区别	152
如水的男人贾宝玉	126	真爱不是有没有的问题	152
上品男人的情怀	127	当感情分叉时	153
不煞风景的徐志摩	129	感情分叉的坦坦故事	154
节制才 MAN	129	失恋的妙趣	155
梁家辉的节制之美	131	感谢失恋	156
赢得绅士	131	文艺青年失恋止痛法	157
"惠存"白癜风的冯小刚	132	优雅地拒绝别人示爱	157
帅哥如何变霉干菜	133	静静地和一段感情告别	158
太用心计妨碍帅气	134	不到点不能开花	159
呵护女性的男人更有魅力	135	早恋的实质是"蝌蚪"谈恋爱	160
		方便快捷使爱不可能	162

| 一分为三看名人离婚 | 162 | 当大安静的死来临时 | 194 |

大雅此生——富人有大书房 164　　**请等一等灵魂** 196

享受诵读之美	165	气象和静	197
享受君子之乐	166	每临大事有静气	197
赏观人生	168	人淡如菊	199
雅人胸中胜概	170	小咖啡馆——让心	
一花一草皆是优雅生命的导师	171	"歇脚"的地方	200
吟诗纪行乃优雅本分	171	韩国咖啡文化	201
"满身风雨为桃花"的浪漫	173	向沉思的生活表达敬意	202
未老得闲始是闲	174	以人生的安稳做底子	202
用造园法营造人生景致	175	敬畏中获得自由	203
化无奈为闲趣	176	仪式的作用	204
阅读是最有情意的	177	用托盘托起的人生	206
袖手无言味最长	178	安静时的自处之道	207
《汉书》下酒	179	废墟与哀愁的意义	208

我向来好着 180

		那些助浮益躁的东西	209
败不失雅	180	再热也不喊"热死了"	210
每分每秒过感恩节	181		
死不生气	182		

○ 小雅之什

请 100% 生气	184		
抱怨如着湿衣	185	**小雅之什导语**	215
拂意事休对人言	186	**把淑女坚持到底**	216
抱怨妨碍赢得尊重	187	论"如何让肌肤像豆腐一样"	217
一个黑锅都背不起的是弱者	188	"女汉子"之我观	218
与人"一般见识"的诸多症状	189	少女请勿急于向少妇转型	220
与自己和解	189	性感着装的两种结果	221
做个大侠	190	衣着的情调只适合夜与夏	222
得体对待领导	191	永恒时尚的女孩——"森女"	223
学生把你当神	193	穿白衬衣有多重要	224
小人有小人的"用处"	194	布衣情怀	224

抵制粉红	225	无言之美	254
女人最可怜的一个剪影	226	**客气生香**	**256**
女孩几岁才可以穿黑丝袜?	226	得体称呼他人	257
镜子是淑女第二张脸	227	厚礼就是非礼	258
让公主变雪白的细节	228	你这衣服是偷来的吧?	259
舒服不佳的姿势	229	明确自己的角色身份	260
你就是你所穿的	**231**	你"搞定""摆平"吗?	260
淡妆不抹难相宜	231	每句话都应是善意的表达	261
素面岂敢朝天	232	感谢女主人	261
何时可以赤身	233	讲究发言时的风度	262
嫁人时,请告诉爸爸着正装	234	能道歉说明你强大且自信	263
正装"正"的是什么?	235	寻找新伙伴	264
岂曰无衣	235	**人生小雅**	**265**
着装风格高于时尚	237	笔砚端 房室清	266
你可有与奢侈品相配的气质?	238	事缓则圆	267
领导不穿袜子的后果	239	到卫生间上厕所	268
靴子不易穿出风致的原因	240	宽转弯 勿触棱	269
大师刷墙穿纯黑外衣	241	挺直腰板能带来的好运	270
有学者气质的泥瓦匠	242	修炼端坐	272
随意买衣服的心理陷阱	243	学会走猫步	272
给自己的衣橱减肥	244	拎个塑料袋也要有姿有态	273
一笑皆佛	**246**	安静地等待	273
布施你的善意	246	管好你的桌子	274
无水微笑	247	败在简历的应聘	275
你永远无权灰头土脸	248	你确定会使用卫生间吗?	276
请微笑起航	249	拙而不雅的动作	276
会笑的女孩运气不会差	250	身体距离的民族差异	277
微笑是法国人的名片	251	**用餐小雅**	**279**
目光也是语言	252	得体请客	280
交谈时目光应落何处?	253	葱宝点菜	281

割不正不食	282
怎样吃自助餐才划算	282
餐桌上挑肥拣瘦者小气	283
使用筷子的"规章制度"	284
君子食不语	285
长到几岁就不能再喝饮料?	286
你为爱吃麻辣烫付出的代价	286
尊重是大德	**288**
以尊重的方式待客	289
尊重他人的文字	290
你发"裸体"电子邮件吗?	291
被冷遇的味道	291
不围观名人	292
纸杯待客失礼	292
小钱包,大改变	293
坐在马桶上勿打电话	294
交叉抱胳膊意味着什么	295
看病不需要旁听者	296
用心用力去握手	297
请您掌心向上	297
用手说出的话	298
必知的办公室礼仪	299
学做好听众	300
有事弟子服其劳	301

雅颂之什

大学人文小品读本
DAXUE RENWEN XIAOPIN DUBEN

雅颂之什导语

雅颂,在《优雅蓝典》中的意思是对优雅精神与优雅行止的阐释与颂扬。外套的优雅是小雅,灵魂的优雅是大雅。小雅与大雅都需要用心去讲究。

优雅是对粗糙的超越与抗拒!优雅可增进我们社会的温情温润与祥和之气,减少生活中的浮躁浮华与戾气。

精英的生活层次未必人人可达,但精英的精神却可以助人活得温雅从容、更有力量。优雅一般是精英的牌理,想过精英生活,就应按精英的牌理出牌。

若不按精英的精神准则与行止规范,诸如以仁义礼智信等真善美价值观去约束自己;不以温雅从容、得体自然来规范自己,而只安于放纵无仪、粗糙粗鄙地生活,如此对于追求精英生活来说,就是心南辕,行北辙。

优雅是十二分广义的。优雅也可以说是一个人由内心到外在行止的"姿势好看",这个姿势好看是比较广义的。

有人说最快乐的人未必拥有最好的每件事情,他们只是懂得珍惜一路得到的任何东西,这种珍惜也是优雅。内心平静安宁,即使吃萝卜白菜,也能吃出真滋味、全滋味者,谓之优雅。

做事有人性的温度,追求精准精致并有十二分的耐心,能耐各种烦琐与繁杂,行事不易出现错谬,谓之优雅。

追求优雅的人生活也难免有狼狈与委顿,但是,优雅者再狼狈也不愿让人看见自己的狼狈,再委顿也不会如泥委顿,他会拼尽全力去维持自尊及美好的形象。

优雅者行事镇定从容,虽然有时也会恐惧,但依然注意举止得体,这是他们所坚守的教养底线。

优雅是一种生命的风雅与浪漫,是卧石听涛满衫松色,开门看雨一片蕉声;是怨去吹箫,狂来说剑。

优雅是一个人精神的容貌,是表情里有唐诗之韵、宋词之致,或者有莎士比亚、柏拉图的睿智。

优雅因此更是一个人自己所"负责"的长相。拥有优雅,就是拥有再也不会被岁月惊扰的美!

一个优雅的人会越老越帅、越老越温婉可人,即使他们年轻时容貌很平凡普通。

优雅是与灵魂同在的,是深藏在一个人骨子里、化在生命血液中的东西。

优雅是现在时态,需要现在就行动。优雅从心开始,心优雅,行光华。

优雅不是唯美

优雅一定是美的，但优雅却不是唯美。

优雅容易被理解为唯美，但这样的优雅却易走向肤浅浮丽、柔弱无力。

张爱玲说："我以为唯美的缺点不在于它的美，而在于它的美没有底子。溪涧之水的浪花是轻佻的，但倘是海水，则看来虽似一般的微波粼粼，也仍然饱蓄着洪涛大浪的气象的。"（张爱玲《自己的文章》）

优雅从心开始，是说优雅从"饱蓄着洪涛大浪"的灵魂的大海启航，深蕴着美善、真淳的大气象、大格局。优雅因而也可说是人的神性的一种表现，是一个人的真正成熟。

余秋雨《苏东坡突围》一文中有段话阐释"成熟"："成熟是一种明亮而不刺眼的光辉，一种圆润而不腻耳的音响，一种不再需要对别人察言观色的从容，一种终于停止向周围申诉求告的大气，一种不再理会哄闹的微笑，一种洗刷了偏激的淡漠，一种无须声张的厚实，一种并不陡峭的高度。"

但如果将这种"成熟"换个词语来表达或许更能清晰地让人明白"成熟"是个什么概念，这种成熟本质上正是优雅，或者说这种成熟更准确的表达叫优雅。

优雅从心开始，优雅需要真善美的品格做平台。从心开始的优雅是深度优雅，深度优雅不同于对浅表性礼仪的讲究，它是一种人文状态。

优雅需要良好的文化认同与文化教养，否则优雅将做不下去、也做不到位。因为优雅是一个人人文精神力的最直接体现。

因此，优雅一定是美的，但却不是唯美。优雅是一种强度很高的精神力。

优雅是对美丽的提升，是雅正而美的存在。

优雅是对粗放人性必要的矫正与规范，是高尚而文明的。

优雅是有根柢的，它大气而有力量！

（高原/文）

优雅是让精神达到中产以上

有人只有能力让自己在财富上奔小康、甚至中产以上。但若不同时修炼优雅，那种暴发的姿态只能是新贵一族，而不可能同步进阶高贵。

这就是"富而不贵"的麻烦，虽富却活得很累、很难看，很缺乏人应有的风致。优雅在某种意义上也是要解决"富而不贵"的问题。

中国经济GDP值上去了，是时候该上心"优雅GDP"的提升问题了。"富而不贵"是中国现阶段的真正大问题，许许多多社会问题难说一定与"富而不贵"无关。

优雅是精英的牌理。虽然社会上精英永远是少数，但草根依然可以优雅，每个人都有优雅的权利与机会。

优雅是让精神达到中产以上。草根虽然多数在物质上、社会地位上处于非中产，但自觉地追求活得有尊严、有一定的精神品质，却是任何人都有的自由。

学者资中筠说："在西方国家，贵族精神强调的是对社会责任的担当。在社会生活中，要做道德上的表率；在战场上，要冲锋在前。"

贵族在英文中是noble一词，意思是高尚的人。

我们对贵族印象不好的原因一是长期的宣传，二是见多了走下坡路、穷斯滥的"贵族"。但真正的贵族在上升期，都是促进社会道德与文化进步的中坚力量。这一点，古今中外概莫能外。

在平凡普通的生活中依然有能力活得有情有趣、有姿有态，格调非凡、品位不俗，乃至高贵大气，对每个草根都是现实与理想的生命要义。

优雅就是让精神达到中产以上。每个人都有机会让精神达到中产以上，这是不公平的世界中最公平的一面。

（高原/文）

因雅而优秀

优雅，因雅而优秀。

因雅而优秀的"优秀"，不一定是世俗"成功"的同义词，它有更广义的蕴含。优雅更多是一个人内心某种或真、或善、或美的品质的外化，这种品质是普世性的。

优雅的品质仿佛良种，遇良田自然会开灿烂花、结绚丽果。优雅的本质是全面地脱俗，在一般俗士不易涉足、无力抵达的人文平台上活出无限风景、活出最好版本的自己。这就是因雅而来的优秀。

年轻时我们总觉得，那些真善美的品质是别人的事，和自己没关系。人至中年，经许多阴晴、历许多世事后，许多人都有的人生体会就是：人要在世上活踏实、活潇洒，离开那些普世性的美好品质是不可能做到的。

就是说，你不能绕开真善美而去追求一个良好的生命状态，更遑论达到优质的生命境界。

有人认为，从事工商管理专业的人，当具如下品质："有理想有追求而不自命不凡，勇于创新而不标新立异，追求卓越而不居功自傲，有独立见解而不固执己见，平凡而不平庸，自信而不自负，坦陈不同意见而不轻易否定他人，固守原则而不失灵活，贯彻领导意图而不一味盲从，团结群众而不随波逐流，敢冒风险而不鲁莽行事，勇于承担责任而不放纵过错，坚持终身读书学习而不盲目照搬照抄，工作全心投入而不失生活情趣，展现自身魅力而不掩盖他人光辉……"（丁学东《什么课程最重要》）

事实上，不仅在工商管理专业需要以上品质，在整体生活的大事业中，以上品质都是最重要的课业内容。

以上品质都被兼容在"优雅"里，优雅本质上是真善美品质在一个人生命中集束后所散发的如玉的光彩——平和低调、恒久温润。

优雅，因雅而优秀。

（高原/文）

优雅是必要的虚伪

当人文课老师讲述"优雅"后，一位男生惊呼："虚伪原来叫优雅！"

从积极的角度讲，他说得没错。在还不能如行云流水般自然地表现优姿雅态时，我们还真得先装得"优雅"。这仿佛是虚伪，但却是必要的虚伪。

人活着需要率性，但不是每时每刻都可以率性，都可以甩开膀子、光着膀子地活，得体的举止与着装永远是必要的。率性与优雅都有各自适当的场合，不可错位。

常人眼中的艺术家似乎总是边幅不修，长发乱飘。要知道这都属于"小尺寸"的艺术从业者。一位学者说，他看到的欧洲大牌艺术家恰恰是个人形象很温雅平和、很与主流社会靠近，一般不会在夸张出格的形象上用心。

一个人应该在某些大事上去表现特立独行、不与流俗苟同的精神风采，但却无需在日常的生活做派上走偏锋、神兮鬼兮，张扬那种空洞无物的个性。

优雅是必要的虚伪。

（高原/文）

优雅的人更有力量

懂得优雅的人，可能要比一味率性的人更有力量，优雅是一种因节制而来的美德。

在笔者参加的一次国际学术研讨会开幕式上，日本学者清一色西装入场，那天的气温可是连短袖都快穿不住的。笔者感慨，无论多热还能把衣服按礼节穿得体，应该有某种强大的精神力量作支撑。

如果知道人生在世，一个人的行为姿态不可能完全由着自己高兴，想怎么着就怎么着，那就得克制自己，尊重并适应社会的一般规则，讲究必要的优雅礼仪。而这也是一种人性的成熟！人是社会的人，完全率性反而是不自然的。

有人说，做人要大方。不大方，就学着大方；学不会，那就装大方。

我们说，做人要优雅。不优雅，就学着优雅；学不会，那就只有先装优雅了。

优雅是国际惯例，不接轨不成。为了接轨顺利，开始必须有一段痛苦的"假装优雅"过程。时间长了，火候到了，习惯成自然，那份优雅将会使一个人的举手投足间魅力四射。

（高原/文）

优雅是各种自由

优雅是不自由中的自由，特别是面对金钱时的自由——自由的心，自由的灵魂及自由的身姿。

"当然，钱多一点可以给人比较好的心态，但是如果你除此之外没有更高的目标，仍然是为钱而生活，那我要说，金钱的最主要的好处你仍然没有享受到，你在金钱面前仍然是不自由的。"（周国平《幸福的哲学》）

幸福如果没有织进精神的金线，而只是闪着金钱的光，那它不仅暗淡无光，还会闻着味道不佳，看着庸俗不堪。

生活有一大特点就是常常悖反。朱德庸漫画《大家都有病》里有这样的对话："难道发财不是为了让我们过得更好吗？"结论："错啦，发财是让我们知道以前过得更好。"

超脱一些看待金钱，就是雅然淡然地对待金钱，这也是人生大自由、大自在。

"一个人的灵魂不安于有生有灭的肉身生活的限制，寻求超越的途径，不管他的寻求有无结果，寻求本身已经使他和肉身生活保持了一个距离，这个距离便是他的自由，他的收获。"（周国平《灵魂和肉体》）

收获什么呢？收获一种因超脱肉身的沉重而来的从容淡然。

优雅不是唯美，也在于优雅是高于唯美的各种自由。

为奴为主，一念之间全由自己做主。

（高原/文）

优雅法兰西

世界上有两个民族隔山隔水，但却在许多方面连心连肺，这就是法国与中国。他们长期是艺术大国，我们自古是诗的国度；两国还都曾有过混合着残暴的"大革命"……

世界上最会烧饭、最会享受美食的大概就是中法两国。这是两国最默契的地方，但不同的是，如今中国社会随着过度平民化的出现，把饭烧得既精致又吃得优雅就只专属法国了。

"第一口咬在法国面包和法国黄油上，我那还在沉睡中的味蕾突然苏醒了，一阵痉挛。"英国人彼得·梅尔在《吃懂法兰西》一书里如是夸张地描述法国面包惊人的美味。

法国的邻居们，也就是欧洲的其他国家，对法国优厚的自然资源深感不平。最终，对法国的妒忌使他们团结到一起，派了一名代表到上帝那里去提抗议："你把所有最好的东西都给了法国。"他们向上帝说，"地中海，大西洋，山脉，肥沃的山谷，南部的阳光，北方浪漫的冬季，最最优雅的语言，烧起菜来有最好的黄油和橄榄油，世界上品种最丰富、产量最多的葡萄酒庄，比一年三百六十五天还要多的奶酪种类——每一样东西实际上都比人们想要的还多，所有这些都集中在一个国家里。这公平吗？这就是上天的公正吗？"（彼得·梅尔著，乔艾译《吃懂法兰西》）是啊，这公平吗？

以感觉为法则和风格的印象派唯美音乐秉持着"简约与清澈"的新艺术理念，给世界带来了具有"月色和露珠，钟声和雪地"品质的音乐。

法国作曲家德彪西与拉威尔的姿态表明的是："法国的民族音乐不需要瓦格纳式的那种拯救人与一切的德意志性格，让精神总是缥缈在肉体上面盘旋，而只需要法兰西的感官的享受，崇尚的是风花雪月，是神秘的瞬间，是随心所欲的律动，是水银一般流淌不已的跳跃。"（肖复兴《音乐欣赏十五讲》）

明白了这一切，我们就明白了在他们之后为什么法国的音乐会出现梅西安这样的现代大师，在其他艺术领域里会出现新浪潮电影和罗伯-格里叶那样的新小说派了。

地球上若少了法国式的优雅生活情调，人类还能"充分"是"人"吗？这就是上天的公正！

（高原/文）

超越粗糙

优雅是对粗糙的摒弃与超越。

我心粗糙,不能敏感到躲在生活随时随地里的幸福。

我心粗糙,当然不能享受毛毛雨状的幸福。

我心粗糙,视优雅为虚伪,不知优雅是"必要的虚伪"。

"从今以后,我们要仔仔细细地过日子。"俞平伯曾在一文里引用了夫人的这句话,俞平伯没有给出解释。

此话后来被季羡林先生看到,有了这样的理解:"言外之意就是嫌眼前的日子过得不够仔细。所谓仔细应该是:多一些典雅,少一些粗暴;多一些温柔,少一些莽撞;总之,多一些人性,少一些兽性。"

在这"三多三少"中,优雅的生命才会立起来。对"仔仔细细地过日子"能认认真真地对待不是容易的事,但绝对值得追求。

作家马家辉直言不讳地指出:"要累积出一个优雅的身份,没有三百年或五百年的历史无法成功,但欲把历史身份践踏破坏,只需装设几盏红紫绿灯即告成事。中国人最精通于这一套。"

王汀《从今以后,仔仔细细地过》一文说:"仔细,和是否富足有关系,也可以没有关系,可以到巴黎买得起名牌,却不一定懂得仔细的含义。《东邪西毒》的英文片名是个很棒的意象,Ashes of Time——时间的灰烬,不正是记忆吗?时间就是那么多,仔仔细细地过,灰烬是不是会炼成黄金?"

举手投足间、眉宇间,有几许人性的、温雅的魅影是必要的。生活不能自动做到让生活美好,从来都是有人性的、有灵魂的东西让生活美好。优雅是为了超越粗糙。

(高原/文)

检束放肆的生命

现代人把释放当自由，视放纵为个性，不知它们皆是放肆。

生命需要一定的检束，否则既不能承担自己的生命责任，更遑论承担必要的社会责任。甘愿接受必要的限制与规范，才是绅士君子生命自由与强大的开始。

不是为了防范交警，没有多少国人会行车系安全带的。甚至有人只是将安全带虚搭在肩，装个样子。这种自以为潇洒的动作只不过是种种我们不习惯守规矩的一种表现而已。

放肆让生命如浮云，漂浮无根，它的大结局就是全面地虚弱无力。放肆的生命需要检束。

许多规范或规矩并非是把我们捆绑成奴隶的绳索，而是帮助一个人成为粽子一样外形可观、内在坚实的绳子。不可将"不以规矩难成方圆"之类的古训全推给别人，如果还想让自己的人生该方则方，欲圆能圆的话。

心情放松，面带微笑，与各种必要的规范规矩和解，并心甘情愿地持守它们，不仅未来会如朝阳升起，即使此刻你的内心也会有种强大的东西开始生长——当你深呼吸后，决定从此与那些必要的规范和解时。

自由是甘愿接受必要的限制，而不是为所欲为，永远不是。

(高原/文)

生活简约易于优雅

家中物品虽多，但用啥却偏找不着啥，整天在找东西。这是许多人日常生活的保留节目吧？什么都留着，什么都舍不得清理，家中满目都是"鸡肋"级别的物品。这一切都足以让我们活得狼狈混乱、心烦气躁。

全面地简约生活用品，并定期清理心中杂念。这会是一个良好的生命习惯，会有建设性的结果。如同杂物与家具少了，房间就会明亮一样，心中的杂念少了，生活就清爽、清亮起来。

哪怕一张小纸片，看过的一期杂志，用不着时应马上处理，否则它们积累起来也会给我们带来山大的压力。你家床下三年都没用着的东西，估计你今后三十年也用不着，赶紧捐了吧。

有个美国大老板说："当年，我因为出售一家新建的互联网公司而发了财，有一所豪宅，里面塞满了东西——电子产品、汽车、家用电器和精巧的小玩意儿。不知怎的，这些东西最终支配了我的生活，或者说是很大一部分生活；我消费的东西最终消费了我。"（格雷厄姆·希尔《生活得更简单》）

他用了15年才摆脱自己所搜集的所有无关紧要的东西，过上了更简单却更广阔、更愉快、更充实的生活。他的体会是"物质的东西往往既占据实体空间，也占据精神空间"。

简约生活本质上是为了让心清净平和，为心留下从容优雅的空间。

生活从心到物的简约，让我们的举止易于从容，而从容就易于优雅。

生活简约就美丽，人心简约就快乐；学会简约就学会了美丽快乐地生活。

（高原/文）

风带走了浮云

整理书籍时，偶然翻开一本已经三十多年没看的书，掉出一张泡泡糖包装纸。

那是七十年代上小学时，笔者曾迷恋过的一种泡泡糖，当时我所在的城市还不见有卖，是亲友从上海带来的。那应该是出现在中国的第一款泡泡糖。

当时它半透明红白色调的包装，让长期呼吸僵硬干燥空气的小小的我，大大地产生了柔软温美的想象。它叫"大大"泡泡糖。

我从此有了诸多梦想中的一个——长大了，要多多地买它，美美地享受它给我的美好。

然后当然就是忙于各种为了"长大"的事务，时间一长，自己不仅长大了，还已准备坦坦地老去时，再与小时候的梦之一邂逅，只有微微一笑的份儿了。

再想想自己其他那些诸如此类大大小小的"物梦"，更是想大大地一笑。

这个过程仿佛风带走了浮云。

上天造人，本来的意思就是指望：人可以在追求更多精神性存在时，让自己变得越来越像一个半神。

这精神化使人清虚日来，滓秽日去，从而连肉体也仿佛日渐透明，这就是生命走向"神化"的典型征兆。

活出半神或半仙状的风度，一生也就可以良好地交账了。

把自己的日子鼓捣得越来越透明、越来越飘逸，直到进入半神或半仙状，不是也有一种妙味？

充分的人、自由的人原来是半神状的人，当风带走了浮云。

（高原/文）

不典不伦

朋友有一尴尬经历：某年过节，他的女研究生来看他，礼物除了水果外，还呈上一条皮带。他把水果留下，坚拒了皮带。后来他一想起此事，就会冒汗。

女学生送男老师腰带，虽然送者本心纯洁无邪，皮带也不是特意为老师买的，顺手从家里拿了一条现成的，也只是为表达对老师的敬意，那老师也基本是正派君子，但这腰带却送得不伦不类。

送礼送得体、送优雅也是需要学习的，否则会送出"非礼"的效果。

有位历史地理学家在某大学讲学，言谈间总是用一个词——不典不伦。这是他衡量世间物事之是与非的衡器。

"典"在《辞源》里主要义项是：常道，准则；制度，法则；重大的仪式；记载法则、典章制度的重要典籍；文雅等等。"典"有法则、典籍、典雅、典常之意。

"不典"就指行事不合常道、偏离常规，既不正亦不雅。典常，典即是常。此"常"又作"庸"。儒家程子曰："不易谓之庸"，"庸者，天下之定理"。"庸"，平常也。但为什么"平常"就是不能改变的"天下之定理"？

陈淳《北溪字义》说："凡日用间人所常行而不可废者，便是道理。惟平常，故万古常行而不可废。如五谷之食，布帛之衣，万古常不可改易。"

所谓庸是把"平常"和"用"连在一起，以形成新内容的。"庸"者指"平常的行为"。因此，"平常的行为"实际是指"有普遍妥当性的行为"而言。

在到处狂喊"创新"、盲求"创新"时，有一个典常的万古不变的至理就被有意无意地遮蔽了——不依常道，难成雅正。

人类行事须主要保守或顺应符合自然之理的常道，否则会偏离大道，混乱粗糙，没个形状；甚至行事喜欢走偏锋，爱出妖使怪，好神灵异事。但是，不守庸常之德，日子迟早要崩盘。

《菜根谈》曾揭示一个至理："阴谋怪习，异行奇能，俱是涉世的祸胎；只一个庸德庸行，便可以完混沌、召和平。"

此处"庸德庸行"之"庸"不是平庸、更非庸俗，而是"平常"；"庸德庸行"指平常的德、平常的行——即平常那些真善美的德与行，依此行事做人已足够，无须阴谋怪习，异行奇能，此皆处世的祸根。

善哉此言！融合儒释道思想，以中庸为旨归的《菜根谈》所说正是一个天地间典正做人行事的原则。

走得稳当且好看，所谓的进步才有质量。

（高原/文）

自由独立才是真正的奢华

直接去做自己愿意的事，你的生活就是你意愿中理想的生活。

有位在广西义务支教的德国青年卢克安，被问道为何要做这么件"没前途"的事，他的回答是："很多人过得很可怜，天天做自己不愿意做的事情。然后他们就用钱买的东西来安慰自己，让自己忘掉不能做理想的事的痛苦。我的情况不一样，我直接去做我愿意的事，所以我也不需要拿物质的享受来安慰自己。"

瞧这份勇气！更请瞧见这勇气背后的生命大智慧。

原来我们在追求理想时，绕了太多的弯儿，找了太多的理由，让自己远离理想。而卢克安却顺着自己的心愿过着正版的自由独立的奢华生活，那是他理想中的生活，他的理想与现实合二为一了。

像风儿一样自由与独立，像鸟儿一样飞翔蓝天，可以是说着玩的话，也可以用来去践行，变成一个人生命的现实。

但总有人会说，现实不允许人们选择理想的生活。事实上，人的一切都可以剥夺，只有一样东西例外，那就是人永远不会失去的自由，在任何境况中自由地选择自己的态度和行为方式的自由。每个人在任何境况下都有选择在内心态度与行为表现上高人一等的机会。

歌手巫启贤说："一、走自己的路，让别人去说；二、走别人要你走的路，让自己埋怨。我17岁就选择了一，你呢？"他找到了做自己的自由，也享受了与这种自由相伴的生命的奢华。

你真的是活了一万多天，还是只活了一天，却重复了一万多次？自由和独立才是一个人生命真正的奢华。

（高原/文）

优雅是全人类恒久的时尚

一般人们对优雅的理解仅限于穿衣戴帽、风情气质等更多归属于女性的外在形象的呈现。其实，优雅既不仅仅单属于女性、更不应该只是外表化、形式化的存在。

优雅是属于全体人类社会的恒久时尚，无论贫贱贵富、无论年长年幼。在社会的最底层中，也会有绅士。不可能人人都富裕，但是每一个人，不论经济多么贫困，社会地位多么卑微，都能成为一个优雅的绅士。

中国社会急需营造、构建一种本真的、从容的、恒久的优雅氛围。必须逐渐淡化乃至消解当下陷溺我们生命的那种浮躁、功利、浅表、极端的心态。

穿着名贵的服饰、过着优裕的生活并不是真优雅，真正的优雅绝不是炫耀做作、夸张焦躁。也不是外界或者个人对自我的一个强加的、生硬的要求，而是长期的内心培育和人生感悟所绽放出的诗意之花、温情之花，更是人性之花。这样的花才是永不凋谢、历久弥新的。

年少者也许一下子达不到这样的境界，但可以就从我们的一举手一投足、一颦一笑开始打造自己。首先让自己态度变得亲切友善、让自己的言行变得温雅得体。同时，多读好书、多结良友、多做善事，那么你便离真实的优雅不远了！

"优雅是得体而精致的外表，丰富而强大的内心。优雅是柔而不娇、坚而不厉的品性气质，优雅是积极乐观、从容淡定的生活态度。"这是中国NO.1的时尚杂志主编晓雪所诠释的"优雅"。

明星姚晨说："优雅是一种恒久的时尚。"但更准确地说，优雅是属于全体人类的恒久时尚。

（雷岩岭/文）

选择"高人一等"

人生有许多可以选择"高人一等"的机会，都被随便放弃了，导致我们长期活得低人一等。这里盘点几条如下：

有人以傲慢表示自己高人一等，但有人以谦逊表示自己高人一等。

真诚欣赏对手的人比恶意诋毁对手的人高人一等。

把所有人当同胞者比把人分成敌我两类者高人一等。

能宽容原谅别人者比记仇怨恨者高人一等。若等别人都能宽容我们了，我们才原谅他，你的原谅还有几两价值？能原谅说明你是强者，能原谅说明你高人不止一等，这个感觉很爽。

有人说："对一件古董的评价，把世界分为两种人：一种说它好看，一种说它值钱。"这里说"好看"的比说"值钱"的高人不止一等。

"锋镝牢囚取次过，依然不废我弦歌。"黄宗羲说，"那些厄运你就挨个儿来吧，但若因此让我不进KTV，放弃弹琴唱歌，可是没门儿。"这是一等高人，还不仅仅是高人一等。

吃饭是为了活好的人比活着是为了吃饭的人高人一等。

认识朱槿花的，比不认识的高人一等。能分清桃花与樱花的也高人一等。

六十岁以上还没有得高血压、心脏病者也高人一等。最俗的莫过于一上岁数大家都统一得了上述二病。每天走一万步，少吃油盐，可免此俗。

"举起双手腾跃吧，因为你还活着，而且能自由地去爱。"喜欢斐济诗人Yogesh Punja这首诗，并践行者，也高人一等。

这篇《选择"高人一等"》以上部分上传笔者QQ空间日志后,有访客留言:"人性本劣根。有几个人有这样的觉悟?"

对于该问题,回答应该是:甭管别人,您做到了,就是善之又善。大家都坐等别人真善美了,自己才愿意真一点、善一点或美一点,这种心态让我们身处地狱。自己努力先真善美一些,您并不会因此吃亏受损。这不也高人一等?

几乎做每件事都有高等与低等之别,人生就是不断地做选择题。当面临选择时,请记着如何"高人一等"应是我们的主要选项。

(高原/文)

长得善良可当信用卡刷

一天路过某市场买菜,选好称好才发现没带足钱,还差三十元,向老板抱歉说不要了。老板却大方地说:没关系,下次路过带来就行。

感谢了老板的信任,感动的我心里开了花——原来长得像我这般貌似"慈祥善良"竟也可以当信用卡刷,足见"慈祥善良"是有含金量的。

今天被人信任可是十二分不易啊!回家的路上,我美滋滋地想的是如何再提升慈祥与善良的含金量,以拥有更大的信用额度。

貌似慈祥的我还遇见过一起被信任事件。某年在汉口火车站转车,离开车还有五个多小时,就将行李存了,然后买本《最推理》杂志坐在候车室里看。

不一会儿,一个小伙子过来说:"阿姨,请帮我看一下包,我泡个面。""行,搁那儿吧。"

再过一会儿,一个姑娘过来说:"阿姨,我要去卫生间,请帮我看着箱子。""行,搁着吧。"

咦!这时我才感觉悲喜交加,"喜"的是满候车大厅那么多人,他们却选择信任我,好像我真是他们嫡亲的"大姨"。"悲"的是自己的行李还花了十八元钱正存在行包处呢,我却在此给人免费看行李。我怎么就不能也选择信任别人,托他们照管一会儿行包?

也许更多一些勇敢地信任别人,这信任会感染,会开更大的花,结更大的果吧。

一位同事也有类似经历。她某天随意进一小店闲逛,看中了店家几件东西要买,付款时才发现钱未带够,店家是个年轻漂亮的女孩,毫不介意地笑着说:"没关系,东西您先拿走,改天有时间再来付款吧。"

同事一愣,笑着对她说:"你认识我吗?我可是第一次到你这来,万一我不来了呢?""不认识,我会看人。你尽管拿走好了,不必刻意来给我钱,哪天有时间再来吧。"

店家的主动赊账,让同事很不好意思,仿佛没带够钱是一种罪过。次日一早,即去还了钱,本不打算要的东西也心甘情愿地要了。

此事不仅令同事对店家的信任心存感激,更因如此被信任而感到十二分的骄傲,体会到被信任所带来的愉悦,仿佛中了大奖。

(高原、任丽花/文)

你可以被信任吗?

在韩国旅行,我先后住过三处旅馆,退房时店家居然都不查房,这种从未有过的被信任让我一下子很难适应。

第一次,因要赶飞济州岛的早班机,我们早早起身,留出查房的时间,结果发现没有人处理此事,于是我们留下房间钥匙就离开了。但"退房时无需查房吗"这个疑问尚留存我的心里。

第二次,我们预订的是一个包早餐的叫作guest house的居家旅馆,它的构造和运行模式是家庭式基本自助的。而店里的工作人员,主要是忙着增添食材和提供问询服务。食材任由住客自由取用,店家根本不去监视。似乎天然地相信客人们不会浪费、不会偷窃。

因为是居家旅馆,所以使用的是公共卫生间及浴室。但其卫生状况与装修风格就像自己家里一样舒心净洁。卫生间及浴室备有质量不错的洗发香波、沐浴乳、香皂等物品,十分贴心与温馨。

也是因为要赶飞首尔早班机的原因,我们在前一天就询问店家如何退房的事情。店家的答复是,不用办什么手续,离开时只需将房间钥匙留在柜台上即可。

第三次我们是住在女儿学校假期外租的宿舍里,这一次并非是早班机,时间上也较为从容。虽然已习惯了只需交上钥匙的退房方式,但为了给校舍管理者少添麻烦,并为后来的入住者提供方便,我们离开前主动将所住的宿舍彻底打扫干净。

也许这就是环境育人的结果，当别人尊重、相信我们时，我们很自然地觉得应该以同样的礼仪与行为品质进行回馈。

（雷岩岭/文）

微妙地美地生活

"把生活当作一种艺术，微妙地美地生活。"周作人如是说。微妙地美地生活，一定不是像法拉利车速的生活。

"我要说的是一种很有趣的东西，这便是船。……你坐在船上，应该是游山的态度，看看四周物色，随处可见的山，岸旁的乌桕，河边的红蓼和白苹，渔舍，各式各样的桥，困倦的时候睡在舱中拿出随笔来看，或者冲一碗清茶喝喝。"（周作人《乌篷船》）

这种慢慢的、缓缓的、有趣的东西离我们远得厉害了。慢慢地发现，"慢"而悠闲的生活竟成了最奢华的享受。那些古代我们瞧不上的呆笨的诗人原来早就过着让人眼红牙痒的"奢华"日子，他们的诗中很多句子正是这种"炫富"：

任"夕露沾我衣"，听"鸡鸣桑树颠"是陶渊明的豪华。

"青惜峰峦，黄知橘柚"是沉郁顿挫的杜甫的奢侈。

"数峰太白雪，一卷陶潜诗""绿蚁新醅酒，红泥小火炉"是白居易的闲适富足。

林语堂《悠闲生活的崇尚》一文很权威地说："中国人的性情，是经过了文学的熏陶和哲学的认可的。这种爱悠闲的性情是由于酷爱人生而产生，并受了历代浪漫文学潜流的激荡，最后又由一种人生哲学——大体上可称它为道家哲学——承认它为合理近情的态度。"在这一点上，世界上大概只有法国人能够与中国打一平手。

英国大诗人华兹华斯（Wordsworth）和柯勒律治（Coleridge）当年徒步游走欧洲，心中涌动着诗的潮波，而袋里不名一文，这恰是他们的"奢华"，所以他们能代表英国浪漫主义。

要享受悠闲的生活，所费是不多的。全面实践悠闲生活的林语堂很专业地说："享受悠闲生活当然比享受奢侈生活便宜得多。要享受悠闲的生活只要有一种艺术家的性情，在一种全然悠闲的情绪中，去消遣一个闲暇无事的下午。"

我们如今时髦的是如下情形："最爱'快进'，狂点'刷新'。评论，要抢'沙发'。寄信，最好是特快专递。拍照，最好是立等可取。坐车，最好是高速公路、高速铁路、磁悬浮。坐飞机，最好是直航。做事，最好是名利双收。创业，最好是一夜暴富。结婚，最好有现房现车。排队，最好能插队。"（陈漠

《我们为什么慢不下来》）

一心挣钱把生活整得皱皱巴巴、憋屈别扭，而悠闲讲究慢趣的生活是舒展舒畅的。如果厌倦那种磕头下跪、四处拜佛的姿势，厌倦那种匆匆忙忙、慌慌张张的生活，不把生活当问题来解决，真的下决心享受人生，人生是足够享受的。

当然享受生活者也需要具备一定素质，"他须有丰富的心灵，有简朴生活的爱好，对于生财之道不大在心，这样的人，才有资格享受悠闲的生活。"（林语堂）一心赚钱，心当然不够用于享受生命真正的味道。

降低快乐的成本难道不是真本事、真英雄？不值得特别佩服崇拜？

我们很急，我们很不耐烦。可是我们必须要慢慢地活。

生活之花只在慢中绽放，快只能是生存，甚至是苟活。

（高原/文）

慢是上流的速度

某次乘公交，上来一位短风衣、短裙装的女士，在前排落座时，由于撩衣的动作太迅疾，不仅把笔者吓一跳，还几乎把裙子一起撩起。瞧，毛燥是会泄露春光的。

温雅高贵永远是慢档行事，悠然自在。福塞尔《格调》书中正提到："你的阶级地位越高车速越慢。事实上，要想做上等人就得开得慢、开得稳，悄无声息地沿着路中央行驶。"

阶级地位越低，行事越是风速火势，火烧火燎。不仅难看，还不安全，多少摔跤跌绊、磕碰受伤无不是心不平所致。

悠闲绝非懒惰，悠闲是一种慢的趣味，是一种老子所说的"无为"，境界高着呢。有境界的悠闲者是高尚的，而且在如今尤其高尚。

有人说"中国现在只有暴发户，没有上流社会"。由暴发而来的各色新贵们身上之所以看不出一丝贵气，就是不懂贵来

自长期的悠闲慢趣生活的陶养修炼。

富与贵被一些人误当一回事，以为富了就一定贵。然而两者的区别太不小了，类似于松花蛋与松花江的不同。富属于物质，只要钱多、物多就行，一夜之间即可摇身由穷蛋变富蛋，然而，作为蛋的本质却没法一夜之间突变。

而贵则是精神性的，是精神上文雅、高雅的结果，这是一切真贵族所以为贵的地方。贵气是慢火炖出来的，急火攻心、急赤白脸只能焦躁、焦虑，所过的日子也总是发出一股"焦煳"味儿，缺乏高贵的澄澈清明及雅然淡然的气象。

"我们发明了很多东西来试图解决烦躁症，但实际上却只是发明了另外一些烦躁症。"（陈漠《我们为什么慢不下来》）不能慢下来，也和人类发明了太多太方便快捷的东西有关。结果方便了还要更方便，快捷了想着最好能更快捷，这都加重了我们的浮躁与烦躁症状，更无法慢下来了。

不能慢下来，有时还因为人们觉得太多的地方需要"卡位"，不急急地奔走、不卡就到不了位。但卡位动作却是十分不雅的贪欲的外化。"上位"一词的流行也说明的是同样的恶趣。

慢是上流的速度。可以从学着一切慢慢来提升生命品质。不是说了，世界是平衡的，真的不需要急匆匆、慌兮兮的。

"生活是一种慢，慢慢你就会明白的。"有个叫慕容引刀者如此说。很对的一句话。慢慢品它，就知道生活的滋味了。

从养一杯清水，让笔砚端、房室清开始吧。

（高原/文）

"半小时把饭吃完是野蛮"的哲学原理

一

一位中国人在法国乘长途车旅行，行至一乡镇小店前休整时，见老板煮好一锅汤，想买来喝，可老板竟然说："不卖汤。"

这真是天下奇闻！老板的理由更奇："我的汤是天下最好的汤，是我花两个小时精心烹制的，而你是旅游者，匆匆来、匆匆去，几分钟就把它喝完了，这是对我的汤的不尊重。你还是买个汉堡吃了上路罢。"

这就是法国文化的派头：从容不迫、优雅淡定地享受生活，不把心思全扑在赚更多的钱上。

程玮的《从容的香槟》一文，也写作者类似的经历。她去法国的普罗旺斯吃大餐时，点餐时实在饿了，请侍者先拿些面包来。可侍者很不高兴地说："这位女士如果饿，应该先到麦当劳吃个汉堡再来，我们这里不管给人吃饱肚子的。"

这话是在骂人了。在欧洲，一位女士是不会轻易去麦当劳的，侍者还暗示她根本不懂法国文化。

所以半小时之内把饭吃完在法国人看来就是野蛮，更不用说在街上边走边吃了。他们的晚餐动辄吃两三个小时。

二

生活讲究的法国人认为"半小时以内把饭吃完就是野蛮"。这是多年来我的学生们乍听说时反应最激烈的一句话。可以理解，被现代快节奏生活逼得匆促慌张的人们很难认同这样一种说法，甚至会有较强烈的身心反应。

但凡事不必匆促下结论，应考究一下这种说法乃至活法背后的原因。遇事反应强烈、反应过度，除了样子难看，就是不能在良好的级别上理性、客观、公正地对待人与事。

能平和、冷静、同情地理解一些说法，甚至是听上去极端的、疯狂的说法也是优雅从容。而且生活中还常有这样的事，乍一听，极其荒诞无理，但细一琢磨，还真是那么回事。所以遇事不忙着下结论，不仅是教养，还能避免浅陋冒失、贻笑大方。

学生张丹的感悟是："想要优雅，慢是必不可少的。最初看到'半小时之内把饭吃完是野蛮'很不理解，后来我渐渐懂了，它是在告诉我们，带着自己的感情去品味人生的每一件事，哪怕是吃饭这样的再普通不过的事。去粗取精、淡定从容、真情以待，这就是我的'优雅三步走'。"

如果不纠缠字面，就会明白"半小时以内把饭吃完就是野蛮"的意思是提醒我们需要带着人性感情吃饭，像人一样尊贵从容、享受地吃饭。

三

慢慢享用食物，会有更为充分的享受，特别是能对食物的滋味进行深度、微妙的体味。

很认同梁文道《一饭之恩》中的这么一段文字："吃一个橘子，你应该先闻一闻它表皮散发出来的气味，观赏它的色泽，然后才用手指剥开它，感受那溅射出来的细雨般的汁液。吃的时候，你也应当慢慢地吃，以对待最昂贵食物的方式对待一只普通的橘子，专注而集中，仔细品味由酸至甜之间那最微妙的变化。"

慢慢地剥橘子，把橘皮剥成完整如四瓣的花，而不是七零八落的碎片。即使吃只橘子，也应对它有颗尊重之心，让橘子有"尊严"，这分明也是对我们自己的尊重。

同样道理，一手抓手机，一手抓筷子，或全家围着茶几，边看电视边吃饭，也是恶性吃饭，是对吃饭的不尊重，对自己生命的苟且。

梁文道认为生命永远不只是物质，因此"所有的文化、所有的宗教都存在着某种饭前饭后的祈祷，这些祈祷一先一后地把整个进食过程框了起来，使它成为冥思的对象、修炼的过程、感恩的时候。于是，最能体现动物本能的进食行为变成了人类超脱的神圣转机。"

事事讲速度、讲效率的生活方式在西方社会已开始受到人们的质疑。上世纪80年代意大利发起了"慢餐运动"，这是一种提倡从慢慢吃饭开始享受悠闲生活的文化运动，并由此扩展到全球36个国家。它的标志就是一只穿行在现代和古代建筑物中的蜗牛。太急迫慌张吗？请牵只蜗牛去散步吧。

"半小时把饭吃完就是野蛮"的哲学原理在于：世界是精神的；带着感情慢慢享用是人的生活，匆促地虎咽狼吞是动物性生存。

但这又不是仅仅提醒慢速吃饭，也是在说：慢是上流的、高贵的速度。

一小口、一小口地喝，观朝阳舒展晖光；一小口、一小口地吃，赏落日眠入夜色……

急匆匆、慌兮兮地做什么呢？

（高原/文）

会吃菠萝吗？

削菠萝较烦琐，一般人都买削好的。菠萝真的只有一种吃法吗？只能削了外皮才能吃吗？NO！

据说，非洲人吃菠萝特别潇洒，一切四瓣，然后像瓜一样一啃一扔。我有时比较欣赏这种吃法，不过本文不是教大家如何方便快捷地吃菠萝，况且有些场合也不能这么原生态地吃。

有点跑题，言归正传。本文说的是"你会吃菠萝吗"，如果从来都是买只削好的菠萝回家一啃的，不能说会吃菠萝。

吃菠萝一次需买两只，长相一般的一只用来吃，长相最周正的一只用来扔掉。当然不是马上扔掉，先"罚"它在客厅或卧室或阁下的办公室里站一周左右，不仅让它充分贡献自己的香味，还让来来往往的你看着舒心悦目。直到这只菠萝实在站不住了，恹恹欲倒，能吃就吃，不能吃就请它走"人"。

清朝有种画作形式叫"清供"，意思是"清雅的供奉"。画的多是一只清雅的花瓶，里面插上或疏影横斜的梅枝、或傲霜淡雅的菊花；再就是画一盘水果、一只佛手瓜、一丛兰草；或是摆放闲逸的笔砚、茶壶酒杯等等。这种小品式画作，赏之往往有炎暑身在临水凉亭之感，烦累顿消。

将这种清供小品的意趣带到家里或办公场所，情致盎然、雅意顿生，散发出主人有品有格的情趣。一串红提、一把香蕉、一只橙黄的木瓜或芒果，先摆那儿赏看几日再吃，一点耽误不了阁下您补充维C。

许多果蔬都可以用来作清供，当然，需要讲究一下摆放的位置，特别是配以适当的盘碟或其他有美感、显情趣的容器。清供本质上供奉的是清雅的自己，不是果蔬瓜品。

浪漫者生活，现实者生存。前者一生可活出宽度高度、深度厚度等等多种维度，后者死去了却不一定活过。

到了秋天，多买些苹果，错落有致地散放在居室各处，幽幽香气不时飘来，岂止是神清气爽。

生活中的太多的东西都可以带着欣赏的心情对待的，不要只知道吃掉它、用掉它，这完全是一种浪费掉的态度。浪费了东西倒也没什么，只是最终浪费的是自己的生命。

会"吃"菠萝的，吃的是全部，不会吃的只吃了部分。

有一只胡萝卜，我会吃掉十分之九，留下十分之一放在浅碟中，用少许水养着，一两周后，它会长成幽篁（幽美竹丛）的样子，极有风致。

（高原/文）

养一杯清水

我曾为单位订制牌匾,去了本市的文化宫和隍庙。

与文化宫一个装裱店的年轻老板商谈时,偶见院中一大水缸,是文化宫这种古建筑通常用来贮水防火的,里面的水污浊不说,还漂着一只塑料袋。我看不过去,让老板捞出来再换换水,老板漠然,完全沉浸在生意里。

许多事都是配套的,年轻老板所经营的店里的字画看上去红红绿绿,火气较重,格调较俗。让我明白了世上怎么会有"看相"这个职业,一个人的一切精神状态全都外化在他的生活与工作环境里的物品状态上,从形状色彩到质量、卫生品相等等。

虽然那家店的报价还能接受,一周也能做好牌匾,但实在对那缸水不能感觉良好,于是再去隍庙考察。生活中的事情总是仿佛楹联一样对仗工整,竟然又遇见一缸清极了的水。

这是在一个十分古雅的店面里,老板是一清雅的老者,如同他所卖的那些字画,有内涵、有品质。

虽然摆在店门口的缸是只鱼缸,却没有鱼,只有几块不大的黄河石。但缸很洁净,尤其那水真是清极了,黄河石静静地躺在水底,看一眼,心就不由被这静气完全摄住了。这缸水养的是某种精神,凝神中感觉有禅意氤氲……能养一缸清水原来也需要极高的精神素质。

年轻老板说牌匾只需要一个星期,电脑刻的。而那老者说最快一个月,因为有几十道工序,全手工,油漆要一遍一遍刷,时间短了不行,口气一点没商量。

年轻老板的活儿又快又便宜,再配上那缸脏水,你心中只想着某种快餐,不能算正经饭,你不能把它当回事。

老者不卑不亢、温雅沉静,在工期与价格上毫不妥协。但与那缸有禅意的清水一起,一个有分量的、令人心生敬意的形象却恒久地留在我的记忆里……

古代中国君子"无故玉不去身",佩带两块玉是君子的基本装备。当步率适中、步姿温雅时,两块玉会击打出节奏。反之,当行走慌张、步速失控时,两块玉声则相应地零乱起来,由此提醒君子注意调整状态。

这当然主要是为了调整君子的心态与精神。今天佩玉自然不现实,可是养一缸清水则应该是一个对培养优雅气质操作性很强的、建设性的良好生活习惯。

再上课时,讲到此事,灵感顿起:建议学生们此生都备一个玻璃或瓷质容器,也养养清水。

这会是一种修炼,净心静心。当然清水里最好配几块黄河石,或一株绿萝、吊兰,让那水更有生生之意。

(高原/文)

用有质感的物品

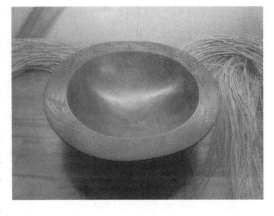

美国美学家桑塔耶纳《美感》一书中说:"假如雅典娜的神殿巴特农不是大理石筑成的,王冠不是黄金制造的,星星没有火光,它们将是平淡无力的东西。"

在录音机上听音乐,就像听音乐"罐头";在电视机前看电影,就像看电影"罐头"。所以"在电影院看电影,就像吻一个姑娘;回家看电影,充其量就是吻姑娘的照片",法国导演吕克·贝松用形象的比喻,号召大家进电影院看电影。

要说今人与古人享受生活的区别,除了上述这种现场感缺乏外,最本质的差异要算今人所享受的物品质感较差,甚至更多的还缺乏精神与文化含量。今人生活的"二手性"甚至"N手性"较强,为什么口口声声个性解放又张扬的现代人反而普遍疏离一手生活?心灵粗糙、心态浮躁最后只能选择清一色无内涵的"团结"在物质周围的生活方式。

易中天说:"那种用手触摸精装书的美好触感,电子书永远无法替代。经典作品还是要靠纸媒介呈现,就像满汉全席,能用塑料盘子装吗?"

演员陈道明送女儿喝水的杯子,据说是他用黄杨木亲手雕制的。这样饮水,让平凡的动作瞬间非凡,饮水者的格调品位立时彰显。

"觚不觚,觚哉!觚哉!"这是孔子当年对酒杯不像传统正经的酒杯这种社会变化的感慨。某种东西不再像它的"祖宗"这种事在孔圣时代只是局部问题,但在今天则已是全球化景观。今人统称这种社会变化叫"进步"与"发展"。

如果日常所用物品本身的质感很差,还有一个麻烦就是,无论你怎样摆放它们,都让你家看上去缺少生活品质。

而那些质感良好的物品,即使你没有刻意让它们规规矩矩地待在家中某个地方,它们也不会造成家的零乱无序,这就是一个好东西,放哪儿都不会错的原因。

从质感来讲,今人喝水的杯子多为轻便色艳轻浮的塑料材制,所喝的水也是人造"纯净水"或饮料。天然材质的杯子对现代人来讲太重了,太不方便了——粗糙的心让现代人的体力也显著下降了,连个玻璃或瓷质的杯子都没有心力拿了。

方便快捷似乎与品位与讲究是两股道上、两种速率行走的车,前者是电气化空调快客;后者仿佛是辆老式慢车,生活的每站必停,让人们悠悠地从容上下。

我们使用的其他许多日常物品也类似水杯的粗糙、劣质。如果有质感的生活不先从日常用品的质感开始讲究,那就表明一个人永远也不打算开始让自己的生活有品位、有品质。

不在乎日常用品的质感,本质上是不在乎日常生活的质量,不在乎今天这永不再重现的时光。因为日常用品能对付、敷衍,说明日常的生活就是在对付与敷衍中打发的。

还会出现的走极端的情况则是,这些日常对付的人,最有可能哪天突然"讲究"起来,就去买个昂贵的奢侈品来偶尔证明一下自己是有品位的。

殊不知,真有品位的人,并不会用奢侈品来说明自己的高雅格调。相反,他很可能首先关注的是物品的自然性、精神性,或者说其中所蕴含的某种文化传统的含量。

表现英国贵族生活的电视剧《唐顿庄园》里面有个细节:大小姐玛丽的那个暴发的爵士男友带她参观自己购买的庄园。看着空荡荡的大厅堂,玛丽问:"从哪里弄家具呢?"男友大咧咧地说:"去买呗。"玛丽则幽幽地说:"我们贵族家的家具都是继承来的。"

有格调品位者绝不会冒冒失失地抢购一件奢侈品来耀示自己的身份，那种用昂贵的方式证明自己是多么庸俗的傻事他们是不会干的。

讲究所用物品的精神文化含量，生活才是讲究考究的，有品位品质的。享受有质感的东西，也才体现优雅。用有质感的物品，远离替代品、粗糙劣质品，生活才是灌了浆的、饱满的一手生活。

（高原/文）

晚香的玉

周树人与周作人兄弟的文章之别在于，哥文是铁打的，黑硬黑硬；弟文则玉制，散发着温润的气息。

周作人之文在闲逸中颇多无为自然之趣，读之可让干燥粗鄙的心得到些许慰藉。他从友人处借得一本近人所编《一岁货声》，记录一年中北京叫卖的各种词句与声音。书的序文作者自署"闲园鞠农偶志于延秋山馆"，悠悠古韵古意，令人幽幽思古。

他说："我读这本小书，深深地感到北京生活的风趣，因为这是平民生活，所以当然没有什么富丽，但是却也不寒伧，自有其一种丰厚温润的空气，只可惜现在的北平民穷财尽，即使不变成边塞也已经不能保存这书中的盛况了。"（周作人《夜读抄·一岁货声》）

"嗳！十朵，花啊晚香啊，晚香的玉来，一个大钱十五朵。"这花晚香，玉也晚香，随随便便用印象派的手法就唱出了一首天籁级别的诗。

《一岁货声》，多好的书名！既雅又切，念在嘴巴里似乎很有嚼头，仿佛有声有韵的"岁朝清供"图。

曾经不是那么iPhone的人类生活在角角落落都有某种温润淡远的诗意趣味，而这种诗意如今几乎绝迹，货声也只剩赤裸裸嘶喊式的直接兜售。

唯一的"例外"是笔者所居小区外，每晚近八点会准时响起《走进新时代》乐声，宣告收垃圾的车来了。

行文至此搁笔，我穿过小区旁的小巷去买菜，听身后一声干焦的吆喝："收头发，换手机壳……"这极度混搭的一声吆喝是不是在提醒：我们已走进了

"新"时代?

风景已殊,山河更异,人何以堪!

周作人之文,晚香的玉。

(高原/文)

有番茄酱品质的婚礼

这个故事是猩红色的

而且这么通俗

所以其实是关于番茄酱的

这是台湾诗人夏宇《鱼罐头——给朋友的婚礼》一诗的结尾。

这个故事之所以是猩红色的,就因为它俗艳的通俗性,情节是如何把鲜红的番茄变成番茄酱。

如今的婚礼不具"酱"质的怕不多,因为正以捣鼓成酱为美。

婚礼跑题的也不少,菜品多到喧宾夺主,让来宾误会婚礼的重点是埋头吃,直至每个桌子上下都狼藉一片。十几道缭乱的菜品干扰了婚礼的神圣味道,估计把吃当重点的婚礼在其他民族那里不会太多。

冰心曾给冯骥才说:"大鱼大肉的结婚都是大同小异,过后是什么也记不住的。"

的确,我们的婚礼都是鱼太大、肉太多,诚意太少、趣味太小,格调不高且完全没有神圣感的。

有质量的婚礼一定需要在减少菜品、提升精神意趣特别是增强神圣感上下功夫。这需要想象力,需要格调。

(高原/文)

可否让婚礼只属于我?

大家在心里描画了许久的那场"只属于我"的神圣仪式,原来千篇一律得如同小学作文里的学雷锋做好事——时间地点事件过程分毫不差，唯一区别就是把小红和小刚换成小丽和小明。

婚礼的普遍无趣甚至恶俗是国人活得无趣、缺乏想象力的典型表现之一。

承诺一生只爱一人不一定要买昂贵的roseonly，亲自种些玫瑰，就算开得不够漂亮，那也是只对一个人付出的心意。

婚纱可以自己设计缝制，不谙女红的也可请人代工。英国林肯郡的38岁牧羊女路易斯·费尔伯恩结婚时，选用珍贵品种"奥利维亚羊"的羊毛，整整花费了67个小时，为自己制作了一件与众不同的"羊毛婚纱"。

吉林市小伙儿赵鹏为给女友做一件超长婚纱，动员了亲戚、同事、同学、战友、邻居等人帮忙，最终以女友生日数字为长度的婚纱打破了吉尼斯世界纪录。

喜欢某个游戏或者电影的，可以直接将婚礼办成某个有趣的主题，道具、音乐亲自准备。厌倦了酒店的，完全可以在安全第一的前提下选择自然的各种场地。

不信教手里没《圣经》者，就省了对着司仪或单位领导海誓山盟吧。不如按照古礼举行民族的传统结婚仪式，更加宁静神圣。

婚礼可以是吃个菜肴不多但精致的自助冷餐，再请个乐队，来宾一起跳舞唱歌的。喜欢骑行，可以举行单车婚礼；热爱长跑，可以来场爱情马拉松，携手跑跑。可以让婚礼"只属于我"、既有趣又神圣的方式有N种，只是大家都太懒太惰了，便图省事扔给礼仪公司了。

每对新人都有只属于自己的爱情经历，也都希望拥有和别人不一样的婚礼。如何与众不同刻骨铭心？如果连自己的婚礼都不愿付出诚意，不愿动手亲自操办，那婚后的日子也会苟且地过，也不会有滋味儿。

满月身不由己，葬礼又不能活着参加，唯一可亲自操作的婚礼真该好好掌握在手里，让它出彩、让它闪光。让它只属于自己吧！

（俞佳琪/文）

春节过得很腐败

春天开学的第一天,和学生们聊起寒假的事。学生说:"老师,很惭愧,我这个春节过得很腐败,没什么收获,也没有做什么有意义的事,过春节的时候也就是从东家出来西家进去,东家吃了西家喝啊……大年三十就是低头看手机,抬头看春晚。"

咱们哪个春节不是这么过的?千辛万苦地回家,好像仅仅就是为了吃一顿。但内心里谁不渴望着亲情,谁不向往着有风俗和内涵的节日?但是春节过后往往是带着大包小包的行李和更加沉重的肉身撤离老家。

西方的圣诞节是一年中最大的节日,在西方圣诞节这天,晚餐往往是一年中最正规的,大多数家庭会用最好的餐具来进餐,但是菜的道数绝不会多,与中国人过节的大吃大喝是有天壤之别的。

如果说中国人吃的是实惠和排场,那西餐则吃的是温雅的气氛和精致的形式。圣诞节最神圣的莫过于上教堂,哪怕是平日不去教堂的人,这一天也会去教堂做礼拜或弥撒,教堂里回响着圣诞的音乐和歌声。

其实任何一个节日,如果除去了它的神圣的精神内涵和文化意义,剩下的就只有吃了,这自然是很"腐败"的一件事。

那如何让我们的大节——春节过得不只是吃呢?给孩子一个怎样的春节?应该传承怎样的传统、过怎样的节日?这需要我们认真思索对待。

(马小萍/文)

升华生命的斋月

节日是一个民族的根基,是民族的精神家园。比如穆斯林有一年一度的斋月,进入斋月封斋是一件十分神圣的生命体验。

封斋的人,在东方发白后,至太阳落山前,断绝一切饮食。无论是在炎夏,还是寒冬,不管是口干舌燥,还是饥肠辘辘,在任何情况下,没有外在的监督,都不会吃一点东西,也不喝一口水。

对于穆斯林来说,这种坚守是非常自然的事。即使开斋的时候,也不提倡毫无节制地大吃大喝。一天斋戒下来，吃什么食物都是香甜的，通过封斋，人的身心得到了洗礼，磨炼了意志，升华了精神，坚定了信仰，凝聚了民族感情。一个月的坚守，会使到来的开斋节显得格外的尊贵和有意义。

网名叫阿一莎者总结穆斯林封斋的好处：

1. 体验那久违的饥饿，知道世界上有很多人在挨饿，激发内心的慈悲和仁爱；
2. 能为而不为，锻炼自身坚韧；
3. 宁心静气，思考人生智慧；
4. 将生物的欲望激发到最大，明白欲望的可怕；
5. 开斋细品，不舍浪费，明白食物的珍贵，感谢真主的赐予；
6. 身体原始机能的调动，清除体内多余脂肪和毒素，改善新陈代谢；
7. 体会虚弱，学会善待自己的身体。明白自己的渺小，学会谦卑；
8. 封斋，还可使身体、心灵洁净，洁净才能祈祷有效。封斋是穆斯林五功之一；
9. 让人通过封斋时间，知天时，知地理。

从封斋的这些好处看，笔者觉得穆斯林的斋月应该具有普世意义，因为普世的人们都需要一个定期进行的洁净精神，让生命升华的活动。这就像普世的人们都需要一种对生活的感恩情怀，都应该像过感恩节一样。

这样的节日在主旨上都是建设性的，值得其他民族学习仿效的。开明地看，本来各民族就应该相互学习一些彼此的良性传统；大家都是人，都有相近的升华人性的需要。

（马小萍、高原/文）

秋天不可错过的事

虫鸣喈喈，秋听虫声。秋日晚间，请出户于草丛中赏听虫鸣。

虽然这个秋天有些湿，虽然这是个非典型性秋天。

然而晨起看秋与云平，高天又至爽秋，慨叹天道之诚。每至秋爽，留心不错过几件应季的趣致，则是为人之诚、为人之爽。

春者，天之本怀；秋者，天之别调。秋天能干的风雅事有哪些呢？清代张潮《幽梦影》提示四季风雅行径如下：

春听鸟声，夏听蝉声，秋听虫声，冬听雪声。

春雨宜读书，夏雨宜弈棋，秋雨宜检藏，冬雨宜饮酒。

读经宜冬，其神专也；读史宜夏，其时久也；读诸子宜秋，其致别也；读诸集宜春，其机畅也。

秋山层林尽染时，不忘赏览红叶，并请数数红叶有几种红、黄叶有几种黄。

持螯、赏菊、饮酒、赋诗是古之文人墨客于秋日必做功课。秋天最适合吃螃蟹，可问题是螃蟹如今已贵到不是常人能吃的境界。大闸蟹存在的现实意义在于：大大地闸住了咱百姓享用螃蟹的大门。当然，吃不起也没关系，世界是精神的，从此每到秋蟹上市时，吾辈嘀咕几句关于螃蟹的经典诗句也足够了：

一腹金相玉质，两螯明月秋江。（黄庭坚）

九月团脐十月尖，持螯饮酒菊花天。（未名）

一斗擘开红玉满，双螯哕出琼酥香。（唐彦谦）

螯封嫩玉双双满，壳凸红脂块块香。（林黛玉）

有钱吃螃蟹者富贵，没钱有闲能者可能高贵，如果还知几句螃蟹诗，咱也不输什么。世界真是平衡若此啊！况且富贵者们还不一定知道那些咏蟹妙句，或懂得蟹肉的金相玉质与嫩玉红脂等品性，吃了也是白吃。

"右手持酒杯，左手持蟹螯，拍浮酒船中，便足了一生矣。"——暇时无妨像晋朝毕卓大做此类清梦，高贵之外，亦足清贵。

"律己宜带秋气，处世宜带春气"，秋之清肃与春之温润分别是我们待己处世的原则。清秋之晨，记得于秋林中深呼吸百余下，以纳最醇正的秋气，置换一年来积攒的胸中浊气。

"诗文之体，得秋气为佳；词曲之体，得春气为佳。"诗文如秋士，词曲若春女，故谓此。秋天适合写诗读诗。所以秋天有两大诗人的节日，中秋与重阳。

当然，秋天的事，阁下全都错过，一样都没兴趣也没关系，只是秋天被你浪费了而已，也没什么大不了。对一生中的所有春夏冬，若您也持如此态度，那就"恭喜"您，您已无比成功地浪费了自己。

秋天必须买盆菊花，一定要喝杯菊花酒。淡如秋水闲中味，才是吾辈生命的方向……

（高原/文）

认真过节,做不打折中国人

堂前萱草舒眉绿,石上榴花照眼红。
五色新丝缠角粽,菖蒲酒美清尊共。

佳节又端午,混搭古人诗词楹联凑成疑似七绝一首如上应景。

王敦煌是大玩家王世襄之子,他回忆小时家中仆人张奶奶,"过年、过节或到了什么讲究的日子,都要食用应时的点心,八月节的月饼、五月节的粽子、九月节的花糕,还有什么节什么节的我也记不住了,因为我对节令的食品不感兴趣……张奶奶却很重视这些个节令,必须要吃那些节令讲究吃的东西。"(王敦煌《吃主儿》)

张奶奶对中国传统节令毫不马虎苟且的态度可以担当一个评语——"她是一个不打折扣的中国人",这是张奶奶作为正宗的普通中国百姓的高贵。

今天是一个全面进入打折的时代,不仅许多商品打折,体现中国人精神的传统的生活方式与习俗更是七零八落,大打折扣。

浮躁粗糙的生活态度令中国人没有力量让许多美好传统生活习俗毫无折扣地坚持下来、坚持到位、坚持完整。

至于节令的民俗食品,顶多也只是到超市买个添加剂为主料的粽子、饺子、元宵应应景。

打折太多的生活只能是二手、三手甚至N手的。当然这里主要缺失的是那种妈妈与奶奶们为家人亲手制作美食的温情,从而更失去了定期让我们的心得到那裹在粽子里、包在饺子里的温情滋润的机会。

难怪我们的人性在一点一点消失,这与吃太多机器"老妈"或拉长脸的陌生人出产的食品不无关系吧。

请您做不打折扣的中国人!请动手、动心思地认真过好每个传统节日。千万不要以为只是吃了个由物质构成的粽子或饺子,粽子与饺子还承载着一种精神仪式,确认着民族传统的延续、昭示着民族的独特性。

有请诸君在端午节亲手包粽子，若实在做不了这个技术含量甚高的活儿，也请至少做个红枣糯米糕，把粽叶修剪如旗、如花、如兰，总之如一切漂亮的形状直接插在糯米糕上面，不也是个端午的吉祥意思？

买超市里包装精美的现成粽子是很省事，但那东西不省钱、难吃还是小事，重要的是拿它送人没人会领情，因为那基本由机器一手制作的粽子里没有裹进真情与温馨，从而送了也是白送，还给人留下情商低的印象。

世上有种粗糙就是盒装的精致粽子还有那月饼，它们无论多么精致也难掩卖者与买者那粗糙的心。优雅是对粗糙的抗拒，若还有点中国心，还有精致的中国心，就请少买那些"伪粽子""变态月饼"吧。

不会包粽子送人也没关系，端午前买糯米一大包、买粽叶一小捆送亲朋，也很得体不是？相比买粽子礼盒送人，这叫不俗。一点一点恢复人性与真情，也是每个人的责任。

在各种民族年节来临时，我们打折扣太多的结果，就是地球上的"中国人"这个人种的集体玩消失。

佳节又端午，你作为中国人，干什么来着？

有请认真过节，尽量做个不打折的中国人吧！

（高原/文）

年，可以安静点过

过年真是越来越恐怖了，两大骚扰：短信与爆竹。

过年发大量祝福短信本意当然好，但大量接收短信者年三十就别想过好了，只能埋头回复。

已经好多年了，大年三十从早上开始，家里凡是有手机者（家里没手机者几乎没有了），都是在手忙脚乱地发短信、回短信。

绝大多数短信的质量不高，是由短信写手制作，再由人们相互无限转发。一种新式样的庸俗乃至恶俗就这样诞生了，妨碍大家好好说团聚话、安静地吃年夜饭。

不发那些并无多少真情的短信是可以的，都消停一些，也会都安宁一些。

难道一定需要在爆竹声中一岁除吗？忍受不了安静，需要一些声音来解救，正暴露出日子过得虚弱无力甚至无聊。

"喜庆中也需要祥和需要安宁,那才是一种真正的喜福迎春。"这是台湾文化研究者孟繁佳《台湾过年静悄悄》一文所言。

台湾过年静悄悄。过年过节安静一点,也是能过的,而且也更能过好。可是,我们得要多少年这个愿望才可以不再是奢望呢?

保持安静是人的素质,也是生活质量的体现。我们不快乐的原因之一,是不能安静点,也不会享受安静。

短信发过了,炮仗也放过了,心并没有因此更温润更安宁,这年就不能算是过好了。

年,是可以安静点过的。

(高原/文)

史上最牛笔记什么样?

你抄个笔记,你能达到什么样的状态?你所能想象的极致状态是什么?

有次笔者布置学生摘抄宗白华先生《美学散步》一书,抄前怕有学生应付差事,就预先吓唬说:"抄不好的,将打回去重抄;抄好的有赏,请用心抄到极致。"

后来有位曹姓同学交的笔记直接抄成花了,各种花式、形状,看上去,简直是一个抄写传奇。

我们的《老子》导读课要求抄写《老子》全文,在老师要求抄成精品的督导下,有位同学交来的是抄在宣纸上并裱好的卷轴。

某艺术单位招收人才,有道貌似不经意的题是抄乐谱。多数考生潦草抄"完"就走人了,只有一位考生认真抄"好"了

才交。当然，后者成功应聘。

优雅就是超越单纯物质的追求，把简单的事情做得有境界、脱俗，做到精品、传奇的境界。

（高原/文）

堕落到钢笔为止

从古代汉语到现代汉语也许是进步，但从优雅蕴藉来看，可能却是一次堕落；从毛笔到钢笔是一次进步，但从笔情笔意来看，绝对也是一次堕落。

而当所谓的中性笔泛滥时，笔者还是要哀呼：堕落到钢笔为止吧。

中国传统的书写工具是毛笔，"从远古以来，中国书法主要运用毛笔来书写，当然也伴随着铭刻的技法，而中国书法的'运笔'，犹如小提琴的'运弓'，通过'弓'和'弦'的韵律，演奏出美妙的音乐来。中国书法以'运笔'为核心，通过纸、墨、笔、砚所谓'文房四宝'写出美妙的字形来。"（陈燮君、黄玉峰《现代教师读本·艺术卷》）

如今这"四宝"大大缩简为两样了，而且在这两样里，"笔"更是日益粗糙直至为中性笔，同时这里缩之又缩的是那种难以言传的、微妙的极具文化精神的笔情笔意。

弘一法师才艺卓绝，出家后，诸艺俱舍，唯书法不废。叶圣陶先生很喜欢法师的字，因为"它蕴藉有味"，并说"就全幅看，许多字是互相亲和的，好比一堂谦恭温良的君子人，不亢不卑，和颜悦色，在那里从容论道"。（中国佛教图书文物馆编《弘一法师》）

就是那个宋徽宗创制的"瘦金书"体也有不凡处。笔者有天闲览字帖，发现当皇帝虽然失败的宋徽宗心中一定也有某种很正的东西，否则他的瘦金书里的那些字的竖笔画不会那么尺直。

宋徽宗的字虽然极尽"苗条",但是瘦得有精神,甚至不乏骨气。总之,很雅正,很有骨感美。

中国书法是一种动态的艺术,一种纸上的舞蹈,空间的音乐,更是人的全幅高贵精神的朗现。

堕落到钢笔为止吧。严格说来,中性笔只是笔的变态,是笔中"小人",没品的。如今还能用钢笔的,一定还是人中贵族。

(高原/文)

五星级行事的派头

有位教授告诉学生他在五星级酒店吃过一百元一碗的面。闻者一定会想,什么破面条啊,一百元一碗?是不是店大欺客?

教授当时吃这面时,感觉稍稍咸了那么一点点。只因他血脂高,不能多摄入盐,就请服务生来点淡汤冲淡一下。不一会儿,来了俩人——餐厅经理与厨师长,他们致歉,并请教授原谅他们的过失。

然后摆上两碗面说,一碗的含盐量是方才那碗的一半,另一碗完全无盐,但他们准备了炸酱、香菇酱、咖喱酱等十来种酱料,请教授根据自己的口味随意加入……

教授并非炫耀自己吃过贵面,而是要学生记住:"真正有价值的,未必是物质,而是物质以外的东西。"这个故事来自题为《物质之外的东西》(谭金金)的小文。

看至此,不禁问自己是否有本事卖一百元、甚至两百元一碗的面,并且让吃过的人心服口服,甘愿掏这钱,感觉很值,一辈子都会咂嘴回味。

会以五星的水平做事,才是不俗的做事。正牌五星级酒店往往不是其豪华的设施显示其星级的高度,而是教你以五星的派头做事——更有诚挚、更人性化,甚至往往还更具美感。

诗人于坚对美国一家餐厅侍者的印象是:"你也可以独自迈进一家餐厅。你发现那里的侍者已经年过六十。盘子端了一生,已经端到炉火纯青、大师风度。

人家不是在这里混个饭碗，而是一生都在琢磨端盘子这个伟大事业，已经端出了风度、典雅、美感、诗意。你坐下来，慢慢地享受一位大师为你服务。嗯，先来杯咖啡——你看他为你上咖啡的那个动作，那个叫做斯文，美好的一天，就此开始。"

把盘子"端出了风度、典雅、美感、诗意"，如同大师，是因为侍者在所做之事中找到了生命的尊严及安适安顿，他首先十二分地享受着自己的工作。

"敬业"本质上敬的是自己的生命，因此做事就是为了在其中寻找心灵之安之适，这就是自己的生命自己做主。

反之，满心的计利较益，并心烦气躁地做事，不仅不能安与适，还会让自己像极了奴隶，完全没有做主生命的尊严，更遑论幸福快乐。

把普通凡俗之事做到极致、做到非凡，就是五星级行事的派头。这也是让生命的"五星"飘扬。

（高原/文）

六星级行事的派头

学会了五星级做事，请勿以为革命至此就成功了，同志尚需努力前行，行事的星级还大有提升的空间。

> 欢迎您继续关注我们的第二则卖房信息。我坐在厨房后面的廊檐下写这段文字，我的先生正在侍弄入住时栽种的香根鸢尾花。每年五月份，你可以像我这样坐在廊檐下，看着那些像蝴蝶翩飞般的花朵，觉得如春花般烂漫的日子在自己手中绽放。

这段文字是一个卖房广告，房主是位法国主妇，因常随先生工作搬家，她就常写这样的广告卖房。再看一篇介绍花园的广告：

> 侧花园外围三面挺立着常青松树，园中有一棵树冠如盖的橄榄树，我们夏季常坐在这里喝咖啡听蟋蟀唱歌。如果您也中意这样的生活，欢迎实地观摩感受。

如约"实地观摩感受"的客户在室内看到：

洁白的蕾丝窗帘，被轻风撩拨起柔美的起伏，淡绿花的细花桌布映衬着蓝紫色呼之欲飞的鸢尾花。

来看房的客户激动地得知，房中这些"洁白的""被轻风撩拨起柔美的""淡绿花的"以及"蓝紫色呼之欲飞的"等等美妙物件也是留下来一同售出的。房主朱利约太太的卖房理念是把一份对生命的诗意态度附送、传递给下一位住户。

"没有诗，就没有实在。"德国诗哲施勒格尔此话，只有我们能为上述法国人卖房的派头微笑之后才能品出是不折不扣的大实话。世界是精神的，当然最"实在"的东西肯定非"诗"这个人类精神中最精神的东西莫属了。

五星级地做事，至多做到十分体贴、好看而已；六星级行事的风格旨在让一件事具有十二分的诗意或艺术感。

总有人会不停地挑战精神性生存空间的极限，开拓他们的极限的精神境界。是他们——这些人间天使带着我们尽量摆脱沉重的肉身，向灵性的生活不断地飞升。

（高原/文）

茶几上可以没有塑料袋

去过许多人家，发现无论装修多豪华、多上档次，最后都统一有两个景象：一是门侧一地七七八八的鞋子，二是满茶几各色的塑料袋，里面是瓜子、糖果等零食。

上述二景透着粗疏不讲究的生活态度。既雅且正的做法是应将零食分装在清雅别致的瓷盘或玻璃碟子中。

当然，一地的鞋子并非是因为没有鞋柜，而是主人没有足够的精神力、优雅力把那些鞋子每次都放进鞋柜。

也不是买不起瓷盘、玻璃碟，而是不知道用塑料袋盛放小食品没品位。

尽量讲究生活用具的天然质地，不用或少用塑料等材质粗鄙的制品，不仅环保、健康，还颇显品位格调，这不仅恰是最有面子的生活，也是不打折的生活。

许多人家无论怎么收拾都显得乱，主因就在于太不讲究生活用具的质地。很简单,把不是东西的东西搁哪儿它都不会是东西。金子在哪儿都发光,垃圾放哪儿都是垃圾。

郁达夫《日本的文化生活》说:"日本人的庭园建筑,佛舍,浮屠,又是一种精致简洁,能在单纯里装点出趣味来的妙艺。甚至家家户户的厕所旁边,都能装置出一方池水,几树楠木,洗涤得窗明宇洁,使你闻觉不到秽浊的熏蒸。"

日本邻居的生活小情趣及优雅洁净,值得我们学习。

(高原/文)

富有意趣地为生活命名

杭州某区委有个约谈官员的做法,为的是防贪腐于未然。

而其约谈的地点设在某茶楼一间茶室,除特别布置得清雅外,还特意起名"清风阁",寓意深远,颇具雅趣。

直白粗糙地、直奔主题地活着不仅会省略生活多多的乐趣,还直接展示的是苍白凌乱的身影。

有一幅梅图,白梅繁茂,鸟鸣啾啾。此画起名《万玉和声》,使白梅、白玉及鸟鸣之间有了无限联想的意趣,瞬时令人有某种色感丰富、雅趣盎然、如诗如乐的感觉氤氲开来。画作因这个雅致的命名而含蓄有张力。

为生活中的一切优雅地命名,是品位格调高贵的最好呈示。提高生活质量也特别需要养成一种含蓄温雅、有精神文化意趣的生活习惯。

(高原/文)

用新词刷新生活

阅读古文,你几乎找不到重复的表达,差不多都是新崭崭、活生生且很有力量的语句,诸如:

圣人瑰意琦行,超然独处。(宋玉)

高霞孤映,明月独举。(孔稚珪)

> 桐间露落，柳下风来。（庾信）

可以学习古人，用心将话说得雅致、有趣、有力量，就是用心活得雅致、有趣、有力量。

为生活进行新的命名，便是用新词刷新生活；经过重新命名的生活当然就是新的生活。用新词刷新生活的能力自然也是一种情趣力。

画家韩美林有几只名贵的猫狗，它们的名字不是流行的"豆豆""蛋蛋"之类，而是"张秀英""刘富贵""二锅头"……听着就谐趣效果强烈。韩美林的理论是，平常大家都挺累的，它长得挺洋的，不如叫个土名。到底是画家，土得掉渣儿的猫狗名，原来极具专业水准，符合美学的对比原则。

带着创意说话，可以避免生活如枯枝败叶或清汤寡水那样缺乏生气、没有味道，也是体现活得比较主动的姿态。真正的个性正是从这里体现的，这就是主人翁精神、自由的派头。

请试着为下列陈词滥调找出新鲜的替代语：

吸引眼球、夸张、郁闷、纠结……

（高原/文）

办公室里的橘子树

生活中，人可以享受的福域极宽。只须有随时能趣、随处可趣的能耐。

我的办公室里长着一棵半米高的橘子树，那是几年前随手将吃过的柑橘籽埋在花盆里结的"果"。

我家里还养着五棵银杏树，就因为用白果煲汤时不忍全吃掉，留几粒种花盆里了，长得还真精神。特别是它们虽不足一尺个头儿，但那小扇子形状的叶子却完全与街边的银杏树无二般。

心空了，心才灵。心一灵，生命之水就随之灵动起来，便随时能趣，随处可趣。当然，许多趣事需要找"种子"提前"种植"。

"虚室生白"是庄子妙绝的一句，意思是：虚灵的心能生发出一片光明。我相信，清除了心灵的垃圾，随时能趣、随处可趣的生命就是光明的生命。生活没有我们想象的那样黑暗，现实也并非有人说的那样全然地残酷。

生活中，人可以享受的福域极宽。况人生之趣，确也多在物之外。随时能趣，随处可趣，善莫大焉。

买只小饼当午餐，路上见一丛丛玫瑰花正笑不可支，揪它一片夹饼中，笑眯眯吃下，这饼香堪比夹肉。特别是能在一生的岁月里持续飘香，哪次饼夹肉有如许久长记忆？

陶渊明教导我们说，哥们儿，别太计较一年的收成，眼前当下就趣多多。原话是："虽未量岁功，即事多所欣。"这是诗人春天站在自家平旷的田地上，看到如翅欲飞的禾苗时发现的伟大真理。

对一个定位来到世上是玩的人，"即事多所欣"是上佳座右铭。

（高原/文）

低成本活漂亮的本事

并非越贵的东西就是越好，只有适合自己的才是最好的。了解自己的性格、气质，穿出自己的品位，形成自己独特的风格，才是最重要的。

花最少的钱形成最佳的效果，就要货比三家，要有自己的主见，无须追求时髦，时尚的不一定就是好的，因为并非每个时尚适合你。

应避免冲动性购买，如果你是属于这样的人，那么要注意你要买的衣服必须和你已买的衣服、裤子、鞋子甚至皮包相配，精打细算，量入为出，不可贪图小便宜，因小失大，买回家又后悔不迭。

同一风格和色调的衣服都可互相搭配，回家把你的衣服归一下类，就会发现，不同的衣服可以搭配出不同的效果，只要和谐的就是美的。黑色的裙子和裤子，可以搭配所有的上衣，同样，黑色的鞋和皮包，也是必须要配备的。

黑、白、红是永恒的颜色，黑白配永远不会过时。同时也需注意，在某些特定的场合，这三种颜色又具有其特定的意义，如中国人讲究在婚礼上要着红色的服装，用以表示喜庆；西方人在葬礼上一般讲究着黑色的服装，用以表示哀悼等。

低成本、小成本活漂亮才是大能耐、真本事。

（任丽花/文）

姿势好看地做人

香港作家亦舒说:"做人最要紧的是姿势要好看,如果恶形恶状、青筋毕露地追求一件事,赢了也等于输了;输了呢,更加贱三成。"

王小波《工作与人生》文中说:"中国人喜欢接受这样的想法:只要能活着就是好的,活成什么样子无所谓。……我对这种想法是断然地不赞成,因为抱有这种想法的人就可能活成任何一种糟糕的样子,从而使生活本身失去意义。"

活成什么样子应该是人生最有所谓的事,当"活着"是大多数人毋庸置疑的现实状态时,那么活着的姿态、活着的质量、活着的品位就是更值得关注的。

狠狠争一场闲富贵是俗,因为虽得还是失;忙忙过百岁好光阴是俗,因为虽寿亦为夭。

追求着富贵,然而淡泊于富贵。追求着成功,然而淡泊于成功。

"追求着……,然而淡泊于……",这是一个人生明智行动的公式,淡泊地活着姿势才会好看。慢慢地活,姿势较容易好看,也更能体会快乐。把心放平和了,就能慢下来。

克尔凯郭尔说:"大多数人在追求快乐时急得上气不接下气,以至于和快乐擦肩而过。"不能采取与快乐对接的正确而良好的人生姿态,就会发生"追求快乐"却与"快乐擦肩而过"的悲剧。

活慢点何妨?虽说"快活",但细想起来,也只有那些慢慢的活法里真正"快活"的事不仅较多,且更快活得透彻酣畅。

那些通俗意义上"快快地活",往往难免毒副作用。慢了姿势容易平衡,不会有摔跟头、狗啃泥式的"好看"。

活慢点,活细点,享受生命也才会更充分。

活慢点,才能看清、看真那些生命中的真的东西、真的意味。

活慢点,不会神经质、不会疯掉……

讲究姿势好看,超越粗糙,我们自己可以活得爽气,也能让别人看着舒心,生活也才谈得上质量。

有人说,失败不是一种结果,而是一种态度。而讲究姿势,调整态度,我们就能避免无谓的失败。释放太多,节制太少,也导致失败,导致姿势难看。

(高原/文)

越老越帅的秘密

有些人年轻时长相很是一般,但到老了几乎一律都耐看起来,甚至是越老越帅气、越老越温婉。

这是笔者翻阅许多名人传记作品,特别是那些德行非凡、精神境界较高者的传记,对其中所收传主照片的比较中得出的结论。

天生丽质是没有用的,因为这只是表层的好看,谈不上美,它很容易是肤浅的。美女帅哥要记住"革命尚未成功",美丽与帅气仍需持续努力。

生活中那些不具精神深度与宽度的美女帅哥,被岁月、特别是被自己低俗、庸碌的精神状态侵蚀毁容的例子太不少见了。

只要讲究灵魂的质地、提升精神的档次,一个人无论生来容貌如何,都能给人美的印象。漂亮与美丽是有大别的。用精神文化的智慧、阳光的心态让容貌进步是每个人都可以控制的。

"真正的美女都是时光雕刻成的。"这是张曼玉母亲的名言,也是张曼玉的气质越来越曼妙如玉的秘密。

世上所有的人都怕时光雕刻自己,尤其是美女帅哥。可是真正的美女帅哥会无惧岁月潮水的无情涌来。

台湾第一美女林志玲快"奔四"了,可是她说,到了现在这个阶段,经历过那么多,不会去指责时间消耗青春与生命,而是感谢它增加了阅历,丰富了生命。市井小美女们哪有如此的勇敢与睿智?

到了一定岁数,容貌气质就是完全由自己的精神状态控制的。所以化妆品也是没有用的,它只负责修饰一个人的身体容貌的表层,况且过度修饰或修饰不到位还反而彰显的是粗鄙庸俗。别相信那些信誓旦旦要替你"托管青春"的美容术。

从理论上说,上帝给每个人都留足了提升气质、改善容貌的空间,每个人都有越老越帅的可能。

林肯说:"一个人过了四十岁,必须为自己的长相负责。"

法国有句名言:"你四十岁时的样子,就是你灵魂的样子。"

我们在那些越老越帅者的传记中读到的优雅配置是"恭宽敏惠、忠勇诚敬、道德信义"等等精神品质。诚敬耐心、宽容勇毅、责任担当等等原本首先是用来"美容"的。

天生的美丽帅气不算什么能耐，越老越帅才是自己的本事。所有因优雅而来的美最终都被定格在永恒里。拥有了优雅，便拥有了永远不被岁月打扰的美。

越老越帅、越老越温婉和不自然地"固定"青春美丽的肉毒杆菌、玻尿酸们没有关系。

（高原/文）

有种珍惜生命叫"随时美丽"

2005年8月，布宜诺斯艾利斯的一个富人区，一个拾荒孩子正把翻过的垃圾一点点放回垃圾筒，她收拾得是那么地仔细而神圣。

"你为什么还要动那些脏东西？再过会儿环卫工人就会来收拾。"路过的玛丽娜·冈萨雷斯，这位项链设计师不解地问。

"这块草坪多漂亮，毕竟环卫工人还要等一会儿，即使瞬间也要让这里尽可能美丽。"孩子抬起头说。玛丽娜发现她姣好的身材和脸型是自己近几年都很少见的，她知道什么样的苗子能成为一流模特。

三年后，这个叫妲妮拉的拾荒女孩夺得全球最大模特经纪公司Elite举办的"世界精英模特大赛"阿根廷赛区桂冠。记者问玛丽娜靠什么发现了妲妮拉的潜质，她说："一个懂得瞬间也要美丽的人，想一生不美丽都难。"

以上故事出自赵文斌《瞬间也要美丽》一文。我对此故事的感慨如下：

瞬间也要美丽，让美丽的纯度上升，因此，才美丽出真与善的价值。

不是等到境遇好时，才开始美丽；不是等到心情不错时，才想起美丽；不是有观众时，才表现美丽；不是为了某个结果，才假装美丽。若只为那些特定的时刻才美丽，是不是也是在浪费生命？

网上看到一个女孩说："自从你走后，我脸也不想洗了，衣服也是随便一穿。我只为你美丽。"

这个女孩若只是表达一种痴情也就罢了，但如果她在情人不在身边时，真是这样对待自己的话，那就是欠缺教养了。因为如果只愿为悦己者容、只为了某个人才美丽，那也是对自己、对别人的不尊重。

有一种珍惜生命的方式是尽量让生命的每一刻都美丽。生命的美丽不是生命某个特定时刻的专利，而是每个瞬间的习惯与追求。有一种珍惜生命的方式叫"随时随地美丽"，叫"瞬间也要美丽"。

对有些人，美丽是一种"改不掉"的个人习惯、是生命中至高的爱好，所以他们一生美丽。

（高原/文）

在做与不做之间做人

"需要热情主动维系的任何关系都让我感觉到累。"网上有人如是说，支持此语的人也成千上万。如果你能像冰棍一样活人，并完全率性地活在世上，你可以选择支持。

优雅一般不是天然的，它是自觉去"做"的结果，是对自己从内心到外在行止向美好与得体进行的有意识调整。

王安忆曾写王爸爸是个率性天真的人，尤其表现出不会做人的诸多症状，"他甚至连一些最常用的寒暄絮语都没有掌握。比如，他与一位多年不见的老战友见面，那叔叔说：'你一点没老。'他则回答道：'你的头发怎么都没了？'弄得对方十分扫兴。他不喜欢的、不识趣的客人来访，他竟会在人家刚转身跨出门槛时，就朝人家背后扔去一只玻璃杯。"

但王爸爸最后却因不会做人而有惊人人缘，"因他对人率真，人对他也率真；因他对人不拘格局，人对他则也不拘格局。他活得轻松，人们与他也处得轻松。似乎是，正因为他没有努力地去做人，反倒少了虚晃的手势，使他更明白于人，更明白于世。"（王安忆《不会做人的惊人人缘》）

世上的确有一些人能够像王爸爸一样率性天真地活着，那是一种很美、境界很高的活法。但率性也是一种天生的本事，就像天生丽质一样，不是每个人都能率性出美感与境界的。

大多数人则仍然需要用优雅的标准来修饰提升自己的生命格局。咱们能像王爸爸那样对不喜欢的客人转身跨出门槛时,就朝人家背后扔去一只玻璃杯吗?

对一般人来讲,该"做"人时不"做",却玩率性,其结果往往很伤人;同样,该率性时不率性,又很端着架势去"做",可能会很劳累自己。

辛弃疾说,材不材间过此生。套用这个公式,对大多数人来说,在做与不做之间做人应该是比较自然的选择。人是社会的人,完全率性反而是不自然的。"人"是做出来的,不做的只能是动物。

那些一生率性,最后大家反而很认可的人,一定有个共同特点,那就是他们的率性里有赤子天真、有真诚善良,但一定没有私心、没有恶意。

有句话需要记住:人皆作之,作之不止乃成君子。什么意思?且看下面笔者弟子的解释:

学生"王在深秋"说:"人皆作之,作之不止乃成君子,文武欲作,尧舜而至焉;背我先君夫子欲作,文武而至焉。作之不变。"此语出自《资治通鉴》。据记载,魏国国君魏围向孔鲋(孔子九世孙)询问谁是天下高士,孔鲋说:"世上根本没有完美无瑕的君子,如果退而求其次的话,那么鲁仲连勉强算一个。"魏王摇头道:"鲁仲连恐怕也算不上,此人表里不一,他的行为举止都是强迫自己做出来的,并非本性的自然流露。"

这时,孔鲋说了一句经典的话:"作之不止,乃成君子。"即人都是强迫自己去做一些事情的,管他真心还是假意,假如能不停地这么做下去,到最后习惯成自然,就成了君子。

学生魏君见此感慨:"作之不止,方成君子,然君子之道,任重而道远。况当下众心浮躁,游心物初,心虽坚守,行却无奈;若放浪形骸,既违于心,更悖于道,此可谓:痛并无奈地快乐着。"

回复:众心永远是浮躁的,现实也永远是无奈的。但有人发挥了自己的神性,让现实无奈他;有人闲置了自己的神性,让自己无奈现实而更浮躁。对强者来说,现实也没想象中或别人说的那么无奈!拿出自己的神性来,不准找八箩筐理由、不准退八丈远。否则结果就是现在郁闷、未来什么都不是。

在做与不做之间做人。作之不止,乃成君子。用一定的热情与主动维系必要的人际关系是必要的。

(高原/文)

嘲讽地对待人生既颓靡又毁容

喜欢嘲讽一切，喜欢说话总带着刺，是不是我们日常不经意的习惯？

张爱玲《我看苏青》一文说："前一个时期，大家都是感伤的，充满了未成年人的梦与叹息，云里雾里，不大懂事。一旦懂事了，就看穿一切，进到讽刺。……本来，要把那些滥调的感伤清除干净，讽刺是必需的阶段，可是很容易停留在讽刺上，不知道在感伤之外还可以有感情。"

感伤地看世界，易于如梦飘忽。而带着讽刺对人对事，则会刻薄愤恨。可见，感伤与讽刺都是极端的情绪。

优雅是中庸的，它虽洞明世事却尽量包容世人；它有感伤，却"知道在感伤之外还可以有感情"，因为切实地爱这个世界，爱这个世界上的人，希望它变得良善美好。

优雅者并非不批判社会，不批评他人，但却与纯粹的讽刺者大有区别。只为了讽刺而批判世人世事不见得一定出于爱与善意、出于帮它改进之心，或许只是为了发泄自己的愤慨、愤恨，图个嘴头上的痛快而已。

见什么都不满意，都要挖苦、嘲讽两句的人，活到老还是个"愤青"，说明一直幼稚，从未长大。

优雅者也会把那没价值的"撕破给人看"，但他们往往用高级的幽默进行调侃，不大会用较低级的讽刺方式。

如陶渊明的《五柳先生传》，全文无一句激烈的话，却句句以幽默的方式将夸门第、卖声名等社会现象进行了批判。

但优雅者的批判一定出于爱、出于建设性。他有原则、有判断，也有尽力担当与负责的行动，这是成熟。如果仅仅是出于恨某人某事，纯粹是为了发泄私恨，你的批评就可能是破坏性的，此时最好心里骂骂算了，然后保持沉默比较有格调素质。

优雅者最后都会统一到温润如玉的状态，不会沉溺在滥调的感伤中，也不滞于空疏的讽刺、激烈。就是因为他对整个人生有爱、有情，他能无缘无故地爱这个世界。温和而饱蓄着力量，全然由于他对世界的理解与包容。

还有许多事，别指望人人做到，你自己能做到就是了，不用苛求别人，不也很大气放松？

还需要记得富兰克林·罗斯福说的:"以嘲讽的眼光看待人生是最颓靡的。"这种颓靡当然让自己的人生姿势很难看,并且随时以一脸的嘲讽看待世人与世事,那个嘲讽的表情会和你的容貌长在一处,会毁容不是?

所以说,随时注意保持一个朝向真善美的温雅温润、温美温良的心态根本就不全是纯粹道德的要求,而是一个美容的纪律。

(高原/文)

谣言止于智者

"你相信2012吗?你相信天坑吗?"这是2010年你常被人问到的本不是问题的问题。

2010年还有一件吊人胃口的事是预测世界杯的那只"章鱼哥"。瞧,今人都拜章鱼为哥了,完全不讲伦常了。

即使章鱼预测世界杯完全是巧合,那也只能是巧合,说明不了更多的问题,这就是理性,并且是基本理性。

至于所谓玛雅预言世界末日之事,据美国玛雅文化研究专家阿维尼的说法是,2012年12月21日(冬至)是玛雅历法的一个重要日子,到那一天,正好是玛雅历法中的一个轮回,即1872000天(5125.37年)。因为玛雅文化的起源时间是公元前3114年8月11日,到2012年12月21日(冬至)刚好是一个轮回。阿维尼认为,这仅仅是一种重新计时的思想,与每年元旦重新开始一年一样。因此,把2012年当世界末日纯属无稽之谈。

天下人缺乏理性时,神叨叨的事以及相信神叨叨、传播神叨叨的人就会时不时冒出。

"见未真,勿轻言;知未的,勿轻传。"(《弟子规》)谣言止于智者。

不信谣言,不广播谣言不仅是明智而理性的,还是优雅而有教养的。做君子须有此底线。

(高原/文)

拜托让体型"中产"

早起看新闻，跳出一个减肚腩的广告，感觉需要感慨一下：

有人进门，人还未见，肚子已"抢先"进来。

满街的男人，成打成打的大肚腩，我担心时间长了，让广大男性小朋友们会误以为：男人这个品种，长大了都必须"配置"一个较大的肚皮才像男人。拜托各位请减肚腩，不准再如此误导祖国的未来。

从国外回来的朋友说，那些体型如山似牛的洋人多半是"洋贫下中农"。他们不少人领着救济金，吃着垃圾食品，躺在沙发上没日没夜地看肥皂剧，时间一长，体型就如肥皂泡一样发起来了。倒是那些中产以上阶级的人，讲究生活的节制与健康，注意锻炼、讲究饮食，故大多男挺拔、女苗条，并统一给人以健朗优雅之感。

所以，仅仅是经济上达到中产，还不能说明你已中产，请体型也中产。实在一时无法缩减肚围，也请向你家男性小朋友声明："不是每个人非得有个大肚腩的，记着：你不准有。"

三十岁便有了个肚腩，可以说明人生已部分失败。"大肚腩"问题的严重性主要不在对不起观众，而在于这个样子说明主人在生活的诸多方面缺乏节制，甚至放纵。而节制才man！

尼采说："真正自由的人总能给人以苗条潇洒的印象，那正是因为他们的精神与内心抛弃了多余的东西。"不苗条、不潇洒者定是被什么多余的东西所累了，所以也就没有轻盈自由的身材了。

少喝啤酒，每天走一万步，可以减肚腩的。

（高原/文）

站着把钱挣了

贾樟柯在中国导演里，可称得上是"站着并且把钱挣了"的典型代表之一。

这个当初很像"电影民工"的人近年拍了12部短片，其中12位主角，都是坚持梦想、为信念活着的人。

以为只有不要脸、不要命，保持姿势难看才可以挣钱者，贾樟柯给你一个否定的答案。他打破了许多人以为只有跪着趴着才能挣钱的迷信与神话。

遗憾的是，这种坚持梦想、追求信念的活法并没有形成主流。这几年中国超级火爆的公务员考试反证着没有梦想的年轻人如潮水涌来。

最令人悲慨的还有这样一个网络段子："所谓殊途同归，讲的是，以前有当飞行员、科学家、政治家梦想的中国小朋友们，成年以后梦想统一变成了买房。"

当我们不能把坚持梦想与信念当作人生最高价值时，便会要么没有梦想，要么梦想十分脆弱，随时会被更现实、更物质化的东西挤爆。也请区别梦想与妄想的不同。

我们今天最稀缺的是梦想。当然，我们还缺很多建设性的精神与信念。

贾樟柯短片《老男孩》片尾曲唱道："生活像一把无情刻刀，改变了我们的模样，未曾绽放就要枯萎吗？我有过梦想。"

人生只有一种失败，那就是青春的小鸟飞走了，梦想还没有振翅起飞。

《老男孩》主题曲咏叹的就是这种痛："青春如同奔流的江河，一去不回、来不及道别，只剩下麻木的我，没有了当年的热血……当初的愿望实现了吗？事到如今只好祭奠吗？任岁月风干理想，再也找不回真的我。"

有梦想对一个人到底有什么价值？学生李樱说得精准："一个有梦想的心灵永远不会萎落泥尘！"

（高原/文）

没品位，所以讲奢华

2011年，国家对购买豪华游艇开征消费税，说明中国购买豪华游艇的数量已引起上税的必要了。

但需要知道的是，中国那些购买豪华游艇者和国际社会上喜欢游艇者在趣味上大相径庭。那些中国富豪喜欢游艇的是因为它能"豪华"给人看，据说几乎没人对乘游艇出海感兴趣。这种颠倒的爱好太"个性"了，完全是暴发式的趣味。

据说，"没有优雅的品位，所以讲奢华"。果然不错！没素质，就意味着没有本事享受好东西真正的好。

疯狂购买奢侈品，诸如LV包、古奇包等等也就是为了让别人饱眼福，让别人艳羡以至于生出恨意，才算实现了奢侈的终极目标。

这类古怪的趣味，直接导致背LV包、炫耀某些奢侈品等于给自己贴上庸俗、暴发的标签，花大价钱告诉别人："瞧我多俗！"此俗可耐乎？

连外国人都看不下去了，说："希望有一天，中国游客去巴黎，是为了参观卢浮宫，进行一次文化之旅，或是为了参加课程，学习如何制作巧克力，而不是一头扎进LV店里买包包。"（北京某旅行社执行合伙人盖伊·鲁宾）

真正能提高社会地位的是品位。福塞尔·格罗塞《格调》一书谈的正是这个问题。作者显然非常反感毫无节制的炫耀及缺乏创造性的生活方式。书中指出了品位和格调在社会阶层划分里的重要性。

品位、格调及教养是可以培养和学习的。通过自身的教养、品位的提高，一个人不需拥有很多金钱，就可以达到较高的社会地位。

奢华在提高社会地位方面的努力选择的是高成本、低收益甚至负收益。没品位因此也是缺少智慧的象征。如何花钱比如何挣钱更能反映出一个人的智慧与品位的高下。

（高原/文）

没品位能有怎样极致的悲惨？

没品位，所以讲奢华。当然，开明地看，奢华可以有，如果奢华的剧本没演成悲剧，奢华就奢华吧。有钱不让人奢着花，也太不近人情。

但奢华让人看着有喜感，或演成喜剧难度太大了，所以至今广大群众观赏的都是悲剧。没品位能有怎样的极致的悲惨？往下看就知。这悲惨仅限于奢侈品爱好者，爱好不起的请闪远点。

广大的奢侈品爱好者需要了解一个"肮脏的小秘密"。中国人虽然是形形色色国际奢侈品的上好佳顾客,但是它们一直都在多收中国人的钱。

豪华轿车价格在中国平均要比美国高64%。2009年一款古奇包在中国比法国贵54%,2012年升至62%。这个肮脏的秘密一点都不小吧,它是2013年4月26日的《华尔街日报》透露的。

咱们真是太有钱了,让外国资本家如此"厚待"。有人不是便宜的不买吗?我们更是太缺少品位了,所以人家不仅敢如此肆无忌惮地狂掏我们的钱包,还能毫不掩饰对我们的十二分蔑视:

"一旦你成为全球第一或者第二大品牌,你就要做一些你不喜欢的东西,你要设计一些售价300美元的丑陋的手袋在中国卖。"这是设计师汤姆·福德(Tom Ford)接受媒体采访时所言,笔者从《三联生活周刊》上看到的。瞧,人家赚了咱同胞的钱,非但一点不高兴,还一副嫌那钱恶心的劲。

大树倒下了,羊才来吃你的叶子。笔者一点不恨那些表现不像西方正版绅士的资本家,因为没必要拿他们的错误惩罚自己,只是悲悯我们有钱爱买奢侈品的可怜的同胞。没品位所能有的诸多悲惨,咱们很荣幸地全都拥有了。

花了冤大头的钱,虽没挣到品位,但若能有虚荣的满足,没啥副作用也行,可是却让那些赚了钱的外国家伙如此瞧不起,并让全国人民跟着一起没脸。

更可悲的是,中国人虽然是拯救全世界奢侈品的救世主(它们许多都已奄奄一息,准备永久歇业了),但据主持人芮成钢说,几乎没有一件奢侈品是根据中国人的身材、肤色等设计的。

万千女孩超爱的爱马仕皮包原来在国外主要是中老年妇女的专属用品。知此信息,再背那包,光荣感会大打折扣吧。

(高原/文)

买百达翡丽表需要"政审"

有钱能买到一切"奢侈品"吗?不一定。

你知道某个"奢侈品"在购买时并非一手交钱,一手交货,而是有些欺负人地让你先填写个申请表,因为人家要对你先进行一番"政审"。

不说查你祖宗八代,也要将你的生活情况诸如职业、婚姻、爱好、品位等等来个详细摸底。

当确认你是真正爱表，不是那种倒卖表的二道贩子时才会准予你有购买资格。这种卖东西的派头就是瑞士名表百达翡丽之所以"奢侈"的一部分原因。如此看来，有资格买这玩意的人还真不会太多。这里，钱似乎不是主要障碍。

瑞士名表们自认为是有灵魂、有人性的产品，那手工制作的表"滴答滴答"的声音被认为是灵魂的声音。

放眼望去，越来越多的"奢侈品"之所以"奢侈"竟然都和这灵魂与人性有关，而非其中的高科技含量。瑞士手表由此甚至都不在乎表的精确走时，并傲然地说："精确的问题让日本人去操心吧。"

福塞尔《格调》一书提示，有关手表的普遍等级准则是：越科学、越技术化、越富于太空时代特色，等级就越低。这一准则也适用于"信息量"过于密集的手表，比如提供吉隆坡当地时间，显示今年所剩的天数，或者指示星座标志等等。

到头来，这世上最贵的还是那些有精神含量、富有人性与有灵魂的东西。

背LV包、炫耀某些奢侈品等于给自己贴上庸俗、暴发的标签。花大价值告诉别人：瞧咱多俗！世上还有比这更窝囊的吗？

（高原/文）

制止社会的戾气

某天儿子学校篮球比赛，让笔者去拍个视频留念。那天傍晚风是和的，日也够丽，我的心情更是上佳。

正当举着相机录制时，我从镜头里发现篮球赛忽然"变脸"拳击赛了，这让也见过一些世面的我一下子懵了。

这是一所高级中学，学生也是省内许多学校"收集"来的优秀生。可是因为一点场上的碰撞，就马上相互拳打脚踢，下手之狠完全不像少年所能为，那狠戾的样子让我完全懵住了。

仅仅是学习优秀真是太不够了，没有学会像男子汉、像绅士一样对待摩擦、冲突，社会将会变得多么危险可怕。

于建嵘撰文《社会"变狠"是当前严峻问题》，他认为："今天中国社会最新的变化，就是社会结构的失衡、人们心理的失衡进一步加深，有越来越多的事件来刺激人们，导致人们在行为上、心态上都产生严重的问题，做事越来越不计后果，心比较狠。所谓不安全感弥漫，其实就是大家都变得对别人有威胁。"

于文认为这是社会行为上底线不断被突破的结果，"这个底线，包括心理底线、人性底线、社会惩罚底线，人们干一些事，没有心理障碍和任何惩罚的禁忌了。"

比如有钱有势者，不仅敢公然干坏事，干了以后还敢口出狂言。无权无势者也在突破底线时无所顾忌、心安理得。

至于社会变狠的原因，于文认为"是社会利益失衡和规则失效，导致了人们的社会行为发生变异，出现了'狠化'的趋势"。

对如何扭转"狠化"，于文认为政府需要做的是"要给社会希望，有了希望，人们的预期就会慢慢稳定下来。希望有很多，如公平正义的希望、用法治的规则来解决问题的希望等"。

笔者认为，改变"狠化"也像一切社会大问题一样需要综合治理，需要从娃娃抓起，需要在教育中有相应的内容配合，比如培养温雅人性的教育、绅士淑女教育等。

（高原/文）

学会优雅是一个过程

一夜之间可以出一个暴发户，但三代也不一定能培养出一位绅士。可见，绅士不是一夜之间造就的。

优雅也是着急不得的事，它不同于时髦。时髦可以追、可以赶，可以花大钱去"入流"；优雅却是一种恒久的时尚，它是一种文化和素养的积累，是修养和知识的积淀。

没有人天生就能优雅，学会优雅必然要经历一个过程，也许是潜移默化，也许是耳濡目染，也许是日积月累。

凡事不慌张急迫、不狼狈苟且就已是与优雅相伴了。

（任丽花/文）

气质朝阳的校长

一个家的面貌就是主妇的面貌,而一个学校的形象也就是校长的形象。

一次笔者到某校检查工作,遇见一位富有思想、气质朝阳的小学校长。一开始就隐隐地感觉到,那所小学的风貌似乎与校长的气质有某种联系。

自我们走进校园,迎面碰到的师生均彬彬有礼,面带微笑。教师们工作姿态积极、富有条理,多的是真诚,少的是敷衍。孩子们待客大方,有问必答,毫不胆怯,整个校园勃勃有生气。

学校的会议室、办公室皆放置了"请勿抽烟""请勿大声喧哗""请说普通话,请讲文明语"等宣传牌,牌子上以本校园富有特色的各处场景作为宣传画的背景,以此向每一个来访者展示自己学校的风采。

特别是以本校孩子们为主角、为表现孩子们的朝气与活力而制作的宣传画,张贴在教学楼的走廊内,让孩子们天天看着自己或同学的笑容走入课堂,十分富有创意。

这些全是校长本人的杰作,因为校长的想法很简单,与其张贴上面颁发的统一宣传画,不如制作自己富有特色的东西,给孩子提供各种各样的表现机会,时时刻刻告诉我们的孩子:我们很优秀,我们很快乐……

而结果正是:他们真的很快乐、很阳光。这是当校长的真正成功——校长把他的气质外化成学校的朝阳般的存在。

(任丽花/文)

圆润与生硬的人生抉择

从很多新闻中我们得知,今天人们处理很多纠葛与不满的方式常常是极端化的,甚至是暴力的。这不仅增加了整个社会不和谐的因素,也足见当事人作为个体生命的褊狭与生硬。

在社会上,有人受到不公正待遇时,选择报复社会;在学校里,一些孩子用极端残忍的方式伤害自己的同学。

虽然，生活中我们每个人都会碰到委屈、怨怼。但极端性的报复总是盲动、偏激与愚蠢的。遇到矛盾应该建设性地化解矛盾，而不是滚矛盾的雪球。

当一个社会中不少人的心中欠缺起码的宽容、忍让、理性时，那么所有的人都会是不安全的。

对他人存有一点仁爱之意、慈悲之心，就是对自己的仁爱与慈悲。那么这个世界的很多纷争、困扰，乃至极端性的报复就可大大减少。

尽管我们有可能被不公正地对待，但用生硬的、极端的方式甚至是搭上自己仅有一次生命的方式去"解决"问题总是不值得的。

遇事选择圆润一些、平和一些的姿态首先也是对自己生命的负责，这是更大、更具建设性的勇敢。

（雷岩岭/文）

积德攒人品

某天，葱宝微微做了点小小公益，声称他这是在"攒人品"。从此葱宝妈知道了"积德"的现代名字叫"攒人品"。

行善以积德，是古来许多民族及宗教的生活信仰。勿以善小而不为，也是古来一个良好的劝诫。

攒人品比攒钱实惠多多。很不该忘了，人生还有一个日常作业：攒人品，积善德。

进出各种门时，礼让别人。

拣起路上的塑料袋、饮料瓶。

关上公共空间的长明灯、长流水。

养成时常欣赏赞美别人的习惯，常说些善意、温馨的话，逗人开心、开怀的话。在别人需要时给他当一回"心灵创可贴"。

出入小区时，记得给保安一个微笑；这个笑主要是赏给自己的，显示的是自己具有善意，对他人能够尊重的品质。

乘车遇人掏不出零钱、狼狈不堪时，用自己的卡帮他刷一次；我们往灾区捐几百元是容易的，帮人刷卡也不会难吧。

随时伸出自己的橄榄枝，表达自己和平良善的心意。

每思于物有济，自愧为人所容。积善德，攒人品吧。让德之树现在就开始出苗，来年或能开花，某一日必可参天。

咱们不是"郁闷"兼"浮躁"吗？随时记得攒人品，能有效地散郁解闷、镇浮去躁，因为攒人品让心静了、润了、绿了……

"既以为人己愈有，既以与人己愈多。"老子从哲学上解释了攒人品可以散郁解闷、镇浮去躁的原理。

实在攒不了人品也没关系，至少不要攒恶劣：吃过早餐后的塑料袋及豆浆杯扔课桌上就潇洒离去；在公共场所手机铃声大作、嗓门如雷地高调说话；甚至如厕后不冲冲，就坦坦而去等等。

本文上传笔者空间日志后，有学生说："老师，您说的我能理解，可是践行很难，特别是我们农村。"

回复：是很难，但没有你想的那么难。如果偏执于践行必果，践行的确很难，请注意能践行本身就是至善。凡事知其可为才为，其事必无多少价值。请淡泊于结果，你就能践行！

（高原/文）

葱宝碎碗

葱宝在厨房操练洗碗，"咔嚓"一声，分明是某只碗碟归天的声音。

葱宝出来自首，正在客厅阅报的葱宝妈眼皮也没抬，说："没事，妈当年也碎过不少碗。下次小心就行了。"

葱宝在学校操场打球，丢了钱包，致电母上报告损失。"没事，妈当年也是丢过若干只后，才学会基本不丢的。下次小心点就行了。一辈子可以有三次机会，丢了钱包妈不骂。"

对于以上两件悲剧，葱宝妈均省了一句通常妈妈都必有的责语："你怎么不小心？！""你怎么搞的？！"

以前听过一件事，使葱宝妈对碎碗之类的事情的反应比较淡定洒脱。

某人收藏了一只很珍贵的古董盘子，千珍万惜地还是给碎了。那个心碎之痛无以言表，他女儿却漫不经心地说："天下就没有不碎的盘子。"闻此几乎是禅语的话，盘主顿时彻悟，心痛的症状也瞬间得到大大缓解。

天下没有不碎的盘子和碗，对于已发生的无可挽回的事，可以不再纠缠。甚至都不用回过头去"悼念"，汉代那个"堕甑不顾"的典故就这意思。

大家也都正好有个表现大气宽容的机会。天下谁没打过碗？天下谁没丢过东西？因此指责别人"怎么不小心"就是一句多余又不通世事的废之又废的话。

体谅宽恕别人的过错如同体谅宽恕自己，和谐社会就是这样构建的。

（高原/文）

在韩国体验人性的温度

一

第一次高峰期乘坐韩国地铁时,忽然发现有两个空座位,这对于旅途奔波的我而言,可谓雪中送炭!

我赶紧坐下来,站在一旁的女儿悄声告诉我,这是专门留给老弱孕童的座位,我赶忙起身。

韩国地铁上约定俗成的规矩是:即使周围没有老弱孕童,不管地铁有多拥挤,每个车厢里的六个专座也要虚位以待。年轻人如果占据了这些位置,就是可耻。

二

到了韩国,自然要品尝一下韩剧里常见的烤五花肉,于是到达韩国的第一顿就是它了。当我们盘腿坐在饭桌前、面对着韩剧里同样的杯盘碗碟时,一种既熟悉又陌生的穿越感油然而生。

店主大姐多次来到饭桌前为我们翻烤五花肉,并将烤得恰好的肉放在旁边,方便我们食用,让人有被待若上宾的感觉。我发现她还抽空给邻桌的一对老年夫妻做同样的事情。

三

无论是在首尔,还是在济州岛,我们都感受到了随处可见的礼仪与客气。而且女儿还告诉我,在饭店里用餐,临走时通常都要跟店家打招呼,一般要说"再见"或者"吃好了",其意义在于感谢店家的辛苦。

见到认识的人,如果是不太熟悉的人或者是平辈,都要微微点头;如果是相熟的人、长辈或者是学校前辈等,一般都要鞠躬。

女儿说初到韩国的时候,在校园里见到后辈对前辈隔着条马路大声问好的情形,还吓了一跳呢。韩国学生老远看到教授就会迎上去热情大声地打招呼,一副非常高兴的样子。

小孩子也是从小就被教育得见人要行礼,有时候在街上看到小小的孩子,抱着手鞠躬那稚嫩的样子真是可爱之极。相信这些礼仪也会大大减少人与人之间的冷漠，拉近人情，让一个社会温暖温馨起来。

四

韩国的"赠品"文化也很兴盛，它与西方的"给小费"文化正好相反，是卖主或者商家赠予顾客一些小商品或者试用装，去饭店吃饭店主也会赠你一盘小菜或者饮料。

女儿说，刚来韩国和朋友逛街，因为口渴就买了饮料，店家当时就赠送给她们几个小鱼形状的豆沙面包。刚开始她们不敢接，怕是购买陷阱或不卫生。

当时店家看出了她们的迟疑，就自己咬了一口说："没事儿，尝尝吧。"当她们接过后，店家愉快地说欢迎下次再来，就继续做自己的事，并没有什么得寸进尺的表现。

韩国社会很重视人际关系，所以即使对只见过两三面的人也很亲切。一般做小生意的大叔大妈，在你偶尔零钱不够的时候都会说"算了算了"，而且有时你买了水果之后还会再赠你一些。即使你不买他的东西，大妈往往也会叫你过去，给你一点她刚做出来的点心。

去服装店购物，店主还会给你倒一杯咖啡，让你慢慢挑选、试穿，不管你最终是否购买。赠品虽小，但让人感觉心里暖暖的。赠品赠到这个境界，就是在互赠善意，就是让善意在每个人的心中良性循环。

韩国长幼尊卑的观念深入社会，面对长辈不能抽烟，跟长辈一起喝酒时，小辈不可直面喝酒，要侧身饮下。给陌生人或者长辈递东西的时候一定要两手或者一只手托于另一只胳膊的肘下。

对陌生人或者长辈说话一定要用敬语，否则就会被认为是失礼。韩国人有一整套复杂的敬语。

在韩国，上电梯还是进公共场所的门，男士都是礼让女士的。

出席公共场合穿着一定要得体、整洁、干净，见到认识的人打招呼时，面对长辈或前辈时则必须鞠躬，同辈之间则可以微微点头。

一个国家或民族的优秀文化与传统如果得不到很好保护的话，这个民族的未来也就不会值得人们期待。

（雷岩岭/文）

诚敬是"精神总动员"

国产哲学家里，笔者较佩服冯友兰先生，只因为他讲哲学最能深入浅出，很适合吾辈这种既懒惰又想知道一点哲学，好给人"吹"那种有点技术含量之"牛"的浅陋家伙。

比如，许多大方之家都谈"诚敬"，可他们越说得多，咱们的感觉是诚敬操作起来太费劲，于是对"诚敬"愈发敬而远之。

而冯先生对"诚敬"的讲解至今无人可比，就因为他讲得太贴心了。既讲了诚与敬是什么，又提到如何操作诚与敬，特别提到"敬可以说是一个人的'精神总动员'"，说得诚至之极：

> 真至精神是诚，常提起精神是敬。粗浅一点说，敬即是上海话所谓"当心"。《论语》说："执事敬。"我们做一件事，"当心"去做，把那一件事"当成一件事"做，认真做，即是"执事敬"。有诚自然能敬，所以说诚然后敬。

朱子又说："凡人立身行己，应事接物，莫大乎诚敬。诚者何？不自欺，不妄之谓也。敬者何？不怠慢，不放荡之谓也。"

以上冯先生先梳理了"诚敬"的文化传统，把"执事敬"通俗解为上海话的"当心"，真是切当体贴。

当心就是行事时，心要值班，要在现场，不可到别处瞎逛；总之，就是做事不能心不在焉。如果觉得"诚敬"太高够不着，那只要凡事"当心"便也足够：

> 我们做事，必须全副精神贯注，"当心"去做。做大事如此，做小事亦须如此。所谓"狮子搏兔亦用全力"是也。人常有"大江大海都过去，小小阴沟把船翻"者，即吃对小事不诚敬的亏也。

> 时时心存诚敬：人于做某事时，提起全副精神，专一做某事。此是孔子所谓"执事敬"。于无事时，亦常提起全副精神如准备做事然。此即宋明道学家所谓"居敬"。

能敬底人自然有朝气，而怠惰底人都是有暮气。敬可以说是一个人的"精神总动员"。

(《新世训·存诚敬》)

冯先生还怕我们不明白，连"当心"也做不到位，干脆直接说"诚敬"是"精神总动员"。

一定要当心：不诚不敬，不但人怠惰，还让你提前进入暮气沉沉的老年。这就是不诚不敬不当心的后果。

(高原/文)

只有做美才靠谱

"做大做强做美"的口号在许多地方被高频地使用。在以经济发展为中心的理念下，这是一个很合乎逻辑的目标。但这里只有"做美"才是真实的、可靠的。

有个不大的老板，在一不大的小城，亲手烹制某种精美点心，很受欢迎，他也很是快乐。有人劝他扩大经营到大城市去搞连锁店，雇人帮他干活，好挣大钱。

他想想拒绝了，因为他很享受亲手制作精美点心的过程。况且经营扩大后，感觉自己可能会控制不了，反徒增烦恼，划不着。

快乐与幸福是个朴实羞涩的姑娘，悄悄待在人们追求她的路边不起眼的地方，如果你心中装满太华丽高亢的念头、太匆忙急迫就很容易与她擦肩而过。

把做美放在第一位，再做大，那个大才会大得实在；同样，首先想着做美，再考虑做强，那个强才会强得不虚，强得有底气。

若把美搁一边，或放在最后，先一味求大求强，结果只能是粗糙粗鄙、空无一物的大冒虚火、虚张声势而已，一定不可持续，怎可能有美呢？

实际上，很多时候，只要做美也就够了，大不大，强不强都不一定是重要或必要的。做美需要先做精、做细、做漂亮，最后做成不可替代的艺术品。

阿里巴巴的马云说："生存下来的第一个想法就是做好，而不是做大。"

盲目地做大做强都是不自然的，大悖"无为"原则，故必败无疑。

（高原/文）

五星酒店里咳嗽一声的"后果"

有次外出检查工作，同行的客人在宾馆电梯里一声咳嗽，被服务员听到。等她晚上回到房间时，发现桌上摆着姜汤及感冒药，并一张提醒服用的温馨纸条。

这是在一家五星级酒店里咳嗽一声的"后果"，比较"严重"。要是我遇上，都不用服药喝汤，感冒肯定瞬间自愈。这种"巨犀利"的服务态度，真是感人。

在我们的日常生活中，类似的事情很多，但如何做到想他人所想、急他人所急却是一门实实在在的学问。如能从此事中得到启示，在接待工作中时刻注意宾客至上的原则，那我们的工作将会更加完善和值得称道。

（任丽花/文）

对1/8秒镜头都认真的姜文

姜文让人最服气的是做事认真，据说他连1/8秒镜头都认真对待。

姜文说拍电影得认真，什么都得讲究："糙的东西多，这是社会发展的一个过程。楼都着火了，人都烧死了，糙成这样是不能允许的了。我觉得啊，无论什么时代都应该理直气壮地抵制糙的东西。打着任何旗号都不可以劣质。"（彭远文《拜托拿出你的职业精神》）

蔡琴的名曲《恰似你的温柔》，她都唱了八万遍，可每次还能像第一次唱那样激情饱满。这就是敬业，敬观众，敬自己。

中世纪的石匠雕刻出了用于装饰的哥特式教堂的怪兽状滴水嘴。有时，他们的作品位于教堂的上端，或藏在飞檐后面，或人的视线不及之地。在地面上无论站在何处，都无法看到这些滴水嘴。

然而石匠们仍然精心雕刻，哪怕知道一旦教堂完工，脚手架拆除，他们的作品将永不被人看到。据说,他们雕刻是给上帝看的。

千千万万个上述类似的故事构成了人类辉煌的历史。

那些本就准备嵌在墙里的、最后只露出一半佛像的雕刻工匠,却一丝不苟地雕出整个佛像,因为他认为自己能看见,他不管别人能否看见,只为给自己的心一个交代。

不信上帝、不信佛的人,只要为自己的心做事,一样成就一切,让一切变成极致,变成传奇,宛如神作。

(高原/文)

没心没肺让生活粗糙不堪

是什么让生活变得粗糙不堪?是没心没肺,是心不在焉。

内心的集体浮躁,使我们做事已习惯心不在焉,心只与那个功利的结果在一起。不把心搁进所要做的事里去,做出的事肯定也是没心没肺的粗糙样子,怎可有品质?

当快餐代替了手工烹调,当八卦新闻代替了诗歌絮语,当电子邮件代替了纸张信笺,我们的确处在一个所谓发达的时代。但我们也丧失了太多珍贵的东西,比如时光流转中的脉脉深情,比如阴晴雨雪中的悠悠意趣。

优雅的生活也不是别的什么,只是一个更具人性温度的生活,是一种微妙的美的生活。它不是一个准机器化的机械动作或准机器人的无情生活。

优雅的生活需要用手去调制,用心去营造。不动手、不用心的日子只有粗糙。当人手与人心都被弃置不用了,生活怎可有人性的温度?

优雅是一把梳子,把纷乱的生活梳理得有型有款,有格有致。

格调格调,先要进入一种精神的格里,并拥有某种脱俗的精神调子才能格调。

(高原/文)

无限的耐心是天才唯一的凭证

从来都是说"不耐烦",从来没有用过"耐烦"一词,但沈从文的成就却正在于他自己说的"耐烦"而已。

行事少耐心,是俗人之大俗。那些非凡的人最不俗的一点就是他的耐心非凡。因此许多事,当一般人耐不住烦罢手了,他们的本事就是能"耐",最后当然就耐出"能"来。

世上没有什么事做起来一点都不"烦"的,耐不住烦当然不能成事。

而能耐得住烦,也会是一种成熟,如此才有担当的能耐。

徐志摩说:"无限的耐心是天才唯一的凭证。"把"天才"与"耐心"画等号,十分有道理。

从现在起,无论多么烦累之事,只要是成事所不可避免的,就请先来个深呼吸,然后无怨也不嘀咕地认真做下去。事实上,只要从感觉上疏通了耐心的必要,许多事反而会显得不再那么烦累。

告诉自己:"有什么呢?我不怕烦累,我完全能很好地应对。"一旦横下心,无畏于事之烦累,就没有什么能拦住你的前行。

"忍耐使灵魂平静。"(《圣经》)让心平下来、让心静下来,此时所发生的就是那些本该需要耐的烦事也没有想象的那么难耐了。

耐心也是优雅的必备品质,不可想象一个人优雅却行事没有耐心。"谁丧失了忍耐,谁就丧失了灵魂。"培根《论愤怒》一文有此一说,听上去夸张,但好好琢磨一下,感觉确实就是这么个道理。

有灵魂的人,就是能把控好自己生命状态的人

长期"不耐烦",会使"不耐烦"长到你的表情里,十分具有毁容效果。

故请深呼吸,把心放平,耐烦吧!

(高原/文)

耐心是人的神性

埃及尼罗河东岸卢克索太阳神庙的修建过程延续了一千多年,巴黎圣母院建

了三百年，甚至欧洲的一些城市广场竟也慢悠悠地造了一百年。

现代的例子是西班牙巴塞罗那的圣家族教堂，它始建于1884年，预计2028年完工，那来自自然的灵感设计看上去宛如神的杰作。

那些动辄盖一两百年甚至更长的建筑，据说都是给上帝盖的，不是修给人的。

但笔者更愿意相信：非凡的耐心是人的神性的表现。耐心的多少最能度量出一个人的类型与层次。

因此有人说："付出一点想马上有回报的人，适合做钟点工；如果耐心按月得回报，适合做工薪族；能耐心按年领回报的是职业经理人；能耐心等待3—5年的是投资家；可以耐心等待10—20年的是企业家；能等待50—100年的是教育家；能等候300年的回报就是伟人；能耐心等待3000年才见到效果的就是圣人。"这是《意林》杂志页边格言所说的"耐心的境界"。

以上正好印证了徐志摩"无限的耐心是天才唯一的凭证"那句话不虚。

优雅之物与优雅之人皆需要时间的浸润，需要无限的耐心来成就，不可能速成。此亦谓大器晚成，耐烦耐时成就天才。

缺少耐心显然也是"俗"之一大表现。耐心是人的神性，并且是每个人都能有的神性。只需要把心放平一些，耐心无限就是可以操作的。

（高原/文）

融入月亮温润的手工产品

"从前的技士与工人，对他们自己独出心裁所造成的作品，有亲切真纯的兴趣；但现在伺候机器的工作，只能僵瘪人的心灵，决不能奖励创作的本能。"（徐志摩《罗素又来说话了》）

和谐社会的一些情景并不在遥远的未来，就在几十年前，最远一百年前，那一个个手工作坊里，或掺着阳光的金线，或融入月亮的温润，曾使许多民族

做出宛如神工的种种极具生命质感的器具。哪个民族没有这样的富有耐心、心平气和的人性化制作？享用这样的物品是人对自己真正的尊重，这也是优雅的需要。

"伺候机器的工作"会让人也成为机器的一部分。现代进步的、然而无生命的大流水线上生产出同样无生命的产品，它的本质是虚假的、没有情调甚至是粗糙粗鄙的，又如何能使生产者与使用者的生活具有亲切真纯的人性？生活又如何有真正的质量？这种进步有多少建设性的意义呢？

在号称"城市让生活更美好"的世博会上，我们看到的美好事物也主要限于那些世界各民族人性化的手工制作。让生活美好的基本要素永远是人性的、有精神文化含量的东西，而不是城市。

后现代的价值取向之一就是对手工产品这种人性的东西的重视。所以法国面包行业有个规定，机器制作的面包不准叫面包。

（高原/文）

点心不再点心

点心是一种吃来不求饱的东西，但却是饱满的生活不能缺少的东西。很懂得享受生命的周作人有一个极"经典的"感慨：

> 我们于日用必需的东西以外，必须还有一点无用的游戏与享乐，生活才觉得有意思。我们看夕阳，看秋河，看花，听雨，闻香，喝不求解渴的酒，吃不求饱的点心，都是生活上必要的——虽然是无用的装点，而且是愈精炼愈好。

（《北京的茶食》）

"点心"的质量最能体现某个民族在某个时段生活的情态。点心整体上呈粗糙状，说明那个社会的人们心中缺乏某种祥和宁静的东西，大家活得慌张，没有心情去耐心精致地做事。而越不用心，也越不快乐。

"一块面包能分出多少片？得看你怎样用心切它。一天里能有多少欢欣和快乐？得看你怎样去过。"（西尔沃斯坦）

一位朋友的装扮很精致，但那些衣饰的价钱却并不贵。如此出众的效果是怎么来的？她说，用心。

一位奶奶烤的蛋糕很香,因为她全程用心。

一个小孩泥巴玩得很开心,因为他全神贯注、聚精会神。

一个不富的人一生快乐,因为他知道快乐的秘方里钱不是必要元素。

用钱换快乐,快乐的成本当然高。用心才能降低快乐成本。

可怜吾辈如今吃不到好点心了,原因出于生活干燥粗鄙。许多人本就活得没心没肺、心不在焉,做点心时还格外拉长个毛驴脸,那点心能好吃?能起到"点""心"的作用吗?

小点心不再点心,不是个小问题。

(高原/文)

糯粽发妙香

笔者曾教过的一位叫刘万兴的弟子,某年端午短信向老师贺节。

为坚守我倡导的只发有创意、带真情的一手短信的原则,我将安徽西递村明清古居"水墨开奇境,丝桐发妙香"楹联略加篡改,回复一联:"龙舟开奇境,糯粽发妙香"。

没承想,到了次年端午,刘君说他将老师的短信保存了一年,又将此联发回老师再贺节。后来我的回复是:龙舟妙趣横生,糯粽奇味无穷。

我也一并准备好了,来年若刘君再发来,我就将此联一直扩展下去:

趣外趣奇境开来龙舟妙趣横生,味中味妙香发自糯粽奇味无穷。

可惜的是,此后弟子刘君再无音信。

(高原/文)

手工面和机器面

记得我高考刚结束,步行去姑姑家吃新媳妇的"试手面"(刚过门的新媳妇在公婆家做的第一顿面),去她家要趟过一条河,还要走过一条花红柳绿羊肠小道。

到家以后,看见姑姑满脸慈祥坐在靠窗户的土炕等我,凉茶早都泡好了,和姑姑聊了一会儿，快到饭点了，只听她悠长地喊了一声："媳妇儿，擀面了！"

姑姑叫的是她最喜欢的小儿媳妇。工夫不大，面就端上来了。小媳妇高挑的个儿，细长的、笑眯眯的眼睛，看着就让人喜欢。

那面别提多好吃了——刚收割的新麦面、配上自家酿的香醋、后院的韭菜、自家院子鸡下的蛋，吃完口舌生香。至今想起觉得面香、人美、情真，那是我吃过的最完美的手工面。

梁左的《我爱我家》剧本，有段念白独具京味儿："打卤面不费事，弄点肉末打俩鸡蛋，搁点黄花木耳、香菇青蒜，使油这么一过，使芡这么一勾，出锅的时候放上点葱姜，再洒上点香油，齐活了！"

这段话激发人关于面的美妙想象。天下无双的兰州牛肉面为什么好吃？因为它是纯手工的。

似乎这是一个机器面和方便面的时代，自从日本人发明了第一袋方便面以后，速食面就像雨后春笋，出现在大江南北。即使过春节时，各个台都在滚动播放明星代言的方便面广告，给人感觉就是豁出去不过节了，一人一桶方便面得了。

机器面兼具使我们味觉退化、生活粗糙、人性消失的功能，人与人的情感互动也会荡然无存。没见过什么优雅的东西出自机器，因为优雅之物都是从心开始，动手做出来的。

（马小萍/文）

我还是喜欢得个奖状

葱宝在运动会上得了几个奖，奖品是四五只塑料杯子，串起来像巨型葡萄。

看着这串"葡萄"，感觉怪怪的。我还没明白过来这怪感从何而来，葱宝说："我还是喜欢得个奖状。"

对了，怪就怪在本应发个精神性奖状的，却发了个物质性杯子。

葱宝也不是觉悟高到已经拒斥物质的境界，而是杯子不方便证明他的运动成绩。给人吹牛时，总不能老拿出这喝水的杯子说："瞧，这是我跑一千五得的奖。"

这种事已不是偶发性的，它是我们社会全面粗糙的一个表现。如果你得了某个奖,奖品多是被套、电饭锅之类。

连教师节发个福利,至今还是大米和菜籽油。总之,都是帮助奔小康、解决温饱的很实用物品,少见有饱含精神性、文化含量的较为含蓄高雅或有趣的奖品。

别的单位发物质性奖是可以理解、也基本可以原谅的。但对各级学校来讲,则特别应讲究奖品的精神性、高雅性,至少也应有些趣味与格调,这也是教育的一部分。

连孩子都愿意得个奖状,学校领导们该意识到这是个问题了。

(高原/文)

学说有意思的话

李克强出席联大会议时发现,美国代表发言时,下面人很满;中国代表发言时,下面人较空。

他没说原因,但不难揣度的是,美国人说话估计没走套路,没有言不及义;而我们发言还不太习惯说有意思的话,不太会说人话。

学生答题时也是大走套路,看着洋洋洒洒、满满当当的卷子,你很难找出一两句有价值、有灵性的话来。这怪咱们老师没教过孩子们怎么说人话、说有意思的话。

一个人的言谈永远是他的家庭背景、社会地位以及精神教养的标示牌。

当"言不及义"、话说不到点子上、不到位、无聊无趣时,还请保持高度沉默。渊默,像渊潭之水一样静默!大自然从来都是人类行止最好的老师。

慧律法师说:"当你要开口说话时,你所说的话必须比你的沉默更有意义才行。"

另外,到了一定岁数,更要注意避免与人扎堆八卦,亦不可只会诉说家长里短或自己的高血压、心脏病。

说有趣的话,生活才是有趣的;说建设性的话,生活才是建设性的。说有意思的话,是有灵魂的表现。总之,要学说有人性温度的人话。

(高原/文)

流浪猫咪咪

儿子有一天在校园里捡了一只流浪猫抱回家，只有大人的一个手掌大小，蜷缩着身体，惊恐地睁着眼睛，哀声叫唤，四下张望。儿子唤它咪咪。

儿子向来对小动物没有"抵抗力"，一看见小狗小猫就爱心泛滥。但我向来没有养宠物的习惯，而且一直有心理障碍，不敢也不喜欢和阿狗阿猫亲密接触。看见它们，不是它们逃开，而是我逃开，所以坚持不养。

可是儿子给小猫打了疫苗、买了猫砂，把一切都准备好了，一副你看着办的样子。觉得儿子也大了不好拒绝他，得尊重他的意愿，所以姑且养着。就这样，一只小猫就突然进驻了我们家。

它除了吃喝拉撒，还要"找温暖"。这是我最犯怵的，你坐在沙发上它就往沙发上跳，往你怀里钻，吓得我跳起来尖叫，父子俩在一旁偷偷地坏笑。

有天朋友来访，咪咪冲着她叫，我惊奇地看见她用手轻抚着小猫的身体。它在朋友的膝上一副幸福模样。我俩聊着天喝着茶，场面居然还很温馨祥和，这对我来说是个不小的触动。

但还是为咪咪的去留问题犯难，仍然不敢碰它，对它"爱而远之"。好在孩子奶奶答应收养小猫，暑假就带了过去。

过完暑假，临走前一天，我看书睡着了。醒来一看，咪咪蜷缩在我怀里枕着自己小小的前爪像个孩子睡得正香！奇怪啊，我这次没有尖叫，也没蹦起，只觉得心里好安静……

咪咪醒了，咪咪地望着我，它知道我明天要走了吗？它就那样望着我，我突然有种被猫信任的感觉，心理防线瞬间瓦解，心理障碍也不药自愈了……

我现在确实可以安安静静、大大方方地亲近它们了，这种感觉真不错！

（马小萍/文）

情商高活着省劲

一个当教授的父亲带自己的孩子去玩具店。

面对拼图玩具，父亲费尽力气也没有拼好，很狼狈、很沮丧。而五岁的孩子虽然也没有拼成功，但玩得很尽兴、很愉快。

这个故事提醒我们：不要总是把生活当难题来解决。你越是以带着解决难题的心态面对世事，它就越是难题。

上帝从不为难头脑简单、心地单纯的人。

"智商高、情商高的人，春风得意；智商不高、情商高的人，贵人相助；智商高、情商不高的人，怀才不遇；智商不高、情商也不高的人，一事无成。"这是美国人丹尼尔·戈尔曼《情商》一书所言，真是高明之见。

情商高者活得最省劲。这个发现是否可得诺奖？

除非你我智商与情商都不低，否则在生活中与人拼智商恰是智商低的表现。

情商低、智商高者活得不仅最痛苦，还往往最失败。世上机关算尽，反误了卿卿性命者还少吗？

智商大多天成，情商虽也有天生的因素，但后天人工修炼效果也不错。致力于提升情商者远比只努力增加智商者要明智得多，这就是生活特有的逻辑。

人文教育本质上就是情商的培养，注意人文素质的提升，可让自己活得省些力气。

（高原/文）

有情商是个什么概念

这个问题笔者自认没能耐从正面回答，只是直觉告诉我，能做以下事者就是个情商不低的家伙：

他不把脾气大当本事大。

他不管谁不小心碎了碗碟，都只有两字的反应：没事。

他深知年轻时躺在玫瑰上，年老时就会躺在荆棘上。

他不管人生的阶梯有多长，二话不说，只管抬脚踏上第一个台阶。

他懂得真正的勇气不是压倒很多东西，而是不被很多东西压倒。

他知道世上自己能控制的事只有积善德、攒人品与保持风度。

他并不在意做某个更富、更帅或更成功的人，只做最好版本的自己。

他有本事在随所遇中找到安心、安顿，人们日常主要看到的就是他安然、安泰的样子。

有情商者知道，不可偏执地试图理解所有的事情，因为世上有些事情不是让我们去理解而是让我们去接受、去享受甚至是去忍受的。

笨男人用拳头打天下，傻女人用眼泪对付天下。而有情商的男人和女人，则多用善意爱天下。

做大靠智商，做好、做美则有赖于情商。专注于"做好"而非注目于"做大"，恰好体现出高情商要比高智商更有价值。

作家李碧华问："为什么没有人承认，令自己眼界大开，变得成熟的因素，不是'得'，而是'失'？失望、失败、失意、失恋。"

事实上，情商高的人正是承认这一点的人，并且努力在这一切"失"中去收获"得"。他们受了伤，能迅速痊愈，并顺便把伤疤变成自己生命的勋章。

海明威提醒："在人生或者职业的各种事务中，性格的作用比智力大得多，头脑的作用不如心情，天资不如由判断力所节制着的自制、耐心和规律。"也是在说情商的重要性。

有情商者也会认同：无论你犯了多少错，或者你进步得有多慢，你都走在了那些不曾尝试的人的前面。

所以他不会浪费时间于观望、抱怨，只是省出工夫去尝试，甚至去失败，因为情商高的人本来的人生定位就是：来世上纯是为了玩，把一切当玩具。

如果说，智商是一个人的硬实力，多属于天资；情商则类似于软实力，虽然天生也会带来一星半点，但多来自后天工夫。优雅主要是后天修养的结果，情商也一样。

优雅基本由高情商支撑，并且高情商者也是因雅而优秀者。

（高原/文）

我来世上玩

艺术是虚构的，良好的艺术品是良好的虚构想象的产物。

活在世上的理由也需要像艺术一样进行虚构，或者说需要找一个生活的借口。理由还是因为世界是精神的，什么样的借口或虚构便有什么样的人生。

想来想去，最适合自己的借口最后就是：我是来世上玩的。

这"玩"，说得文雅一些好像就是"淡泊"。不带着这样的"玩心"，怎能真正享受生命的过程，不那么在意结果？这种游戏人生的心态是建设性的。

"所谓玩是一种文化，不见得是指玩本身，而是在玩味其中的情趣：在把玩之间，所体现的那种超然于物外的情致。"（刘一达《京城玩家》）

京城玩家里头一号人物应是王世襄，因为"他把玩当成了人类文化的极致。他把'玩'字琢磨到家了。玩出了品味，玩出了情趣，玩出了德性，玩出了人生的快意和别致。"（刘一达《京城玩家》）

"只有当人充分是人的时候，他才游戏；只有当人游戏的时候，他才完全是人。"（席勒《审美教育书简》）这里强调的是，人的精神自由和人性的完满与游戏是正比关系。

有格调、有境界的"玩"，不是可以摆脱、放下许多对生活无谓的纠缠？不是姿势可以好看一些？心态也宽厚温和一些？从而避免活得那么急赤白脸、上气不接下气。

许多事应像孩子一样玩，他们和尿泥、玩堆沙从不是为了评副教授或升官发财，所以才玩得酣畅尽兴、才有趣、才纯粹。

"童年啊，是梦中的真，是真中的梦，是回忆时含泪的微笑。"（冰心）在人生中玩好，需要永不失童趣。

活得难受、难看，肯定是因为所持人生借口属于难受、难看的那种。

当然，最强悍的人是能在所有的事里找到"玩兴"者。

我还不强悍，但我很幸运，上着自己十二分喜欢的人文课，并常常有种上课是"玩具"的感觉。如此一边玩，一边还能借此工作养活自己与儿子，幸甚至哉！悠悠苍天，吾何德何能，享此大福，有此大乐？

为生命找一个好的借口，就是在确定一个好的生活。借口潇洒，人生潇洒。

（高原/文）

虚弱与强大一念间

网上常有助人内心强大的励志语,都说得不错,只是稍嫌啰唆与沉重。本人以为,内心强大的外在表现往往是能随处潇洒、一念清明。

据说维族同胞如果有两个馕,一个用来果腹,另一个会用来当乐器,敲打着它唱歌跳舞。如果能有这个觉悟,说明不仅内心强大,还有从骨子里来的潇洒。

当然从理念上还需要达到一个认识层次,那就是无论你在世上有多么亲密的夫妻关系或甜蜜的恋人关系,你都应把自己的生活永远设置为仿佛是一个人活着那档上,对生活与他人皆斩绝"等、靠、要"的本能意识,如此才可彻底解决内心虚弱的问题。此念不清明,内心虚弱定会周期性反复发作。

说白了,就是我们在生活中除了自己的尊严,其他的一切都可以属于"顺便一有"的东西。它们若不期然驾临我的生活,很好,热烈欢迎;如果我努力追求了,它们不来,也坏不到哪儿去。

如果我们有一个馕,半个用来啃掉,另半个先敲打着玩玩再考虑吃它。强大是骨子里潇洒的结果。

虚弱与强大就在这一念间,优雅与否也在此一念间。

(高原/文)

"无欲则刚"新解

虚弱总是因为被什么外在的东西拿住了。比如交个男女朋友,心情就随他(她)的脸色阴晴圆缺。

人活着总要有希望没错,但这个希望最好表现为对生活整体的肯定态度,而不可以是对具体某件事的期待或指望。前者是不小的智慧,后者易为很大的偏执。

只是努力自己该努力的,不指望它们最后究竟的结果,那些具体的成与败就不会主宰自己的情绪。

无欲则刚之"欲"并非仅指狭义的欲望,而应包含对某些具体存在的人与事的贪求或奢望。

无贪求、无奢望者必刚,此为"无欲则刚",此可壁立千仞。佛祖和菩萨们不正是如此立在山崖上？

少欲、无欲的凡胎就是神胚。

必要的少欲是必须的，因为这是自我解放的唯一法门。优雅是一种淡然的样子，欲火炎炎似乎不方便优雅。

（高原/文）

《逍遥游》说的是地上飞

《庄子·逍遥游》说神人之"至"："乘云气，御飞龙，而游乎四海之外。"

《庄子·齐物论》说至人之"神"："乘云气，骑日月，而游乎四海之外，死生无变于己，而况利害之端乎。"

如果庄子的意思是教导大家如何乘云驾雾或骑着太阳、骑着月亮在天上飞，那《庄子》就没什么意思了，因为那明摆着是在涮人。

究竟、如何、怎样才能逍遥于大地上、自在于凡尘间，才是庄子要告诉我们的。

《齐物论》一篇中心意思就是为《逍遥游》提供行动或操作的指南：齐物才能逍遥。

稍具体地说，"齐物"针对的问题是在不该把世界分别得太清楚时分清楚，从而引发人生从理念到行动的系列性混乱与偏执。

再具体地说，人们往往在三个方面热爱"分别"。首先，就是人皆纠缠你是我非，导致陷溺在无休无止的是是非非中；故需要大"齐"此类是非。看官注意，这不是不讲是非，而是要明白许多你是我非的分分别别是多余而有害的。

《齐物论》第一个意思是"齐物议"，即齐是非、或曰齐是非之论。这解决的是人与他人的关系。在天地自然中，庄周梦为蝴蝶，或蝴蝶梦为庄周，不需要分清楚；分清楚反显无趣，反不

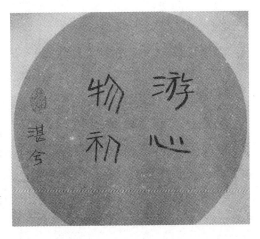

自然。

其次，人皆好标榜自己是"万物之灵长"，然后真把自己当世界的"主人"，然后所有的存在其价值无非只是个"听用"——唯供人类消费掠夺而已。请醒醒吧，人类只是万类中一类，或万物中之一物。

所以"齐物论"第二个意思是"齐万物"。这解决的是人与世界的关系。当你逗着小猫玩时，也同时是小猫在逗你玩。不要偏执，小猫有权利逗我们玩，这是天赋猫权。

再次，人皆不自觉地活在"小我"中，然而"小我"终有一死，这让"小我"很恐惧。要想过怕死这一关，必须"吾忘我"，即在大我的层面上超越"小我"的迷执，死时才能从物质不灭的角度坦坦地接受自己会永恒在天地之间。这是"齐物"的第三个意思，齐的是物我关系。

凡人日常如能操作以上道理，即可在地面上，若云自在，如风自由；此谓之逍遥游。

所以说庄子《逍遥游》说的是地上飞的事。

（高原/文）

幽默者行远

幽默者洞达世事，时常调笑着自己生活中的挫败甚至苦难，这让他傲然于苦难与挫败之上，像神一样有力量。

某记者问史铁生："您的专业就是在家写作吧？"史铁生回答："不是，我的专业是在家生病，我业余写作。"

"业余写作"的史铁生靠着参透生活本质的幽默而成为专业大作家。他由自己的残疾，悟出"人的残缺证明了神的完美""残疾有可能是这个世界的本质"。这也许正是给他新生、给他力量的彻悟，使他不但身残心不残，甚至其精神的爽朗健康超出太多健全者。

史铁生飘着阳光味道的文字证明：虽然人不是神，但终究生活为人留足了空间，让人向着神超拔，并终于"神"采飞扬、"神"气活现。

以前总是疑心，现在则是确信：人世间许多从或污浊、或黑暗的角落跃入天堂的那些"家伙",原来都是天上掉下来的天使,是上苍专门派来昭示人类的现身说法。如西藏的米勒日巴佛,他在成道前是个罪人啊。

走不远,走不洒脱,与心中结冰、不能幽默有关。板结的心把一个人固定在那个尴尬的泥地里狼狈着。

幽默能使苦难涣然冰释,生命便溶溶如水灵动起来,欢然流向梦想的大海。幽默者行远。有人说,当你走在人生紧绷的绳索上时,适当的幽默感是让你把握平衡的长竿。

幽默是人的一种神性表现。命运狰狞,幽默就是也回它一个鬼脸。

务必使自己学会幽默,不仅为了行远。

(高原/文)

用诗来升华厄运

谁都会走背字,但不是谁都会把"背"字书写得漂亮。

有些人的本事就是一生无论什么"背"事都挡不住他把"背"字写得像龙飞、似凤舞,那个漂亮直让你看得一愣一愣的——人和人咋就这么不一样呢?

世界是运动的,就是说世间的一切存在不会是静止不动的,它会转化。

因此当一个人大富大贵时,无须得意忘形,因为那"富贵"不会是永远处于良性状态而静止不动,它会转化为影响一个人生命存在的恶性因素,世间富贵害人的事无须列举。

用艺术欣赏的心情看世界,就可以用诗来散郁解闷,许多诗文不就是那些在某些方面郁闷不堪者纾解情绪的结果。

我们所遇到的厄运,对待处理得好,它会转化为一种生命升华的契机,厄运连连、老走背字的李商隐就是这样一个典型。

细雨冷雨晚雨、漂泊阻隔迷离忧伤等等是李商隐诗的主要表现意象,但它们在李诗中的表现却决非世俗意义上的浅表化、简单化,李商隐对它们进行了人文性、艺术性的开掘与升华:

一春梦雨常飘瓦,尽日灵风不满旗。(《重过圣女祠》)

秋阴不散霜飞晚,留得枯荷听雨声。(《宿骆氏亭寄怀崔雍崔衮》)

阶下青苔与红树，雨中寥落月中愁。（《端居》）

红楼隔雨相望冷，珠箔飘灯独自归。（《春雨》）

王蒙《双飞翼》一书说："细雨冷雨晚雨也好，漂泊阻隔迷离忧伤也好，到了李商隐这里，确实是大大地文雅了，升华了，婉转了，缜密了，大大地艺术化了，成为一种非义山难以达到的美的境界。"

这里依然体现着生活的平衡，正像富贵常常"毁"人不倦一样，厄运你对待得好，它就可能变成生命升华的良好契机。

用诗来升华厄运，可以使"我们的心灵也同时得到一次文雅、升华的人文陶冶，此乃人之为人的自由与高贵"。

能把"背"字整成艺术品的人，岂是凡人？不是每个人都能现学现用的，但有一点不至于让我们这些凡俗之人彻底丧气，那就是学着常常用艺术欣赏的心情看这个世界虽也有些难度，但却是十分值得仿效的。

至少我们应能明白太多的艺术品正是艺术家对自己厄运的升华，还有什么事比这更风雅绝伦的？

（高原/文）

"穷人"有大电视

"穷人"之所以穷，在古代主要是没钱，在今天很可能是因为你家电视太大。"穷人"有大电视，富人有大书房。不知谁说的，管他谁说的，点点头认同吧。此处的"穷人"主要是指精神上贫困者。

国家图书馆馆长詹福瑞先生在某高校演讲时说了一组数字：平均年读书量，以色列人60本；美国人40本；日本人20本；咱中国人4.7本，连5本都不到。

有人发现，坐飞机时，头等舱里读书的人最多，其次商务舱，其次经济舱。原来读书的多少决定坐什么舱。

如果你家电视有一面墙那么大，可得小心它妨碍咱们"脱贫"的超强悍功能。因此之故，为了发家致富，笔者电视已停看一年了。

在一本美国人写的《格调》书中看到，欧美中产阶级以上家庭的电视都较小，也绝不摆在客厅中心位置，主要是嫌它无趣没品。

咱们这儿99%以上家庭装修房子后都会买个一二三式沙发，沙发对面一定是个长矮柜，矮柜上一定是个要多大有多大的电视。21世纪都过去十三年了，这种摆法是不是太"奥特曼"（out-man）了？

像供神一样让电视占领居室与生命的中心位置，是不是太抬举它了？电视并非绝对无价值，但其价值绝对在我们这里有些虚高。

原则上社会等级越高的家庭，电视机出现在起居室里的可能性越小。上流社会更倾向于不看电视。

越靠近下层，电视整天开着的可能性就越大，而且还是永远开着电视，却埋头玩着手机。

摆放电视的位置首先应是在心中比较次要的，然后就可以在家里有它合适的、非中心的位置。

闭门即是深山，读书随处净土。读书是凡人上天堂、"穷人"致富的一种快捷方式。当然，更主要的是，多读书比多看电视更能提升生活品质。

（高原/文）

"穷人"有高清电视

"穷人"不仅有大电视，如今更有高清大电视了。

它已高清到让皮肤毛孔粒粒可数了，害得韩国女主播、女演员们更为肌肤不能如日本豆腐般嫩白水滑而抑郁焦虑。高清电视的存在对她们是十分残酷、不人道的，也算是一种施暴新品种；人类残忍的科技含量也越来越高了。

再说，高清了还要更高清，明摆着也是贪欲新品种。

而且，对某些东西追求太清晰不仅不易有真正的美感，而且也是观者趣味不高甚至无趣无聊的症状。

"斩却镜头的清晰功能，使之实成虚，虚以幻，幻为意，如是可言摄影"，这是恒父为自己的摄影作品《秋风起》配的"旁白"。在艺术上太清晰有时是不必要且低档的。

某年夏天笔者去某草原，见翠山翠草的远处有一位紫衣喇嘛，正面山匍匐，仿佛祈祷，圣洁的样子动人。

当我将此景指给同伴看时,他说,你知他在干嘛?他在拉便便。

这个杀千刀又杀风景的聪明判断让我很受伤害,半天失语。

等缓过劲后,我得出的人生感悟是:有些东西看太清楚会无趣,有些人太聪明了更无趣。

想起美学家朱光潜《诗学》中的嘱咐:"诗是一种惊奇、一种对于人生世相的美妙和神秘的赞叹,把一切事态都看得一目了然,视为无足惊奇的人们就很难有诗意或是见到诗意。"

(高原/文)

兰生空谷,不为无人而不芳

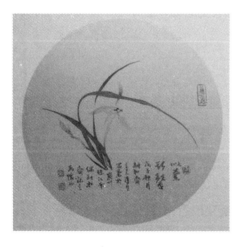

因公在某个山头出差,不能上网,休息时唯一能做的事就是在山间四处漫游。

总是在极少有人经过的地方,不断遇见开得极认真的花与长得一丝不苟的草——荒芜的小路边傲然绽放的野花,废弃的水渠里亭亭玉立的芦苇等等。

相比我们在优雅课上提倡的"认真出门""出门如见大宾"以及世俗所认同的"女为悦己者容"等等来,这些花草生命的觉悟真是有点太高。

活得没有形状、不常有形状,可是我们大多数人日常的形状?

古语曰:"兰生空谷,不为无人而不芳。"

在生活的一角静静地绽放自己,低调而不失尊严,这份庄严生命的本事着实让为"人"者佩服。

芬芳而有姿,应是一生中无时无刻可以间断的姿态,是生命每一秒的常态。然而,在这一点上,人有时竟不如一朵花或一棵草能恒久守住生命优雅的节操。

(高原/文)

人生不可全凭兴趣

由于没有绝对的价值,凡存在皆有相对性、两面性。因此当人人执着于"兴趣是最好的老师"这一面时,有人就会指出此话的另一面"兴趣不是最好的老师"。

对于一个肩负着事业重任的大学生来说,怎么能仅仅由着自己的兴趣一日日得过且过呢?过分广泛的兴趣,过分浮浅的阅读,只能给人带来浮光掠影、浅尝辄止的收获。这些收获根本无法给你们今后的事业带来强力的支撑!

(潘小娴《兴趣不是最好的老师》)

事实上,在生活与事业中全凭兴趣既不可能,又会影响我们对人生责任与事业等等应有的承担。全凭兴趣,与全不考虑兴趣都是不自然的。

干不爱干的事,换来干爱干之事的资格。当然人生也可能是:只挑爱干的干,最后剩下的估计便都是不爱干的了。

并且只有爱干的才去干,一个人是不是也太轻浮幼稚,太放纵、太没有担当了?

多数人终其一生都不一定能找到自己爱干的事,那么就在正干的事中寻找兴趣点、兴奋点,把它干出兴趣,让自己有为它兴奋的激情也是完全有空间的。

牟宗三认为:"现代人顺着自然的生命颓堕溃烂。而人的生命当由自然的生命反上来。"天下断无易处之境遇,容易走的都是下坡路。

优雅首先是一种自控、自制的结果。为奴为主,一念之间全凭自己做主。

虽然兴趣不是最好的老师,人生也不可全凭兴趣。但最好在所做事中保持趣味,因为"人生拿趣味做根柢","趣味的反面,是干瘪,是萧索"。这是梁启超先生在《读书与做人》文中所讲的人生趣味。

他还提到,假如有人问我:"你信仰的是什么主义?"我便答道:"我信仰的是趣味主义。"有人问我:"你的人生观拿什么做根柢?"我便答道:"拿趣味做根柢。"

需要看到的是,梁先生的人生趣味很纯正。他说:"我所做的事,常常失败,严格的可以说没有一件不失败,然而我总是一面失败一面做。因为我不但在成功里头感觉趣味,就在失败里头也感觉趣味。"

不全凭兴趣,但不失趣味,这才是一个人处世的中正、雅正姿态。

(高原/文)

我什么都不能控制

有人说:"控制金钱,可以得到财富;控制餐饮,可以得到健康;控制情绪,可以得到快乐;控制感情,得到幸福。学会控制,可以得到更多。"

事实上,第一条对金钱的控制,就不是许多人能做到的。其他几条还基本能做到。

对我来说,我什么都不能控制,只能控制自己当天气不太冷时,走一个多小时上班。

我什么都不能控制,只能控制自己把所有物品摆放端正,让房间洁净清爽。

我什么都不能控制,只能控制自己写字时尽可能没一个错字;细节是我唯一能控制的。

我什么都不能控制,只能控制自己不必十分钟刷一次微博、微信。把时间腾出来尽量去做更有生命感的事。

我什么都不能控制,只能控制自己当打算捣鬼苟且于事时,能尽量想起三尺之上有神明。我相信虔敬做事,自有光辉。

我什么都不能控制,只能控制自己尽量质朴敦厚。因为随你极有聪明,卖得巧藏不得拙。人生主要靠情商而非智商,卖巧耍聪明、好行小惠不如质朴敦厚。含德履仁,天与厥福。

我什么都不能控制,只能控制自己当事情繁杂、心情烦乱时,还能深呼吸几下,然后"耐烦"地该干吗干吗。

我什么都不能控制,只能控制自己永不抱怨,节约精神,同时学着无缘无故地爱这个世界,学着与生活和解。

我什么都不能控制,只能控制自己走路挺直腰板,假装很自信的样子。就不信装得久了,"自信"这玩意不与我的姿势长在一处。

我什么都不能控制,只能控制努力让表情里有唐诗宋词,让自己越老越帅。

我什么都不能控制，只能控制自己利害当前见得思义，尽量择善固执、勇毅力行。

不敢数了，发现自己能控制的太多了。

有位叫巴曙松的学者说了几条四十岁以后该遵循的原则：（1）把时间分给靠谱的人和事。（2）把三十岁之后的朋友过滤一遍，缩小朋友圈。（3）能花钱的时候一定花钱，这样可节约时间。（4）多想什么是自己真正想要的东西，想不透就继续想。（5）超过5个人的饭局尽量少参加。（6）有些事情可以拖一拖，没必要那么急，事缓则圆。（7）形成自己的规律，标准，喜恶，并让别人了解。（8）利用别人的人，负担比被利用的要重。但被人利用的次数也不宜太多。（9）把工作分出去，不要认为自己就比别人做得好。即便你很出色，也应该让周围的人能跟你一起成长。

巴先生虽然是讲明四十岁以后的原则，但对二十来岁的未必就完全不适合。人在持守这些原则时，实际上就是在控制自己能控制的。如果能控制七八成以上，世人看见的就是一个持重、淡定、清明的人。

那些自己能控制的，都属于尊严与风度，控制好似乎就可以活潇洒、踏实，在世上能活洒脱、活踏实就足够了，别的控制不了有什么关系呢？当然，世界本不需要我们为之掌舵，有时也不需要太把自己当棵葱。

最认同的一句规约是《弟子规》说的"笔砚端，房室清"，这个细节帮我摆脱困扰繁乱，因清明洁净而更心宁神定，估计由此会更有力量、更有尊严。

雨要下就下吧，风要吹就吹吧。我只负责把我能控制的控制好。

（高原/文）

该怎样就怎样

每当乘坐飞机时，我都愿意选择靠近舷窗的位置。

一是因为它可以让我尽情观赏云海、日光，二是由于当我发现人在空阔的天地间是那么渺小的时候，常常不由得感叹生命的脆弱与微不足道。

当我结束飞行回到地面时，对很多事情的看法也会随之改变，常常觉得：在并不长久的生命历程中，不应为一时的成败而患得患失、不该为蝇头小利而斤斤计较，并提醒自己要惜福、要达观。

在我大约二十岁的时候，曾经学会了一首外国民歌，歌名叫作"该怎样就怎样"。歌词大意是：当我还是个小姑娘时，我问我妈妈将来会怎样——我会很有钱还是会很漂亮？妈妈告诉我：该怎样就怎样。

对于当时的我而言，其实并不太明白那句"该怎样就怎样"的真正蕴涵。只是觉得这首歌的曲调很好听，歌词也好记，因而记忆至今。

时至今日，在我的女儿也已二十出头的时候，在我经历了一系列人生困境与感动之后，我才越发明白这句话的智慧达观。

是的，我们常常无法预知未来，只可以对它翘首以盼。当然，这个"盼"中寄寓着我们太多的美好希求。然而，正如我们所看到和经历的，现实并不是一个十分慷慨的施与者，或者说，我们往往难偿所愿。

在每一个人的人生历程中，幸福与不幸常常相伴而至、或者说接踵而至，在这时候，你会发现，"该怎样就怎样"这句话，既可以成为我们对待幸福与不幸的心理基础，也可以成为我们面对起起落落的人生遭际时的情感支撑。

当我们一旦陷于成败得失、爱恨情仇的纠结时，就应该让自己跳出痛苦与折磨的界外，用这句话来扮靓我们的内心世界。

特别是身处逆境和艰难的时候，如果用这句话来抚慰自己的话，我们的心胸会更开朗，笑容会更洒脱，人生也会更从容平和……

当然，千万不要走极端，用这句话来捆绑我们自己进取的信心与脚步，这或许就是尽人事听天命的道理吧。

（雷岩岭/文）

不悠然什么也看不见

笔者所居城市附近有个兴隆山，每到秋天漫山红遍、层林尽染。

但是，不是每个去游玩的人都有能力充分欣赏这美景的。多数人不过是带着一堆垃圾食品，到那儿埋头吃完，再打打牌，扭头便回而已。

他们甚至一眼都没有深情地观赏那遍山红叶，便又溜回城里了。而且，当被问到兴隆山风景如何时，回答常常是：没啥意思。

如果你没有仔细地分辨过那层林尽染中的树叶有几种红、有几种黄甚至几种绿，你怎么好意思说你去过兴隆山？你怎敢妄断它"没啥意思"？

有一年上艺术修养课，笔者问同学们去过附近的白塔山没有，全班学生拖长了声调懒洋洋地一致回答"去——过——"。语气中透着嫌老师问得太弱智的意味。

可是当我用幻灯打出十几张从白塔山拍来的照片，问学生见过照片中的景色与建筑没有，回答也是一致地"没——有——"。"那你们怎么说自己去过白塔山？"

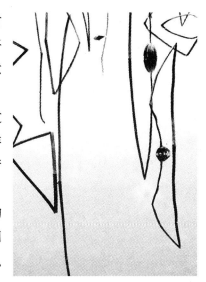

大家活得是怎样的浮光掠影啊？多数同学不止一次上过白塔山，可是啥也没看见。还是不悠然，因此不能见白塔山。

美国盲聋作家海伦·凯勒的朋友在树林中散步回来，她问朋友看到了什么。朋友说："没有什么特别的东西。"

这使海伦十分惊讶："怎么可能在树林里走了一个小时却看不见值得注意的东西？"

以上之事，也可证明我们是如何浪费生活、浪费自己的。

如果依本文的标准，那些周游了世界，走遍了天下的家伙，如果素质有限的话，他实际所到之处不会太多的。因为只有悠然才能看见"南山"。

随时随地在寻常景致里能比常人看见更多的景致，是一种不寻常的能力和本事，并显示出较旺盛的生命力。

对待生命有两种方式：一是觉得这个世界上没有奇迹；二是觉得每件事物都是奇迹。后者对待生命的方式高人一等，他们是一等高人。

（高原/文）

风景为从容而在

校园草坪一侧有棵高高的洋槐——群芳凋零、树叶落尽的冬季，便是它最美的时刻，它以简练的姿态洒然站立，韵致格外超脱！这是一位同事指给我看的。

于是原来只知道低头匆匆赶路的我，开始留意身边的风景，并且发现这个城市空气最浑浊的那个区竟然处处是高大的洋槐，它们高傲地、优雅地矗立在工厂的废气、汽车的尾气以及行人的怨气中。

我总是想象它们出现在画家笔下的秋景或冬雪中的样子，遗憾自己以前从来不曾关心过这些景致。

我开始学着放慢脚步，会为一朵春花驻足，也会留恋一簇新绿……开始在不知所往的忙碌中学着"等一等灵魂"！

发现了吗？从容的人常常显得优雅，越是急着赶路、越是忙着应付越容易出错、越是狼狈。

不要以为我憧憬华丽衣装和高雅举止的贵族式优雅，那样的人生固然让人欣赏，但那样的世界不是太单一和无趣了吗？一切做作都是对优雅的背离，谁能说那些千姿百态的真实就不是优雅呢？

喜欢那种满头银发、脸上总是带着慈祥微笑的老人，他们的背影让人安心和温暖；干净的空气和焦炙的阳光能给牧民印上高原红，但淋漓的歌声和洒脱的吆喝会叫人沉醉；连那孩子咿呀的自言自语、鸟儿求偶的"舞蹈"都是造物主精心打造的结果。

各得其所、各乐所好，天地万物按照自己的轨道、自己的规律就这么清爽地运行，优雅地运行……

风景为从容而在！因为风景只存在于淡然自由的心中。

（冯玉/文）

把工作变成娱乐的大侠

成功者是什么？据说就是把工作与爱好合一的人。

但问题是，你的爱好不一定恰好就是你的工作，此时该怎么办？这也难不倒咱，因为咱是大侠，有把手头的工作变成娱乐的本事。

这本事就是：把咱的侠义之心倾注到工作中去，全心热爱它，不信在咱赤诚的爱包围之下，它就不能变得好玩、变得可爱。

咱是大侠，热爱工作，把工作当娱乐，小菜一碟不是？这就是大侠不俗的人生品位与格调。捣鬼、敷衍，不好好工作，这太俗了，那是喽啰的素质！

大侠对工作能有此觉悟，全仗他知道下面的道理："热爱工作相当于一直在娱乐，讨厌工作意味着永远服劳役。有教养的人一般喜欢他的工作，因为他们受过大学教育，对自己和世界做过四年有益的探索，这使得他们能把自己的能力和理想与这个世界要他们完成的事业结合起来，因此他们能娱乐一生，而不是像奴隶一样劳作到退休。"（福塞尔《格调》）

为了不让自己如奴如仆地劳作一生，何不寻找工作中的快乐？对工作，不必推三阻四，尽心尽力去完成。完成得好，说明自己很有能耐不是？完成得不好，不也是在积累工作的经验？

世界上的事，谋事在人，成事在天。只要自己尽心尽力，你才有尊严，才活得像个大侠，而不是喽啰，一生便会了无遗憾。

（任丽花、高原/文）

小成本活好的智慧

有人说，代价太大的胜利就是失败，那么成本过高的幸福就不能称为幸福。

"人们赞美而认为成功的生活，只不过是生活中的这么一种。为什么我们要夸耀这一种而贬低别一种生活呢？"（梭罗《瓦尔登湖》）

在世俗的成功之外，肯定存在着其他N种"幸福模式"。

世上最大的迷信是误以为自己只缺钱。而一个人不能拨开金钱带来的迷雾，也就难有出息。

"宁静安详，也许不见得特别幸福，至少并不格外痛苦。他们也有自己的喜怒哀乐，但是并没有我们想象的那样，被'诱'得骚动不安，六神无主，跃跃欲试，痛苦不堪。"（林达《扫起落叶好过冬》）这说的是谁呢？

他们头顶的上方就是高压线，他们的邻居家里电器样样俱全，但是他们不用电，所以也没有电灯、电视、电冰箱、收音机和微波炉。

他们不用汽车，他们是农夫，却拒绝使用拖拉机和任何新式机械，有些人偶然使用汽车，但一定是黑色的，以示谦卑。

他们认为炫目的电器是对他们的精神世界的威胁。他们是美国的阿米绪人，是一些我们看着"保守落后"的家伙。

以为现代人就一定要使用电，一定得有电器，以为这些就是"文明进步"，或许也是典型的偏执。我们不一定非得像阿米绪人一样活着，但却应懂得并尊重他们的生活是一种参照，是上帝安排好的参照。

生活不是非要跟别人一样富裕不可的，生活本就应该是多元样态的，人类自然不能没有这特别的一族。至少奔突于名利场中的人没有资格嘲笑他们落后！谁比谁更"现代""前卫"，这也是个没准的事！

浪漫化的能力也是小成本活好的本事之一。德国诗哲诺瓦利斯认为浪漫化就是神秘化，他说："赋予普通的东西以更高的意义，使世俗的东西披上神秘的外衣，使熟知的东西恢复未知的庄严，使有限的东西重归无限，这就是浪漫化。"（《碎金集》）

只视钱最有意思，而看世间其他一切皆无趣者，只能收获郁闷，享受纠结。

常常盘点自己已经拥有的"幸福存量"，也能有效降低生活成本。

英国物理学家霍金因患卢伽雷病而瘫痪，仅有几个手指能活动。当有人问他："你不认为命运让你失去太多了吗？"霍金的回答让人震惊："我的手指还能活动，我的大脑还能思维；我有终生追求的理想，有我爱和爱我的亲人和朋友；对了，我还有一颗感恩的心……"

因为"境由心生"——生活中的问题本身都不是问题，如何对待它才是最大的问题。如果谁总自认为失去的太多，总受到这个意念的折磨，谁才是最不幸的人。

人与人最相同的境况是，谁都会遇到人生大大小小的问题，但人与人最大的不同则是对待这些问题的态度存在着云泥之别。

等到有钱才能活好算什么本事呢？能以小成本活好的人才是真能耐。

（高原/文）

全然地活在当下

多数情况下，人们不是缅怀、追悔过去，就是憧憬、焦虑未来，很少全然地活在当下、享受当下；此时此刻的当下总是被忽视、被忽略的，此刻的情绪总是不满足的。

阻碍大家全然地活在当下的原因很多，但根本的原因则是以为美好的生活在别处，在未来，总之是在另外的时空，不在当下。

天使总是租房子住在咱们隔壁，说的就是"天堂"永远在人间，只能在人间寻找。以为只有别处或别的时间里我们才能快乐，是因为不知对每个人最有意义的是此时此刻，每个人所能拥有的时间也是此时此刻。

只有活在此时此刻才不会活着时一副无生命的死寂样子。

还有一种妨碍活在眼前当下的原因就是，我们都是所谓"进步"的奴隶。

有人设问："如果我们接受生命本然的样子，而不要想去作任何改变，那么怎么可能会有进步——不管它是文明、文化或宗教方面的进步？"

进步意味着你牺牲掉今天而去生活明天，然而明天并不是明天，它是今天，你又为了明天而牺牲掉它。父亲为孩子牺牲，孩子也为他们的孩子牺牲，没有人真正在生活。人类就是这样借着进步的名义，太多的欢乐都被牺牲掉了。

对所谓"进步"的偏执令我们把自己可笑可悲地"牺牲"掉了。实际情况是，人类并不需要那么多的所谓"进步"，正是这些"进步"把人类的生活毁掉了。

我们以进步的名义愚蠢地追求着进步，而小鸟、树木、喜马拉雅山都不去管"进步"这个劳什子，它们什么也没有错过。只有人类得了一种病：进步症。此病实属典型的精神病，精神性癌症。

请注意我们并非是顽固不化、故步自封的代言者，只不过在指出我们生活荒谬的事实：太多所谓的进步，它们扼杀了太多欢乐的可能性。

你或许乘坐劳斯莱斯，但是乘坐劳斯莱斯并非就是欢乐的，你在里面可以跟在其他任何地方一样痛苦。

许多"进步"是非人性的，这种体会大家现在都会很深切。令人意外的是，偌大一个纽约，竟然没有一家沃尔玛超市。据说离它最近的一家也在十几公里外的新泽西州。

原因是纽约人喜欢社区里那种"爸爸妈妈店"，它们已有几十年历史，甚至传了好几代，店主知道所有顾客的名字。在买东西时，大家能有一种温馨而珍贵的人际交往。

人类的许多快乐都被那些所谓的"进步"给取代了，不要迷信、迷恋它们，全然地活在当下才能有尊严、有自由、有快乐地活着！

（高原/文）

100%地起立

当需要起立致敬时，做到100%地站起来可不容易。心不在焉，敷衍地略略欠欠身子是常见的状态。

正心诚意是儒家的立身追求。当我们内心有一种清明的秩序时，它就可以转化为外在的动作上的秩序。举手投足的中规中矩就不是做给外人看，不是一种表演性的，而完全是为了自己，为了成就自己内心的秩序的自然而然的生命选择。它是自觉自愿，甚至会变成十分享受的动作习惯。

儒家说"不诚无物"，诚者天地之本，也是人之本。"做人无半点真恳的念头，便成个花子，事事皆虚"（《菜根谈》），真是中的之言。不正心诚意地做自己，最后会事事皆虚。

子贡在老师孔子去世后与其他弟子一起守墓三年，三年后，自觉哀思未尽，又庐墓三年。古人心之淳厚至此，今人永难企及。

100%地起立的动作要领：深呼吸，放平心。满怀善意、温雅诚挚地站起，平视前方需要致敬者。

100%起立首先绝对是百分之百为自己而立，向自己致敬。

（高原/文）

你有发烧的故事吗？

在公交车上，看见一年轻人T恤上写着："What's your fever story？"

是啊！什么是你发烧的故事？你有发烧的故事吗？

从未在精神上发过烧者，作为人是"非典型性存在"，甚至可以说他在死亡之前已经死掉了。为自己的梦想、或为某事、某物发烧的伟大意义是证明你活着，且活得质量较高。

"没有一点疯狂，生活就不值得过。听凭内心呼声的引导吧，为什么要把我们的每一个行动像一块薄饼似的在理智的煎锅上翻来覆去地煎呢？"（昆德拉）

死去的人不一定活过，不就是因为活着时从来"体温正常"、并且"太正常"？

据说只有初恋般的热情和宗教般的意志，人才可能成就某件事情。

当然有"发烧的故事"的前提是：不烧到法律的边界，不把他人的幸福或权利也顺来当柴烧了。

（高原/文）

虔敬做事自有光辉

"诸葛亮又是草船借箭，又是借东风，又是空城计，简直聪明极了！然而你可能并没有意识到，这恰恰是我们文化的一个致命伤——投机取巧。"（郎咸平）

用尽心机不如静心做事。耍小聪明的人不是真正聪明的人；真正聪明的人，不耍小聪明。

优雅不需要太聪明，若总惦记着表现自己聪明会妨碍优雅。

活得既无卑姿、亦无亢态，不须四处折腰、到处磕头，这样的人生是不是已经很赚？

安静地活在自己分定的生活中，不怨不怒，心宁意平，气和神定，就等于敲开了福分大门。

安静做事、虔敬做事，自有光辉。

桌上永远有一瓶清水，内养吊兰或绿萝，旁边坐着同样清雅有致、气定神闲的你，从容虔敬、耐心无限地生活工作，这样的人生不是已很成功？

（高原/文）

境由心造

看过一篇文章，作者下班回家打车，遭遇堵车，不免心烦气躁。可司机却神情怡然，边听音乐边与乘客聊天，言语不慌不忙，全然不被堵车所影响。

司机说："每次堵车，我都会注意去看前面的车灯或两边的景物，你没有看到前面车的尾灯吗？一个比一个漂亮，一个比一个独特，一眼望去，仿佛前方是一条五彩斑斓的大道，欣赏着这样的美景，你还会着急吗？"

闻听此言，乘客释然，也随之欣赏马路两边的景物或是前面的车灯，有了它们的随行相伴，烦躁的心情随之渐渐平静。

其实很多时候，我们的心境是随着自己看待问题的角度而发生变化的。所谓"境由心生"大概就是这个道理吧。快乐不快乐都是自己选择的，只要心态阳光，生活就会处处有阳光。

（任丽花/文）

感恩一切，便拥有了一切

喜欢什么便会创造什么，忧虑什么便会发生什么；
包容什么便会征服什么，抵触什么便会畏惧什么；
执着什么便会痛苦什么，放下什么便会超脱什么；
放纵什么便会失去什么，珍惜什么便会得到什么；
抱怨什么便会伴随什么，感恩什么便会拥有什么。
感恩一切，便拥有了一切。

之所以应该感恩一切，只因任何事物都有光明的一面，这就是一切值得感恩的秘密。

一位青年人拜访年长的智者，青年问："我怎样才能成为一个使自己愉快、也能使别人快乐的人呢？"

智者说："我送你四句话，第一句是：把自己当成别人，在你痛苦或欣喜时。第二句话是：把别人当作自己，在你理解和帮助别人时。第三句话：把别人当成别人，在需要尊重别人时。第四句话是：把自己当作自己。"

青年问道:"如何理解'把自己当自己'?如何将四句话统一起来?"智者说:"用一生的时间,用心去理解。"

(雷岩岭/文)

玫瑰花无法为蒙尘的眼睛绽放

陶渊明"悠然见南山"本质上是:只有悠然才能看见"南山"。

浪漫的意思无非就是有本事见花开眼前、听风过耳罢了。

浪漫的人生活,理智的人生存;浪漫的人比现实的人生活得轻松。更直白地说吧:浪漫的人才活着、才活过。死去的人不一定活过,显然专指活得过于理智、现实的人。

有人说:"玫瑰花无法为蒙尘的眼睛绽放。"现实的物尘落满现实主义者的眼睛,糊住了他们的视线,所以世上的玫瑰花也只为浪漫者绽放,为深情爱她的眼睛绽放。

浪漫者是有故事的人,还尽是一些fever story(发烧的故事),浪漫的心保证了他们追求活得有趣。

世上的发明创造也多是浪漫者所为,因为他们对现实已有的东西不满意,所以要捣鼓出新鲜玩意来。

奉行生活现实主义者,一生苍白无趣,到老了想对膝下儿孙吹吹"当年爷爷如何如何",都没什么可吹的,这不也很失败?

除了一心挣钱攒钱,从不为一些更有趣的事疯过、狂过、烧过,当然到老了就没什么可说的;落得一个在儿孙眼里啥都不是的悲惨境地。他们都不服你,不敬仰你,你还敢指望他们好好赡养你?总觉得许多老人晚景凄凉的部分原因正在此。

趁年轻,请记得开始积攒自己浪漫、发烧的故事。

(高原/文)

请乖乖地听母亲诉说往事

母亲经常在我们不经意间谈起外祖家的事，谈起当年家里的殷实与声望。

母亲说每年收割小麦的时候是家里吃得最好的时候，外祖母会蒸几大箩筐白面馒头，说要给收麦子的伙计吃好。此时家里的人也跟着沾光，天天吃白面馒头。

我们每次都打趣，家里不是地主吗？怎么不天天吃白面馒头？说得母亲很无奈，母亲说："你们以为地主全是黄世仁、南霸天？地主就能天天锦衣玉食、日日横行霸道？"

母亲也给我看过外祖父写的蝇头小楷，非常潇洒有力道。她也期望着我能写出那样的好字，我听后也只是嗯啊几句就完了。她还经常唠叨父亲的穿衣品位，我们笑母亲在家阳春白雪。

父亲会调侃母亲讲吃讲穿的小资情调，这使母亲在家里向来曲高和寡。现在看来母亲的讲吃讲穿，其实就是把一样的五谷杂粮做出不一样的滋味，把一样的布衣布鞋穿出不一样的洁雅和尊贵。

有次回家，见来访的女友和母亲聊得正欢。母亲又在唠叨她上学时穿的紫色百褶裙、月白色上衣、藏蓝色小旗袍……说到了当飞行员的舅舅和柔声细语的舅妈，还说到了一个叫秋思敏的女士穿着漂亮的旗袍吹着长箫的情景等。

女友觉得母亲生活的年代是那么有格调，觉得母亲那么温婉。

但向来对母亲的唠叨不以为然的我在一旁说："您又啰唆了。"女友用眼光制止了我。后来她告诉我，她母亲在世时，她总觉得还有大把的时间可以听母亲唠叨，一般母亲说些什么她很少在意。但当母亲故去了以后，她恨不得时光回转。

所以女友嗔怪我："你们能记住多少细节？你们有哪一次专心听过？"她的话让我惊觉：就是啊，我们哪次专心听过母亲对往昔的回味？

父亲少小离家，平时对家乡的事讲得很少。祖母的闺名我听到过一次，没记住。我的祖父是谁？叫什么？父亲走了，我不知道该问谁？

未来，我们能数出多少往昔岁月大树上的枝叶与花朵？当它们现在被祖辈、父辈们深情描述时，请一定用深心乖乖倾听！

凡当时不耐心倾听者，有一天虽不一定悔得肠子发青，但悔得心绞痛发作则是迟早的事。

（马小萍／文）

造次间君子小人立判

葱宝某天参加一个考试,被子未叠便要出门。妈说:"即使今天考试很重要,被子也不能不叠。忘了'造次必于是,颠沛必于是'?"

葱宝背过《论语》,《里仁》篇说:"君子去仁,恶乎成名?君子无终食之间违仁,造次必于是,颠沛必于是。"

"仁"是一切真善美价值的集合概念。离开这些价值观,君子怎么能叫君子?君子即使是一顿饭的工夫,也不会违背"仁"的要求。无论多么匆忙、急迫,还是颠沛、困顿,也要行仁事、守义举。

"造次"在古汉语里是匆忙、仓促的意思。平常大家看上去差不多,但造次颠沛的情况下,君子小人各归其位。

《论语》的精神主旨是培养人性,高尚而又有可操作性。其中每一条都是一级台阶,拾级而上,会抵达人性的至高平台。

当天气好、心情也晴朗时,坚持某些精神品质,许多人也能做到。

当天气不好、心情恶劣时,只有那些有极强精神力的人,才能一如既往地把该做的事做到位,不打一点折扣,不受阴晴雨雪的影响。

君子在不苟于细节、不懈怠于细节时,所体现的是很有力量的一种人生状态。优雅的人也是有力量的人,这种力量得自于能讲究生命的细节,从而对自己整体的生命质量能够控制到位。

那天葱宝应试回家,兴奋地告诉妈:"语文试题中正有这句'造次必于是,颠沛必于是'。"

(高原/文)

没有杂质的爱

"等我长大以后,我总感到除了母亲以外,再也没有谁能够像他那样朴素地疼爱过我——没有任何希求,没有任何企望的。"

张洁小说《拣麦穗》里写一个农村小女孩很纯真地爱着、依恋着一个面容丑怪、孤独流离的卖灶糖的老汉,难道仅仅就是为了吃灶糖吗?

那些具有人性温度的、朴素的情愫已大都或被风干、或消失在风中了，这是可伤感的。

或许有一天人们会完全失忆于那些有纯度的爱，会完全失去爱的能力，从而为商家提供制造"爱的罐头"的机会。当人们需要爱时，只好去超市买一罐应急。

对纯度要求最高的是"爱"，爱需要无缘无故才真、才淳。

没有杂质的爱，是没有任何希求，没有任何企望地爱一个人。

（高原/文）

大雅之什

大学人文小品读本
DAXUE RENWEN XIAOPIN DUBEN

大雅之什导语

《优雅蓝典》一书所讲优雅是一种深度优雅，是从骨子里、灵魂中开始的优雅。

动作外套的优雅是小雅，精神灵魂的优雅是大雅。

倡导大雅，正是为了不仅让我们拥有生命，而且让这生命具有高贵的精神底色与高雅的精神格调。

大雅之"大"在于它是从内心出发的优雅，因为"真正的优雅只存在于内心。如果你有了，其他那些优雅就会随之而来"，伊莲娜·罗莎这位巴黎著名的优雅女性如是说。

当风平浪静时，姿势好看、举止顺爽不难做到。但生活难免会有风起浪涌，如果一个人的优雅原只是一件漂亮的外套，那它被风浪卷走后就什么都没有了。真正的优雅是与灵魂同在的，是深藏在一个人骨子里、化在血液里的，不会被风浪卷走的东西。

以人生大雅为目标的人，就是不断超越粗糙的脾气与情绪，让自己的情感向精神境界升华的人。

大雅之人，将越来越不再排斥外在的一切，而会在顺应中持守灵魂深处的高贵与自由。大雅之人是与自己、与社会、与自然已经达成了和解的人。

优雅者心中不会是荒地一片，而是有草在长，有花在飞；有云飘过，有水流经。优雅者最具生命的灵性，因了这种灵性，优雅者一定会追求超越的生命，至少会努力超越自我肉身的沉重，不断向更高的灵性的生命飞升。

只踏实不潇洒的人生容易是无趣的，同样，只潇洒不踏实的人生则一定是无根的。

"如果有来生，要做一棵树，站成永恒，没有悲欢的姿势。一半在尘土里安详，一半在风里飞扬，一半洒落阴凉，一半沐浴阳光。"（三毛《说给自己听》）"一半在尘土里安详，一半在风里飞扬"，既踏实又潇洒才是完整的人生，大雅的人生。

"调情可成恋爱，模仿引进创造，附庸风雅会养成内行的鉴赏；世上不少真货色都是从冒牌货起家的。"（钱钟书《写在人生的边上》）如果你认同优雅，但却不能一时完全做到优雅，那么请假装优雅吧，时间长了，也会弄假成真。对优雅的真心附庸，在我们这个时代应是一种美德。

大雅是对生命质量的深度提升，大雅是让今天的自己比昨天更高贵。

有林下风致的上品女人

矫矫脱俗、无脂粉气，是古今中外真正的"大美女"都有的统一的特点。而这正是大美女之"大"、或真美女之"真"。

"林下风致"一词用来形容一个女子有"竹林七贤"般超脱潇洒的风度气质，这是魏晋风度时代对女性的至高赞美。

《世说新语》有一篇专门辑录"贤媛"——上品女人，而其所"贤"之"媛"也无非是品行见识、姿态容貌等等的脱俗女性。

"贤媛"谢道韫是曾率东晋军队大败苻坚于淝水的谢玄（小字遏）的姐姐，有一次对弟弟说："你怎么一点都不长进？是让公事杂务扰乱了心，还是你天分差？"这是责备弟弟的精神状态太俗的意思。①

谢玄极看重姐姐谢道韫，而吴兴太守张玄常称赞其妹，两人为此而较劲。

有个济尼姑和两家都很熟，当人问起谢玄姐姐与张玄妹妹的优劣时，回答是："谢姐姐神情洒脱，确实有竹林名士的风度气韵；张妹妹心地纯洁、如美玉生辉，当然是闺房中的佼佼者。"②

正是谢玄的这个姐姐，其神情散朗的风采为我们留下了一个形容女性气质矫矫脱俗的词语"林下风致"。所以宗白华先生曾指出："根本《世说新语》里面的女性多能矫矫脱俗，无脂粉气。"（《美学散步》）

"林下风致"之外，另有"兰蕙其质"一语，也是对才情傲人、气质脱俗的女性的专用词。

---

① 原文：王江州夫人语谢遏曰："汝何以都不复进？为是尘务经心，天分有限？"（《世说新语·贤媛》）
② 原文：谢遏绝重其姊。张玄常称其妹，欲以敌之。有济尼者，并游张、谢二家，人问其优劣，答曰："王夫人神情散朗，故有林下风气；顾家妇清心玉映，自是闺房之秀。"（《世说新语·贤媛》）

相比之下，流行语"你太有才了"是否恰恰是缺乏想象力而"无才"的象征？

(高原/文)

在做与不做之间做女人

温柔、贤淑、顺从、性感，女人的存在价值仿佛也就是保持这些所谓的女人气质，让自己更有女人味儿，才是真正的女人。男权社会对女人的这种神话般"完美"与固定的想象与要求终于让一些真正的"人"忍无可忍，成为了女权主义者。故笔者认为，女权主义是被男权社会"神话"女人逼出来的主义。

不要铁姑娘，但铁娘子不妨偶尔一做；不要女强人，也永不小鸟依人，要首先是"人"，才是男女平权——平等做人的权利。

女人是与男性平起平坐的"女性"，但不是"女的"，不是作为次一等的亚人类，不是女的仆人、女的花瓶、女的玩偶、女的工具，或一切此类"女的"。这总可以吧？

总之，女性该是什么时就是什么，不是上述"女的"，一点不妨碍女性做女儿、做妻子、做母亲。对此，女人要有信心，男人不用担心。我是女性，但不是女的。

后女权主义，还原女人，不是让女人做"神话"中"很女的"的女人，而是让女人成为自然的多元存在的正常的人：头发可长可短，胸部可高山、可平原，职业可CEO、也可小仆欧，可当老板娘、也可给老板当娘。需要时，可以换灯泡，也可以换轮胎，并且换轮胎像换灯泡。

无论男性与女性，都请自然地接受女人存在的多样性。总之，女性可以在做与不做之间做女人。

"有种男孩可以叫作闺蜜，有种女孩可以叫作兄弟。"网上有人如此说。此话后半句早有法国版："啊，年轻的女人们，你们到什么时候才能成为我们的兄弟，我们亲密无间、肝胆相照的兄弟？我们到什么时候才能真诚地握手？"这是波伏娃《第二性》中引用拉福格之语。"那时，她将会变成一个完全的人。"这是波伏娃的总结。

现在的问题是，有些女性已因女权主义的启蒙已冲得很前了，但依然还有不少持"学得好，不如嫁得好"观念的女大学生。对于前者，需要一些理性的回归，少一些偏激。

而对后者，则需要认知那种想法的陈腐性及其悲剧后果。无论一个女人多么想依靠一个有力的臂膀，都只能靠自己的细胳膊独立撑起自己有尊严的生活。在经济、人格与情感上独立，才能有尊严地在人生中笑到最后。

英国作家伍尔芙说女人必得有"一间自己的房间"，这间房间是女人开始作为"人"存在的底线。它既是象征的，也是实在的。

（高原/文）

大美女之"大"

大美女之"大"，大在何处？大在有大雅之风，大在大气、大方、大度。

多年前遇到的一句话，至今记得：当一个大人物失去分寸感后，他就不再是大人物了。后来就一直拿这把尺子度量一些"大人物"，发现不但大人物如此，大美女之"大"也是因为讲分寸与适度。

以巴黎大美女伊莲娜为例说明这一点："1968年，媒体拍下几张伊莲娜陪伴歌剧女神卡拉斯一起出现在社交场合的照片，那年她41岁，脸颊瘦削，眼角有皱纹，年轻时的明亮和甜润都被敛藏在中年贵妇的从容之下。卡拉斯是明星，伊莲娜是60年代红极巴黎的名媛，并掌管香水王国十数年，两人气场也算相当。但看得出，伊莲娜在镜头前基本保持着落后于卡拉斯一两步的距离，她留意以卡拉斯为主角。"（《巴黎最后的优雅走了》，载《三联生活周刊》，2011年第34期）因为适度和分寸，一直是伊莲娜的优雅法则。

只有在自己内在的生命中把主角演好的人，才会于外在的生活中留意以别人为主角。她不抢镜头，不争风头。因为那样做不够大气，是不自信、不厚道，反失大雅的。

"不争，故天下莫能与之争"这句老子的慧语，伊莲娜以自己的有分寸与适度的举止为人们作了诠释。因此，当她2011年夏天永远离去时，法国各大媒体几乎众口一词地说："巴黎最后的优雅走了！"

大美女能够静定地理解、包容、接纳，当然也能超越世俗的美。所以真正的大美女是安静不张扬的，因为她已味透了适度与分寸这个优雅生命的原则。

（高原/文）

正版"巴黎女郎"

美女之美可能花样繁多、种类不一，但大美女却有一个古今中外都一致的姿态：矫矫脱俗，无脂粉气。中国魏晋大美女的"林下风致"前文已谈，这里放眼世界专说正版"巴黎女郎"。

印象中，巴黎女人好像更是时尚女人的标本，她们的生活主题是珠环翠绕、珠光宝气、引领世界时尚，"一提到巴黎女郎，我们的脑袋里会立即冒出一些浓妆艳抹，奇装异服，香气四溢，行为浪漫的女人来。"

但那是旧版巴黎女郎，冯骥才《巴黎，艺术至上》让我们对现代正版"巴黎女人"有了较准确的了解：

> 她们的服装原来那么普通和简单，平时几乎不穿名牌，款式也很少标新立异。她们所理解的"时尚"大概只有四个字 回归自然。所以，她们最喜欢宽松自如而决不碍手碍脚的休闲装，鞋子基本上是平底的，很少高跟，手包大多平平常常。头发全是自然而然地一披或一挽。她们的头发本来就是金黄的，更用不着为了流行而去染成黄色。至于化妆，她们决不在自己的脸上胡涂乱抹，动手术，贴膜，搞得面目全非。

衣不名牌、鞋不高跟、头发不染甚至妆也不化，巴黎女郎如此平常，为什么她们还那么魅人？

首先，她们先天都有很美的形体，骨骼细小而身材修长。如果她们在二十岁以内，白白的小脸便一如安格尔所画的那样明媚又芬芳。她们的蓝眼睛的光芒一如塞纳河河心的波光。如果是褐色的眼睛，那就像春天河边的泥土一样的颜色了。从正面看，她们的脸都比较窄，小巧的五官灵气地搭配一起，显得十分精致。尤其再叫金色的头发包拢起来，阳光一照，真像镶在画框里。法国的女郎十分自信自己这种天分，不会叫化妆品遮掩自己的天生丽质。她们甚至很少戴首饰，最多是一条别致的项链，而且差不多都是某种情感的纪念。

巴黎女郎魅人的原因就是回归自然。

"她们使用很淡的香水，只有从她们的身边走过时才会闻到。法国女郎偏爱的香水是一种清雅的幽香，一种大自然中花的气味。所以常常会使你闻到一种花香，扭头一看，却是一位法国女郎美丽的背影。"

认准了，这才是正版巴黎女郎。

（高原/文）

读书丰胸

第18个世界读书日来了，想写个应景小文，写什么呢？

打开网页查看新闻时，跳出个丰胸广告，好，就写"读书丰胸"。

读书丰满你的胸怀，简称"读书丰胸"。别想歪了！

当然，不靠读书这种精神性"丰胸"而来的物理或手术丰胸是不可持续的，是情商与智商皆成问题者的笨举。

读书让不豁达的我们豁达、不宽厚的宽厚、不精致的精致、不温雅的温雅。

所谓"知性美"，不过就是一个人书读多后的丰姿丰韵、丰采丰美而已。所以古人云："腹有诗书气自华。"

在所有美容的招数里，读书是效果最可靠且成本最低、绝无副作用的让容貌进步的一招。

据说，飞机上头等舱里的人大多在读书，商

务舱次之，经济舱里的人多玩游戏聊天睡觉。不读书，导致不能坐头等舱都不是什么严重问题，问题的严重在于人活得难上档次，难于超脱并获自由的感觉。

"阅读有什么好处？不读书的人是不知道的。因为不读书，你可能连自己都不认识，而读书人可能知道的事那就太多了，包括五百年前和五百年后的。"（麦家）

"Reading makes a full man"，培根此句向来被译为"读书使人充实"，但细琢磨此译并不切。直译"读书使人成为一个充分、完全的人"会更有力量、更到位。因为：

读书丰富、丰厚你的经历。

读书丰润、丰满你的胸怀。

读书丰足、丰盈你的生命。

读书，怎一个"丰"字了得！岂止"丰胸"？

（高原/文）

若水之美　若玉之润

若水之美、若玉之润。

某年"三八节"一位师兄发来的这个祝愿短信，吾虽不能至，然至心尚之。心里一直放不下的是如何操作才能有此玉之润、水之美。

"其为人也，温美如玉，外润而内贞。"这是旧时形容君子的话。温润其外，刚贞其内，正是美玉被君子看重的品质。无暇人品清如玉，不俗文章淡似仙。这是君子所追求的向玉学习后的境界。

我喜欢收集楹联，并贴于家中能照面之处，以便随时记诵涵泳，享受其中所含蕴的无限意趣。终于不经意地发现这里有温美如玉气质如何养成的操作方法：

无欲常教心似水，有言自觉气如霜。

虚怀视水人咸悟，和气为春天与游。

此心平静如流水，放眼高空看过云。

取静于山寄情于水，虚怀若竹清气若兰。

闲看春水心无事，静听天和兴自浓。（唐诗联）
吾身自信云卷舒，片心高与月徘徊。（宋诗联）
时契幽怀同静气，因观流水悟文情。
人间清品如荷极，学者虚怀与竹同。

以上各联说的是第一步：心要虚静超脱，如山、如水、如云、如月、如兰、如竹。

爽借清风明借月，动观流水静观山。
但有余闲惟学帖，即逢佳客莫谈天。
吟余搁笔听啼鸟，读罢推窗数落花。
人多瑶草琪花气，家有兰台石室书。
雨醒诗梦来蕉叶，风载书声出藕花。
虚竹幽怀生静气，和风朗日喻天怀。
坐随兰若幽怀畅，游及竹林躁气清。
人品清于在山水，天怀畅若当风兰。
门无车马终年静，卒对琴书百虑清。

以上各联说的是第二步：行要清明风雅，要读书、要吟诗、要临帖，要随所遇而得静悟清识，向天地间一切清明风雅之物学习，以此来润美身心。惟有淡泊人生琪花瑶草常留意，才能浮沉世际浊水污泥不染身。

总之，先有个上述越来越精神化、越来越平和超脱以及风雅从容的修炼，才可获致这样的美、这样的润。器范自然，师友造化，读书吟诗等等，这多半就是古人水美玉润的秘密。

若玉之润、若水之美。却非无骨之柔，无力之弱。优雅正是这样一个外润内贞的生命状态。

（高原/文）

什么样的女人最性感？

有句话叫"女人头上戴的花越多，她的脑子越空"。

现代女性必备的品质实际上还是那历史传承下来的若干种，因为女性虽为现代，但生活中基本的情景并没有本质的改变，一个女性要面对的无非是生死、荣辱、得失、进退这些永恒的人生基本问题。下述品质，对女性来讲，本质上是最应拥有的一种建设性性感，是最好的美容佳品。

情怀感性：女人应是情怀感性的，她有一大责任是为世界带来亮色，为自己和他人的生活添加生命情趣。女人的性感绝不是狭义的丰乳肥臀，而是一种因热爱生活而激情四射、因聪慧善良而温婉可人的姿态。迷信体形上的"性感"，将使女人迷失自己，变成男人的附属物。女人应远离某些时尚杂志或电视节目里教女人讨好男人的小技巧与小阴谋，它们只能带给女人被轻贱对待的羞辱。

独立自尊：真正的女人既不需要乔装"女强人"，也无必要假扮"小鸟依人"。但她一定是经济上独立，人格上自尊自强的。杨澜的感悟是："曾经我也以为离开了他我不能活了，后来我问自己一百遍：离开了他，我还能不能活？结果有一百二十遍回答是：我会活得很好。离开那个不懂得欣赏你的男人，这就是最华丽的转身。"女人不可把爱一个人当事业、当生命的全部，而应有自己真正倾情的事业。有人说，女人最美的时刻是倾情工作的时候。

豁达自信：独立自尊的女人自然会慢慢拥有豁达自信，自信的女人有可持续发展的美丽，这种美丽不会被岁月惊扰。豁达是因为能理解生活，能包容他人，自信是因为能掌控自己的生活。

真诚善良：真诚善良的品质永不过时，虽然在时尚过头的今天这个品质看上去有些"老土"。但这是人性魅力的基本构成要素，少此，所谓的"魅力"就会透着妖邪不正之气。虽然没有"几个女人是为了她灵魂的美而被爱"（张爱玲），但女人却不能放弃灵魂的美。没有灵魂的女人的美如春花只开一季，有灵魂却能让美保鲜，四季不败，恒久绽放。不爱有灵魂的女人，是男人的错，不是女人的不是。

聪慧勇敢：聪慧勇敢的女人不是要准备着与人斗智斗勇，压过别人，而是把聪慧与勇敢用在营造良好的生活状态上。虽然有时也会恐惧到哭，但终能坚强地担当并得体地应对生活与工作中的问题。

敬业进取：工作上马虎捣鬼，不使劲、不上进、无追求的女人最容易让人看轻，这样的女人大都轻浮无根。女人不必做工作狂，但在工作与事业中尽全力、倾全心则是自尊与自强的表现，这样的女人是可敬可爱的。女人往往会全力以赴地维持容貌上的可爱，恰恰不知敬业进取、工作无可挑剔并不断提升自己修养的女人才真正美丽，美丽得实在。

宽容大气：做宽容大气的女人是很舒爽的。淡然平和不与人计斤较两，不扎堆与人八卦，没有飞短流长的爱好，不喋喋不休地抱怨，不贪小便宜，不慕虚荣……做到这些的女人品位一定很高，也必然拥有了一定的矫矫脱俗的气质，气质本来就是自己控制的"长相"。

有自己独特品位的女孩，有一天才能成为独具魅力的真正性感女人，女孩应该追求的性感一定是对自己的生命具有建设性意义、升华于形体之上的。

海岩曾经说过："女人拘小节：做人做事比较低调，小是小非不去计较，与人聊天从不飞短流长，日常生活中绝不轻易求人，绝不随便受人恩惠。女人做到这些挺不容易的。"

主持人沈冰有句名言："不试图像男人那样生活、工作，也不总是像女人那样生活、工作。"这也许是对女人如何生活得有质量的最佳忠告。

（高原/文）

最美的华服是自信

"对于一个有实力的女演员而言，是不会在乎走在红地毯上时的装束的。"张曼玉因电影《清洁》中的上佳表演而获戛纳影后时如此说。

美女张曼玉若是过分在乎走在红地毯上的装束，穿着复杂夸张的服饰，只会显示小气。她是有实力的、自信的美女，所以不需要过多地在装束上用心。这就是真正的大美女。

自信让人舒展、放松，因而会让自信者的精神与身体处在一种特别自然的状态下，从而整个人散发出一种非任何服饰所能媲美的魅力。

既然自信是最美的华服，因此多买华服就不如多努力于提升修养与能力，从而增强自信，以便展示自信的魅力。

（高原/文）

自信原本就是一种美丽

大家可能听过女孩珍妮和蝴蝶结的故事。

一个叫珍妮的女孩,总低着头,总觉得自己不够漂亮。

一天她去饰品店买了只蝴蝶结,店主不断地夸她戴上蝴蝶结多么漂亮。珍妮虽不信,但还是有些骄傲地昂起了头。

她急于让大家看到美丽的蝴蝶结,匆匆跑出饰品店,不意与人撞了一下,她没在意继续跑向学校。

"珍妮,你真美!"老师看见她说。"珍妮,你真漂亮!"其他同学也说。那一天她得到了许多赞美,珍妮以为是那只蝴蝶结的功劳。

可当她回家照镜子时,发现那只蝴蝶结不见了。

事实上,蝴蝶结早在她跑出饰品店时就被人撞掉了。那天让她漂亮的是昂起头来的自信。

自信原本就是一种美丽,而很多人却因为太在意外表而失去了这种美丽。

亲爱的,也许你不够漂亮,但你很善良;也许你歌唱得不好,但甜甜的笑容让你很阳光;总之,你一定有你的可爱之处……

每个人心里都有一株与阳光对话的向日葵!无论是贫穷还是富有,无论是貌若天仙还是相貌平平,只要你昂起头来,自信就会使你变得可爱——自信原本就是一种美丽!

(马小萍/文)

开花只是女人生命的一季

许多女人一生浪费在保持如花美貌上,这不仅幼稚,也是不自然的。其实开花只是女人生命的一季。

"保持"来的美貌,它的美是有限的,而且"保持"也是一种偏执。偏执更会引发对"保持"不住的焦虑,偏执与焦虑偏偏又具有毁容的奇效。

保持那些根本保持不住的东西,不仅如同拿云捏雾,还让女人因纠结一些无谓的东西而琐碎小气,更无暇提升格调,拥有生命的某种境界。

省下一些用于"保持"的力气以及时间和金钱，女人的天地会因自然而更宽阔、更透亮。

爱不完美的自己，女人会拥有超脱的美。做大气宽和的女人不仅爽气阳光，还尽显化妆品所不能提供的美丽气质。

可以"保持"一些对女人生命具有建设性的习惯。比如努力于让自己更善良、更智慧、更有勇气；比如每天诵背一首诗，让自己的表情里有唐诗宋词的魅影。

总之，让真善美的品质、让文化魅力成为自己的魅力才是女人美丽的长久之道。

花开花谢两由它。不怕花落流水的女人才真正成熟且自信，也才可以开始活得自然而美丽。

并非只有花香可袭人，果实的芬芳更令人回味。

(高原/文)

坦坦地老去

几乎所有的女人都会在三十岁以后，试图用各种方式来与岁月的无情进攻作顽强对抗。但情商不太低的女人会选择顺应老去，坦坦地老去，而不是抵抗老化。

当我们看到一个长发飘飘、青葱烂漫的背影，转过身来却是秋霜挂枝的面容时，还有比这更凄然的人生之景吗？而这种凄然正是不自然的抵抗所带来的自然结果。

超越对岁月的恐惧，姿态坦然，心情放松地接受半条半条皱纹爬上来的现实，不仅会少很多烦恼焦虑，还反而因精神淡然超脱、平静安详而别有一种气质之美、大雅之美。这比努力去保持那些保持不住的东西要明智划算多了。

"气质就是等到青春消逝，仍然有春晖的温暖、夏雨的润沛、秋云的明畅、冬雪的纯洁。"台湾"傻大姐信箱"如此妙解"什么是气质"。

受此启发，女人就可以把注意力从希望青春永远驻扎的无效努力中转移到提升傻大姐所说的"气质"上来，即让自己真实地、并且是永恒地拥有"春晖的温暖、夏雨的润沛、秋云的明畅、冬雪的纯洁"。

美的气质是永恒的，它非但不被时光打扰、不受岁月侵蚀，反而会随着时间的流逝，如千雕万琢的玉一样越来越有型，像百年老酒一样越来越有味儿。

越来越有温婉的美，或越老越帅是我们能控制的，而控制不了的是青春永远的驻扎。当气质是美的、风度是优雅的，人们发现，此时再纠缠青春永驻这种非永恒的东西，便如同打算拴住太阳，不让它西落，就很有些"阿呆""阿笨"了。

三十岁以后，坦坦地放手让青春撤防，因为可以由气质、优雅来换防的。而且坦坦一些，青春反而会撤离得慢一些。

坦坦地老去，就是自然、安然地老去，更是优雅、大气地老去，这不也是一种自由与解脱吗？

大美女之"大"，也在于最不怕老去，因为她活得坦坦大气。

（高原/文）

广义的怨妇是怎样炼成的？

有两篇小文，应成为所有女人的必读：毕淑敏《让女人丑陋的根本原因》与陈彤《法国国王的情人》。

毕文提醒女人：把女人雕刻得又老又丑的主刀者永远不是岁月，而是女人自己心中对生活、对他人的怨恨。

"一个面目清秀的女友，多年没见"，"不仅是变老了，更重要的是变丑了"，是因为"婚姻很不幸"，"一个不幸福的女人是会挂相的"。

陈文则告诉女人：女人可以深爱一个人，但同时更要爱一种以上的事业。蓬皮杜夫人是这方面的好榜样。

她是法国国王路易十五的情人，有过"多次情感危机"，国王是一个心花容易开在别处的男人，但"她的聪明之处在于，她并不把目光完全盯牢国王——她兴建了埃弗勒宫，即今日法国总统府爱丽舍宫，资助出版了《百科全书》。在她的关心下，法国文学艺术空前的繁荣，伏尔泰的著名悲剧《唐克雷蒂》就是献给她的"，这些事业"至少给她打开了另一扇窗子，以使她不至于因整天想着她的那些情感危机，而变成一个焦躁变态、喜怒无常的女人"。

没有自己的天地经营，只把经营一个男人作为事业的人，迟早会变成怨妇的。许多原本美丽的女人,是从做怨妇开始丑陋的;许多原本优质的女人,是从做怨妇开始变质的。

世上再没有比除了爱一个人外,什么都不爱更危险的。

不让怨恨挂相,不把目光只聚焦于一个人,而能豁达自信,有爱好、有追求,一个女人就会活得有尊严、有自由,也更会有美丽。

难道这两篇文章只应女人必读吗?男人也是大有机会做"广义的怨妇"的。

(高原/文)

美女如何变成了流氓兔

某天乘坐公交,一上车,与一个中年女士打了个照面。就在这大概不到一秒的扫视中,某种东西深深地触动了我。

女士的发型、衣着及五官几乎无可挑剔,彻头彻尾的资深美女。但就是面部表情让人十分遗憾:嘴角下弯,眉眼耷拉,活似动画片里那个流氓兔。

她生活中的全部烦郁都在脸上集合了,把曾经姣好的面容生生给毁了。相由心生,面相从来都是心情与灵魂的显示器。

女大十八变,并非变到三十岁就不变了,这变是一生的事。天生漂亮是没有用的,若没有那些正能量的精神品质、精神追求撑住,再漂亮的女人也免不了一天天变丑。

这个道理也适合男人。一些本不起眼、长相一般的人,却由于或智慧通达、或善良平和、或宽容大气等等品质,越老越温婉可人、越老越帅气。

总之,那些我们不当回事的古老的真善美的品质都具有上佳的美容作用。

这个由美女变为流氓兔的女士让人惊醒:如果肆意地让自己烦郁、纠结于某些事,天生的美女也会向相反的方向转化。

如果放纵地让自己非善意、非阳光,怨恨生活中的不如意,那么一切美容的努力皆属白费——费钱、费工夫甚至浪费生命。

无论生活发生了多么恶劣的事,第一要紧的事是死不生气。你不能和生活翻脸,一翻脸就说明你玩不起。当然,玩不起也没什么,关键是这会导致把脸翻丑,这就太划不着了。

不善待自己是多么不划算，即使从不良的心态会毁容的角度说，也需要尽力让自己阳光，让自己心存善意。

（高原/文）

万勿小鸟依人

电视剧《中国式离婚》后半部分，正是全剧最惊心动魄的高潮，令笔者想了想林小枫疯狂悲剧的根由。

该剧反映了古今中外女人最"经典"的悲剧，从中国《诗经·氓》一诗的女主人公到俄罗斯的安娜·卡列尼娜，无一不是如此"经典"。

"女人为什么不进步？"《中国青年报》曾有丛云的文章就林小枫的歇斯底里发问："一个女人怎么可以堕落到这个样子！完全的没有自我，完全的没有理性，整个世界都没有了，就剩下了那么一个男人她要紧紧紧紧地去抓住，像抓住一根救命的稻草一般。"

是的，悲剧的根由正在于此。那么女人要想"进步"，显然就是要有从"有自我、有理性，有自己的世界"着手了。

如果把这个意思表述得更理性化一点就是：一个女人要想拥有真正平等的感情生活、有价值的婚姻生活，必得在人格与经济上先拥有独立的地位，必须要有对自尊、自强、自立生活的自觉追求能力。

即使你所嫁者资产千万上亿，对一个女人来讲，哪怕是月薪几百元的工作都不能辞去全职在家，否则你就死定了。

"怨妇"是怎样炼成的？就是没有自己的事业，一生只盯着一两个男人，把男人当作唯一的事业，失去他们就失去了一切。

心灵粗糙、精神粗糙，不加强个人修养与素质的提高便必然会加入怨妇的队伍。

在许多悲剧里扮演了女主角之后，在交了千百年超昂贵的学费后，该有更多的女性拿到做优质女人的毕业证了。

（高原/文）

作为树的形象和你站在一起

一些女孩子表面看上去可能很"现代",从装扮到姿态。但往往在与男朋友一起外出时,又总觉得买单"天经地义"是男孩子的事,这种观念是极其陈腐的。

而且这里有一个绝大的误会,就是女孩子没有意识到自己在人格与经济上应与男孩子是平等的,而这是获得一份有质量的爱情的充分必要前提。

只要明白谈恋爱时双方不是买卖关系,那么就应自觉地意识到女孩子为自己所爱的人买单也是"天经地义"的,这才是真正的"现代做派"。女孩子在这时决不应每次都把自己的钱省下来!

女性幸福生活的基础是自觉地保持独立与尊严——人格与经济上的,这是"持久的、安全的幸福生活"的绝对基础。

靠姿色如小鸟般依人者,古往今来、古今中外地看,其结局大都是色衰爱弛,晚景凄凉。显然,那种傍大款、依附于男人的生活选择绝对是危险的!

而大家所熟知的安娜·卡列尼娜如果有自己独立的人格尊严与经济地位,那么她就不会在渥伦斯基不爱她后,完全变得一无所有,无所适从而走上绝路。这不是在苛求安娜,而是在说明她绝望的原因。

这种经典悲剧的源远流长、不绝如缕,是否该让女人们在交了千百年惨重的"学费"后有所觉悟呢?一般文化素养层次较低的女人不知回头是岸尚可理解,然而接受过现代高等教育的大学女生中涌现的"急嫁族",却使我们备感忧心。

这也使我们又想起了中国古代的陶渊明,很多人以为这是一位过时了的人生失败者,但如果认真地考察一下他的一生思想与行事,结论恐怕相反。

事实上,陶渊明一生最超绝的地方恰恰是从回到田园、拿起锄头开始的。陶渊明有一句不被人熟知但却是理解他人生智慧关键的诗:"岂忘袭轻裘,苟得非所钦!"他是说,难道我不喜欢穿又轻又软的裘皮大衣吗?只不过如果不是从正道上得来的,我就不稀罕、不羡慕。

陶渊明的话几乎是所有人(不单是女人)的立身根本。也就是说,每个人在世上的自由与潇洒、超越与升华、自尊与自信,必须植根于先从正道上解决自己的吃饭问题开始。离开这一点而侈谈自立、自强或与他人保持正常而理性的感情关系岂可得乎?

可悲的是,如今在大学校园里,女生在角色定位上据说不是倾向"女强人"

型,就是倾向"小鸟依人"型。大学教育究竟让大学生尤其是大学女生在做人处事的理念上现代了多少?理性了多少?

女大学生究竟应以什么样的姿态生活?是假扮娇弱依人的小鸟?还是乔装咄咄逼人的女强人?或是其他更有价值的存在?

"我如果爱你……我必须是你近旁的一株木棉,作为树的形象和你站在一起。……我们分担寒潮、风雷、霹雳;我们共享雾霭、流岚、虹霓。仿佛永远分离,却又终生相依。这才是伟大的爱情。"(舒婷《致橡树》)

一份有质量的爱情的基本姿态是:独立、自尊、自信,是作为树的形象和你站在一起。

(高原/文)

中西方模特的差别

北京"星星河"创始人、教育专家徐国静说,女人的思维是主观化、情绪化、感性的。女人的焦虑来自缺少安全感,而安全感的建立需要一个支持系统,那就是男人的保护、支持和鼓励。

从中西方模特的表情姿态中,也可反映出不同文化下的女性精神状态,"你看西方的女模特,眼神是定定的,里边有尊严、独立。而中国的女模特,常能看到一种媚态。"

"在我们的传统文化里,女人要讨好男人、取悦男人,因为依附男人,不依赖丈夫就依赖儿子。现在,我们的骨血里仍沉淀着这些东西。"(董月玲《扭曲的母亲》)

看看自己,是否也还在骨血里沉淀着这些东西?这种"媚态"是一种极危险的、缺乏尊严与独立的非理性状态。

当所谓的"时尚"杂志及电视节目无限赞美女人的性感、引诱女人减肥瘦身、为女人提供小计谋以讨男人的欢心时,女人作为"人"实际上已经不存在了。

失去了尊严与独立的女人只能是男人的附属品,因此,对女人来说,"有尊严并独立地存在"永远比"性感"地存在要重要、要安全,甚至可以说,这是真正的富有"美感"的存在。

(高原/文)

"男闺蜜"与"女兄弟"之我观

男性与女性的关系并非一定要么夫妻恋人、要么陌路仇人。

男人与女人的关系也可以有些丰富的层次,比如"男闺蜜""女兄弟";那种比友人深一点,比情人浅一些的关系,不也很温美?此亦多元和谐文明社会的标志之一。

女人为了调剂与女闺蜜相处的琐碎,有时就需要一杯香茶,与"男闺蜜"纵说中东局势、横议美国"霸权"。

男人为了中和与男兄弟相交的粗豪,有时便需要一碗淡酒,与"女兄弟"高谈唐诗之美,细论宋词之韵。

多数情况下,人们需要的是另外一个不限性别的人在精神上陪伴自己,然而,过于狭隘或太亲密的关系往往不易全程陪下去。

另外,不是所有的话都能痛快地倾诉给夫者或妻者,一来大家都太习惯了彼此的状态,二来共同生活久了也形成了一定的定势,很难再有新鲜的激情,彼此深情的关注也淡了太多。因此再互谈某些事,感觉或情绪会不自觉表现出漠然——说者半心半意,听者似听非听。时间一长,彼此无话就成为必臻的"境界"。

我们往往需要把有些话甚至纯粹的废话倾诉给不远不近的人,因此"男闺蜜"与"女兄弟"在理论上就完全有了存在的必要。

如果社会足够文明坦诚,就应该允许"男闺蜜"与"女兄弟"坦坦地在阳光下存在。当然,这需要大家先具备淡定的眼睛,不要一见异性相处,就立马看窄了他们的关系,如此才能为"男闺蜜"与"女兄弟"坦坦地存在提供氛围的支持。

当然,在男人与女人关系上,"男闺蜜"与"女兄弟"这种形式绝对是个素质活儿,对男人女人的素质要求很高,所以少见有人操作得自然得体。

拿捏不好,要么日久见人心变成仇人,要么日久生情变成恋人,就玩过了,也玩俗了。

(高原/文)

绅士就是正版男人

本文论述"绅士就是正版男人"。

《绅士的定义》原为英文,其中有些关于绅士的语句十分漂亮,可用来做"绅士就是正版男人"的论据。兹列几条于下,并于破折号后作一简评:

"绅士的言谈中会显现出一种君子风范。表达的方式、说话的语气、音调的转换、遣词造句以及某种难以言表的东西会让他们与众不同。"

——因为绅士的言谈一般会符合绅士的原则。信口雌黄、粗声大气、杂乱无章、人云亦云等等不是绅士的风格。

"绅士未必是一位纯粹主义者;他可能会使用俚语并且运用自如,但他懂得什么时候该用,什么时候不该用。绅士未必是僵硬的形式主义者,他可能会在某些场合像年轻的学童一般说话和行动。但他知道什么时候应该,什么时候不应该。"

——绅士知道什么是言行的得体,并在得体之外,还知道什么是言行方面应有的生动与自然。

"在服饰和外貌方面,绅士不会冒犯别人。他的衣着未必时尚——更不用说华丽了;但通常他们的品位很高,干净整齐,没有一丝污点。穿着破旧、肮脏的衣服,是一种虚荣的表现,如同穿着浮华、时尚一般。绅士会避免这些极端。"

——绅士的装扮一般会和主流社会靠近,不会为了标新而故意选择立异。因此,故意穿脏破的衣服也是在耀示一种没有价值的个性的行为,是极端化的。

"简化的动作是一种优美;优美地走过一间房或者高雅地端起一杯茶,就是要避免那些拙而不雅的动作。"

——绅士一般也是把心放平了的人,他的举止里没有非必要的动作、没有狼狈粗疏。

做绅士让一个人的生命高贵正直、自然得体。因此,做绅士如同做君子一样,不仅限于男人,也是对女人的要求。

能做成一个举止更自然的绅士,对一个男人来讲已经很够了。这就是人类真正需要的非常少的东西里的主要部分之一,也是做男人的最真实的高贵。

正版男人是首先做优雅高贵的绅士,而不是做总裁、总经理。世上永不缺总裁或总经理,少几个男人去做,不会影响地球的转速或太阳的升起。

做绅士是对所有男人的底线与正版要求，某种意义上也是对女人的底线与正版要求，因为那些绅士的品质同样适用于女人。

（高原/文）

极品男人的极致品质

巴尔扎克《人间喜剧》（第二十四册）中有段话谈论上品男人的温雅，其中每句话都精准到位地告诉人们，构成上品男人品质的基本动作要领。

为阅读方便，这里分节引述并于破折号后加按语如下：

他嗓音很清亮，讲起话来自然迷人，举止也同样迷人。——因为他自信又得体，所以说话举止尽显魅力、让人舒爽。

他会说话，也会沉默。——因为他知道说什么，怎样说。他恪守当说出来的话必须要比沉默更有价值时才说话的金律。

他照应你的时候不露声色。——他爱每个人，他愿意让你感觉好，但又会顾及你的自尊，因此他会在不露痕迹中照应到你的存在。

他只拣合适的话题同你聊天，每个字眼都经过精心筛选。——还是因为他顾及每个人的感受，他不会只顾自己夸夸其谈、展示聪明。因此，他只选得体的话题与人交流。

他的语言很纯正。他笑骂，但叫人听得舒坦；他批评，但从不伤人。——因为有温和纯正的教养，他的行止自然不会出格，不会以夸张鄙俗的语言引人注目。他的笑骂批评因出于慈悲，不会伤人。

他决不会像傻瓜那样，带有无知的自信同你争论，而是仿佛随你一道去探求良知，探求真理。他不跟人争高下，也不长篇大论，他的乐趣是引导大伙讨论，又恰到好处地打断讨论。——他对自己的存在价值有充分的自信，因此他不需要到处显示自己多么厉害，所以不必随时摆出架式要与人争个高下。他是低调友善的，他喜欢大家相处融洽和美，因此他不动声色地控制着讨论的话题内容，如果走调，他会适时打断。

他性情平和，总是笑容可掬，显得和蔼可亲。他彬彬有礼，不掺一丝一毫勉强。他待客殷勤，却没半点低三下四的味道。——平和的性情是他良好教养的结果，他的举止礼貌却又自然如水，他待人热情但又不卑不亢。

他将"尊重"二字化作一种温柔的影子。他从来不叫你感到困倦，让你自然而然地对他，也对你自己满意。——他诚心顾及你的存在，他只想让你时时如沐春风。他会不露声色地提振你的自信，让你举止自然，并对自己满意。

他以一种无法理解的力量拉你进入他的圈子。你会发现风雅精神印在他身旁每一件东西上，一切都令人赏心悦目，你会呼吸到家乡的气息。在亲密无间的气氛中，他天真的气度勾摄了你的灵魂。——有他的场合，你感觉像是在家里一样自在放松。

他大方自然，从来不造作，不招摇，不讲排场。他表达感情的方式十分简朴，因为他的感情是真挚的。——因为绅士本质上就是举止自然、态度真诚的人。

他直率，但是不伤害任何人的自尊心。上帝怎么造人，他就怎么看待人，原谅别人的缺点，宽容别人的怪癖。——他如赤子般坦坦待人，人们在他面前都能保全自尊。他理解人们的行止，他海涵了人们的一切，还是因为爱一切人。

对什么年纪的人，他都有准备；无论发生什么事，他都不着急上火，因为一切都在他预料之中。——爱一切人，所以有本事善待所有的人。洞明世事，所以有能耐每临大事有静气。倘若他非勉强什么人不可，事后必定好言宽慰。他脾气温和，又是乐天派，所以你一定会爱他。你把他看作一种典型，对他崇拜得五体投地。

读完此段描述后，你应该会认同这样一个判断：一个完全拥有上述温雅举止的人简直完美如神，太有魅力的气质。人活到如此穆若春风、温其如玉的境界的确是把人本有神性发挥到了极致。

坦率而言，其中每一条都极不容易做到，都需要极高明的修为，才会有如此中庸得体、如神风雅的翩翩风采。

而且这不仅仅是男人该做到的，对一个在意自己生命品质的女性来讲，也需要逐条修习，它能让一个人具有无与伦比的魅力与高贵气度。

"视其色，其接物也，如春阳之温；听其言，其于人也，如时雨之润。"（程颐《明道先生行状》）这是中国版绅士的气象，也可说是对绅士的中国表述。

无论男人女人，达到巴尔扎克所言的标准后，估计也不外乎就是这种如"春阳之温"、如"时雨之润"的气度。巴尔扎克描述的是良好做人的永恒教养。

这样的极品男人上哪儿找去？有费心找的工夫，还不如大家亲自做这样的"男人"更省些力气，也更方便些。一起努力吧。

（高原/文）

绅士是举止更自然的人

绅士优雅的修养，是让一个人举止更真、更善、更美的修养。

"修养，就是把你的思想情感掩盖到非常自然的地步。"（《羊城晚报》一则格言）

当然由此他的整体生命也是自然的。因为他的行止中庸，中庸是自然的生活状态。总之，优雅让人举止更自然。

"优雅是一种放弃，放弃抢眼的色彩，放弃夸张的造型，放弃出风头，放弃自夸，放弃炫耀，甚至放弃刻意的表达，让随意与优雅成为习惯。"（黑玛亚《成就最美好的自己》）

这里，随意不是随便，而是随真心真情的诚意而来的自然。这种自然的举止是绅士或君子的生命中心。

绅士行事为人一般不会走偏锋，不出妖使怪。绅士不会存心与世界过不去，在外在形貌举止上，绅士自觉与主流社会的风俗习惯靠近，不会以奇装异服来特别"标出"自己与众不同。

绅士不会耍小聪明吸引目光或哗众取宠，他不愿追求仅仅是为了突出自己的标新或不甘寂寞的立异。绅士的个性主要表现在思想的敏锐、精神的自由与人格的独立上。

因此，相比之下，那些T衫上印着骷髅、写着"我是坏人""我是流氓，我怕谁"等等的人最没有个性、最无聊。

真正的力量不是张扬与喧嚣，而是平静与柔和。绅士的举止表现出礼仪的本质——祥和。而从容淡定、安静祥和，也是人性的自然之美。

有人问著名的橄榄球教练Tom Landry："教练，你是怎样在疯狂、竞争激烈的橄榄球赛中保持冷静的呢？"

他回答说："很简单，我合理安排优先次序。首先是上帝，然后是我的妻子，然后是我的孩子，最后才是我的工作。所以，如果我输掉星期天的比赛，我还拥有很多。"

这个安排的绝妙处就在于它的顺序很自然，因为符合天道，这就是它的合理，也是Tom Landry教练的淡定之本。

做绅士，即是做举止更自然的人。

（高原/文）

不够绅士令世界哗然

中国申奥成功之夜，央视三位主持人共同主持庆祝活动。

面对镜头，一位男主持打开象征胜利的香槟，但他没按国际惯例将第一杯递给女主持人，而是随手给了另一位男主持人。

这件对国人来说不足挂齿的小事，改天却成了世界众多大媒体"众口一词"讨伐的对象：中国男人没有绅士风度，缺乏教养！这令那位主持人悔恨不已。

这些年，报刊上关于绅士举止的文章多起来了，看着开眼：

一位在北京某外企的白领，有次上班，电梯里都是她的外国男同事，到楼层后，站在里面的她没动，男同事们让出路，看着她。她问："你们怎么不出？"那几位男士急了："你不出，我们怎能先出？"

进出各种门的"国际惯例"永远是女先男后，而那些门还需要麻烦一同出入的男士替女士们开一下、关一关。在电梯里，男士应很礼貌地询问女士或其他人"您去几层"，并替他们按下按钮。

有位女白领的文件夹掉地上，文件遍地开花。可没容她弯下腰，办公室的男人们全都站起来帮忙。她的感触就是与西方男同事相处，让自己有女皇的感觉，觉得自己特别美丽，特别自信。

这两则中国女白领遇西方男绅士的故事出自武歆《我们绅士的原因》一文。我们再看另一篇相关文章中的一段：

> 身边的男同事每天都衬衣袖线鲜明，衣领坚挺，裤线笔直，皮鞋锃亮。他们每天出门的功课不会比一个女郎做得少：梳理头发，刮干净胡须，喷古龙水，擦亮鞋子，出门之前冲镜子微笑检查牙齿。有一次，一个兄弟对另外一个兄弟说：我实在忍受不了你了，居然穿米黄的裤子深蓝色的袜子，太没有品位了。办公室三个好兄弟，他们一进来都衣冠楚楚、牙齿洁白、眼神温和。其实，他们无论是不是西装革履，只要在街头有人让路、拉门、递纸巾，我们都愿意给他们盖一顶大帽子：绅士。
>
> （兰格格《绅士的定义》）

每天生活在一个有绅士的世界是种幸福，让女人享受这种"幸福"，是地球上男人们的责任。

我们身边能见到太多的新贵了，一面追求"贵族"品位，一面患得患失，焦虑万分。殊不知，"贵族"在英语里的一种表达是noble，它的另一个含义是高贵的、高尚的，那绝不仅仅是物质的，那是精神与灵魂层面的概念。

做一个绅士，不仅是外表细节的教养，它更是一个有深度内涵的生命状态——它是良好的修养、平和的心态，懂得尊重和关心他人，是爱心，是从从容容的平常心。

与世界接轨，我们需要做的事太多。学做"绅士"乃至"淑女"的功课，更不能缓行。

（高原/文）

如水的男人贾宝玉

如果说《红楼梦》中的贾宝玉是一位正版男人，很多人会不同意。

贾宝玉是一位"如水的男人"！这是贾宝玉的价值，也是《红楼梦》的价值。

男女之"大别"无他，唯在女人的生命更精神化，更纯粹，更灵动如水。而无限恋慕、尊重、欣赏女子的贾宝玉则是男人中的另类，是一个纯粹精神化的、"如水的"男人。

贾宝玉的至性深情及精神境界所呈示的意味，既是贾宝玉"大别"于一般男人的地方，是他这个艺术形象真正的美学价值所在，更是《红楼梦》一书的精神卓超之处。

只有看到宝玉本质上非但是一个不打折扣的男人，还是一个真正"人"的意义上的人，这才叫读懂了《红楼梦》。

宝玉不是仕途经济里的成功男人，他没有挣大钱财、取大功名之类的远大理想；他不是高仓健式、007式的男人，没有很酷的表情，肌肉也非疙瘩状。

总之，宝玉决非传统式样上的男人，但曹雪芹却把他塑造得比这些经典男人们更像个"人"，因为他追求更真实的活法，向往更人性的自由存在，可以说是一位"新好男人"。

贾宝玉刷新了男人的定义，他的存在直接告诉地球人，那种崇尚仕途经济的"成功男"、表情斧凿刀削的"肌肉男"之类的男人标准是多么陈腐、庸俗，以至虚伪、无聊。

宝玉不也正是如水般具备"上善"品质吗？在贾宝玉看来，"上善"之人就是"水做骨肉"的女孩子，她们是形"剔透"、质"晶莹"，熠熠生辉的"宝珠"。

而贾宝玉迥异于当时一般唯仕途经济是求、以驰骋名利场为乐的男人那种委琐无趣、庸俗滞涩的人生情态，他的生命如水样灵动流畅、如水一样柔弱不争；玉本质上是晶质的水。

"与善仁"的水是慈悲的，宝玉也是慈悲的。宝玉有着至大、至广、至诚、至切、至深、至厚、至痛、至真、至善、至美的情，称他为新上任的"宝玉菩萨"也决非夸张。

"情情"的宝玉对女孩们的情自不必说，即使对没有人之基本形状的薛蟠，以及存心害他、委琐不堪的贾环、赵姨娘之辈，"情不情"的宝玉也从无厌恶。因此红学专家们越来越一致地发现了宝玉的如佛祖、似基督的大悲悯、大慈悲精神。

"如水男人"贾宝玉这个艺术形象的存在就是当时中国社会的"反"向运动。当周围的男人们以仕途经济为生活中心，从而以一种"工具性"状态固滞化生存时，贾宝玉却要"向相反的方向运动"——追求人的丰富性、自由性，如水般坚持人的生命性、自由性，即人性存在，这种行动就是一种"道之反"。

他之所以能突破传统刚猛型、工具型男人标准的窠臼，正在于这种"道之反"。难怪大家对贾宝玉这种独特的形象不习惯、不适应。

和女孩子一样水灵灵的贾宝玉，其如水之性恰是他这块玉可"宝"处。

真正的男人一定是如水的！上善之人就是要学水、学女人、学婴儿那样"人往低处走"——不争、处下，保持低调——皆是无为。

君不见，绅士在英文中是gentleman，温和、优雅是绅士的标志性姿态。

西方有句谚语："真正的男人不需要肌肉。"

都21世纪了，别再迷信"肌肉男"！太"out"了不是？

（高原/文）

上品男人的情怀

"二月之雪又霏霏了，黯色之家浴着春寒，哎，纵有温情已迢迢了：妻的眼睛是寂寞的。"

这是台湾纪弦的诗，似乎在写一个温情到能看出妻眼寂寞的男人，在二月之雪又霏霏时。

上品的男人情怀里应给艺术情调预留相当的空间，对于人生微妙之处常有会心会意的体味、理解与欣赏、咏叹。

譬如见水流落花、小径红稀，不一定非要即刻临风洒泪，但心中微起波澜总是应该有的。

没有温润之气的男人，很容易是梁山土匪的把兄弟，他很难有心有情地留意人生的美善，更不会维护美善的存在。

西谚曰："真正的男人不需要肌肉。"有品位的女人也不应该把有无肌肉当作判断是否男人的主要标准。

崇暴尚力容易滋生戾气，而对美善的敏感与欣赏则让人性丰满温润，这是为人的底子。男人应是有温润底子的人，英语"gentleman"一词真是精准地把握了这一点，绅士即是温雅温润的男人。

鸟啼林间、花落池中，有会于心。秋风塞北、春雨江南，留意知赏。

对于生命中美善一面的敏感与欣赏，正可培养和谐、温润的心灵。

眉宇之间见风雅，笑谈与世殊曰科。男人多多少少都要有些风雅之心、风雅之气，哪怕是附庸来的，都是需要的。

"他们多是注重人生的斗争，而忽略和谐的一面。其实，人是为了和谐的一面才斗争的。"张爱玲原来说文学创作的话，也适用于全部人生。

清闲无事，月榭凭栏，坐卧随心。兴来醉倒落花前，天地即为衾枕；机息忘怀磐石上，古今尽属蜉蝣。这种风雅正是中国古代官员崇尚的云水趣味，趣味常在云水间自可多少鄙弃一些对世俗之物的贪恋，故防腐性极佳。

一部中国文学史，几乎就是中国官员写作史。文学史上作者简介一栏，你见过有几个作家不当官的？以纯正百姓身份而列入中国古代大作家行列的，数不出多少来。

更重要的是，中国古代官员作家中，贪腐分子不是绝对没有，至少举世闻名的太少。笔者以为，这种风清气正绝对仰仗的是他们所崇尚的云水趣味。

混迹尘凡，须常存高情逸兴于物外，须常知赏生命的物外之趣，这对上品的男人与女人都是需要的。

（高原/文）

不煞风景的徐志摩

优雅的人是令人愉快的，人们会欣赏他，尊重他，见到他会很舒爽。

他不仅不会煞风景，且本身已活成了一道养眼的风景。让人待见、不煞风景也是一件人活着需要特别上心的事。

杨振声《与志摩最后的一别》一文中说诗人徐志摩的为人，比他的散文还有趣："他自如地在空中卷舒，让你看了有趣味就得，旁的目的他没有。他不洒雨，因为雨会使人苦闷；他不会遮了月光，因为那是煞风景。他一生决不让人苦闷，决不煞风景！曾记得他说过：'为什么不让旁人快乐快乐？自己吃点亏又算什么！'朋友们，你见过多少人有这个义气？"

没有生气不一定代表没有负面的情绪，能够不将负面情绪带给他人，才是真正的修养。真需要每天反省一下自己：

有没有成为别人生活中的乌云？

有没有遮了别人的阳光乃至月光？

有没有给人洒雨落雪？

有没有让人因为你而郁闷、纠结甚至痛苦？

向徐志摩学习，决不让人苦闷，决不煞风景。可能的话，还要尽力为别人带去雨天的阳光，这也是一种做人的义气。

（高原/文）

节制才MAN

演员陈道明气质相对优雅有型，像个gentleman，除了天生"底版"基础较好外，应该还有其他原因。

有天在报纸上碰到他说了这么一句话："我觉得做人的最高境界是节制，而不是释放，所以我享受这种节制，我觉得这是人生最大的享受。"

能说这话的男人一定性感。因为节制才像个男人，节制才man！

不知他具体怎么操作这"节制"的，但据说他滴酒不沾。不过陈君酒广告做得太不少了。当然，人无完人，身处娱乐圈，自己滴酒不沾也不易啊。

许多时候，优雅是节制的结果。

节制饮食，身材优雅健康。据朋友讲，在西方发达国家，那些中产以上人士，往往身型较佳，胖瘦适中。倒是下层人士有太多的人身材夸张，甚至有胖到无法从家门正常出来。

原因就是前者讲究生活节制，特别是饮食节制，经常运动；而后者不少领着救济金，整天窝在沙发上吃垃圾食品，看肥皂剧，终于胖得不像话。

节制行为，人生优雅从容。有两个卖包子的夫妻，每天只卖三个小时，余则休息，理由是钱挣到够用就行。由于节制，没有让包子绑架，他们才免于让自己沦为售卖包子的机器，从而有暇享受生活在卖包子以外的其他乐趣。

仅此一点，他们就是优秀百姓、优雅百姓。有此觉悟，就是解脱。还有一点，他们的包子质量好，卖三小时就足以支付所有必须费用。

许多人累一天都难以应付成本，原因还在于工作质量差，终于把自己耗在岗位上，再无法去顾及一个优雅从容的人生。

一个人最靠谱能控制的东西其实是自制力。世界上绝大多数东西基本上在你我控制范围之外，但至少你我能通过自制力控制好自己的世界，起码是体型，而这就太够了。

放纵是有乐，但节制并非就是自找苦吃，其中有大乐大福，这就是为什么那些智商高、情商不低的人们爱上节制的原因。

放纵之乐属下流，其乐成本较高，且乐完之后的副作用较大，不仅毁心毁身，还特别容易滋生空虚感。节制没什么成本，更无任何副作用，却能让人享受许多因此而来的高层次快乐与实惠。

未必高尚者就一定是苦行僧，一定长着一副苦瓜脸。节制助人有一个优雅且健朗阳光的生命，节制的人至少看上去帅多了，这难道不是大实惠？

放纵者最后都在泥里爬着，如泥委顿。放纵"毁"人不倦，岂止是毁容。

（高原/文）

梁家辉的节制之美

香港演员梁家辉曾有个愿望——有生之年去"三极"（北极、南极和珠峰）一游。但仅去过南极后，他便放弃了这个念头。

当他与一船人蜂拥而上南极一座雪山，看到满地刺目的脚印，梁家辉深感这是一种对纯白宁静的破坏，悔恨自己霸占了不属于自己的东西，认为"人生最不该有风景占尽的念头"，这是节制，这是反省。

有风景占尽念头的人，还会有占尽一切其他所欲之物事的念头，并不惜代价去满足种种贪心，这是一定的。

而且，有了占尽一切其他念头的人，还会把贪婪之色带到表情上以及行事的姿态上，那这个人本身若作为"风景"一定好看不了，这也是一定的。贪婪之心让人形貌粗鄙、动作走形。

梁家辉1992年主演法国影片《情人》，那忧郁而优雅的气质只要看一眼，就能两辈子忘不了。

但他对自己南极之行的反省悔恨则更让人心生敬意，更具男人的质感，这也是一种好汉。占尽人间一切风景算什么英雄呢？土匪吧。还是那句话，节制才man。

有所放弃、肯吃亏者不是痴人，而以占尽世上便宜为乐者倒很可能是情商低的主要症状。

（高原/文）

赢得绅士

对于各种比赛，一般人觉得比出个冠军是最高追求。但这种想法是粗糙粗陋的，高级的比赛能让观众看到更精彩的、更值得回味的人性的东西。

2007年，斯诺克温布利大师赛决赛上，丁俊晖和罗尼·奥沙利文对决。

丁俊晖虽然很快以2∶0取得领先。但此时一名"奥粉"在他每次起杆时都要大声咒骂，这扰乱了丁俊晖的"军心"，于是比分落后。

奥沙利文却安慰他说："那个骂你的声音，我也听到了。我刚来伦敦时，也领教过这样的骂声，但我坚持过来了。你要记住，那不是比赛。比赛是属于我们两个人的。"奥沙利文走向裁判,要求将那个骂人的"奥粉"清退。

当机会球再一次倒向丁俊辉时,奥沙利文主动走向球迷,要他们帮助加油助威。被深深感动的丁俊晖说:"我流泪不是因为输了比赛,而是遇到了一位绅士对手。"

蒋平《赢的最高境界》一文对此评说道:"观众的感觉已不像是面对一场令人窒息的高水平角逐,更像欣赏一门艺术,一种闪耀人性光环的美。比赛有很多种赢法。尤其实力在伯仲之间的较量,在赢得比赛的同时,赢得尊重和友谊,赢得对手的心,赢得观众的感动,才是赢的最高境界。"

罗尼·奥沙利文最厉害的还不是他的球技,而是比赛中的绅士般的优雅风度。

如此看来,比赛之赢实际只有一种赢法:就是赢得人性、赢得尊敬。这是属于人性饱满的绅士的赢法。

(高原/文)

"惠存"白癜风的冯小刚

导演冯小刚得了白癜风,很多人为他出谋划策,推荐治疗方法甚至提供偏方。当然也有人幸灾乐祸。

想象冯小刚应该在痛苦中煎熬——脸花了,心也一定比麻还乱了。

但他在微博上却淡淡地说:"常遇热心人苦口婆心劝我治疗脸上白癜风且免费献出祖传秘方,在此一并叩谢。这病在下就惠存了。不是不识好歹,皆因诸事顺遂,仅此小小报应添堵远比身患重疾要了小命强,这是平衡。也让厌恶我的人有的放矢出口恶气。再者即便治愈,我也变不成吕布、黄晓明,顶多就是一不用打底色的杜月笙。"

这不仅是一种老子所说的"自胜者强"的姿态,更是一种品质纯正的优雅。对让自己变成花脸的白癜风竟能做到自嘲与笑纳,相信白癜风的毁容性不会在冯小刚脸上太有效果。

平静、从容的心态让冯小刚很显洒脱,当你遇见他时,他脸上主要浮现的一定是淡定无畏的气质,会让你觉得不与白癜风斤斤计较的大气反而让他更添风度。这也算精神变物质吧,要不怎么有人说"苦难是男人的美容霜"。

正像真正有效的美容来自良好的精神状态，毁容的主因也永远不会来自外部。从来都是我们自己打败了自己，自己把自己变得丑陋难看。

世上的事总是，被打倒趴那儿不起来，仅仅博得同情而已；而那些嫌趴着难看、晃晃悠悠努力站起来者，人们就顾不上同情了，只有向他们奉上满满的敬意。

当有人问那个只有几个手指能动的英国著名科学家霍金关于勇敢的问题时，霍金回答说："我不勇敢，我没有选择。"

不是吗？真正"爱美"之士由于不能选择跌倒了趴着，只有努力站起来，还要尽可能保持姿势好看。

哪天若也遇上此类事，最好看作是上天的一个玩笑，并把它用来为自己的风度气质加分，你一定可以的。据说，苦难只有被战胜了才是财富。

宣称"惠存"白癜风的冯小刚已经从心理上治愈了此疾，那脸上的"表象"就让它搁着吧，他都无所谓，旁人就别再替他难受了，大家都解脱了罢。

（高原/文）

帅哥如何变霉干菜

前文《美女如何变流氓兔》，说的是美女被自己恶劣的情绪毁容的故事。

说了美女，不说帅哥总是阴阳不平衡，这里就试着论述一下某些帅哥的"帅"为什么不可持续的问题。

"眼中所见，有些天资很高的人，分明在哪里走错了一步，后来怎么样也不行了，因为整个的人生态度的关系，就坏也坏得鬼鬼祟祟。有的也不是坏，只是没出息，不干净，不愉快。我书里多的是这等人。"（张爱玲《我看苏青》）

张爱玲一九四五年说的话今天看着依然时鲜。文中所说的"这等人"如今似乎更是"多的是"。没有什么像样的人生追求，只认"有钱"才是"有趣"的一代人，活到三四十岁免不了成为"这等人"——"也不是坏，只是没出息，不干净，不愉快"。

多少男人不知有担当、有情趣、有理想是最具有美容效果的——激情内蕴，英华发外，如此才会有挺拔硬朗、潇洒大气的男人的样子，男人的堂堂魅力只能从这里修来。

没有责任担当，没有浪漫情趣，没有理想信仰，人生便少了根撑起生命的支柱，活着活着便委堕浊尘、委顿如泥，从而委琐不堪了，越来越像乌晦不展的霉干菜。

人至中年，应该为自己的长相负责，正常的情况应该是随着修养的提高越来越帅的。但只要稍稍留意一下，许多三四十岁以上的男士，举止温雅、气质稳重、衣着得体、体态健朗，让人看着爽目舒展的还真不能算多。

并非苛责男人们不够"理想"，只是觉得这是整体一代人内心世界缺少较高级精神追求的必然结果。

人至中年凡是容貌没进步甚至比自己年少时还难看退步的，一定要反省：是不是精神世界出了问题？这对每个人无论原来长得如何都是一样的，因为"相由心生"。

适当的绅士教育怎能或缺？世界还是精神的，万不可以为"人活着一定要有理想"之类的话头儿只是虚言惑众、可有可无的劳什子。内心阳光，人有辉彩；理想与情趣就是揣在心里的阳光。

总觉得一个人的生活品质最后全显示在老来的脸上。

想想吧，一个当年的帅哥，到老一照镜子，一副獐头鼠目或乌霉干菜样，完全不舒展健朗，连自己都看着恶心对不起广大观众，岂非人生最大失败？

拥有优雅，就是拥有再也不会被岁月惊扰的美。

（高原/文）

太用心计妨碍帅气

"小头锐面的浮华少年"，这是梁实秋文中的句子。这浮华少年怎么会修成"小头锐面"？

一个人总是用心计，并且他的聪明总是表现为诡计，那他帅不了。

用心计、耍诡计时需要拧巴着表情，要不那诡计出不来。老拧巴着表情，是否有较强的毁容性？

脸上的奸诈之气、阴郁之气皆因长期聚精会神于阴谋诡计。如此而毁容还不是最严重的结果，靠聪明一时，最后毁掉的是一个人的一世。

木心说:"发现很多人的失落,是忘却了、违背了自己年少时的立志,自认为练达,自认为精明,从前多幼稚,总算看透了,想穿了——就此变成自己少年时最憎恶的那种人。"

这种失落其实是失败、甚至是惨败,惨就惨在败得结结实实。看来并非所有的失败都有资格给成功当"妈"的。

活得太聪明、太爱用心计,太喜欢耍诡计是太不聪明的结果。到了一定岁数还不能很好体会老子说的"大智若愚",一个人算不上成熟。

靠聪明活着,太累、太影响帅气。"小头锐面的浮华少年"肯定就是活得太聪明所致。老用心计的人会越长越尖耳猴腮,由于太费脑子,头会日日变小,嘴部腮部也一天天锐向发展。

哪个靠计谋混饭的"师爷"长得面阔口方、阳光爽朗?

天庭饱满、地阁方圆者从来都是大智若愚,有大格局、大气象的人。

（高原/文）

呵护女性的男人更有魅力

呵护女性,男人才更像男人;呵护女性的男人更有魅力。

"女士优先"是人们普遍知道的,但却还远未普遍做到。

不少男人还停留在这样进化未充分的阶段:上公交车时,"勇猛地"拨开前面的女人、老人甚至小孩,仅仅为了抢一个座位。

请学会在女人梨花带雨时,为她递一张纸巾,让她感到温情慰藉。

请学会在餐厅里为同行的女士挂起外套、拉开椅子,让她开着心花入座。

学会一切尊重、呵护女性的动作是男人的必修课。有人说,在厨房烧饭的男人最性

感。

更请学会欣赏女性，时常善意并有想象力地赞美周围的女性，你就是在增加美好、促进和谐。每天得体送出一两句赞语，夸一两位女性，是做男人的本分。

呵护女性，首先要从你的母亲、姐妹、妻子做起，但决不要停留于此。这正如胸怀大爱的人对所有的生命都同样尊重与热爱一样。

呵护女性，就是充分认识男女差异并尊重这种差异。

呵护女性，应懂得任何时候都不能向女人挥拳，不能用暴力来解决两性问题。

呵护女性，会使你的人性更有弹性，更饱满。

呵护女性是全社会，尤其是男人们的社会责任。

"'上帝'用泥土创造了男人，却用男人的肋骨造出了女人。肋骨上有新鲜的血和肉，只要轻轻一碰就会痛彻心肠。因此，女子连最微小的伤害也是不能忍受的。"（唐敏）

呵护女性就是懂得，女人是花，要你欣赏、要你尊重，还要你呵护。

刚拿到驾照的南希太太驾车行驶在路上，撞倒了一位男人。她向男人道歉："真对不起，这完全是我的错！"

男人苦笑道："不，太太，这是我自己的错。"他边说边从地上拾起两枚被撞落的牙齿，"因为我在300米之外就看见你了，当时我是来得及爬到树上去的。"

自己的牙齿都被撞掉两颗了，还不忘幽默地宽慰那位肇事的太太，还要呵护她的感受，这就是上品男人应有的风度。

风行全世界的"红丝带""粉红丝带""白丝带"等活动全都在提醒与强调人们呵护女性。

一个国家或社会的文明程度，可以从他们如何对待小孩与女性的态度与行动中彰显出来。

（高原/文）

男友不"男"

情人节时，想起一件事，写来应个景。

有个小友与人约了小聚，刚坐定，男友电话来了，似乎是遇到了一些蒜皮级别的事，郁闷不过叫女友去安慰他。

小友说我吃点就来，那边不答应，接二连三来电催促，小友只好空腹坐车两小时赶回去。

故事至此只进行了一半，另外一种情形是，哪天小友不爽需要男友温情宽解时，男友却没什么兴趣，甚至都不耐烦听她诉说。小友很伤心，这样自私没有担当的人怎么能依靠？

"花繁柳密处拨得开，风狂雨急时立得定。"（陈继儒《小窗幽记》）这原是古人说给男人们听的。传统的断裂已经影响到几代人不再把这样的担当看作是一个"男人"的必备家当。

不担自己的事，也不耐女友的烦心事，当"男友"岂够格？担天下就不用提了。"男"字怎么写的？不就是一个人在生活的田野里有力地担当？还不是力能扛鼎，而是力大扛田。

"如何在最短时间内了解一个男人的品行和脾气？"我的回答是："找一个上下班高峰时间和一条拥堵的道路，坐在他旁边看他开两个小时的车便一览无余了。"（朱威廉）

除了开车，还有些细节也证明男友的素质：

其一：公交车上连一个座位都舍不得让的男人。

其二：除了抽烟喝酒，任何爱好都没有的男人。"人无癖，不可与交，以其无真情也。"（张岱）此癖指那种建设性的爱好与情趣。无此癖者，与之长期相伴只能是无趣无聊。

女孩子们遇上"男友不男"的概率越来越高，笔者执教多年就常遇女生此类投诉。本文也并非责备某个具体的"男友"不"男"，那不是个人的原因。只是感慨一下——抛弃传统、教育失败本来没什么"大不了"，就是主要影响"男友"们不"男"。

女孩子们别怪男友不男，不男的男友们也别怪本文多嘴，有则改之，无则加勉吧。

女孩子们更别冷冷地痴等正版男友出现，你也有责任帮助男友提升男子汉的纯度。

（高原/文）

请吃饭还是送鲜花

每年情人节、三八节,有的男士会完全无视这类节日,没有任何表示。

绅士一些的男士会给妻子购买礼物,或者给爱人"拨款"让她自己去购买心仪的物品。

但在这种时候,男士向自己的恋人、爱人表达心意的方式与女性的心理预期往往差别较大。男士觉着请吃饭最佳,而女士却渴望浪漫的情调。

特别对于已婚男士而言,感觉送玫瑰花既难为情也很不实惠。殊不知,对于女性而言,一朵玫瑰花、一封充满浓情蜜意的信件、一个细腻温柔的体贴动作、一个温情的拥抱,甚至一个深情的注视等等,都是最好的礼物,都可以让她们内心甜蜜很久很久……

当然,送玫瑰花只是女性渴望男性表达爱意的一种方式,但大可不必拘泥于此。有位男士送给爱人的礼物是用精美、色彩很搭的包装纸用心包了一朵西兰花。那份颇具情趣的创意令所有见者都被感动了。

因为一份别出心裁、充满爱意的节日礼物比金银珠宝更让女性感到温馨的情意。而这样的浪漫与优雅的确与金钱无关、与实惠无关。假如,一位女性一生都没有收到过爱人送的玫瑰花,那她的人生该是多么苍白和遗憾!

请吃饭当然是实惠实际的选择,但由于它根本上就属于我们的寻常生活,而浪漫与优雅却不是随处可见的。提升自己的品味与格调真该是中国男士需要攀登的一座山峰,我们的教育里应有这样的培养男孩子们学做绅士君子的内容。

不管你觉着有多么难为情,也请你为你的爱人每年至少浪漫一次吧,这样你的人生也就没有缺憾了。

(雷岩岭/文)

恋爱必备的情商

说到情商，我以为不外乎是一个人待人接物的能力。生命的平衡性与中和感说到底也与一个人的情商有着紧密的关联度。

情商低的人总觉得周边境遇应该以自我意志为转移，而情商高的人不但能融入外在环境，而且也能如鱼得水。

同理，高情商的人即使在恋爱中也会保持相当的魅力与尺度，从而赢得对方的敬重与仰慕，即使在不得不分手以后依然如此。

因此，当恋爱关系结束以后，我们是给对方留下一份温暖与感恩，还是留下可憎的容貌、恶毒的言辞？

那些困在恋爱围城中的女孩子必须明白：社会大环境给予女性的发展天地是空前广阔的，所以"生命诚可贵、爱情价更高"这句话，可以反过来领悟了。

在恋爱中，任何人都不值得你为之付出生命的代价。活出女性的美丽与魅力、活出生命尊严的确立与活出精神的层次才是你的终极目标。

同时，那些恋爱中的男孩子也应该懂得：在你决定接受一个女孩柔情蜜意的同时，你必须要有一颗呵护与承担的心。因为女性的感性与男性的理性都是上天给予人类的礼物，用好它既是我们对上天的回馈，也是我们对生命尊严的敬重。

女作家唐敏在《女孩子的花》一文中说道："男孩在世上可以做许多错事，但绝不能做伤害女孩子的事。"

尊重生命是每个人应尽的义务，这里的尊重既包括对别人，更包括对自己。正如周作人先生所言，人要爱自己也要爱别人，一个不尊重自己生命的人，就不会善待别人。

在人世间，我们应该要将一份较为博大的敬畏与尊重给予自然环境和社会环境，给予我们的国家、亲友乃至我们自己，这样我们才能活得有品有德、有形有色、有滋有味！

（雷岩岭/文）

你的恋爱有"形状"吗？

俗人之"俗"，就在于为人无形，行事无状，活得没有形状，不成样子。他的日子糊里糊涂，他的精神浑浑噩噩……

即使谈个恋爱吧，激情不充分，感受不深透，最终也只是如过眼云烟，似灰飞烟灭，了无痕迹，不成形状，以至没有能力抵达爱情美妙的真境，让自己的爱情经历成为一道独特的风景。一旦失恋，情绪反应也只是一种缺乏精神内涵的肤浅的痛苦，或是粗糙的怨恨。

爱可以不必是今生今世朝朝暮暮的相守，某种永恒的等待不也十分美丽？情怀是可以化作永恒的，只要对其进行艺术化诗意的想象升华，比如"爱的耐心"可以是下面这样一个形状：

"一劫"作为时间量词有多长？
印度神话说：
那是仙女的纱裙每三年一次的翩飞，
磨尽16立方千米大岩石所需的时间
整整100亿年！
而这也是站在天堂门口等你
我的耐心的长度。
但这是否更像我耐心的"形状"？

人在任由情感遣使的时候，他的感情便是有限的；如果人能为感情赋予某种诗意的想象，感情便可以进入无限。

23岁的歌德爱上了一个已经订婚的少女绿蒂，这带给他极深的痛苦。而歌德的超常反应则是将个人失恋的痛苦转化为具有普世价值的文学艺术，从而使他的痛苦得到升华。《少年维特的烦恼》就是少年歌德的失恋化为了"小说的形状"。

"其实，我们每一次的受伤，都是人生的必修课。受一次伤，就在人生的课表上打一个钩，面对下一堂课。歌德所做的，大概除了打钩之外，还坐下来写心得报告——所有的作品，难道不是他人生的作业？从少年期的'维特的烦恼'到老年期的'浮士德'，你有没有想过，都是他痛苦的沉思，沉思的倾诉？"（龙

应台《愿阳光照着你忧伤的心》)

　　能够超越地对待生命中的各种变故,也就是能够自由地对待生活——不被各种人生变故所左右、支配就是自由,也就是"解脱"。

(高原/文)

风雅地表达爱

　　记得城南花巷里,痴心日日伺秋波。

　　暗暗地藏起心曲,不敢放出一个爱的音符;只是丁香空结雨中愁,这是你吧?

　　女孩想约见心仪很久的男孩,却不知怎样行动;只好一任夜雨瘦梨花,你同她一样吧?

　　得体且风雅地表达爱意,放出爱的信鸽,是人生一大课。否则怎能出相思海,下离恨天?

　　学会搭讪,不仅让自己更放松,更友善,也能为自己制造各种机会,结交到有趣的人,甚至较为自然地追求到心仪者。

　　比如很随意地说"你很像我的一位老同学","你的发型真别致","你的围巾与衣衫搭配得真好,颜色那么协调。看来你穿衣品位不俗,你有诀窍吧"。

　　只要不动声色地夸人某方面出众,对方定然心生悦意,然后就会话如长河滔滔,教你的定是绝招,你就虚心"学习"吧。如此择机再表达崇拜仰慕之情以及进一步加强联系之意,怎会突兀冒失?

　　自然,最正宗、最风雅的爱的表达是写情诗情书。红笺小字,道尽平素无限情意。学会让爱之小鸟,风雅地从心中飞出。

　　然而,越来越没人有兴致、有能力写情诗情书了。当满大街唱"我爱你,就像老鼠爱大米"时,那份所谓的"爱"自然透着猥琐,你不觉得大有鼠兄行事的风格?

　　爱一个人时,最风雅、最爱的表达是什么呢?编个顺口溜来说明一下,也是抛个砖、引君之玉的意思:

　　　　最爱你的人是我,/因为动用世上最豪华的姿态,/　用"诗意的方式"来爱你的是我。/与你徜徉天堂路,/遥望羊只远现;/与你漫步青草坡,

/闲览云光舒卷。/为你让心情合辙押韵，/让感觉进入节奏！/爱你，令我的情怀如此华丽！

最豪华的爱的表达方式永远不是送人宝马、奔驰，而是送人情书、情诗。这在今天尤其显得超豪华，这不也是很有技术含量的、强悍的爱的表达？

想想，有人愿意写情诗情书给你，说明你真的是个"雪白的公主"。而且，那作者本人也离"马白的王子"不会太远吧。

（高原/文）

好色登徒子的三种档次

无论男人女人，如果他或她没有好色之心，不喜欢靓女或帅男，那他们不是圣人，就是精神不正常。好色登徒子之心，人皆有之。

然而，登徒子之好色却可以有层次不同，是可以因素质高低分出品级来的。本来世界上，差别最大的应算人与人之间的精神品味、行止格调的距离。

显然，有一种登徒子的好色是动物性的，见女人有姿色，第一个念头就是动物式的占有。胆大无耻者就会用尽一切办法达到占有的目的，这是最不上档次的好色之徒。

而另一种登徒子却会以欣赏、尊重、平等、呵护这种绅士的姿态对待女人，这是古今中外"好色的中级水平"。

卢梭在《忏悔录》中说："我在女人跟前经常失败，就是由于我太爱她们了。"在女人面前经常胜利者，不是正版男人，一定是土匪吧。

最高境界的好色，往往会升华为艺术性的存在。他们会将心中对心仪者的感情变成激情的文字、绚丽的画作、悠扬的旋律……人类历史上的众多艺术杰作就是这类"好色之徒"的精神升华的产物！

比如曹植《洛神赋》、达·芬奇的《蒙娜丽莎》、勃拉姆斯的C小调钢琴四重奏等等。

（高原/文）

爱情是两只青蛙一起变王子公主的事

爱情是两只青蛙一起变王子、变公主的事。需要一起加强真善美修养，共同在精神上提升，培养共同的有文化含量的兴趣爱好（别笑，这很重要！无此，恋爱会具有不可持续性。即使勉强持续，也没质量），"携爪"共创美丽人生——早日由青蛙变成王子、公主。

如果恋爱了一场，大家青蛙还是青蛙，甚至青蛙蜕变成了蛤蟆，那是两只青蛙共享的耻辱与不幸。之所以有此不幸，定是把恋爱操作成"出了火锅店，就进肯德基"的事。

青蛙们必须明白一个死硬的道理：绕开了真善美的品质，做什么事都会没有品质，即使谈恋爱也不例外。真正有质量的爱情只存在于两个有精神品质与精神追求的青蛙之间。

伪装成青蛙的王子，本来就是王子。此类品种的青蛙王子就像世上的王子一样总共也就那么几只，灰姑娘们基本上可以省掉指望。

同时，青蛙姑娘要把工夫下在让自己"雪白"了更可爱上，不宜只顾埋怨青蛙小伙儿不王子，不骑着白马来。别忘了咱说过，只有雪白公主才能找到马白王子。

自然了，与其焦虑地等待王子骑着白马翩然而来，不如把身边实实在在的青蛙加工改造成你的王子。这才是比较现实、有可操作性的态度。

那些还未变成公主王子就已经生活在一起的青蛙们，也请注意：如果日子日渐无趣无味，也一定是因为二位绕开了真善美的绿洲，迷失在荒漠上了。回来在爱的花园里种花种草，再重走爱情的经典之路吧。

（高原/文）

让爱情空灵一些

乍爱一个人，会让我们抛弃全世界，全部的生活只为爱他而存在。

但请只允许自己有那么几天可以这样全身心地去爱，然后回到原来的世界，把爱与情分些给世界上其他你不能抛弃的人与事。

需要记得,"当你全心全意地去爱的时候,请在内心深处保留一块依然属于自己的洁白土壤,来播种爱情之外的其他记忆:一个人也可以逛街跳舞,和新朋友一同出行,和老朋友共度时光……真正的爱情会让你获得更加完满的自我,而不是丢失。"(《环球时报》)

爱情不是朝朝暮暮,爱情也不是眼睛只能看见一个人,对其他一切目盲;爱情更不是只拥有一个人,然后放弃或失去生命中其他的一切。

"爱是一种方法,方法就是暂停。把她放在遥远,享受一片空灵。爱是一种技巧,技巧就是不浓。把她放在遥远,制造一片朦胧。爱是一种余味,余味就是忘情。把她放在遥远,绝不魂牵梦萦。爱是一种无为,无为就是永恒。永恒不见落叶,只见两片浮萍。"(李敖《把她放在遥远》)

欣赏"伊人"之美的最佳的距离是"在水一方",所以要"把她放在遥远"……

让爱空灵,空灵的爱更能持久,并且更有美感。

(高原/文)

没人值得你丧失尊严去爱他

曾有女子为了和情人在一起,杀夫弃子。终于有一天,那情人提出分手:"你曾经杀了你丈夫,有一天你也会因为同样的原因杀了我。"

这个女子的悲剧就是她丧失尊严地去爱一个人。世上没有任何人值得你丧失尊严去爱他。也许有尊严地活着远比幸福、快乐地活着更重要。

丧失了尊严,你就什么都不是,什么都没有,你所谓的幸福与快乐也会是可疑而不可靠的。

成熟的爱是在保留个人完整和特殊条件下的两者的完美结合。

女性确实是与男性不一样的独特的存在,并不是男性能做的事女性都来做才是平等、自由和尊重。尽管有女权主义的甚嚣尘上，女性的痛楚、矛盾和自身承载的深厚苦难仍然存在。

毕淑敏发现了女性解放背后更隐秘更深层的一种内涵——女性在经济、政治权力获得之后更要诉诸世俗心理才能得到的东西：尊严。

有尊严地活着，比靠美貌、性感活着更安全，更美丽，也更真实，这是所有女性必须牢记的第一真理。

（高原/文）

如何让付出的爱有100%回报

一女生心爱的小伙儿移情别恋，她痛苦地问老师："我付出真爱了，为什么没有回报呢？"这是一个带有普世性的问题。

付出真爱后还难受，其因在于图谋爱的回报，想占有爱，而爱的本质在超功利地爱一个人，爱的魅力在无缘无故地爱一个人。

"衣带渐宽终不悔，为伊消得人憔悴"，虽说"终不悔"，但"悔"字的出现，已含计较。宋代柳永此句从《古诗十九首》"相去日已远，衣带日已缓"化来，但已少了汉代人那种感情上的忠厚。

对爱毫无反省、毫不计较，只是一往情深、一意孤往。总之，没来由地爱着。这爱才有纯度、才可爱，才是真爱。

"弃捐勿复道，努力加餐饭"，你爱的那"家伙"给你玩消失，你更要多吃碗饭才是正经。

台湾主持人蔡康永有句话说得漂亮："因为全心爱一个人，而感觉到自己正在活着，这就是我们从爱情中得到的最大的回报了。"

如果这样转换关于"真爱回报"的观念，那么只要付出真爱，我们所得到的回报率就是100%。这不是很洒脱、很大气？

而且，无论爱的结果怎样，相爱一场都是对彼此生命的丰富，这不也是具有重大价值、伟大意义？

不再纠结于一般意义上的"回报"，便不再为所爱的离去而只能被动地选择抓心挠肺地郁闷痛苦。

可以选择天宽水阔，可以选择无怨亦无悔，从而选择保持尊严，选择对爱的深藏与回味……

当然，实在放不下那"家伙"，等缓过劲，还可以选择接着追求呀。总之，这事是个多选题，只要保持住尊严，怎么选都行。

不要因为爱的结束而哭，要选择为曾经存在的爱而微笑。

"也许他不英俊，他也不是世上最聪明的人，但他是对你最好的人，那才值得珍惜。情逝的那天，他对你的好可以收回，但不能作废，因为你拥有过，也将永为你所有。他赠予下一个人的，是另一种好。他对下一个人有多好，你不必去想象。"作家张小娴如是说。

是的，爱只要曾经拥有，就已100%化为永恒，永不会作废。

（高原/文）

恋爱，你准备好了吗？

"你是我情愿为你付出的人，你是我不愿让你缠住的根，你是我远离你时，永远的回程票，你是我靠近你时开着的一扇门"，这是流行歌曲所唱的爱情。

爱情，是人类永恒的主题。因为美好，引人向往。但很多时候，我们根本不知爱为何物？更不明白自己为何要谈恋爱？

只是为了不被别人笑话，证明自己有魅力、有人追，因而被动地去谈一场并不属于自己的恋爱。难道我们的时间、精力乃至感情都是那么地廉价？

爱情是在对的时间、对的地点、碰到对的人。谈一场适合自己的恋爱，遇见一个能容忍自己缺点的人，遇事互相理解和宽容，这样的爱情并非易事，但却是可能长久的爱情。

爱情不是永远的浪漫，也不是永远的迁就。爱情是现实中的柴米油盐酱醋茶，是生活中的酸甜苦辣五味杂陈，是对爱人和家庭的付出与责任，是遇事的面对和担当。它不仅仅只是花前月下、温柔缠绵；它也有急风暴雨，霹雳荆棘……

歌中唱得好："我能想到最浪漫的事，就是和你一起慢慢变老，一路上收藏点点滴滴的欢笑，留到以后,坐着摇椅，慢慢聊。……直到我们老得哪儿也去不了，你还依然把我当成手心里的宝。"

爱情需要无条件地付出，而不是无限地索取和占有。

当我们自觉失去爱情时，能否坦然优雅放手，让曾相爱的人成为朋友，而非与之为仇。因为，除了爱情，我们还拥有亲情、友情……

爱一个人是呵护、尊重他（她），为他（她）需付出你的时间、精力、感情，这些你都准备好了吗？

（任丽花/文）

生命尊严与恋爱

如今，大学文科院系女生的比例远高于男生已成为常态，作为在性别研究方面小有心得的老师，我常常在课堂上借讲述文学作品的契机给学生们谈及女性呈现自我生命独特性以及爱护生命的重要性等问题。

我们的整个教育理念与导向存在比较严重的结构性缺陷。我们一直把教育等同于偏狭的应试成绩，理想的人格养成与精神培育一直被遮挡在了现实的考大学、进名校的光环背后。

由此带来的后果就是我们的青年一代，特别是90后的独生子女们往往活在自己的世界中，欠缺承担与责任、欠缺敬畏与博爱。这一点在那些已经恋爱、并且在恋爱的过程中遭遇挫折的学生身上尤为明显。

如今，在大学校园里谈恋爱似乎已然成为大学生活的"必修课"。问题是，我们以往的家庭教育、学校教育在这方面基本上是空白的。没有人告诉过适龄的年轻人应该跟谁谈、谈什么、如何谈、谈崩了该如何处理。

不少学生在好奇、懵懂、茫然的状态下匆忙进入恋爱这座"围城"，要么随大流地为谈而谈、要么就是将家庭生活前置了。诸多事实证明：校园爱情的宽容度和抗打击能力都很不够。

2011年，北京市教委公布了高校《大学生心理健康》课程教学大纲（征求意见稿），要求北京市高校在心理课上教授学生们怎么去谈恋爱。

在新颁布的教学大纲中，"恋爱心理与爱的能力培养"一讲被修订为"幸福——从学会恋爱开始"，主要从大学生们经常遇到的感情问题出发，涉及爱情相关理论，旨在教会大学生爱自己、表达爱、接受爱、拒绝爱、维系爱和放手爱。甚至同性恋等以往被列为中国教科书"禁忌"的话题也在"恋爱课"的教程中。这是进步！

由于在恋爱问题上，学校教育的偏颇、家庭教育的不齿，使得我们学生不懂得学业与恋爱的关系，不懂得恋人与情人的关系，不懂得真爱的内容与意义，不懂得恋爱的智慧与分寸，不懂得生命尊严的保留与维护，更不懂得恋爱需要敢于承担的心与肩膀。

这诸多的"不懂得"就使得校园爱情大多缺乏生命的平衡性与中和感。

（雷岩岭/文）

相思的妙处

春烟迷蒙中，柳絮翻飞，情丝飘荡，春天是恋爱的上好佳季节。如果风雅地表达了爱，那就该进入恋爱的程序了。

但不是谁都会有本事恋爱得有质量的，恋爱的质量决定于相思的质量。

有人把"相思病"列为现代社会若干种不易拥有的"奢侈品"。知否知否？相思而病是一种奢华。

胡淑芬微博曰："在古代，我们不短信，不网聊，不漂洋过海，不被堵在路上，如果我想你，就翻过两座山，走五里路，去牵你的手。"

现在他想她，一天便给她发30条短信，煲若干个电话粥。可是爱情却反而越来越比短信还短，比稀饭还稀，这种恋爱效果到底是咋整出来的？

可见太方便的生活"毁"人不倦，其中就包括大大稀释爱情的浓度。一想念对方就发短信、就打电话倾诉衷肠会令感情失去积淀浓度以获得升华的机会。试着几天甚至更长时间联系一下，好让恋情收收汁，浓情蜜意自然就有了。

恋爱的美妙一多半靠的是想象，还是请记住世界是精神的，何况恋爱本身也主要是一个精神性事件。因此，请保持耐心，保持车距，多一些相思的时间，比多一些联系甚至相聚更能增加恋爱的滋味。缺乏耐心，会使谈个恋爱都难上档次，更甭说有境界。相思的妙处在于有助提升恋爱质量。

认为"相思"是件纯粹难受之事者，也是一种俗人，他当然不能体会相思的美妙甚至诗意，相思是件风雅的事。古人对此多有一流的描绘：

人在画桥西冷香飞上诗句，酒醒明月下梦魂欲渡苍茫。
小楼吹彻玉笙寒自怜幽独，水殿风来暗香满无限思量。
日暮更移舟望江国渺何处，明朝又寒食见梅枝忽相思。
欲寄此情鸿雁在云鱼在水，偷催春暮青梅如豆柳如丝。
遥夜相思更漏残不如休去，群芳过后西湖好曾有诗无。

以上是梁启超所集宋词诗联，读来只觉相思虽痛，但却是"痛并华丽着"，相思如豆更如诗。古人的强悍就在于无论什么痛事都要把它捣鼓成诗，让它变成生命之树上美丽的花枝或花枝上更美丽的露珠。

最后编个顺口溜来总结一下如锦的相思也是人生至乐：

人道相思莲心苦，

不知相思如锦。

菊白云淡事，

愁红怨绿情。

此乐何极，

此情何丽！

完整的爱情包括失恋，请看本书《失恋的妙趣》一文！

（高原/文）

相约海棠树下

人约黄昏后，相见海棠树下。

燕子不归几日行云何处去，海棠依旧去年春恨却来时。

曲岸持觞记当时送君南浦，朱门映柳想如今绿到西湖。

讲究恋爱场所，一定能提升恋爱质量。恋爱时不需要火锅见证，应让翠药红蘅、黄花绿菊在场。否则火锅店里谈成的恋爱，一辈子都去不掉蒜泥油碗的味。

许多恋爱之所以不可持续，就是不知恋爱是个对精神纯度要求很高的活计，不知恋爱需要全程风雅浪漫。

需要提示的一个事实是：再庸俗的女子都在骨子里喜欢浪漫情调，因为女人本质上更精神化一些。

虽然水做的骨肉后来不少成了死鱼眼睛，那也主要是因为被油盐酱醋茶熏的，不能全怪女人。

蓝夜里，一树春花，一瓣飘落。此时表白的深情最深、最淳，因为此地最精神化、最具情深意长的气场。

（高原/文）

雪白公主才能遇见马白王子

安妮宝贝说："我喜欢相信爱，并实践爱的人。"

世间到底有无真爱？这是我多年来常被学生追问的问题。

当人们哀叹世上无真爱时，只意味着哀叹者在枯等爱的降临，却从无爱的行动。只有自己首先是一个理想的爱人时，才有机会遇见理想的爱人。就是说，让自己首先成为马白王子、雪白公主，才有机会遇见雪白公主、马白王子。

不努力让自己表情里有唐诗宋词，不通过文化让自己灵魂与容貌共同进步，能等来公主或王子的机会就像在机场等轮船。

不过还请记住苏菲·玛索的名言："爱情是一颗心遇到另一颗心，不是一张脸遇上另一张脸。"从脸上识别爱情，成功的机会也与缘木求鱼差不多。

爱是一种信则有，疑则无的存在。爱也许不一定有现货，因为爱的源泉在每一个人的心里。它是一种"既以为人己愈有，既以与人己愈多"（老子）的东西。不如选择去相信爱，并实践爱。爱需要相信，更需要行动。

爱的意义还在于美学家潘知常所说，我爱故我在。爱是一种生活信念，是一种对世界的信心，更是一种信仰。

不相信爱，还往往是智商与情商不高的典型症状。

（高原/文）

约会时没话说怎么办

"约会时,两人没话说怎么办?"恋爱中的年轻同事有此一问。

善哉问!大哉问!此问很有价值,问得也很可爱。

的确,恋爱中的人,如果约会的线路只是商厦、火锅店之间的来回穿梭,那可真是既不能有可持续的话题,也不能让约会流畅进行,从而引发冷场的尴尬。

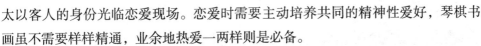

这样谈恋爱问题出在"太客气了",太以客人的身份光临恋爱现场。恋爱时需要主动培养共同的精神性爱好,琴棋书画虽不需要样样精通,业余地热爱一两样则是必备。

这样谈恋爱自然就会变成谈精神文化、谈艺术人生,相关话题几辈子都说不完不是?因此书店、图书馆、美术馆、博物馆乃至自然公园等地都是经营恋爱的上佳场所。

商厦与火锅店不是不能去,而应与前往上述场所的频率保持在1比5比较合适。为什么谈恋爱不能老谈物质、常逛物质性场所?

就是因为一来恋爱准备金不是每个人都充分拥有,二来谈恋爱是在风花雪月里极浪漫的精神性事件,不去浪漫的精神化场所怎会找到恋爱的感觉。人是精神动物,太物质、太俗是不可持续的,太俗会连一场有质量的恋爱都谈不下去。

为恋爱注入精神文化含量,不仅能有效提高恋爱质量,更是恋爱乃至感情可持续存在与发展并升华精神的唯一可选之路。还是那句话——世界是精神的。一切抛开精神的人生之路必败。凡属恋爱谈不出意思、乏味增生情况者,症结在此。

当然,只等着对方有所作为来让恋爱不冷场一直有话说的人,也会在生活中枯等世界变美好,不会以生活主人的身份去有所作为,然后抱怨对方不可爱、世界太糟糕。

所以,这样的男友一定不"男",这样的公主一定不"雪白"。

(高原/文)

一朵玫瑰与九千九百九十九朵玫瑰的区别

浏览一下流行歌曲中的"爱":王心凌《爱你》,S.H.E《我爱你》,Beyond《真的爱你》,李宗盛《我是真的爱你》,言承旭《我是真的真的很爱你》……

如此"真的爱"能真多少呢?

爱的表达贵在含蓄,也贵在浪漫。此理搞不明白,爱的表达就会成为一种购买行为、表演行为。

一朵玫瑰与九千九百九十九朵玫瑰的区别就在:前者是爱的浪漫与爱的表达,后者是钱的浪费与爱的表演。爱不够,玫瑰凑。

某女收到九千余朵玫瑰时问妈:"玫瑰酱怎么做来着?"

肯尼·罗杰斯的歌《为我买朵玫瑰花》唱得好:"送我一朵玫瑰吧,上班抽时间给我打个电话,帮我开一下门,有什么关系呢?含情脉脉地向我表达你的爱,这些小事都是我渴望在我的生活中出现的。"

生活品质的提高往往源于简单朴素的欢愉,而非复杂的奢华之物。

浪漫地表达我们的爱,不要购买我们的爱。

Express your love, don t buy it!(把你的爱表达出来吧,只是别用钱来表达!)

(高原/文)

真爱不是有没有的问题

当下的年轻一代从很小的时候起,就受到外在世界的各种爱情的声音和影像的影响。但复杂的爱情状况却并不是年轻的生命可以顿悟和承担的。

有这样一种说法:人一生要找三个人——你最爱的,最爱你的以及共度一生的。首先与你最爱的人一起品尝爱的感觉,其次感悟被爱的感觉去发现最爱你的人，最后经历爱与被爱后会遇见适合你相处一辈子的人。

但悲哀的是现实生活中此三者常常不能合一，你最爱的很可能不爱你，最爱你的常非你钟爱，最长久的只是来到你身边的人。

常有学生问老师，到底有没有真爱？或者更常有的情况是，学生完全怀疑世上有"真爱"的存在。

但是真爱不是个客观的存在，它是个信则有、疑则无的东西；更是一个真实地存在于那些相信它存在并以真心去相爱者的生命里的东西。所以说，真爱不是一个到底有没有的问题。

在面对复杂的爱情关系时，人们需要学习和感悟的地方很多，有时甚至要付出一生去体味、去对待。此时，从容而智慧地面对不那么完美的生活恐怕就是我们最应该做的。因为面对了，是心的强大；放下了，是心的豁达；自在了，是心的居家。

用真心去对待你在人生中的爱情，真爱就会真的存在。

（雷岩岭/文）

当感情分叉时

有朋友发生了感情分叉的事，请教如何应对。

无论小说还是现实人生，都让我们发现，感情分叉不是每个人都能避免的。在某些瞬间，移情新爱、别谱恋曲，总是十二分可能的事。

让感情之水决堤，固然会有一时之畅快，但若不能及时收束，回归情水故道，就会有诸多不便。

当然，并非一定需要一味守着一段枯萎的感情不放手才是唯一正确的选择，而是无论选择与谁共同绽放爱情之花，都应以保持尊严为前提，都应顾及自己是否因此可以心安理得。

那些在感情的分叉中凌乱了自己的，皆因为忘记了自我尊严的保持，从而失去了自己，这本质上首先是对自己的"不忠""不诚"。

不虑及尊严与心安理得的任何快乐，最后都会让我们狼狈、难堪、备尝苦涩之味。所以古人云："情依节制尊。"

（高原/文）

感情分叉的坦坦故事

写完《当感情分叉时》，想说一个故事。

柏山与莲水在各有家室时，发生了感情的交集，自然也有了一半海水，一半火焰的体验。

情之烈使两人皆以为对方定是自己的那半个圆，情之痛就不说了。

合成一个圆，应该是忠实于感情的合理的选择，但是这个故事的圆满处恰恰不在这里。当无数个辗转挣扎过去后，柏山对莲水说："如果以拆散两个家庭、牺牲孩子为代价，那我们的感情会因自私而成为无根的、没有尊严的东西，迟早会变成所有相关者都受伤的结局。"

闻听此言，莲水只觉得柏山更可爱，在爱他之外更多了一份敬意，因为他的责任感与理性。男人最性感的时刻正是他呈示出责任与理性的那个瞬间，也就是他最绅士的时候。"情依节制尊"便是"感情中的你"与"你的感情"都因节制而成为有分量的存在。

故事不俗的结尾是，柏山和莲水还在联系，坦坦的；还能一起春夏同品绿茗，秋冬共饮红茶，也是坦坦的，坦坦到双方的"家长"睁一眼闭一眼的程度。因为他们的感情已经来到了阳光下，不再需要人约黄昏后。的确，不能见光的感情一般也长不了。

两人坦坦地聊天聊地，聊一切春和秋清的事。那份彼此的深情还在，但却在坦坦中升华为柏拉图式的情怀：沉沉的、静静的……

有素质的人最大的本事往往在于：有能力让生命中的种种存在尽量有个温美如玉的安详结果。在感情分叉时，并非只能选择或情炽如焰，或情死如灰，生命中随时有那个黄金分割点在的。

当一个人真的不顾一切地只爱一个人时，他的爱实际上是没多少价值的，因为那多半是欲，而非情。所必须顾及的都是自己的为人之根。

完全跟着感觉走，或顺着本能处理感情问题常有狼狈的结果。因为拔出自己的为人之根——尊严与内心的安宁——而去谈恋爱，你自绝的不是人民，而是你自己，是把自己逼上生命与尊严的绝路。守住自己的为人之根，别人才能尊重你，也才谈得上情花的持久而真实的绽放。

大多数感情分叉的戏演成悲剧是因为男一号与女一号有意无意地绕开了内心

的坦坦，完全忽略了情花如何有生命力、持久绽放的问题，最后只能品尝酸涩苦辣咸的"五香"情果。

当然，请不要误会，本文不是在宣传绝对不要离异。我只是借一个听来的故事说明，在处理感情问题时，永远第一需要抉择的绝不是到底回归旧爱还是新谱恋曲，而是应把自己尊严的保持、内心的安宁放在第一位来考虑，才会有得体的选择。

人生其他情况的抉择也绕不过此理，否则随之而来的定是我们在风中的各种凌乱。

持守尊严的坦坦可以让生命保持正剧的品质，当然也就避免了悲剧。

（高原/文）

失恋的妙趣

《风雅地表达爱》你做到了，《相思的妙处》也体会了，如果你的恋爱进行到了失恋阶段，那就必须了解《失恋的妙趣》。

某人在春天失恋了，在那失恋的第一时间不小心抬头看了一下身边的树，发现春天的绿叶竟泛着秋黄。失恋太神妙了，竟能让季节发生逆转。失恋是神哎！

如果你比较青涩，失恋有助于止青去涩，增加成熟度。失恋是人生一大妙味，潇洒地体验一下也不是完全没有必要。

爱一个人，可以使你通过他（她）看到全世界的美好。因此，即使失恋了，我们也没有失败。

失恋更能助人伟大。《少年维特之烦恼》就是少年歌德失恋的阶段性成果。许多伟大的艺术品都是艺术家感情失意后的得意之作。

据说完整的爱情包括失恋。看来失恋的最妙处在于让一场爱情完整——有头有尾，可让观众早点"观赏"到"大结局"。当然，这只是一句玩笑，本文意不在鼓励所有的爱情都应该如此"完整"。

失恋的妙处，暂时数到此。您若还知道其他妙处，请续写于后。

（高原/文）

感谢失恋

当凡俗的人遇到烦恼与不幸时，由于缺乏从更高的角度去认识这类事情的智慧，一般的情绪反应就是沮丧、痛苦，而这正是一种不自由的人生状态。

当我看见有人著文阐说"失恋了也要说谢谢"时，顿然间有一种拨云见日、醍醐灌顶的豁然感觉，人生的天地真是很宽很宽，是不够达观的人生意念把我们逼得向隅而生，活在狭隘的角落里。

还是让我们看看"失恋了"有什么好"谢谢"的：

失恋了，经过一段情绪低谷后，最终还是走了出来。对她不再有留恋和怨恨时，反倒生出一丝感激。

感谢她给了我爱的感觉，让我品味了一见钟情时小鹿乱撞的感觉，约会前忙于"装修"的感觉，误会时有口难辩的感觉，吃醋时妒火中烧的感觉，分手后抱枕痛哭的感觉……

当一天有25小时想她时，觉得心里好踏实啊，我泛滥的柔情终于找到了地方寄存；当收音机里的情歌飘过时，我终于有了想象的对象。

说了这么多，其实只想说："分手了，但我仍要谢谢你。"这真不是什么故意做大度的假话，而是彻悟后的肺腑之言。

"人海茫茫，唯一的我却能爱上唯一的你，这本身已值得庆贺了。所以，尽管分手了，但我仍要说：'谢谢你！谢谢你让我痛过并快乐过！'"（吴明《失恋了也要说谢谢》）

恋爱中所需要感谢的显然不止于上文所列，那么，当我们"失恋"了，就可以续写此文了！

这是一种升华，也是一种与生活达成的和解，因为许多艺术的产生正是经由如此的升华与和解而来。"对于我们艺术家来说，等待我们的是，我们经由艺术可以同自己在日常生活中所遭受到一切伤痛达成快乐的和解。"（劳伦斯·达雷尔）

失恋了能说谢谢，是一种自信、勇敢、优雅与力量的显示！

失恋了也能说谢谢，这是一次体验人心如大海般宽阔的绝佳机会！

失恋了，但这并不是失败！此时能说谢谢，又是多么超越凡俗！

失恋了，何妨于心生感激！

（高原/文）

文艺青年失恋止痛法

凡事讲究个专业性。

文青失恋了，有得天独厚的专业止痛妙法。

用专业精神对付失恋，对文青来讲是"a piece of cake"（小菜一碟）。

什么叫"俗"呢？就是失恋后以为就失去了全世界，只有胸闷心痛、恍兮惚兮并茶饭不思等系列症状，此谓之"俗"。

文青却非如此，虽然失恋的第一时间也有胸闷心痛、恍兮惚兮等等症状，但很快这些症状就会或转化成翩翩诗行，或被他唱成一首歌，那些被你喜欢的流行歌曲哪一首不是失恋的副产品？如此一来，失恋的普通症状一定会大大地缓解，甚至会有身轻体健，重获新生之感。

文青不文青的，失恋时都可找本《少年维特之烦恼》来读，这可是少年歌德失恋时写下的心得体会，由于体会太深刻兼太具文学性，从而一不留神成为世界名著。

人家完全没有浪费失恋时那种平常难有的刻骨铭心，那种难得的美妙感受，让失恋长成了能结果子的树。当然，写成《少年维特之烦恼》与《浮士德》的歌德是德国一号文青。

没事时，世人都是你半斤，我八两，分不出斤两来。有事临头，人和人顿时便有了鸿毛与泰山之别，这完全由于他们对事情的反应有别：有人从所遇事中得到生命的升华，有人则以那事为借口在现有的低层次上更往下出溜，或者干脆顺势堕落到底。

艺术家是什么人呢？就是有本事把痛苦化为美丽，有能耐将绝望变成升华的人。因此，艺术家大都是半个神唉！

有此本事，失恋还会只是痛吗？

（高原/文）

优雅地拒绝别人示爱

当别人向你示爱时，无论对方多么不是你喜欢的类型，第一时间都应该温和礼貌地感谢他（她）对自己的欣赏。

如果第二时间，他还以你不喜欢的方式表示对你的喜欢，那么可以坚决明确地拒绝。当然别忘了必说的一句："谢谢您的欣赏！愿您早日找到爱你的人。"

有人说，在拒绝别人示爱时，"不要试图用什么所谓'巧妙'的方式，除非你愿意被人误解，并被继续纠缠。"这也不是一定的，还是应根据具体情况，看对方是什么性格的人，然后选择适当的、最好是比较巧妙的方式回绝他的表白。

如果你想婉转一点的，你就根据情况选择他最不受伤的那种吧，但一定原因不能在对方身上，不能说因为他的长相、身高及工作等不是你理想的。在拒绝他人示爱时，伤人自尊的理由绝不能说。

如果你觉得对方是个不错的、可当朋友的人，那么你可以对他说："我们更适合做彼此的蓝颜知己。"

如果对方是内向型的，可委婉地说："我喜欢的是萝卜而你是白菜啊！"就是让他明白，他和你喜欢的那个人一样优秀，只是你稍微喜欢萝卜那一型的。

这个说法不错，如果对方是女孩，你可以说："我喜欢翡翠，而你是和田玉啊。"既夸了对方，又优雅幽默地拒绝了她的示爱。

优雅拒绝示爱的底线是，无论多么不喜欢对方，都不应在拒绝他的示爱时说伤害他自尊的话。应既不玩暧昧，也让人还能继续尊敬你，希望对方可以尊重你的意愿。

得体地拒绝他人，是优雅的教养，一定要有。

（高原/文）

静静地和一段感情告别

晚上十点左右，电话响了，曾经的一个女学生打给我的。她用低沉的声音讲了她的故事。

上大学后的一天，她遇到了一个骑摩托车的男孩子。她还记得那一天天很蓝，他笑容灿烂，眼神迷离。她不知被什么捉住了，径直走过去，坐在了他摩托车的后座上，在摩托车的轰鸣声中她紧紧地揽住他的腰，把脸靠在他的背上。那段日子，她快乐极了，因为她长这么大从来没有如此随性过。

他带她去河边看夕阳，然后在夜色中开着摩托车全速疾驰；他带她去吃烧烤，点来所有她想吃的；他带她去网吧玩游戏，敏捷地冲过一关又一关；他带她去参加朋友的生日聚会，一群人K完歌后凌晨三四点还在马路上游荡。

她说那些日子对她而言是那么具有吸引力，她甚至还瞒着家人从学校搬出来与他同住。但是白天他总是在"家"里打游戏，留下一地的烟头和方便面碗，而夜晚，他总和那群朋友去街头飙车。

她说你去找个工作吧，他说家里征地的补偿款还多，用不着那么累着自己。她说想考研，他说不要考，女人读那么多书干什么，你毕业了咱们就结婚。她发现他们共同的语言越来越少，分歧越来越多。她开始怀疑自己选择的这份情感。

后来，她下定决心分手。看到她那么决绝，他整日以酒醉己，并在一天割腕，被父母发现后送到医院才保住性命。听到他被救，她很欣慰，但她没有去医院。

后来她全力备考，并幸运地被某著名大学研究生院录取。她说暑假回母校，她又看到了他，他换了更大马力的摩托车，从她身边呼啸而过，摩托车后座上也坐着一个女孩紧紧地揽着他的腰，把脸靠在他的背上。他没有看到她，而她则恍若隔世。

通话持续了近两个小时，她在静静地说，我在静静地听。最后她说，老师谢谢你听我说了这么多，我终于可以和这段情感告别了。

挂了电话后，我发现月光从窗帘的缝隙中透射下来，似水般柔和。其实我们每个人的青春记忆中，都有甜蜜、有酸涩。这其中的种种，都会在我们的心灵深处贮藏。学会在适当的时候静静地、优雅地放手，将是成长的美好记忆。

（李晓梅/文）

不到点不能开花

"为什么有的花开得好，有的花就开不起来？花包着不开，到了点，啪就开了，会开得很饱满。而有的花，没到点就开了，还被人踩了，就开不起来了。"

对于女孩子为什么要珍爱自己的理由，舞蹈家金星给女儿作了诗意、动人的妙比。

"我要做开得饱满的花。"女儿妮妮听了若有所悟。这是熨帖比喻的成功。

"情依节制尊"这句古语的意思,金星用花开之事作了喻解。少有人给我们的女孩子们如此精致地进行自爱、自尊教育。

那么多如花的女孩子不慎零落于泥、委弃自己,不就是因为没人提醒她们:你是尊贵的花朵,要饱满地开放,不到点不能开的。

一定的情感与生理的节制,正是为了享受更充分、更饱满的爱的激情。而充分的爱存在于两个素质较高或精神较为纯粹朴质者之间。

"不要得艾滋病;不要怀孕或使人怀孕;不要结婚太早。"这是美学家李泽厚对子女提出的两性关系的底线。

守住这个底线,人生便不至于失控,可以活得清爽利索些,甚至还可能会有美感。

(高原/文)

早恋的实质是"蝌蚪"谈恋爱

一个上初中的蝌蚪在网上问我:"老师,早恋了怎么办?怎么才能不学坏?"

我第一反应就是:一只有着大脑袋、长尾巴的蝌蚪竟然也恋爱了,真是恋得"早"哇!长全乎了再恋成不成?至少也得等到长成只青蛙,才能携爪一起变王子公主,也才具备恋爱的基本资质吧。后来才知她是替自己的"死党"(也是只"小蝌蚪")问的。

"早恋"当然也不能就与"学坏"画等号,这没有必然的联系。问题的关键不在这儿,关键在于"蝌蚪"谈恋爱是在玩超级穿越。

蝌蚪也恋爱的事件在这个时代总体呈快速上升之势,应该是不错的判断。但不是每个蝌蚪的家长与蝌蚪的老师都有本事淡定地良好应对。普通最常见也最俗的反应就是着急上火，以蛮横的强力阻断恋情发展。

说这种反应"俗"，是因为这是最蠢最笨的，是一种粗糙的本能反应，不但不能解决问题，还既让蝌蝌与蚪蚪们不服气，又令自己生气。

家长淡定一些、老师智慧一点，早恋的情感就会成为蝌蚪们成长的良好契机或建设性拐点。也更能展示家长老师们优雅大气的风范，并给蝌蚪们一个建设性智慧对待人生的榜样。

所谓"早恋"，不是说上中学、读小学的蝌蚪之恋，而是恋得太早——身心还未长全乎，没有资格、没有能力，或者说不知爱为何物，不知为何要谈恋爱，以及谈不下去如何得体收场时谈的蝌蚪恋爱，这就是"早恋"的本质。

当还没准备好担当、不能为感情负责时，即使八十岁了谈恋爱也是早恋。许多家长与老师就是因为没抓住这一问题的本质，从而惊慌失措，处置不当的。

如果能优雅淡定对待，就恋爱问题与蝌蚪们提早作良好的沟通与到位的教育，当蝌蚪们有早恋"症状"时，就可以淡定智慧地帮助他们借此获得精神升华与成长。

葱宝初中一位老师说："孩子在这个岁数相互有好感，是人情之常，也不要一见俩孩子有接触就下意识地马上定位为'早恋'，这有可能是家长反应过度。"估计还有这样的情况，原本蚪蚪找蝌蝌只是问个作业，可是蝌妈或蚪爸马上定性为"早恋"，结果反而提醒了蝌蝌和蚪蚪，便定向发展早早恋爱了。

想想也是，你家孩子在十五六岁若还没有这人情之常，那是不是更要命？不要神经兮兮，反应过度，让蝌蝌或蚪蚪们笑话，甚至看不起。

有了这觉悟垫底，凡有蚪蚪来电话找葱宝的，葱宝妈的自律表现就是绝不问："你是谁？你哪个池塘的？"而是大喊一声："葱宝，Answer your telephone（接电话）！"然后就自觉撤离通话现场，更不会伸长耳朵监听。

重要的是早早给蝌蝌与蚪蚪们把"蛙际交往"的原则亮明、把底线摊开，他们一般会知道分寸的。也省得蝌妈或蚪爸们有不上档次的表现——疑神疑鬼，盘查审问，连自己亲生的蝌蝌、蚪蚪都不信任。

再想想，阁下您在这十五六岁时不也有此常情？放学路上躲在巷角，只为痴候某个小小倩影从眼前飘过，那是阁下吧？

（高原/文）

方便快捷使爱不可能

什么是"爱的可能"？什么是"至爱"更适合的环境？

是"两情相悦"、然后"洞房花烛"、接着"子孙满堂"、终于"白头偕老"这样一个流畅无碍、完整无缺过程的完成？是没有任何障碍阻力，没有一点羁绊的社会氛围？

宝黛爱情之所以动人心魄的一大原因，如果从"大观"的角度来看，正在于那些我们痛斥不已、批判不懈的"障碍""羁绊"起了决定性的强化作用。

不错，今天当年"障碍""羁绊"着宝黛爱情的那些因素已基本消失了，而这却并没有令现代的爱情存在更深挚动人、更自由地大放异彩。

信息沟通手段的先进，令现代情人们一天可以互发几十条短信，而这种可以随时抄起电话互诉情意的爱情，可以随时停靠也停止在床上的爱情，其"爱"与其"情"却被大大冲淡了。

因为那深化与升华爱情的相思过程被消解了，少有或不再有那痛苦而美丽的相思病又正是一切以方便为目标的现代生活的副产品，而不伴随着"相思病"的爱情也是残缺的爱情，甚至可以说是缺少美感的爱情！"相思病"难道不是"爱情"之裳优雅的蕾丝花边？

爱得太方便、太快捷，其爱也会方便快捷地消失。这是凡事讲方便快捷的现代社会给爱带来的尴尬。

本文并非呼唤爱的障碍、羁绊，而是想说：爱是个小火慢炖的东西，爆炒急煎不得。

（高原/文）

一分为三看名人离婚

名人离婚纷纷，如清明时节雨，纷乱了不名之人们的心——"天下没有永垂不朽的东西""我再也不相信爱情了"云云。

这是何苦？是名人们离，又不是百姓离。再者，天下爱情之水也从来没有一滴不剩地全集合在名人那里，不信爱情从哪儿说起？

一分为三地看此类事，是百姓的高端大气：

其一，名人也是人，也想把日子过好，百姓应体谅名人把日子过好的难度远大于百姓，况且他们连正常日子过好都难。不信，等你亲自成了名人，就知其中甘苦不易。悲悯他们吧，不要围观，如果不是什么建设性的观点与建议，也最好选择沉默。

其二，名人也不是一般人，虽然情商不一定绝对比一般人高，但感情要比一般人丰富得多。而感情一丰富得多，感情分叉的可能性就陡然上升，再加上名人感情分叉的机会更比一般人多太多，于是情花时时开、处处开就不可怪了。我们只祈祷在他们感情分叉时，把各方受伤害的程度降到最低。然而，事实上，由于世界是平衡的原理，此类事到最后，最大的受害者正是名人自己。可怜他们，为他们祈祷吧！要不咱们怎么显大气呢？

其三，当然，名人确实也不是一般人，是人中人、人上人。因此，他们肩负引领社会风尚的责任，适度的感情节制、良好的行事作风又是必须的。当然，这底线的要求，对我们的名人们有点高。那就帮他们慢慢提高觉悟吧。

再遇名人离婚，一分为三地看，咱百姓便可以淡定一些。至少知道，我们能指摘他们什么、什么宜说、什么情绪不宜抒发。

（高原/文）

大雅此生——富人有大书房

无事此静坐，有福方读书。

有人说，穷人有大电视，富人有大书房。

哈佛有个理论：人的差别在于业余时间，而一个人的命运决定于晚上8点到10点在干什么。每晚抽出两个小时用来阅读、进修、思考或参加有益的演讲、讨论，你会发现，你的人生正在发生改变。

哈佛之所以是哈佛，正是因为它有一百多个图书馆。

风轻一楼月，室静半枕书。人生有书可读，有暇可读，有资可读，又涵养之如不识字人，是谓善读书者。享世间清福，未有过于此也。所谓读了书，"又涵养之如不识字人"，意思是读了书却不被书所局限，还能保持了未读书人的单纯。

在读书中，可以发现一个有趣的现象：历史，只有人名是真的；小说，只有人名是假的。

"读书的好处在于：他总能发现原来他的感受早已被世上某个人明白地说清楚了。他终于明白，他并不是一个独特的他，他只是他们中模糊的某个。"（梁冬）

《菜根谈》之类的古书喜欢说：

闭门即是深山，读书随处净土。

闭门读佛书，开门接佳客，出门寻山水，此人生三乐。

眼前无点灰尘，方可读书千卷；胸中没些渣滓，才能处世一番。

孟德斯鸠说："世上没有一个小时的阅读都消除不了的忧愁。"

如果一有暇不是读书，而只是上网翻看垃圾信息，或只是爱上传"我刚吃了个雪糕把牙冰倒了""我手指划破了，好痛""我想吃凉粉了，谁陪我去"之类的"说说"，你浪费的不是时间，而是你自己，还同时在向天下人耀示自己的琐碎与无聊。

据说在飞机上，头等舱里读书的人最多。不读书，导致不能坐头等舱还不是什么严重问题，问题的严重在于人活得难上档次，难于身心俱贵并获超脱与自由的感觉。

本人有一天突然觉得，虽自认还潇洒，还基本上能如庄子所说的"无待"，可是有几样东西没有了会活不下去——米饭、肉、茶，当然还有书。

夜静斗横谈剑处，春深花绕读书庐。此为大富贵之情景。

在《文摘周报》看到有个叫"之乎"者说:"书房应该有一股子没落的腐朽的气息,这辈子的人是无法营造我说的这个标准的书房了。第一条,有这样气息的房子没地找去了,扬之水的书房够旧,但离陈旧尚远。第二条,书够老够旧,可放书的书柜书案太时尚,尤其是玩古书的朋友。第三条,就算你房、书、柜全达标了,人又不够老派,缺少六朝人物的风度。所以在中国,这样的书房是没的啦,钟芳玲的西洋书房多少还靠谱。"

很同意"之乎"的观点。太新的东西总少些幽深雅致的味道,书房尤其如此。

(高原/文)

享受诵读之美

可以不纠缠、胶着于物质性享受,能随时随地"享受"那些破费不多甚至无需破费的生活乐趣者才是真豪杰。

如今在欧美大学文化圈里最流行什么?是享受诵读文学作品的美感!对诗歌、散文及小说的诵读之美的享受,我们久已放弃了!而这是放弃了一种华美、高雅的生活意趣。

西晋陆机《文赋》曰:"暨音声之迭代,若五色之相宣。"以色彩为喻,说诗歌散文用字,其不同的声音应该和谐配合,动听悦耳,犹如锦绣以五色线相配而鲜明悦目。这样就可以享受这听起来"彩色"的文字之美妙了。

南朝梁慧皎撰《高僧传》,其《诵经论》便说:"若乃凝寒靖夜,朗月长宵,独处闲房,吟讽经典。音吐遒亮,文字分明。足使幽显欣踊,精神畅悦。"这直是把读经视为一种美妙的精神享受。试想空山明月下,古刹松声里,传来一阵阵寥亮清厉的诵读之声,令人神往,此乐何极。

李白《夜泊黄山闻殷十四吴吟》云:"昨夜谁为吴会吟?风生万壑振空林。龙惊不敢水中卧,猿啸时闻岩下音。我宿黄山碧溪月,听之却罢松间琴。"这是对于讲究吟讽声音美的传统的礼赞。

宗白华先生《艺境》里也有一段对诵读之美的描述:

那年夏天我从青岛回到上海,住在我的外祖父方老诗人家里。每天早晨在花园里,听老人高声唱诗,声调沉郁苍凉,非常动人,我偷偷一看,是一部《剑南诗钞》（陆游诗集名——编者），于是我跑到书店里也买了一部回来。秋天我转学进了上海同济，同房间里一位朋友，很信佛，常常盘坐在床上朗诵《华严经》。音调高朗清远有出世之概，我很感动。我欢喜躺在床上瞑目听他歌唱的词句，《华严经》词句的优美，引起我读它的兴趣。而那庄严伟大的佛理境界投合我心里潜在的哲学的冥想。我对哲学的研究是从这里开始的。庄子、康德、叔本华、歌德相继地在我的心灵的天空出现，每一个都在我的精神人格上留下不可磨灭的印痕。"拿叔本华的眼睛看世界，拿歌德的精神做人"，是我那时的口号。

宗先生对陆游诗文之美、对哲学的兴趣正是在听了动人的诵读后产生的。可以想见，如果不是那沉郁苍凉、高朗清远的诵读声感动了青年宗白华，没准儿我们会少一位大美学家。可见诵读所产生的影响力不可估量。

徐渭有联诗曰："雨醒诗梦来蕉叶，风载书声出藕花。"琅琅书声、袅袅藕花，微风中，一位俊朗风雅的书生款款而来……

现如今大家不光嘴太紧，太吝于赞美别人，还紧闭嘴巴不再朗读美文，故而那些美文中或美丽幽微、或灿烂壮阔的精神自然也就向我们紧闭大门，无从感知体验了。

（高原/文）

享受君子之乐

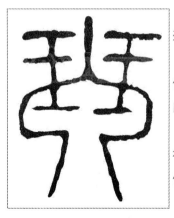

在太多的人玩偷菜游戏，且以"偷"为乐时，我想起华盛顿名言："像男子汉一样娱乐。"

一般而言，这里的"男子汉"应该就是"君子"。像君子一样消遣娱乐，尽量拒斥并远离恶俗的、小人式的游戏，是君子享受人生之乐的底线。

君子传统上或以琴棋书画、吟诗作赋，或以读书旅行、骑马射箭等等为乐，这似乎一直是世界各民族君子们玩乐的国际惯例。

"人生有许多出于自然的享受，例如爱情、友谊、欣赏大自然、艺术创造等等，其快乐远非虚名浮利可比，而享受也并不需要太多的物质条件。"周国平把这称作"对生命本身的享受"，并且认为："现代人享受的花样愈来愈多了。但是，我深信人世间最甜美的享受始终是那些最古老的享受。"

君子的享乐，享受的是生命，是自由，并且这种享受是能美容、能提升气质的；小人之享乐则反生命、是他所享乐之物的奴隶，这种享乐不仅毁容、还会毁掉生活。

但在现代的时空里，君子式娱乐全面萎缩，而恶俗的小人之乐却势如洪波。

君可见以下景象：席宴上不顾列座左右的长辈、女士、儿童，掏出手机声情并茂地"朗诵"黄段子；各地冒出太多趣味低俗的游戏及以赌博为主业、与"动漫"毫不沾边的"动漫城"……

美学家朱光潜指出："从消遣一点看，我们可以窥见民族生命力的低降。"他还说："消遣看来虽似末节，却与民族性格国家风纪都有密切关系，一个民族兴盛时有一种消遣方式，颓废时又有另一种消遣方式，古希腊罗马在强盛时，人民都欢喜运动、看戏、参加集会，到颓废时才有些骄奢淫逸的玩意如玩娈童看人兽斗之类。"

玩都不会玩，且玩得不上档次，无品位、无技术与精神含量，是生活没质量的典型特征。"要复兴民族，固然有许多大事要做，可是改善民众消遣娱乐，也未见得就是小事。"（朱光潜）

如果说由于坚持"世界是物质的"，世人的享受便专注于物质与金钱；君子则固执于"世界是精神的"，其所享受的最大的特点是享受"物外之趣"。

有道是："好古只在秦以上，游心却在物之初。"

让君子最愉快的享受往往都是富有精神与文化含量的东西，英国诗人华兹华斯有一首诗正描述这种感觉：

> 最愉快的是垂下自己的目光
> 独自去漫步，不管有无路径，
> 旅人四周展现着旖旎的景象，
> 但他却无心再去观赏这美景。
>
> 他更陶醉于内心温柔的憧憬，
> 那幻想的产物，或者沉湎于沉思的快乐，它悄悄潜入深心，

当美景时隐时显之际。

（顾子欣译）

对这种快乐，只能用"高贵"来状之貌之，我们也只有敬之仰之。

自然，古今中外的君子们的快乐享受中读书占了很大部分。好书是阶梯，坏书是滑梯。读坏书，不但是读垃圾，还能让你在现有档次上更往下出溜，所以是滑梯。所阅之书可不慎乎？吾见未读书如得良友，见已读书如遇故人。读伟大的书是与那些伟大的灵魂交谈！

君子还有一个超级享受是"享受寂寞"，这里的秘密，梭罗的文章《优雅的寂寞》会告诉你……

"享受寂寞"的福气也不是每个人都有的，那是素质档次极高的君子的专利。说君子的"优雅"之花一半来自"寂寞"的花园，应该是实事求是的说法。

西藏诗人马丽华有文叫《渴望苦难》，苦难"被渴望"，肯定不是没事找难受来乐，君子的享乐在"渴望"苦难中更上一层境界：

渴望苦难，就是渴望暴风雪来得更猛烈一些，渴望风雪之路上的九死一生，渴望不幸联袂而至，病痛蜂拥而来，渴望历尽磨难的天涯孤旅，渴望艰苦卓绝的爱情经历，饥寒交迫，生离死别……去真正领受高原的慷慨馈赠，真正享有朗月繁星的高华，杲杲朝日的丰神，山川草野的壮丽。到那时，帐篷也似皇宫，那领受者将如千年帝王。

如果说"享受寂寞"是享受干红，那么君子"渴望苦难"便是打算消受茅台五粮液了。这就是神经坚强、襟怀非凡的君子的至高享受。

（高原/文）

赏观人生

晋朝高僧支遁养马一匹，却不为骑之，主要用来"赏其神骏"。谁若闻此能会心微微一笑，说明很懂这故事里所蕴含的魏晋风度的风流意趣。

可否将越来越多世事与世物都主要用来赏其佳妙？把它们当作精神性存在，赏玩其中的精神性意趣——其或光洁、或微妙的色泽；或俊逸、或别致的形状等。

随着年岁的增长，生活应该越来越精神化。越来越精神化的生活与胸怀的丰满度成正比。

对人生所怀有的心情决定你生命的色调与质感。带着艺术欣赏的心情看人生，可以由欣赏而看到更多的人生风景。

萨特说"审美就是照亮"，审美地看生活，便能时时处处烛照到生命的种种幽趣。在此意义上陶渊明的"悠然见南山"便与"审美就是照亮"意思无别了。既然不悠然看不见南山，不审美怎么能照亮幽隐于万千物事中的美、趣或妙之味？

以艺术的心情欣赏人生时，可令人不再过度挑剔苛责生活，不再那么怨恨焦虑，从而令我们从目光、语气及身段等等一切变得温润柔和。

"怀有艺术欣赏的心情去看人生，是一种有福气的生命。因为'欣赏'是一种包容，一种宽恕，一种同情与悲悯，也是一种真正的爱。"（蒋勋《艺术的欣赏》）

此福至大。怀有艺术欣赏的心情对待人生最能带给一个人优雅安宁的生命。正可谓雅安、雅安，雅了才能安。优雅从心开始，某种意义上就是优雅从怀有艺术欣赏的心情看人生开始吧。

"春风如酒，夏风如茗，秋风如烟，冬风如姜芥。"

"春听鸟声，夏听蝉声，秋听虫声，冬听雪声，白昼听棋声，月下听箫声，山中听松声，水际听欸乃声，方不虚此生耳。"（张潮《幽梦影》）怀有艺术欣赏之心的人更能充分享受到生命的种种意趣。

艺术修养对一个人的优雅品质的促进是无疑的。若非有相当的艺术修养或艺术欣赏的心情，一个人却能十分优雅是十二分可怪的。

赏观人生就是赏人生之胜、观生活之幽。审美也是一种人生"无为"的状态，是人最接近道的一种存在。

赏观人生需要一个"平常心"。平常心是禅宗的概念。平常心一要破除"功利心"，二是破除"分别心"。此二心遮蔽了一个万紫千红的世界。平常心可以在最普通的生活中发现和体验一个充满生命的丰富多彩的美丽的世界。

王夫之说："能兴之谓豪杰。""兴"者，审美感兴也。

对人生能随处进行审美性、艺术性赏观才是大英雄、真好汉。

（高原/文）

雅人胸中胜概

"重帘不卷留香久，古砚微凹聚墨多。"

这是陆游的诗句，《红楼梦》中的丫环香菱很喜欢。她的写诗师傅黛玉则十分专业地正告香菱，这种诗千万不能学，学了就不会作诗了。

黛玉给香菱开的写诗秘方是：读王维、杜甫、李白及陶渊明的诗。每一家读几十首，或是一两百首。得了正传以后，就会懂得作诗了。

黛玉写诗的水准在《红楼梦》里位列第一，其教人作诗的方法也是一流。

钱穆先生分析陆游这联诗句的毛病是：虽对得很工整，其实则只是字面上的堆砌，而背后没有人。

钱先生说的"没有人"是指诗中"没有高雅的人"，因此这两联诗特俗。

因为"此诗背后原是有一人，但这人却教什么人来当都可，因此人并不见有特殊的意境，与特殊的意趣。无意境，无情趣，也只是一俗人"。

"重帘不卷留香久，古砚微凹聚墨多"在一般人看来十分古雅，钱先生却批它俗，这太惊人了。那么高雅的诗长什么样呢？钱先生说："应有他一番特殊的情趣和意境。"

钱先生用王维的两句诗为例，说明什么是那"特殊的情趣和意境"。

"雨中山果落，灯下草虫鸣"，"这一联中重要字面在落字和鸣字。在这两字中透露出天地自然界的生命气息来。大概是秋天吧，所以山中果子都熟了。给雨一打，禁不起在那里朴朴地掉下。草虫在秋天正是得时，都在那里叫。这声音和景物都跑进到这屋里人的视听感觉中。那坐在屋里的这个人，他这时顿然感到此生命，而同时又感到此凄凉。生命表现在山果草虫身上，凄凉则是在夜静的雨声中。"

当时作这诗的人，他于此情境中，心中有什么感觉呢？他没在字面上说，可我们通过字面感觉到了那种生命与凄凉交织的"特殊的情趣和意境"。

王夫之认为文学中的景物是"雅人胸中胜概"，是美好景物在高雅之士胸中升起的风景。

（高原/文）

一花一草皆是优雅生命的导师

雨后，一棵茶树飘零了一地的落花。这个自然界重复过岂止千万次的景象打动了散文家刘荒田：

> 都是刚刚坠地的，多数的花托向上，少数向下，露出绿蒂。无论正反，都端端正正地坐着，似如来佛祖的莲座。树下所铺的泥土疙瘩并不平坦，可是并没妨碍展示殒落后的庄严。……花瓣就这般坐着，直到变黑，变成泥土。自然所赋予它的最后章节，没有悲哀，只有神圣。
>
> （刘荒田《落花的坐姿》）

落花尚有如此的觉悟，真令人感佩。即使生命的最后也没有偏离生命的中心，依然讲究生命的良好形状，坚持呈示生命的庄严与神圣。

这也令人想起《菜根谭》中的一段："日既暮而犹烟霞绚烂，岁将晚而更橙橘芳馨；故末路晚年，君子更宜精神百倍。"

有了君子的觉悟或做绅士的信念，也就意味着不再给自己向人展示萎败的理由或机会；无论阴晴雨雪，念念于心、孜孜于形的惟有姿势好看。

纵使末路晚年、纵使死亡都可以是"毫不打折扣的美丽"。

人该时时记得师友造化、处处留意器范自然，一花一草皆是优雅生命的导师。

（高原/文）

吟诗纪行乃优雅本分

朋友旅行西藏期间，每天发来抒怀诗。

此事令我惊异，戏称他"诗潮涌天外，兴起高珠峰"，因为此前几乎未见他有此雅兴。究竟是什么让他诗情大发？在回和其诗时，我也同时明白原因所在：

> 今古会心远，天地放眼宽。

诗情何由盛，虚怀对山川。

(《感友人游藏诗兴大发》)

辽阔壮美的西藏让他襟怀大开，瞬间获得一种美学上所说的"审美胸怀"，自然而然就情不自已，诗潮涌动了。

本来游历西藏诗情大发的是朋友，但由于那几天写诗短信往来唱和，竟也引发了窝在家的我诗兴小发，以七八首和诗陪伴友人的旅程。那种酣畅与升华可谓刻骨铭心，真是人生大享受！也终于体会到诗人郑谷说的"得句胜于得好官"的佳妙。

把旅程中心灵的种种悸动，以诗或散文的形式记录抒发，原本是中国君子悠久的风雅传统，也是最能彰示人性超然、超脱且高雅、高贵的传统。

用诗或散文把旅行中的见闻感受进行记录抒发，仿佛酿酒造蜜，让旅行由身体之旅升华为精神与心灵之旅，同时也使旅行具有了深情蜜意、醉人醉己。这当然升华的既是旅行，也更升华的是旅行者。这样的旅行也才是纯度较高的旅行，否则仅仅是旅游而已。

也仅仅为了避免让自己在沈从文故乡——湘西凤凰古城之行沦为旅游，从来也不写诗的我凑了个顺口溜歌咏沱江，最后两句是："天下清溪处处有，唯有此江飞凤凰。"姑且算是纪念沈从文先生吧。

很喜欢宋玉文中的一个词：瑰意琦行——具有宝玉品质的情意与行止。将旅行写成诗或散文，那诗与文可真像极了楠木盒子，让盛放其中的旅行片断也似乎如珠似玉，顿时珍贵起来。这大概就是瑰意琦行的一种表现吧。

生活质量也来自于尽可能地升华每一个生命片断，自觉让这个片断更多精神化甚至艺术化的内涵。脱俗有时就是这种尽力让生活中的每一个过程更多精神性甚至艺术性，这应该是最高的教养。

总之，用诗或散文整理、升华生命中的一些经历，也是优雅人生的本分姿态。如此一片风景才因你的深情相赏而成为你生命中真正的大好河山。

古罗马哲学家圣奥古斯汀说："这世界是一本书，不旅行的人只读了其中的一页。"但如果能用诗或散文纪行，则就是不仅在读世界这本书，也是在为它做美丽的注解。

雁字高飞韵成诗行，天地大美谐入韵脚。

吟诗纪行——君子的优雅本分。

(高原/文)

"满身风雨为桃花"的浪漫

每年四月下旬,小区花园水池边都会有一圈紫花幽幽绽放,起初以为都是鸢尾花,有天无意中走近才发现还有马兰花。两者的区别主要在茎叶,一如亭亭韭菜,一如萧萧短剑。

若非有心,站在七八米外,一般人不容易发现它们原来是两种花,这类"一般人"数量一定庞大,因为只有"悠然"才能看见"南山"。

路过大开大放的牡丹花,竟然看不见她的国色;行经幽香阵阵的玫瑰丛,却完全没有闻到她的天香;——被欲望"丰满"胸怀的人基本上活得目盲鼻塞耳聋,因为物欲使心灵萎缩,导致人体各个器官基本上成为摆设。所以心灵萎缩或残缺,是真正意义上的"残废",各级残联早该将此列入"特级残废"。

你能看见、听见、嗅到、感受到多少生命中的趣致盎然的存在?桃花几瓣?丁香瓣几?在一本花卉册页上看到这么一句:"借得杖扶溪路滑,满身风雨为桃花。"为赏桃花,溪路滑又怎么样?满身风雨又如何?如此不屈不挠地赏观人生之美,古人这份对美好事物的痴情,正是今人永不可及处。自然,今人更难望古人项背的还有整体上享受生命激情的能耐,从而导致路过生活,错过了生活。

盘点一下,你已经错过的人生佳妙处有多少?

上了大学,不能享受躺在草坪上与同学神聊老子、庄子,大侃尼采、柏拉图;不能大段大段地背诵《离骚》《罗密欧与朱丽叶》,只操心拿到文凭,可谓严重地路过大学。

许多人的人生像借宿客栈,从感情上、从姿态上都像是住店,客气得不愿投入一点心思把日子整得温暖温馨、温润温情,就那么对付着、敷衍着过日子,让黄金般的日子流水一样淌过。

知道马兰花与鸢尾花的区别吗?本想代劳下载个图片的,还是您亲自找图片比较一下吧。

能有"满身风雨为桃花"的浪漫激情吗?

(高原/文)

未老得闲始是闲

"幽堂昼深,清风忽来好伴;虚窗夜朗,明月不减故人。"(《菜根谈》)

昼深之幽堂,夜朗之虚窗,似乎其主人一定是有钱有闲者。有如此想法者,会在生活中把那些"清风""明月"之类的雅事乐事也推给有钱有闲者,供其专享,然后自己躲在一边怨恨生活不公。

泰戈尔说过大意如下的一段话:未被占用的空间和时间最具价值。富翁之富不在于他所拥有的财货,而在于他能够买下广大空间布置成庭院花园,在于他能给自己留下大量时间休闲。同时,拥有开阔的心灵空间也是最重要的,如此才会有思想的自由。

仔细琢磨一下,发现富翁在"时空上的富",以及那些思想家或艺术家等的开阔的心灵空间对普通百姓也不是完全不可能。

虽然不能买下广大的空间,但只要抬脚,照样可以进入广大的空间,因为世上的富翁们并没有把地球上所有广大的空间变成私家花园。

至于时间上的富有,也有百姓已经做了榜样。一对夫妇的生计是卖包子,因为质量好,生意当然不错。但他们每天只卖到中午,下午就歇业休息。

也许会有人抱怨说自己累一天都难以维持生计,哪能干半天就休息?当然有些人被剥削太甚的情况是存在的,不过更多的则是自己所干的事情没有质量,没有倾情去做自己那份事,导致没人买你的账,不照顾你的生意,只是每天干耗时间,浪费生命,自然更没时间休闲生命了。

普通百姓胸怀的开拓或心灵空间的扩展也应是自己主要操心的大事,因为这直接关乎自己生命的质量。好好领悟一下《菜根谈》里的智慧,百姓照样也可以有大自在:

拨开世上尘氛、消却心中鄙吝,眼前时有月到风来。

看明世事透,自然不重功名;认得当下真,是以常寻乐地。

人生待足何时足,未老得闲始是闲。

"假如你正在失去悠闲,当心!也许你正在失去灵魂。"(洛·皮·史密斯)

灵魂是谁都需要有的,无论贵贱贫富。任何人不得以任何理由放弃灵性的生活。

闲的繁体字是"閒",有人解释这意味着:"闲"是在家门口看月亮。

咱百姓要给自己留出时间,好在家门口看月亮。这也是为了活得有尊严。

(高原/文)

用造园法营造人生景致

"实处求虚,虚中得实,淡而不薄,厚而不滞,存天趣也。"此是造园景之道,人生亦如景,为求有可赏性、可观性,不妨也借用造园法来营造人生景致。

本文依园林大师陈从周先生《书带集》一书所论造园艺术小议此事,也算是对深具传统君子清风雅致气质的陈先生的小小纪念。

"园林中求色,不能以实求之",应无色中求色。同理,人生之色,从实处、从浓艳中求来的也终是无趣没品,大美必淡。就像来自积财敛物的富贵总是俗在太实、太少韵致。

"白本非色,而色自生;池水无色,而色最丰。色中求色,不如无色中求色。""无色中求色"也是中国老庄哲学"无中生有"智慧的体现。

陈先生认为"园林密易疏难,绮丽易雅淡难。疏而不失旷,雅淡而不流寒酸"。苏州拙政园誉满江南,正得此雅淡清疏的风致。常人富态易有,而贵气难生,也是此理。造园与做人当紧致与宽绰互补,持守与雅趣相济,总之,皆须虚实相生。

陈先生还点出"雅"是中国园林的魂魄:"中国园林,以'雅'为主,'典雅''雅趣''雅致''雅淡''雅健'等等,莫不突出以'雅'。"(《园林美与昆曲美》)中国园林之雅可以说是中国君子生命之雅的"建筑化",是以建筑的形式体现君子雅致的生命意趣。

"浑厚中见空灵,空灵中寓浑厚"是园林假山的营造原则。而拙朴浑厚与活泼空灵正是成就完整人生的基本构成。绿垂风折笋,红绽雨肥梅,随处留心点缀人生;松柏守岁、竹菊持节,何时可忘君子本分。在人生中融入美学情趣、艺术手法本是中国士人君子的擅胜之场。

浙江吴兴南浔镇宜园,当其盛时,词人朱疆村题之曰:"春宜花,秋宜月,夏宜凉风,冬宜晴雪,景与兴会,情与时适,无乎不宜,则名之曰宜园也亦宜。"

以造园法营造人生景致，最后追求的也是这"无乎不宜"的做人风致。人生如此则臻于大雅、成乎大美。

（高原/文）

化无奈为闲趣

人生无奈之事、勉强之事谁也难免，有些可以改变、抗争，但有些只能改变自己或委曲自己。但此中并非全然只剩狼狈，依然有选择洒脱应对的空间。

青春写手郭敬明也"被无奈"过，他的经验是："我17岁就出道了。那个时候年纪小，连新闻里说一句我不好的话，我都会难过很久，更何况是编一些我完全没干过的事情，就更崩溃了。心情很不好那时候，也会跟爸妈诉苦，跟周围的朋友说为什么会这样，我明明没有说这话，明明没有做这事，为什么写出来会是这样？但是渐渐地发现，其实这些都很快就过了，留不下什么痕迹，如果整天被这些事情困扰，就没有精力去做自己想做的事了。所以后来就渐渐不管了，因为久了你就会知道，哪怕再恶劣的新闻，它一瞬间就会被更恶劣的新闻所取代。"（郭敬明《我只做郭敬明》）

郭敬明经受无奈后的结果是"被成长"，对某些事能做到"渐渐不管了"就是一种成长。如果自己被无奈之事消耗，那结果是"整天被这些事情困扰，就没有精力去做自己想做的事了"。

当然还有一些无奈之事不能采取"不管"的态度，当躲避不掉时，就需要一些积极、超脱的心态应对。

笔者的儿子属于手机段子里说的"用作业灭掉"的"90后"。看着伏在书桌上疲惫、倦怠的儿子，笔者施展人文含量颇高的哄骗大法："儿啊，应试教育一时半会也改不了，可咱是男子汉，不就是一点作业吗？有啥了不得的，男子汉还怕写作业？男子汉是什么？就是不怕生活中无奈之事压头、且有能耐化无奈为闲趣的强者。咱把写作业只当闲趣，这就是强人加超人……"终于哄得儿子略有轻松貌。

把无奈之事、勉强之事干得不痛苦，甚至还能貌似轻松，进而找到乐趣，化无奈为闲趣，这世界还有什么能奈何咱的？记住人生至理：干自己不爱干之事才能换得干爱干之事的资格。

不幸的、无奈的事情常会伴随我们的生命旅程，一味地抱怨或叫苦不仅无济于事，只能徒增痛苦。选择此时坦然平和、明智洒脱地面对与承担，就是超越与自由！

抵达天堂的路，必经地狱！

（高原/文）

阅读是最有情意的

某天又看了一遍乔·怀特执导的《傲慢与偏见》，有一个镜头总是跃入脑海：伊丽莎白坐在暮色中看书，头发散散地从侧面辫着，神情宁静而高贵，优雅而迷人。我把这个画面临摹在自己的速写本上，心里品味着她的愉悦与满足。

我算是个喜欢读书的人，从小就喜欢。小学时最喜欢看小人书，总是一个人在地上用树枝摹习书上人物的画法。尤其是那些小姐，总是禁不住想象她们走路的模样、读书的模样。

初中时喜欢上了琼瑶，常持手电在被中看她的爱情小说，次日醒来时枕巾常常被哭湿，我悄悄把它晾在后院让它风干，但永远不能风干的是那美好的回忆。

高中时迷恋名人传记，从拿破仑到凡·高，从武则天到……后来我又疯狂地喜欢上了海的女儿——贝·布托，决心要做像她一样的女性。

大学时我迷恋上了三毛，那时的我留着短短的头发，穿着绿色的长裙常常坐在校园的树林中，看着书本上透过树叶洒落下来的点点阳光，我惬意得几乎晕眩。

再后来，我爱上了写作，因为我想用文字把阅读后美好却又稍纵即逝的感受一一记录下来。至今，它们还完整地封存在我的书阁中。

做教师后，我有了第一台电脑、第一套房子、第一辆车，但伴随着各式各样的欲望渐渐多起来，空虚无聊的感受也伴之"水涨船高"。

近来，关了电视、下了淘宝，重新开始阅读，越来越感到心灵的平静与富足。的确，在阅读中我们会放下种种沉重与伪装，感受种种不同的人生。

在阅读中我们感受到汹涌着的海浪、夕阳下静谧的港湾，感受到作家细腻的灵魂以及他们笔下经营的如梦如幻的世界，这些阅读随之形成了我们认知世界、感受生活的心灵，不断完成自我的建构。

从这个意义上说，阅读是最有情意的。

（李晓梅/文）

袖手无言味最长

"风流不在谈锋胜，袖手无言味最长。"（宋·黄升《鹧鸪天》）

中国人讲究的是韵味，是心平气和的风度，是从心所欲而不逾矩的收放自如。所谓话不说破、只说八分，点到即止、余味悠扬。

中国人的"愁"绝不是撕心裂肺、呼天抢地，而是"一江春水向东流"的美丽；中国人的"喜"也绝不是山呼万岁、引吭高歌，而是"春风得意马蹄疾，一日看尽长安花"。只有中国人承传下了"拈花微笑"的无尽风流蕴藉，只有中国人明白"不立文字"的个中妙境。

中国人讲究的是心意超然，不是无生命的形式。所以不必衣冠楚楚、不必珠环翠绕，哪怕"一棹春风一叶舟"，也可有"万顷波中得自由"的洒脱。哪怕"一杯浊酒"也可有笑傲天下英雄的豪迈。

这是一种境界、一种修养，它和金钱无涉，和权力无关。"雅"必须要心正，所谓"正而有美德者谓之雅"。心正才能心平，心平才能气和，气和心平才能抵达优雅之境。

优雅是一种包容、一种度量，它容得下天下与人心。和谐天下而物我两忘，去留无意而荣辱不惊。这是自信，是让别人如沐春风而不会失却自我。

想那"岩岩若孤松之独立""傀俄若玉山之将崩"的嵇康，他自由散淡，不拘礼法，虽"头面常一月十五日不洗，不大闷痒，不能沐也"，但他临刑前的一曲《广陵散》却又抚得优雅若斯……

（冯玉/文）

《汉书》下酒

款待亲朋的方式如果永远只是共同奔赴大同小异的饭局，不仅缺乏真情与诚意，也会无趣没品。

那些饭局缺乏真情与精神意趣，吃完出门，就随风散去，不会驻留在记忆中，留下温润有情的余味。可否尽量设想一些更有雅趣、更精神化的宴客方式，让生命更有质量、更显格调？

龙应台是台湾著名学者，思想锐利，情趣高雅。有一年，诗人郑愁予在美国耶鲁家中宴请到访的龙应台，在座的还有旅美华人苏炜。

龙应台提出："不需要什么好酒饭，我就想跟愁予一起读读诗。"按欧洲的习惯，文化人聚会都应该读一些什么，这样即使是清茶淡饭也能吃出兴味，吃出"人"的尊贵味来。

如果说真正意义上把饭"吃饱"了，就应该意味着不把一切活动都整成吃饭的形式；对生活最具想象力的文人一般就是这样的人。据苏炜回忆，"那一顿饭，我们边读边谈，诗酒相伴，逸兴飞扬，至今令我回味不已。"

来客了，饮着茶，吃简单点，一起读诗、谈诗，最好还能吟诗。

来客了，喝点酒，简单吃点，一起聊某部书，说点有意思的人话。

有句古语叫："《汉书》下酒，秦云旻河。"

对了，《汉书》下酒，也是一种待客方式。

有趣、有格调的待客方式可以是无限的，如果你有趣、有格调的话。

（高原/文）

我向来好着

某次外出开完会返程时，接到一位学生的短信问候：老师，您最近好吗？

本想回复一个："不好！"因为此刻我发烧正躺在烟雾腾腾、吵闹不堪的卧铺车上，心情正在地狱里。

但转念一想，将此实况转播于学生，我还叫什么老师？于是回了一个"老师向来好着！谢谢！"

没想到的是，按下发送键后，感觉身心竟然立马轻松起来，地狱感也渐渐散去。世界真的是精神的，一念之间或天堂或地狱。

不随便转播自己境况的不佳，不仅显示自己的强大，有助于身心复原健康，同时也是彰显有点教养吧。当然不是咱非要当强人，只是别无选择啊。

让人可怜自己只能令自己更可怜，而不是将自己从可怜中解救出来。最实际的是：永远不乞求、指望别人可怜自己。

尼采有曰："你遭受了痛苦，你也不要向人诉说，以求同情，因为一个有独特性的人，连他的痛苦都是独特的，深刻的，不易被人了解，别人的同情只会解除你的痛苦的个人性，使之降低为平庸的烦恼，同时也使你的人格遭到贬值。"

因此，我向来好着，假装也得如此。

当有人问我们好着没？标准的回答应是："我向来好着！"切记！

（高原/文）

败不失雅

有句英文"Lost with grace"，译成中文就是"败不失雅"。

败者，失败、挫败及身处逆境或身心狼狈时之谓也。

"在你是成功者、第一名时，相信自己和纪律是十分容易的。但是你要做到的是当你失败时仍有信念和纪律。"（隆马蒂）败不失雅者之所以"败"时还能保持"雅"的可持续性，就在于这"失败时仍有信念和纪律"。

败不失雅，也就是失意不忘形，失意不失形。

一

2008年奥运会上，当著名射击选手艾蒙斯射出4.4环的成绩时，大家都以为他会一脸沮丧，会有绝望的表情，但是他让大家"失望"了，因为他的表情是坦然坚强、潇洒帅气，并微笑着说四年后他还将再来圆奥运金牌梦。这是一个优雅地认输的故事。

然而就在此事发生前没几天的网球赛场上，嫌观众的呐喊和加油声干扰了比赛，我国某著名女网球运动员向观众席大叫"闭嘴"，引起全场哗然。不反省自己的心理素质差，而是责怪观众，教养与风度都太欠缺了。

败得有风度，败就不是败。赢得没有风度，赢也是败。

二

有这样一位女士，即使被诬以间谍罪而关牢房六年，双手被反铐至伤，可她无论如何都要忍着钻心之痛也要在如厕后拉上裤侧的拉链。

当人劝她以大哭来引人同情其所受非人折磨时，她表示实在不知如何才能那样不雅地号哭。

她叫郑念，出身名门，教养优良。父亲、丈夫及自己都曾有卓越非凡的经历。

南开中学、南开大学创始人张伯苓先生说："越是倒霉，越要面净发理，衣整鞋洁。如此霉运很快就会转。"

败不失雅，能最大限度地保证一个人不失尊严。

（高原/文）

每分每秒过感恩节

太多的节日都具有民族性，不能不加分别地拿来过着玩，否则就有把别人家的祖宗牌位拿来供在自己家的危险。

然而感恩节则是世界上最具有普遍意义的节日，是美国文化对世界的贡献。因为只要是人，活着时不知感恩就一定会有活不好的危险。

不知感恩，只会把心腾出来做一件蠢事，就是让心专注于"生活是残酷的、黑暗的"，从而败坏心情，毁坏容貌，并干扰我们对生活的良好判断与阳光行动。

让咱们从一大早就开始逐个感恩生活吧：

当你一睁眼，请感谢上苍，我竟然能看见苍茫无垠的世界。

当你翻身下床，请感谢上苍，我竟然能亲自走路，我的玉腿竟然是可以自如活动的。

当你洗漱时，请感谢上苍，水龙头里竟然有水，这真是美好动人。

当你用早餐时，请感谢上苍赐予我食物。

当你上学、上班的路上，请感谢上苍，我竟然有书可读，有班可上。

冬日的暖阳透过玻璃窗，整个上午都慷慨地暖着你时，请大声地喊出你诚挚的谢语：感谢上苍，赐予我如此实诚且免费的情意。

虽已初冬，我种在花盆里的五棵银杏树还如秋阳灿烂；我感谢它带给我的明媚。

现在是中午了，感恩节刚过了一半，感恩的清单还可列出许多，我开个头儿，剩下的请您亲自接着列下去，直到您今夜安卧贵榻，并直到未来某天您安卧天地间……

每天时时记着感恩，有意识地感恩生活，一定会大大地提升你对生活的满意度，让你心怀阳光。

感恩是从阳光这面每分每秒地盘点生活的美好，而不是从黑夜那端每时每刻数落世界的不是。感恩是大智慧，感恩的心是阳光，照亮我们自己的生命。

还请记着，感恩你遇到的一切。每样发生在我们生命中的事都可以成为我们成长的机会。

从今年开始，请认真过感恩节；从今天开始，请每天每分每秒仔细地过感恩节。

（高原/文）

死不生气

"老师现在有一本事——死不生气。因为人文智慧让我能够不与任何人一般见识，若不信，同学们可以合伙来气老师一下。如果能让我生气，一定请全班同学吃饭。"

笔者上人文课时常这样半开玩笑,目的是为了让同学们易于接受不生气的理念。

人文课核心目标就是打开学生生命的人文界面。活在人文界面的首要标志就是胸怀豁达朗畅,不再随便生气。意平神和,心宁气顺,不仅是真潇洒、真解脱,也是得便宜的事。

唐代诗僧寒山说:"有人来骂我,分明了了知,虽然不应对,却是得便宜。"对人的辱骂,我听得真切,虽然不回敬理睬,但已得了便宜。这便宜有三:一是不与人一般见识,证明自己素质高;二是不因此生气对骂,免于让自己难受难看;三报以冷处理,对方自会无趣作止。瞧,便宜占大了不是?

某人的QQ签名是:"人不犯我,我不犯人。人若犯我,我能忍忍。人还犯我,一忍再忍。人再犯我,一忍到底。"后来此人当了外交官。

我们虽不一定当外交官,但人活着,每天的"外交"事务也大小不断,该忍时不忍,总是与人一般见识,如何外交得下去?

当然,遇事老忍着,也不是办法,忍到底不舒服。有一办法,既能达到忍的效果(甚至还会更好),还不难受。这就是学着对人生全面地看开,看开的面积越大,越会朝朝天蓝水碧,气定神闲。再说,咱来此世界的目的是"来玩的",老生气不就不好玩了?

死不生气,并非遇事把气憋住,而是站在更高的人生平台上告诉自己:这也算一事?多大的事,也值得朕亲自动怒?遇事不需要总是亲自生气的。

那些圣贤甚至能在很大的事上,比如对能要命的事不仅不生气,还首先操心的是宽恕对方。最典型的是圣雄甘地遇刺。

1948年1月30日,甘地参加一次祈祷会。当他入场时,极端分子纳图拉姆走过来,边弯腰问好,边掏出手枪,抵住甘地枯瘦赤裸的胸膛连放三枪。甘地却捂着伤口,只说了句:"请宽恕这个可怜的人。"

瞧瞧,这就叫"死不生气"。

都到这份儿上了,甘地还能饶人。我们再与人一般见识,是不是太不像话了?

(高原/文)

请100%生气

说了《死不生气》，还需要谈谈《请100%生气》，是为了防止做不到"不生气"时憋出毛病。

制怒、不生气本是绅士的基本教养，但这对大智慧、高境界的圣人是小菜一碟，而对普通民众可能就成了强其所难。可以愤怒，但要全然。平常百姓生气时气生得不够充分，是打折的生气。

全然地活着，其本质是让生活的每一个"此时此刻"都是一个完整的、完全的，或者说自足的、自由的时刻。但是若不在澄心静气状态下，一个人的此时此刻就会由于心不在焉、没心没肺而变成一个残缺不全的时空，活成了半拉子。

全然地活着甚至需要大勇气，或者说这样做本身就是大智大勇的体现。因为全然于此时此刻是以放下非分的欲望、全神贯注于此刻为前提的。能够觉知此刻的真实及其价值、享受此刻，此刻才是有生命的，才不是虽生犹死的。

在100%或"全然"的状态下，愤怒也是可以有的，只要能够做到100%"全然"。只要你在此刻全然地愤怒，不把愤怒的"遗产"传给生命的下一刻，不让它累积、发酵、恶性蔓延，那愤怒就是允许的。因为当你没有很高的觉悟以做到完全不生气时，虽然表面上制了怒，还强作微笑，但你的心、你的脑子里却充满着愤怒生气，它们会累积、发酵成更大的愤怒。

这时你是分裂的、非全然的，你的愤怒不完全、你的微笑也是半只微笑，因为你的心是愤怒的。不用心、缺乏全然的智慧，你生命中的一切就这样都变成了半成品、次品，甚至废品。这就是愤怒是可以的，但要全然、充分或100% 愤怒的原因。

那些在此刻不自然地被压制的情绪、那些不被全然发生的事情，以残缺不全的状态又挤进了生命的下一个此刻。因为我们没有在上一刻放下它，没让它们在上一个此刻充分全然地存在、发作，它们就又来到此刻寻找发作空间。

我们的心、头脑以及我们的此刻都成了它们的寄居空间。由于它们的打扰与侵占，此刻已天然地不完整、不自在、不自由了，我们无法再全然地经历此刻，无法去爱、去做一切属于此刻的事。

无法全然于此刻，花香不闻，云飘不见，一生就如此给废掉了；完全由于那些半成品状的情绪与事情。这就是愤怒所代表的一切情绪、一切事如果不全然发生、不被全然经验的后果。

只有当你不携带那些半成品来侵占打扰此刻,你才能够让自己柔顺于大道、与道大适。活在眼前当下,全神贯注、聚精会神,不走神、不留恶劣的"遗产"给下一刻生命,此刻才全属于你,你才是此刻的主人。

不过,你有没有发现,从以上论述来看,不生气不容易,但"完全地""充分地"100%生气更费劲,并非想象中那么轻松,只要放开了生气就得。掂量一下,咱凡夫俗子还是先选择不生气、少生气好操作一些。

遇事跟着本能走,反应粗糙鲁莽,也是教养不足。无论多么令人上火的事,当一时不能有良好的应对时,有教养者的反应就是让自己先冷却情绪,再慢慢思量如何对待。

有篇《清理你的精神空间》的文章,教我们一个上佳的100%愤怒生气,然后让怒气烟消云散的办法。操作要点整理如下:

1. 当自己非常压抑或极其愤怒、万分沮丧时,无论你正做什么,先放下它。

2. 静坐并让自己完全沉浸在那个消极情绪之中。让它将你完全吞没,用整整一分钟完全地感受那种情绪。

3. 当一分钟过去,觉得自己体会得很透彻了,然后问自己:"在今天剩余的时间里,我愿意继续这种消极情绪吗?"如果是"不",那就深呼吸一次,将所有的不快随着你的呼吸释放出去。

最后你一定会惊讶于用这种办法摆脱消极情绪的迅速有效。

《清理你的精神空间》一文教我们整理自己的情绪。这样做有效果的原理是:通过给自己体会消极情绪的空间,你能够真正与这种情绪接触,而不是去压抑它、回避它。给这种情绪一定的空间,给它必要的关注,这样就能真正地消解其消极的影响,把自己从这种情绪中解放出来。

(高原/文)

抱怨如着湿衣

抱怨是人的一种本能反应,但不属于良性的本能。

抱怨有似穿着湿衣站在人生的舞池中跳舞,样子是狼狈,不是浪漫;心情是郁闷，不是愉悦。

抱怨让怨恨驻扎在脸上，能大大地"有助于"毁容。抱怨还能帮我们失去朋友，没有人喜欢与样子烦郁的人交往，抱怨所带来的破坏性结果还有很多。

抱怨如果能解决我们的问题，当然可以尽管抱怨、尽情地抱怨。可是"抱怨是在讲述你不要的东西，而不是你要的东西。"（威尔·鲍迪《不抱怨的世界》）"你抱怨，等于你往自己的鞋子里倒水，使行路更难。"（鲍尔吉·原野《抱怨是往鞋子里倒水》）

抱怨一旦成为一个人的性格习惯，即便到了天堂，他也一定会抱怨："这里怎么不是地狱？"

人生较实际的事是不怨天尤人，较理想的状态是把精力聚集在建设性行动上，哪怕点滴地去做一些增进自己心情舒爽或让社会美好的小事。

抱怨少些，叹息少些。就是有勇气扔掉湿衣，换上干爽的衣服舞进阳光、舞出飞扬。

再说，世界是运动的，一个人不可能永远倒霉。不抱怨，便会时来运转。

（高原/文）

拂意事休对人言

"花开花谢春不管，拂意事休对人言。"（《菜根谈》）

遇到烦恼、痛苦诉说给别人当然会减轻自己一些难受，但一味诉说将被人厌倦看轻，更令我们失去尊严。诉说内容与方式如不把握分寸，也是失礼的。

香港演员米雪生命中七灾八难不少，但奇怪的是这种际遇却几乎没有在她的容颜上留下痕迹。有人问她如何保持青春的，她回答："我不说。"并非她保守驻颜秘密，而是她在对待不幸时选择了"不诉说"。

想想看，当我们遇到麻烦、难过时，觉得不值得广播给别人，让地球人都知道，那时我们是多么有力量、有尊严！这是优雅的极境，也是一种很爽的状态。

还要记住，将来老到能得高血压、心脏病时，与老伙伴、老朋友见面应该只拣有趣、有意思的，总之是富有建设性的事情唠叨，绝不把自己的病痛、别人的家长里短当作主题讨论。这种话题是无聊的、破坏性的，它毁容、毁心。

"恐惧少些，信心多些；叹息少些，呼吸多些；闲话少些，高见多些；怨恨

少些，关爱多些，所有的好运就会降临到你头上。"（《意林》页边格言）

"天薄我以福，吾厚吾德以迓之；天劳我以形，吾逸吾心以补之；天厄我以遇，吾亨吾道以通之。天且奈我何哉？"（《菜根谭》）

强者描述大坎坷一笔带过；弱者叙述小挫折喋喋不休。强者从不倒苦水，只开苦水的玩笑，不把苦水当一事。"自嘲使自嘲者居于自己之上。"（周国平）

"永远不要诉说痛苦，把它埋得深深。只有弱者才抱怨，牢骚值不了几文。捂住你的伤口，包扎好不要露出。沉默仍然是顶王冠，勇气便是美德。"（玛丽·吉尔穆尔）

就是说："无论你的悲伤有多深切，也不要期望同情，因为同情本身包含了轻蔑。"（柏拉图）因无节制地诉说痛苦而让人瞧不起，这不合算。

（高原/文）

抱怨妨碍赢得尊重

一个朋友，一谈起工作，总是抱怨上司如何不作为、无能力。自己辛辛苦苦、勤奋工作，为单位做出了多大贡献，领导却视而不见。所以总觉得上帝不公、自己怀才不遇、不屑与同事相交。

初次听说，颇为同情此兄，后来听多了，对他就有些瞧不上了。后来得知他新换了工作单位，仍是诉说新领导的种种不是。

由此想到了生活中有这样一类人，总觉得自己资历、能力皆属上乘，自我感觉良好。可惜老天不开眼，竟让庸人来领导自己，或使自己与俗不可耐的同事相处，因此心生怨恨，生活在无休止的抱怨之中，以至常常不开心。

生活中不可能事事尽如人意，就看你怎样去理解。领导或许有其不公，但不会所有的领导只是对你不公；同事亦有不如你者，但不可能方方面面皆不如你；所以人生总有不完美。

中国体操队队长陈一冰，在2012年奥运会上面对裁判不公，仅以0.1分之差屈居男子吊环亚军时，没有抱怨，而是仍能面带微笑拥抱对手表示祝贺，那份从容、淡定和坦然，让人心生敬佩。

陈一冰说："银牌对我来说，一样能尊重我的付出，尊重我的努力，尊重一切我自己认为对得起自己的事情。我觉得还是很能坦然接受竞技场上第二，但人生场上一定会做自己的冠军。"

舆论报道："他失去了金牌，却赢得了世界的尊重。"

抱怨最大的麻烦就在于妨碍我们赢得尊重。

（任丽花/文）

一个黑锅都背不起的是弱者

内蒙古有个青年冤屈致死后，父母为儿子申冤时，并没有因为屡屡挫败的上访变得激烈和偏执。

虽然念起儿子的冤屈时，妈妈尚爱云会流泪。"但更多的时候，他们都是就事论事地安静陈述，情绪也会有起伏，但言语都很克制。"爸爸李三仁"亲笔写的申诉信里，同样只有事实和疑点陈述，没有针对任何人的人身攻击和激烈言辞，甚至也没有赔偿请求。他们需要的，只是'还儿子一个清白'。"这是《三联生活周刊》2009年第31期一篇文章中提到的事。

在这里可以看到蒙冤青年的父母没有同样情况下人们的通常反应——激烈的情绪与行为反应。无论我们多么冤屈，都要讲究申冤的姿势——从言辞的实事求是、语气的平静克制到对秩序的维护与尊重等等，这就叫得体，人活一世，讲究的就是这个得体。痛不失雅，败不失雅，冤不失雅，就是高贵的、有尊严的姿态。

虽然我们不会提倡背黑锅，但在生活中难免有人会把一个不白的锅搁你背上。王蒙说："一个黑锅都背不起的是弱者。"实在碰上此类事，需要明白，背黑锅不是背炸药，不用反应太激烈。

"人生的磨难是免不了的，要把伤口变成勋章。"专栏作家庄雅婷如是说。

无论何时，都不气急败坏，都不声嘶力竭。这是一种极有价值的姿态，因为它很实际，让自己平和；它也很理想，保持尊严并让自己姿势好看。

（高原/文）

与人"一般见识"的诸多症状

"有人刻薄地嘲讽你,你马上尖酸地回敬他。有人毫无理由地看不起你,你马上轻蔑地鄙视他。有人在你面前大肆炫耀,你马上加倍证明你更厉害。有人对你冷漠忽视,你马上对他冷淡疏远。看,你讨厌的那些人,轻易就把你变成你自己最讨厌的那种样子。"

任志强认为以上才是"敌人"对你最大的伤害。但本质上说,这是你与人一般见识的主要症状。而给自己带来的反作用,不是"敌人",而是你自己伤害了自己。

带着理解与悲悯之心,良善地对待一切人与事,不与任何人一般见识,你不仅不会变成讨厌的样子,还会化掉那些来自他人有意无意的"刻薄的嘲讽""毫无理由的看不起""大肆炫耀"以及"冷漠忽视"。因为不与他人一般见识时,这些恶性的伤害就不会起作用。

无限地理解与悲悯世事或世人,会让我们自然地超脱出某些不良的境遇,高出它们之上,让它们够不着我们,它们还怎么可能伤及我们?理解的姿态与悲悯的心态可以让我们以不变应万变。

一切美善的品质主要惠及的不是他人,而是我们自己。所以放宽心无限地理解、悲悯世人吧,不需要再与人一般见识了。

(高原/文)

与自己和解

龙年近尾声时,笔者赴江西星子县参加了陶渊明研讨会后,又到钟稚鸥女士在彭泽的归来山庄客住几日。

返程时乘坐一位胡姓师傅的车,闲聊时,好为人师的我又犯了职业病:一边向他宣讲钟女士办归来山庄、弘扬陶渊明精神的伟大意义,一边劝他学习陶渊明的高妙"勤靡余劳,心有常闲",也活洒脱一些,不要一天的光阴全部用来挣钱,留点时间给自己的业余爱好。并说这样做了就是优秀百姓,只要多一点情趣的生活,就比一般百姓的生活质量高了那么一寸。

胡师傅说，不是他不想活得有情趣，只是有个"实际情况"不允许，他说："到老了，和朋友们相聚，他们都抽20块钱的烟，如果自己抽两块的，那太没脸了。"

胡师傅的想法在当下中国具有典型性，这的确是个实际问题，但问题的实际在于：到老了，我们总不会整天没别的事，就是与老朋友扎堆比赛谁抽的烟价钱贵吧。即使实在怕丢人，届时也可以买包20块钱的烟撑一下场子，也不至于就从此破产败家吧。

很多人就是为了诸如此类的荒诞理由不让自己现在就活轻松点的，大家都被很多这样的理由绑架了。只是与自己较劲，用"成功"套牢自己。以为"成功"或挣大钱是所有人的宿命，这是一种超级迷信。

活得太累、太难看，常常是不能放过自己所致，最常见的是强迫自己去追逐和别人一样成功或一样有钱、或一样的有头有脸。然而真相是：成功的生活只是生活的一种，何况成功本身也是花色品种繁多的。

若一生玩得成功也不俗呀！有个打小爱吹肥皂泡泡的杨姓越南小伙，不就是把吹泡泡当成了事业，能吹出把十几个人罩里面而且双层的大泡泡。人家就是靠这个"成功"的。

还是饶了自己吧。每个人都是自己生命之戏的主角、编剧、导演兼制片，非要写一个难演还费钱的剧本去拍，仿佛与自己有仇，太和自己过不去了吧。

放松点，人在世界上活着的理由有N个，挑个不那么难为自己的好不好？比如告诉咱到世上是来玩的、来旅游的。把"玩"当作人生的中心思想是不是更适合你我这些虽无权无钱，却有闲有情的"家伙"？

非要买个比张三家大几寸的电视，一定要比李四的官高半级，绝对不能忍受住在小于王五家的房子里，这些念头个个都把自己逼向活好的反面。

与生活和解，先得伸出左手来握住自己的右手——与自己和解。

（高原/文）

做个大侠

碰到两句以"大侠"为关键词的妙语：

"真正的大侠从来不会两句话不合心意，就拔出剑来砍，那都是二三流的角色。"外交部副部长崔天凯回应某些人"中国外交政策过于软弱"论调时,把中国比作武侠小说里的大侠。——这让人知道,大侠并不一定非要舞刀弄剑。

"大侠从来孤身一人,只有喽啰才扎堆。"这是不羁少年韩寒说的。——这让人知道大侠并非是古代的专有人才,今天也有存在的必要。

大侠之"侠"是什么意思呢?字典上说有两义:(1)指以勇力抑强扶弱、仗义而为的人;(2)美好。

现代大侠也会行侠仗义,但主要使命已倾向于构建美好。大侠是不会苟活的,他活着是有担当的,是要对得起那个"侠"字的。

因为"苟活就是活不下去的初步……意图生存,而太卑怯,结果就得死亡"。有人被鲁迅的话"吓到"了,不禁产生了关于生存和苟活之别的思考:"在应对了利害之后,是否能虑及道义?在谋得了温饱之后,是否还计较尊严?在兑现了便利之后,是否还惦记责任?……倘若是,则无论怎样地艰窘穷蹙,都是无可回避的生存;倘若不,则无论怎样地优裕风光,也只是苟活!"(佚名)

虑及道义、计较尊严、惦记责任等等就是现代大侠超越苟活的存在特点。

做个大侠,无非就是活得大气一些,活得有担当一些,顺便活得美好一些。

常见有人把车停在人行道上,车尾巴上却贴着"钓鱼岛是中国的"。这种车最佳停车位实际上在钓鱼岛,车主太客气,停在人行道上。

可以肯定的是诸如此类喽啰级别的事,大侠是不会干的。

(高原/文)

得体对待领导

"事君以礼,人以为谄。"孔子稍带点抱怨地说,自己依礼仪的要求对领导表示恭敬的样子,在有些人看来是巴结领导。

对领导最得体的态度是不卑不亢,但也应注意用适当的礼仪性姿态尊敬领导、维护领导的权威。这是做群众的得体与修养,当有一天,群众自己当了领导,会发现这一点是必要的。

哪个领导不得罪人,谁在背后不说领导坏话。工作中或私下里,对领导进行嘀咕、抱怨常常是群众日常生活的一部分。然而，当别的群众扎堆嘀咕领导时，高雅的群众、高贵的群众应该转移话题，或客观地替领导辩护一下。

实在无法扭转"嘀咕"的大局面时，就撤离嘀咕领导的现场。当然，至于嘀咕的具体内容，事后就不必向领导汇报了。

当领导确实存在问题时，请以建设性的方式向领导指出，帮其改正，不宜用"嘀咕"这种非正式、非君子的方式。

好的领导，应是知人善用、人尽其才的；是用人不疑、疑人不用的；是不偏不倚，公正公平的；更是公私分明、工作生活两不误的。但这是乌托邦理想国里的领导，平常摊在我们头上的领导有其中两三条都已是圣贤了。

因此，做群众的优雅觉悟是：不要求领导来自"理想国"，不把领导理想化、圣贤化；领导也是人，需要把领导放在人的位置上对待。如此一会大大减少抱怨，二能冷静地想些法子做些建设性的事情。这于群众、于领导皆有好处。

事实上，是人总有错，更何况领导。每天要面对大大小小、形形色色、七七八八的事情，难免有偏差、有偏颇。如何应对，既是对领导能力的考验，亦是对我们群众水平的检验。做人的标准和尺度就在自己手中，大度和偏狭也就在一念之间。

很多时候，角色互换，设身处地为他人着想，不失为一种明智的选择。给他人留有余地，就是给自己留有余地。适当体谅领导，也是做群众的大气与风度。

这首先不是替领导说好话，而是希望帮助群众做"扩胸"运动，至少不因领导行事不到位而生气，至少可以避免拿领导的错误惩罚自己。

监督领导，防止领导干坏事，也是群众的本职工作，这份本职干好不易，但值得干。如此才能有效地避免"也是人"的领导变成坏人，咱群众也少生些不干人事的坏领导的气。

有时想，眼睁睁看着领导踩着腐败的鼓点一个一个进了监狱，咱群众也有一丝责任吧。

领导也是人，请把领导也放在人的位置上对待。哪天哪个群众荣升领导了，就会深切体会到做群众不易，当领导更不易。

得体对待领导，就是做个优雅群众、五星群众。

（高原/文）

学生把你当神

为人师有一大苦，就是弟子往往把你当神对待。

一

先是常有弟子拿一些超级问题来考你。咱为师厚道，考学生的也总是书上都有的，至少大纲上不会没有。可学生才不管这些，专问你书上没有、即使有那答案他也不买账的问题。他以为你是神呢。

"活着究竟为什么？"

"世上有没有真爱？真爱长啥样？"

……

瞧，这是"人"能回答的问题吗？幸亏他没问你怎么挣大钱这最难的问题，老师也和全国人民一样正奔小康呢。

二

某次课上讲了个仙女的故事，随口说仙女不穿硬邦邦的牛仔裤，只穿轻纱柔曼的裙子。改日再上课，讲到高兴处，发现讲台上一张纸条：

"老师，您不是说仙女不穿牛仔裤吗？那您……"

不用低头，陡然间，原来还是宽松版的裤子怎么紧绷绷的。

以后再上课，那种太牛仔的牛仔裤就不敢再穿了。

三

据一位同事讲，有次吃饭的场合，一位学生几次跑到我用餐的桌子旁，打探我碗里吃的是啥。这学生一直觉得老师是餐霞饮露的主儿。

这都是课堂上讲精神讲多了的结果，不少人就断定你不食人间烟火——渴了，啜一口草叶上的露水；饿了，揪一片天边的云霞。我倒是也想这样啊，那就不用再上班，早早云游天下去也。并且，云霞现在还能偶尔一见，露水我已经几十年没见过了。

甚惑：文学院老师不讲精神讲什么呢？唉，学生把你当神，这凡人的日子没法过了。

（高原/文）

小人有小人的"用处"

凤凰卫视主持人杨锦麟微博中说:"生命中总会遭遇到横逆、不测,小人背后中伤妄语,要守得住为人处世的底线,守得住自己的尊严,不妨将那些小人、横逆、不测视为是'逆菩萨',感谢他们在逆境中给了你很多修行修炼的际遇。"

类似的说法还有:"成大事必须依靠五种人——高人、贵人、内人、对手、小人。五种人各有各的作用:高人开悟,贵人相助,内人支持,对手鼓舞,小人成就。"

合并上述两条的"同类项"就是:小人有小人的"用处"。善待小人,感恩小人,你的感觉会因大度、大气、通达而良好起来。面对小人,能宽和宽厚对待,这也是一种淡定。

把小人当"逆菩萨",小人就会发挥良好的作用,小人这种"品种"也是咱命中的贵人呢,少不得。少了小人会无趣乏味,少了小人谁来成就咱们?天生万物,各有所用。当然,也别忘了,咱们自己有时行事也挺小人、不像君子的。一辈子从未"小人"过的人估计还未诞生。

达观宽和才能"导致"优雅,小鸡肚肠只能通向郁闷、导致纠结。

小人虽"逆",但毕竟是"菩萨"的一种,千万善待之!

"你怀着崇高理想行走时,狗会咬你的脚后跟。"新西兰诗人Denis Glover的诗句可从反面理解:当你前行时,若没有狗咬你脚后跟,说明你很可能没有怀揣高尚的东西。

(高原/文)

当大安静的死来临时

"当大安静、大沉寂的死来临时,我要告诉我的孩子,千万不要在我的耳朵边叫了。"鲁迅《我的父亲》文中说。

亲人永远离去时,呼天抢地哀哭是一种情感表达,但却不是唯一、更不是最好的表达方式。此时,选择在人文的平台上优雅面对是人的高贵与超脱。优雅是一生一世的事，生老病死、婚丧嫁娶等等每一个人生节点都需要优雅得体应对。

妻死，庄子非但不哭，还惊世骇俗地敲着瓦盆、亮开嗓子唱歌。面对各方责备，庄子的理由是当妻子返回天地自然时，哭是"不通乎命"——说大了是不知天命，说小了是不懂事。当然亲人离去，虽然不一定需要大家都像庄子一样鼓盆而歌，但其所说的超越道理却不可不知。

演员刘若英祖父离世，儿孙皆跪哭，惟祖母平静地说："不要哭，让他安心、安静地去。"这不是无情，是情到深处情的升华，是高贵的节哀顺变。

台湾作家柏杨病危之际，许多前去探视者哭泣。夫人张香华由此感慨：如何进病房探视病人需要普及一些必要的知识。

一般人总以为，面对病痛、病危者只可悲悽、悲痛，否则就是没心肝、少心肺，但这是狭隘的、本能的反应。因为人之为人，就在于人性的宽广超脱与丰富豁达，此时可以有更升华、更人文也即更优雅的选择。得体坦然面对死亡，就需要适当节哀顺变的超越态度。

北京大学医学部教授王一方说，生离死别，在文学中总被渲染得非常悲情，对医学而言，是临行陪伴的概念。好多人，不知怎么安慰临终病人。

正视那个必然也是自然的时刻，十分需要超越看待那个时刻的到来。过度悲哀不仅是一大俗，也是把一件正常的事以不自然的方式结束。很少有人意识到，陪伴亲友走得更安宁、更有尊严甚至更美好也是我们应该努力做到的事。只顾踏地顿天地纵放哭声，未免自私。

范用曾是三联出版社老总，他辞世后，友人池莉收到一封告别信函。开头是："匆匆过客，终成归人。"最后落款是"范用合十"。池莉感慨："端的做人周正啊。"知道自己要远行了，给亲友们发一封说拜拜的信，世上有几人能想到并做到？周到如此，一生端正可见。

"因为缺少同情，临终的病人的心境在中国始终没有被发掘。"（张爱玲《中国人的宗教》）同情地理解临终病人的心境，就是尊重。

"当大安静、大沉寂的死来临时，我要告诉我的孩子，千万不要在我的耳朵边叫了。"鲁迅此说难道不是在提醒人们感觉并尊重那个"大安静、大沉寂"的到来？

（高原/文）

请等一等灵魂

灵魂曾居住在天上的神界,只是在赴奥林匹斯诸神盛宴时,不慎被颠簸的马车摔到了尘世,并附着在人的肉身上。然而灵魂始终对归返天国充满了向往。这是柏拉图对话集中关于"灵魂"的前世故事。

人文生命是有人性、有灵魂的存在,是哲学家牟宗三所说的"使心灵从冻结的现实中通透,从现实荣辱中跃现"。这种"通透"、这种"跃现"是我们的主业。

在纷扰繁丽的人生中,我们唯一值得做的事就是:应常常放慢脚步,等一等灵魂,让它赶上来;并尽量坚守着,不让灵魂失落。高贵者之所以高贵,完全在于他有着高贵的灵魂,他常常能照亮自己与他人的灵魂。

审美本质就是一种照亮。作家张洁第一次来福州,看见白玉兰花,便"一见倾心",觉得"非常高兴",因为"花极优雅",似有一种"幽怨"之美,为此,她感到"遗憾",甚至开始"可怜自己",与白玉兰花相见太晚了。白玉兰花的美照亮了张洁的灵魂。

而有时候是那些本就发亮的灵魂照亮了太凡俗、太普通的风景。请问,你对每年初夏第一次在地上形成的绿荫有感觉吗?

陶渊明写给儿子们的信中说:"见树木交荫,时鸟变声,亦复欢然有喜。尝言五六月中,北窗下卧,遇凉风暂至,自谓是羲皇上人。"(《与子俨等疏》)

每当我看见树木枝叶第一次形成绿荫,听见鸟鸣声随季节的不同而变化时,我也非常欣喜。常说五六月中,闲卧于北窗下,此时,凉风阵阵吹来,便自认是生活在伏羲皇帝以前的人。

不让灵魂失落的意思有时候就是在别人感觉不到诗意的地方感觉到生命的诗意。在生活中许多时候,听见听不见、看见看不见往往与耳朵、眼睛没有太多必然的关系,这也就是现象学所谓的"意向性"。我们看到的都是我们"想"看到、"愿意"看到的。修养自己的心性,让自己的灵魂永远朝向真善美。

"世界本质上是诗的,它的意义只是它本身。其重要性在于它存在,以及我们知觉它存在:这真是一项大神秘。"(奥尔德斯·赫胥黎)认同"世界的本质是诗的",你的生活才有可能朗现诗意。

人类唯一值得做的事就是:应常常放慢脚步,等一等灵魂,让它赶上来;并尽量坚守着,不让灵魂失落。

(高原/文)

气象和静

气象：勿傲，勿暴，勿怠；颜色：宜和，宜静，宜庄。

这是南开中学对学生在"气象"与"颜色"两方面的要求。而这些对"气象"与"颜色"的要求，对男生女生是一概而论，概莫能外的。

能和、能静、能庄，能谦逊、能诚敬，是因为知道自己一无所知，知道自己该敬畏世上许多东西。所以平和低调、安静沉稳、举止端庄；动作不再轻狂、言语不再轻慢，行事不再随便挑战底线。

作家庄雅婷说："一个女人的优雅在于，即便沉默也笑意嫣然；而一个男人的品位在于，即便嬉笑也庄严正气。"

很多男人在某些特定的时刻也能端着，像个正版君子。但很可能给你看到的是他的A面，只怕一遇嬉笑玩乐时刻，就掉底露馅了，那小人的B面便淋漓尽致地呈现出来。

和、静、庄气象的最终的达成，也需要较高的人生智慧与自觉的修为。

气象和静者不把时间主要用来做愤青，因为他能宽容、能悲悯、能忍让。因为他已经成熟到能与生活和解、能谅解世人。他从自己的人性弱点与局限，推想到世人的素质状态，因此会越来越体谅原谅他人如同体谅原谅自己。

一个人的气象能和能静，也是因为终于看懂了佛与菩萨为什么老是一副表情——悲悯地微笑。

（高原/文）

每临大事有静气

虚竹幽兰生静气。

竹林在荫清于水，兰若当春静若人。

静气的养成，是古人十分看重的品性，因而"每临大事有静气"就成为古人对君子自然的期许。

今人之浮气躁气主要得自什么都"讲究"个"有用"，总是焦虑于某事某物是否"有用"，一旦某物某事不提供使用或交换价值，便立刻对它失去兴趣。

静属于"没用"的东西，养成静气自然需要被大量没用的东西所涵养、陶冶。古人的静气就是这么来的；那些大量的古代楹联正说此事：

坐随兰若幽怀畅，游及竹林躁气清。
雨余窗竹图书润，风过瓶梅笔砚香。
吟余搁笔听啼鸟，读罢推窗数落花。
但有余闲惟学帖，即逢佳客莫谈天。

白云怡意，清泉洗心。闲为水竹云山主，静得风花雪月权。静是一剂清凉散，有镇浮去躁之功效。身住清凉世界，心归自在乾坤。这"清凉世界"也不是指那虚无缥缈的神仙洞府，而正是上引楹联所涉及的风雅之事。

中国古代官员是中国古典文学的创作主体，因为打开古典文学作品选，完全未做过官的一二流作者大概占不了百分之二三。日常吟诗作赋的风习，使他们即使为官也讲究一种超然潇洒的"云水趣味"，甚至会傲然持守为官之外的人生价值。

人生需要一种"实事渐消虚事在"（白居易）的境界。优雅也是一个随着年岁的增长，生活越来越精神化的状态。春见山容，夏见山气，秋见山情，冬见山骨，此类虚事在君子的社会担当之外，越来越成为其主要的生命关怀之一，也因此越来越淡定从容。精神常常游于虚静之事，还会助人超越俗恶之事，清廉方正、清明远达。总之，那些养成古代君子的一切修养，今之君子似乎一样也绕不过去。

静气岂止临大事才需要？多少小事的境界与格调也与静气相关。

一位叫宁白的先生去上海参观鲁迅故居。在一条弄堂里的鲁迅寓所，安静而整洁。讲解员带不多几位参观者进门后，迅速地把门关上了。

宁白好奇，为什么不让更多的人一起进来，不用重复讲解。得到的回答是：这样讲的人和听的人都很坦然，不会急促草率。果然，他的讲解既轻松，又流畅，很有生活情趣。

作者很为此小事感慨："在只有人凑齐才能开讲，车坐满才能开行的商业社会，他的'小众'讲解，让我把他和鲁迅故居的氛围融合在了一起，觉得他的品行，正是身在鲁迅故居里的人才有的，对他倍加尊敬。"（宁白《"小事"之大》）

每临小事也更需要静气，在这静静的气中，总是有某种属于生命的东西在静静地存在。

（高原/文）

人淡如菊

"其时生命中杂念与妄想，为岁月漂洗而去尽，一种清净纯粹之气，却形于眉宇神情间。"这是沈从文《不毁灭的背影》一文对朱自清的评价。

清净纯粹、温和飘逸是优雅的基本外在气质，如秋菊、如春兰。

优雅如春兰之和、似秋菊之清，春和秋清都是生命的高级表现。古人说，处和乃清。"处和"就是不再与世界对立，因为已洞明世事，已有大清明的智慧，因此能够宽和包容，有力量与世界和解。

清和之气可防止一个人沦为自己工具的工具。因为清和能带来一种超越的眼光与能力，把人从对无谓之物事的贪恋中解放出来，以面对生命的本质。

歌手孟庭苇的体会是："接触佛法前，我有很多的贪嗔痴。我要销量非常好，要更高的知名度，也想要漂亮的衣服和名牌，这都是贪；年轻时我也会嫉妒，为什么电视节目播人家的歌有两首，我却只有一首。都在发片，为什么老板给她的宣传费那么多？这都是嗔念。对名利的执取，就是痴。既然我的生命中心是佛法，佛法的中心是利益众生，那么我就必须学会逐渐放下，——减释。我想只有这样，我才会真正从内心不恐惧。"

信仰是将自己和伟大的东西联系起来。孟庭苇把自己与"利益众生"联系起来，——放下那些贪念、嗔念及痴念，得到的就是对内心恐惧的超越。当一滴水在大海里，怎会害怕自己随时会消失？

瓦尔登湖所代表的是一个生活的界外视点，在这里生活的本质与非本质能比较清晰地呈示出来。因此，梭罗说："我来到这片树林是因为想过一种经过省察的生活，去面对人生最本质的问题。我希望活得深刻，汲取生命中所有的精华。我希望活得坚毅，以斯巴达勇士般的姿态，清除一切与生活本质无关的东西。"（《瓦尔登湖》）

优雅之人一定会活得越来越精神化，会自觉与世俗的红绿火气保持距离，从而让生命中的浊气下降、清气上升——人淡如菊。

优雅是活得更接近人的本质，而为人有春兰之"和"、秋菊之"清"正是一种扬弃一切与生命本质无关的杂念与妄想之后的风度气质。

（高原/文）

小咖啡馆——让心"歇脚"的地方

"如果一个城市里没有愿意开小咖啡馆的人，那个城市无论多有钱，都只是一个内心空虚的城市。"（村上春树）

如果一个城市里没有人们愿意走进的小咖啡馆，那个城市无论多有钱，都只是一个内心空虚、粗糙的城市。

在外常常聚会，但也常常感到聚会之地总是不能让人真正地放松，更遑论心生滋润。很多场所少些人性的温馨之气，粗糙的环境、昂贵的价钱，还有那貌似热情实则冷漠无情的服务等等，都让人再无二次光顾的兴趣。

小咖啡馆我们似乎也有，但我们需要纯正的"小咖啡馆"——让心能真正"歇脚"的地方。

心这么累，这么躁，都怪纯正的小咖啡馆太少了些。

音乐纯正舒缓、环境纯正幽雅,咖啡飘着纯正的香味,服务生也纯正地微笑着。对于小咖啡馆,我们就这么点纯正的要求。

(高原/文)

韩国咖啡文化

如果提起韩国文化西化的最典型表现之一,那就是咖啡文化了。在韩国,尤其是首尔的大街小巷随处可见各种装修风格的咖啡馆,这里既是人们休闲谈话的好地方,也是人们学习办公的上佳场所。

在韩国最好做的生意应该就是咖啡馆了,开了就有人进。咖啡文化已经深深植入韩国人们的日常生活之中:早晨起来买一杯咖啡去上班,午饭后与同事们买一杯咖啡聊聊天;同学聚会去咖啡馆,学生复习考试去咖啡馆,跟客户见面去咖啡馆……

咖啡馆在韩国已经成为了一个集社交、休闲、学习为一体的多功能场所。在韩国,随便走进一个咖啡馆,你可以要一杯冷或者热的咖啡,但一定是现磨咖啡兑上鲜奶。你可以找一个自己喜欢的座位,稳稳地坐一天也没有人撵你。有时还可以要一些甜点或者饼干,在良好的无线网络环境下,开始自己的办公或者学习。

其实韩国的咖啡价格一般是人民币15—30元不等,与一顿饭钱差不多,但是大多数还是生意兴隆。这与韩国人经常加班的生活压力,以及咖啡馆确实能提供的温馨安静、休闲的氛围有很大的关系吧。

韩国的咖啡馆的确秉承了西方咖啡馆的良好传统与质素,特别是其清雅的环境和温馨的氛围,一切都体现出内敛与文雅。走进它,你不优雅都难。

(雷岩岭/文)

向沉思的生活表达敬意

艾伦·布鲁姆是美国芝加哥大学政治哲学教授，也是新保守主义在美国知识界的代言人。他的《走向封闭的美国精神》一书曾在美国创下年销售50万册的记录。

他如此描写芝加哥大学："组成芝加哥大学的是一群仿哥特式的建筑物，……它们指向一条路，这条路通向伟人会面的地方。……这是一个最沉溺于实际生活的民族向沉思生活表达的敬意。……由于这些殿堂被赋予了先知与圣人的精神，因而有别于其他的处所。如果不计其精神的话，这些殿堂具有与普通房舍相同的许多功能，然而由于信仰之故，它们至今还是圣殿。一旦信仰消逝，先哲与圣人传播的经典成为无稽之谈时，即使房舍中活动不断，圣殿也不再成其为殿堂了。它会因此而走向死亡，至多成为一种纪念碑，悠闲的游客将永远不会领略它的内在生命。也许这个比较并非恰当，但是大学的讲坛的确也受到一种类同的精神的熏陶，这就是已故的先哲的精神，只有为数不多的人分享着这种体验。先哲的精神几乎可以包容一切人，然而只有人们尊敬并且认识到它的尊严之时，才可能如此。"

那些老牌大学不可少的老派构成元素里一定有带有中古殿堂神圣气质的老楼旧屋，它们已越来越成为一种精神性存在。对它们怀持神圣的敬仰与想象，大学从而还会是一种理念，社会从而还会有一处理想源泉。

有品质、有灵魂的生活都是经过沉沉地思索，各民族的先哲们代表整体的人类一直在进行这种思索，思索生命的合理方向、生活的正确道路。

"未经审视的生活不值得过。"似乎是苏格拉底所言。

向沉思的生活表达敬意。

（高原/文）

以人生的安稳做底子

"大多数人在追求快乐时急得上气不接下气，以至于和快乐擦肩而过。"（克尔凯郭尔）如果不能采取与快乐对接的正确姿态，上气不接下气就会发生

"追求快乐"却与"快乐擦肩而过"的悲剧。

慢慢地活,姿势较容易好看,也更能体会快乐。把心放平和了,就能慢下来。

活慢点何妨?虽说"快活",但细想起来,也只有那些慢慢的活法里真正"快活"的事不仅较多,且更快活得有质量、更透彻酣畅。

一些通俗意义上"快快地活",往往难免毒副作用。慢了姿势容易平衡,不会有摔跟头、狗啃泥式的"好看"。

活得慢点,活得细点,所享受生命也才会更细致、更充分。

活慢点,也才能看清、看真那些生命中的真的东西、真的意味。

活慢点,至少不会神经质、不会疯掉……

活得慢一些,可以等到自己的灵魂有时间赶上来一路并行;这是一种具永恒性的人生的安稳。

张爱玲《自己的文章》中发现:"文学史上素朴地歌咏人生的安稳的作品很少,倒是强调人生的飞扬的作品多,但好的作品,还是在于它是以人生的安稳做底子来描写人生的飞扬的。没有这底子,飞扬只能是浮沫。许多强有力的作品只予人以兴奋,不能予人以启示,就是失败在不知道把握这底子。"

"它是人的神性,也可以说是妇人性。"张爱玲对这种人生"素朴的安稳"极为推崇。

保持人性中的"妇人性"也是符合老子精神的。刘笑敢《老子古今》中就指出:"老子哲学与当代女性主义的相关性表现在老子提倡以男人为主的社会多实行类似于女性特点的雌柔之道,从而根本上减少社会的压迫、冲突与伤害。老子希望在社会中起主导作用的人,如圣人、王侯、将军(这些人在古代都是男人),实践以雌性特点为象征的自然无为的原则和柔顺慈俭之道,从而有利于实现社会的自然和谐,也有利于维护人类与大自然的和谐。"

(高原/文)

敬畏中获得自由

歌德与贝多芬在街上遇到国王仪仗队,贝多芬傲然而过,歌德则脱帽敬立路边。这个故事有两点我们一定是"统一"的,一是都很熟悉,二是都很佩服贝多芬,都鄙视歌德。

而作家莫言对这个故事则有新判断。年轻时莫言也属于上述的"我们",认为贝多芬了不起,歌德不像话。但年龄的增长,使莫言意识到,像贝多芬那样傲然也许并不困难。但像歌德尊重世俗,脱帽立于路边,恭恭敬敬地对国王仪仗队行礼反而需要巨大的勇气。

不倨傲并尊重一些世俗习惯,能中庸守礼恰恰是内心有秩序的表现。

子曰:"君子有三畏:畏天命,畏大人,畏圣人之言。"孔子并非哄大家做奴隶,而是提示一种生活的智慧,有所敬畏,即有所节制约束,以减少放纵。

子还曰:"为人臣,止于敬。"当然,敬畏之心也是尊重之意。"尊重自己的人多不苟且,所以有品位;尊重别人的人多不霸道,所以有道德;尊重自然的人多不短视,所以有智慧。"(龙应台)

因此,敬畏是获得自由的前提。

(高原/文)

仪式的作用

英国前首相撒切尔夫人曾获得女王授予的爵士勋章,她去世后享受了国葬仪式。2013年4月17日,撒切尔夫人的灵柩从英国皇家空军的中央教堂圣克莱门特·达内斯教堂出发,行经英国议会、伦敦市中心,最后到达圣保罗大教堂。

英国《经济学家》刊物说:"这是英国最盛大的仪式之一,实际上就是国葬,可能也是最后一场。对学习庆典的学生来说,有许多可以挪用的元素:白袍、软垫上的勋章、古老的级别次序、举着哀悼之剑的市长。"

省略了许多生活仪式,行事直奔主题

是现代生活"现代"的一大表现。但仪式往往不是虚文浮情，不是虚头巴脑的东西。仪式是君子行事郑重其事、优雅高贵的体现，它对所行之事的建设性影响是无可估量的。

仪式可以强化参与者对某件事情的情感，激起认同感；仪式可以美化过程，让一件事温雅、有节奏地进行，提升它的价值与意义。通过仪式让一件事神圣化是仪式的最通常功能，并以此影响仪式参加者的情感、观念。

在《视野》上看到一文《博士誓言》（沈奇岚），作者在德国通过了博士论文答辩，但耽误了正式的博士学位授予仪式。就在准备回国时，系主任通知说要给她单独举行一个毕业典礼。某日下午她如约来到主任办公室，心中并不抱什么期待。

系主任说，获得博士学位是大事，没有什么仪式来纪念会非常可惜。所以约她来，亲自授予证书。如果此时就把证书递给这位学生，已经可以算情理俱至了，也已足够感动我们了。但主任却说："在授予您博士学位之前，我们先聊聊吧。"

接下来，他们用半小时，谈人生，谈理想，谈系主任热爱的古希腊文学，谈作者回国后的打算。按主任的观念，颁发证书的教授应当和接受证书的博士之间建立联系，哪怕达成最最微小的互相理解，对某些事物有最最基础的共识，那这个授予证书的仪式就不再是流于表面的了。博士头衔就是一个认识和认可自己的学术前辈郑重交付的荣誉。

至此，系主任又拿出一张纸，请她站到窗前阳光处大声朗读："我起誓，我将会秉持学术的独立和科学的良知，我会永远坚持这种独立精神——在我以后所有的研究中，也在我之后的人生里，直到生命尽头。"

作者听到了自己的声音在阳光里闪闪发亮，而读者我却觉得那声音肯定还伴有金属的质感，铮铮作响。此时教授拿出钢笔，在博士证书上签下了名字，然后，站起来，双手将那张薄薄的纸递给她。

此时，仪式已不仅仅是个形式性东西了，它浸润了这位中国学生的生命，在未来需要良知和判断时，她怎会忘记自己的誓言？

相信经历这样有阳光见证的仪式后，行事郑重、行事中与人哪怕最最微小的联系、相互理解以及共识的达成、良好沟通的方式与重要性、学术品格等等美好品质将更容易树立在一个人心里，进入他的生命里、灵魂中。许多美好的品质和我们不太有关系，是否也与这样神圣的仪式我们几乎没有享受过有关呢？

那位德国教授以举行小小仪式的方式为这个中国学生上了一课，从形式到内容都起到了触及灵魂的作用。这就是教育大师，真诚人性地对待每一个学生，并让她深深知道什么是优良的行事方式与行事格调。优雅是以高贵的人性为基础的，并体现在一些必要的仪式中。

仪式的作用还在于帮助某些重要的品质进入我们的灵魂，稳稳地驻扎在那里，到了某个时刻再适时出来帮助我们行事正确得体到位，并显示一定的格调与境界。

人与动物最大的区别之一，事实上不在会否制造工具，而是在人会通过举行仪式来办有人性、有美感的事。

仪式的作用仿佛也是为了等等灵魂。

（高原/文）

用托盘托起的人生

酒店里，点一杯饮品，侍者用托盘送来，很优雅地放在你面前。剪彩时，礼仪小姐用托盘端来剪刀。这些物品为什么不能用手直接拿来，用托盘有什么必要呢？让古人告诉我们道理所在：

> 初六：藉用白茅，无咎。子曰："苟错诸地而可矣，藉之用茅，何咎之有？慎之至也。夫茅之为物薄，而用可重也。慎斯术也以往，其无所失矣。"

这是《周易·系辞》引《大过》初六爻辞，并有孔子的讲解："祭品直接放地上就可以了，但为什么要用白茅草垫在下面？因为这是君子慎行其事的表现。白茅草是微薄之物，但可以使用出贵重的味道来。人生如果能以如此谨慎的态度行事，就不会有过失。"

"藉用白茅"，类似于用托盘。这个小动作，影响到心理与行为上，则是将人生慎重托起。这个动作可以提醒我们：人生是一个过程，不用匆匆奔向结果、目标。把心放平，此时每件事都有必要慎重对待、优雅对待，甚至应以享受的姿态对待。这也是对他人对自己的一份尊重。

用托盘托起的人生，是从容稳健的。当许多事被草草打发了，不仅草草打发了我们做那些事的时刻，也同时等于草草打发了我们自己。很少有人意识到，那些时刻正是我们永不复返的生命，草率对待，无疑是在草菅己命。潦草的心态让大量的生命时刻变成了边角废料，成了废弃物。

优雅的一大作用，是避免因粗糙、粗鄙而来的过失。故曰"慎斯术也以往，其无所失矣"。斯术之不慎，粗糙、粗鄙就来你生活里屯兵驻扎了。

"礼节并不单是一套仪式，空虚无用，如后世所沿袭者。这是用以养成自制与整饬的动作习惯，惟有能领解万物感受一切之心的人才有这样安详的容止。"（斯谛耳《仪礼序》）

用托盘正可以托起尊重、珍重的人生。

（高原/文）

安静时的自处之道

"人类的所有问题源于他无法独自安静地坐在房间里。"（帕斯卡尔）

有一天明白了一事，一个人在世上，最好早早明白自己是"一个人"活着，然后才能从容应对好许多事。

知道自己是一个人，谁都不能靠，谁都靠不住，最后只能靠自个儿。

知道即使爱某个人，自己也还是得一个人活，有他（她）很好，没他（她）也能很好。

许多狼狈难堪，就是极力与那些不能靠的东西去做一厢情愿、无谓的粘连。

有了一个人也能活好的心理准备，才有资格安静地活好。独立而坚强是一种最真实的生命力量。

扎堆凑热闹是人之所好，同时也有太多东西把人驱逐引诱到喧闹中。那些虚拟社交工具，最大的作用就是真实地增加我们的空虚感、寂寞感以及焦虑、纠结。慕容引刀说："低头看着手机，不停地发着短信，走在盲道上……"这种荒诞是许多人的真实状态，它怎能通向光明之路？而人是需要给自己的生命留出闲暇看老鹰俯冲、蚂蚁打架的。

梅特林克发现："在星期天不去酒店喝个醉，却安静地在他的苹果树下读书的农民，厌弃跑马场的纷扰喧嚣却去看一场高雅的戏或者只度过一个宁静的午后的小市民，不去街上唱粗俗的歌或哼些无聊的曲子，却走向田间或者到城墙上看日落的工人，他们都把无名的、无意识的，但绝不是不重要的柴薪投进人类的大火之中。"

（高原/文）

废墟与哀愁的意义

"没有废墟就无所谓昨天,没有昨天就无所谓今天和明天。"余秋雨有篇散文《废墟》。

"哀愁如潮水一样渐渐回落了。没了哀愁,人们连梦想也没有了。缺乏了梦想的夜晚是那么混沌,缺乏了梦想的黎明是那么苍白。"迟子建有篇散文《是谁扼杀了哀愁》。

两篇散文都在提醒我们"废墟与哀愁的意义",原来生活竟不能缺少废墟与哀愁。

哀愁是用来精致、润洁我们粗糙鄙陋的心灵的。丝丝哀愁可以梳理纷乱的生活、柔软坚硬的心。"风大土大,生活干燥",哀愁润泽着庸碌的生活,让生活保有诗意而温润的光泽。

哀愁的意义还在于它是一种极有价值的人性状态。迟子建说:"我从来没有把哀愁看作颓废、腐朽的代名词,相反,真正的哀愁是一种悲天悯人的情怀,是可以让人生长智慧、增长力量的。"哀愁是人性高贵与智慧的生长点之一。

对于艺术的面团来说,哀愁是一种酵素。因为"人的怜悯之心是裹挟在哀愁之中的,而缺乏了怜悯的艺术是不会有生命力的"。

可是,是谁扼杀了哀愁呢?迟子建提出了一个大问题。"我们实现了物质的梦想,获得了令人眩晕的所谓精神享受,可我们的心却像一枚在秋风中飘荡的果子,渐渐失去了水分和甜香气,干涩了、萎缩了。我们因为盲从而陷入精神的困境,丧失了自我,把自己囚禁在牢笼中,捆绑在尸床上。那种散发着哀愁之气的艺术的生活已经别我们而去了。"

废墟是用来改塑我们浮躁的心境的。面对历史的残垣断壁,让人暂时远离喧嚣,平息狂乱,让心沉静。在面对历史的同时,也面对自己。

可怕与肤浅的是,许多废墟与遗址已"被公园化"或正在"被公园化"。民众也以为历史废墟与遗址只不过是公园的一种,是一个可以在里面随意打闹嬉笑的场合。余秋雨痛苦地喊道:"我只怕,人们把所有的废墟都统统刷新、修缮和重建。……没有废墟的人生太累了,没有废墟的大地太挤了,掩盖废墟的举动太伪诈了。"

废墟是历史的遗存,也是现代的构建。对废墟的尊重显示出现代人的文明气度。废墟让现代人"知道自己站在历史的第几级台阶。""只有在现代的喧嚣中，废墟的宁静才有力度；只有在现代人的沉思中，废墟才能上升为寓言。因此，古代的废墟，实在是一种现代构建。"

一阴一阳之谓道。废墟与哀愁是我们生命中的阴性存在，若天上之月、如草尖之露……

废墟与哀愁的存在，可以防止人类的生命被物欲之火灼干。

（高原/文）

那些助浮益躁的东西

浮躁是如今人所共有的精神风貌。原因除了我们有大把时间浮躁外，周围也充斥着大量助浮益躁的东西，更直接加重了浮躁的各种症状。

"豪宅，巨筑，巅峰钜献、绝版佳筑、新贵领地……"这些马路边上的售房广告每天总会遇见。如果我们还蜗居，还住不十分阔大的房子，那这些用词夸张刺激的广告就会让心浮起来，让心躁动。

印度人孟莎美在中国发现："人们都在大声打电话，不打电话就低头发短信、刷微博或打游戏；或喧嚣地忙碌，或孤独地忙碌，唯独缺少一种满足的安宁。"（孟莎美《不阅读的中国人》）这是让国人没面子的发现，但也告诉我们刷微博或打游戏也是助浮益躁的东西。许多人每十分钟刷一次微博或微信，几乎成为强迫症。这是心灵无所依靠的典型症状。

另一些助浮益躁的东西就是重口味的饮食习惯。二十多年来，以麻辣烫为主味的新式川菜风行天下每个角落。据说以前的老派川菜没有如今这么重的口味。

热爱麻辣烫之"味"的原因除食材本身变得无味需要调料助味外，再就是生活无趣，我们大大地需要刺激出一些趣味来。

需要警惕的是，如此重口味不仅为高血压等疾病埋下了伏笔，也显示一个人的品味修养有限。平常以清淡为主的饮食，不仅可以身体健康，更可以让精神达到清明淡远，因为简约朴素的饮食能让精神有机会升华。如果整天想的是上顿红烧肘子、下顿麻辣火锅，世上哪还有那些君子圣贤、高僧大德？在这个意义上，伊斯兰教节制饮食的斋月甚是智慧。

海明威说:"我始终相信,开始在内心生活得严肃的人,也会在外表上开始生活得更朴素。在一个奢华浪费的年代,我希望能向世界表明,人类真正需要的东西是非常少的。"(《真实的高贵》)

浮躁是大家的共同自我认知之一。这时代不浮躁者怕是不多,也不易。此病如何医治?手段不外两种:治标的与治本的。内外兼修、标本兼治,降躁气、去浮心是可以实现的。

治标的手段主要是与那些助浮益躁的东西保持距离,比如饮食上就应少吃些令人更其浮躁的各类快餐,如KFC、麻辣烫、火锅。何况常吃此类食品也是一种放纵,不知节制。那些讲究的中产阶级一般不会出现在KFC店里,嫌去那里没品。

治本的办法是提升修养,深度热爱生活,最关键的是找到至少一样自己能投入持久热诚的事来做。大多数人为啥浮躁呢?是因为有时间浮躁。就是说没事可做,从而有大把大把的时间用来浮躁。

有人说:"渴望成功并非当代人的标志;渴望马上成功才是当代人的标志。"这个渴望马上成功的心理也为浮躁添了柴、加了油。

浮躁还有一大"好处",比如说,见不得别人买单反相机,自己不能没有。然而由于心太浮太躁,没心思让自己把它玩得专业一些,就一直把单反机当傻瓜机用着。这种类型的浪费与蠢笨怕不单单限于单反相机吧。

(高原/文)

再热也不喊"热死了"

一到夏天,上网总见不少大小朋友喊"热死了"。

想起美国某诗人关于"热"的诗句:"犁过去,把热翻在两边。"热到一定程度,热仿佛成为黏稠固体,那就犁过去,把它翻在两边。但再热离这固体的黏糊境界还远着呢不是?整天喊"热死了",这叫反应过度,叫没见过世面。

如果不首先把自己的心理温度降下来,咱们迟早会自己把自己先热死。心静自然凉,不是一句没用的废话。二十岁以上的成人,应主要靠精神的力量来调节高温对身体、对情绪的影响,在夏天动辄喊热,显得还没成人,不够成熟。即使是40度高温时，在室内吹吹风扇也就够了。但问题是整体社会的浮躁让我们一点心理耐受力都没有了。

"贪欲"在现代社会里也早已不仅仅是贪图钱财之谓，贪更强、更高、更大、更快捷、更方便，贪占尽天下风光，甚至贪更凉快也加入了贪欲的行列。可以想见的前景是，有一天，不等老天热死人，太多的人会"抢先"在精神上被"热死"。在一切要求最方便、最快捷下，要凉就必须凉到底。势必会有人开着空调都嫌热，还必须同时吹着风扇。如此了还都安静不下来，还要不停地喊热。这不也是一种幼稚吗？

何况越喊越热，还不如在温度较高时学着淡定一些，深呼吸让心静下来，告诉自己世上还有更多的人民在更火热中被"烤验"呢。

举办"城市让生活更美好"世博会的上海，那年恰逢百年不遇的高温，仅低温就达32度。低温32度是个什么概念呢？本人走在上海街上，霎时明白了当年鬼子帽子上的那块破布的妙用。

优雅首先是各种耐受力：耐苦之力、耐烦之力、耐冷之力、耐热之力、耐宠之力、耐辱之力等等。总之，优雅作为各种精神力的综合，能耐各种生活中需要耐的情况，绝不随便喊苦、喊烦，动辄喊热、喊冷。

在技术上，还有一招可防热。晚上开窗让凉气进来，早上出门时把朝阳的窗帘（最好做两层以上窗帘）拉严，将阴面的窗户也基本关上，晚上回家一室幽凉。

夏天是可以宁静宜人的，如果不再叫唤"热"，这点淡定是必须的。

（高原/文）

小雅之什

大学人文小品读本
DAXUE RENWEN XIAOPIN DUBEN

小雅之什导语

"一个人的灵魂,看他持手杖的姿势,便可以知晓。"

"请你讲话,走路,吃饭,穿衣,然后我就可以告诉你,你是什么人。"

以上是巴尔扎克《风雅生活论》中所引他那个时代的两句谚语。为了表现我们是灵魂优雅的人,一切的外在动作姿势都要讲究好看。

虽然《优雅蓝典》一书所讲优雅是一种深度优雅,是从骨子里、灵魂中开始的优雅。但是也十分需要一些言行举止等外在的优雅动作与细节来配合这种深度优雅,以达成更协调美好的人生状态。

因此,在《大雅之什》关注道的层面的优雅,即灵魂与精神的优雅之后,《小雅之什》将关注日常行为操作层面的优雅,即着装与动作层面的优雅。

国人的婚礼上,如今也越来越多的西式元素,比如父亲挽着做新娘的女儿,与新郎进行交接的仪式。

但是与国际惯例有出入的是,很少有父亲在这一天是着正装的。T恤、短袖衬衣或夹克等一切休闲装是嫁女儿的许多中国爸爸们的标准装束。但是,在婚礼上不着正装礼服是严重失礼的,这也包括其他男宾与女宾在内。

某次开会,见到一位大作家,平时也挺敬仰他的作品,那天发言他也很能说些听着顺耳的人话。但就是坐在主席台上的他却毫不客气地不时打打呵欠、伸伸懒腰。着实让人替他深感遗憾:如果能将呵欠与懒腰这些非必需的动作省略了,该是多么"更美好"啊。

人生就是每天每时面临岔路口,选择往左去或往右去。一条路乍看上去平坦易走不费劲,但却越走越窄、越走越暗淡;另一条初时难走、麻烦,但却越走越宽、越走越亮堂。这后一条路就是优雅之路。

我们怎样度过我们的一天,我们就会怎样度过我们的一生。着装与动作方面的优雅,不是可有可无的,更不是虚伪与矫情。这是超越粗糙、粗鄙的生活状态,以形成一个温雅从容、得体祥和社会氛围的必备修养。

坚持以优雅超越粗糙,注意以绅士、淑女的举止表现出礼仪的本质——祥和,从而提升中国的"优雅GDP",从富强走向文雅文明是我们的终极追求。

亦舒说:"这一刻尽全力做到最好,下一刻把自己放在最好的地方。"

把淑女坚持到底

在一次旅游中，由于天确实凉、也由于浪漫情调的需要，淑女们都买了漂亮的披肩。早晨游玩时，大家开始也大都很雅致、很风情地披着披肩。

近午时，天也热了，脱下来的衣服确实不少了，于是，就出现了一大景观：披肩大都转换角色变成了包袱皮。淑女们也顷刻间由于扛着这"包袱皮"而进入了回娘家的小媳妇的状态，其中一些体态较为壮硕的则酷似鲁智深。

这景象真令人忍俊不禁，笔者想起了一篇小文，说的是在德国黑森林附近的巴登-巴登小镇，不仅能享受温泉，还可体会到真正的贵族气质。

小镇的居民穿着十分考究。一对五十多岁的绅士和夫人走过，先生穿一套精心剪裁的墨绿色暗格西装，脚蹬一尘不染的黑色皮鞋。由于天热，他把外衣脱下拿在手里，露出精心熨烫过的白色衬衫。

那位夫人体态匀称，上身的宽松衬衣束在嫩黄色的筒裙里。虽然天很热，她还是一丝不苟地系了一条彩色丝巾。也许是受了这些居民的影响，游客也收敛了许多，很少有赤膊的。文章作者也十分注意出门时的装扮，总会穿上最好的裙装。

我们在此显然不是提倡天热时，一定系一条丝巾才算"贵族"，或者说无论再热，那披肩是只能披着不能拿下来的。而是感兴趣于是什么样的精神与文化力量才能使这些贵族们如此考究？

哲学家牟宗三曾很精辟地指出："现代人的生命完全放肆，完全顺着自然生命而颓堕溃烂，就承担不起任何的责任。人的生命当由自然生命反上来，不能完全放肆。林语堂曾说：'中世纪文明是拘束的文明，近代的文明是解放的文明。'这里所谓解放，就是放肆。但一松就顺着松下去了，如此一来，就不能有任何的承担。由此也可以了解贵族社会为什么能创造文化。其实贵族有其所以为贵的地方。"

有人说，你是穷是富，不看你有多少钱，而看你的生活方式。可我还要说，你是穷是富，不看你有多少钱，而看你是否"耐热"，是否能把淑女或绅士的风度坚持到底。

一些暴发户以为加入高尔夫球俱乐部之类便自动进入"贵族"阶层了，可他们也许不耐热，气温一上升，太阳一烤，一个个就原形毕露了：原本出门时"包装"整齐光鲜的"绅士""淑女"们就会背心、拖鞋齐上阵了。

优雅、高贵是需要力量的、是需要极高的精神底蕴作为支撑的。

很需要把淑女绅士的优雅、高贵坚持到底。

（高原/文）

论"如何让肌肤像豆腐一样"

上网看新闻，跳出一则广告：如何让肌肤像豆腐一样！配图是一位肌肤嫩滑无瑕、号称像豆腐的妙女。

市井女孩子或以当"太太"为唯一职业的女人们，实在闲来无事且没有更好的人生目标时，可以把"让肌肤像豆腐一样"当作人生追求。何况地球上有几个人"肌肤像豆腐一样"也算是人生一景，也具有一定的观赏价值。

但对一个接受过高等教育的女性来说，致力于"让肌肤像豆腐一样"就完全没有必要。

"如何让肌肤像豆腐一样"是一款美容品广告。但是通过美容品让肌肤改善至"豆腐"状态的可能性是比较小的，即便一时看上去换了肤，像豆腐了，也应知道那是不自然的激素腐蚀掉表层皮肤的结果，对人有害不说，过两天不用那美容品，肌肤又会回到你的本色状态。一个人怎样让别人知道自己活人活得"肤浅"呢？此之谓也。

使用美容品的真理是：没效果的不能用，效果太好的也不能用。用个较为大牌（求其可控质量）、价位适中（求其可控成本）的美容品安慰一下自己足矣。

"让肌肤像豆腐一样"将是这样一种努力：成本高、效果差且意义不大，是明显欠缺智商与情商者的自欺行为。不配合精神与灵魂的美白，至多达到面具式美白效果，还是借助良好的文化修养进行"深度美容"最具有实际效果。不花钱却能用来进行"深度美容"的文化资源不用此处赘言。

相信一个人的精神与灵魂的洁白、纯粹会焕发到面容神采上，令她可持续地明爽夺目。还应知许多人皮肤晦暗的原因主要是灵魂阴郁、心情晦暗的结果。还是那句话——世界是精神的。

知此理，可以让肌肤不那么豆腐的吾辈女人大大释然，并能把自己从对豆腐样肌肤的纠缠、偏执及焦虑中解放出来，从而追求一些更靠谱的东西，至少能注意保持心情的明净爽朗。

演员等行业的女性，工作性质需要她们的"肌肤像豆腐一样"。除此之外，一个人若追求"让肌肤像豆腐一样"，一来彰显她完全没有追求的精神现状，二来追求"肌肤像豆腐"的念头产生之日，就是脑袋成为豆腐之时。

不论是谁，只追求"让肌肤像豆腐一样"，而没有其他更靠谱像样的追求，他的人生最后一定是一个豆腐渣工程，不堪一击的。

这不是一个能带来好命的有智商、有情商的追求。

（高原/文）

"女汉子"之我观

最近无论网上还是网下，处处遭遇"女汉子"，躲不过，我就说两句观感。一边开电脑新建文件，一边随口问儿子葱宝："你们班有女汉子吗？"

葱宝讲了下面这件事。

"哟，挺淑女嘛！"葱宝某天下课见一女同学拿一小折扇玩。

"不，我不是淑女，我是糙汉子。"女同学剽悍地说，并附赠一个更加剽悍的笑。这让十七岁的"准汉子"葱宝瞬间找到了传说中的所谓的"石化"加"凌乱"的感觉。

"女汉子"仿佛时尚，汹涌而来，连不足十八岁的女中学生都以此为美。

若水之美，若玉之润。本是女孩子人生正版生命追求，但这并不意味着可以活得柔软无骨。上善若水就不说了，玉的特性是什么？就是很有硬度，但外表上却并不以凌厉的姿态示人，而是温兮润兮，低调内敛，说得再文一些就是"外温润而内贞刚"，所以中国君子的追求就是"温其如玉"。

既然"温其如玉"是中国文化对中国君子、gentleman（温和的人，绅士）是国际上对男人，也就是那些天然汉子们的要求，"女汉子"就显得是一种不典不伦、不清不楚的存在。

"女汉子"的唯一"好处"是它为女孩子们放纵自己的举止提供了一个借口，让她们粗粝、粗疏、粗鄙、粗糙甚至粗蛮起来毫无心理障碍而已。如果"女"而"汉子"的境界只是一个"粗"字，无疑是把自己生生变成一个现代版孙二娘。

而且，现实中白马王子找的是白雪公主，老板要的员工是白领丽人。没有人或没有哪个行当（除了做女保镖）会对"女汉子"感兴趣吧？如果非要讲适者生存，"女汉子"们也不具备特别竞争力。你再"汉子"，你还是"女"的，你也"汉"不过那些天然出品的汉子们。所以，挑战自己经典的作为女孩子的天赋特性与模样便显得很不中正、也很冒险。

几十年前国人就流行过"女汉子"，不过当时叫"铁姑娘"。那姑娘能"铁"到什么程度呢？拿铁锤上山凿石头"仿佛"拿绣花针绣花。但姑娘毕竟不是铁打的，那后果之苦涩可想而知。所以经典的活法是永恒的、安全的、人性且有美感的活法。

有人辩称，"女汉子"并非粗鄙的女人，而是独立坚强的女人之谓。但是，谁说世上只有"汉子"了才能独立坚强？古来多少柔弱的女子在独立坚强方面不让须眉的例子根本不需要列举吧？以外表的咄咄逼人、粗豪粗放来表现独立坚强，怕也不能算高档、高端、高妙的独立坚强。

所以，何必呢？既然从美学上到谈恋爱、找工作等等诸多生活的关键处，"女汉子"都不占优势，如果不打算以女保镖为职业（再说，老板一般也不愿有个虎妞或孙二娘式的保镖，现在应该流行西施型的女保镖吧），那就不要再勉强自己"女"而"汉子"了。赶这个不伦不类且没有品味含量的时髦很不智，让那些真汉子们笑话。

葱宝班上还有一女生被同学们尊称"×爷"，比"女汉子"还高一辈儿。这才高三，以后天地间哪儿能搁得下她们？搁稳了她们？

（高原／文）

少女请勿急于向少妇转型

黄金无需为自己镀一层铜皮,但黄金却常常为自己镀一层铜皮。许多青春女孩子的过度打扮正是如此。

本书《雅颂之什》的《不典不伦》主要谈了"不典",这里谈"不伦"。

"伦"在《辞源》中的主要义项是:同辈,同类;道理、次序。意思是行事要依事情所在的那个同类的典常规矩来,要按道理、次序来,不能胡来。但传统已七零八落的今天,巨量的不伦不类的事也总是时时碰上。

做人永远需要保守一些必要的典常、伦常的原则,否则就会活得不仅混乱,还会要了命。

一直觉得,女大学生最清美的一个侧影是抱一部开本较大的书,长裙冉冉、长发飘飘地走在校园高高的梧桐树下。

但是越来越多的女大学生背时装包,描深色眼影,穿高跟鞋,既踩着很强调自我的足音,又装扮得像个小女人行走在大学校园里。

给人的印象是不少女大学生正以各种方式、迫不及待让自己摆脱少女身份,向着少妇大踏步转型,包括过早与他人有亲密关系。这种不伦不类的样子显然直接影响做纯正学子的心态。

依场合、依身份着装是一个"伦常"的原则,无视这个原则,就会扰乱自己的生活。做学生时跨越身份,没个伦常学生的样子,不把学习独立自尊甚至自爱当主业,将来真要做女人了,就只好小鸟依人。

殊不知,缺乏独立自尊的小鸟依人生活对女人是最不安全、最危险的,因为它不可持续。一旦所依者移情别恋,"小鸟"就彻底一无所有了,此时很多人就活不下去了。这就是做女大学生时把自己超前装扮成小女人的要命的后果。

请一切花朵保持花苞状态,不到点万勿过早开放,让生命萎败。

为伦类所当行之事,做天地间典正之人。

(高原/文)

性感着装的两种结果

同样是描写"性"的文字,有些读来是高雅的艺术,有些读来则是粗俗的色情。

区别就在于前者有想象力与美感,是严肃的有人文精神的,并与作者所表达的某一艺术主题紧密联系的。

后者则缺乏想象力、谈不上美感,是游离于主题之外的哗众取宠与动物性欲望的表现。

这种情况在着装方面也存在。同样是性感,有人衣着性感看着美丽且有格调,有人则给人粗俗放荡的印象。

着装性感有一个微妙的界线,把握不好,就可能自毁形象。

虽不能一概而论,但美且有格调的性感着装原则还是可以列出几条的,并有外在原则与内在原则。

外在原则指能遵循一些优雅着装的一般惯例,注意场合、身份。

当然,在内在精神上,那些气质上有一种独立自信、自尊自重,并为自己的美而自豪者,即使着装性感,也是优雅高贵地在展示美,令观者既赏心悦目又心生尊重。

当然与此相联系的是,在心态上,你的本意是想展示美还是打算诱惑人也决定最后着装的效果。

心存诱惑者,或出于附属于人的目的、或出于欲望的满足、或因为利益的牵连,其姿态与着装便不会在意独立自尊,形象便粗鄙放

荡，其不雅的着装更是起到强调这种恶形恶状的作用。

有人说："穿很少的衣服得来的性感，持续的时间会与衣料一样少。"

总之，性感着装的优雅魅感与粗鄙不雅仅一线之隔。

（高原/文）

衣着的情调只适合夜与夏

每年，比夏天本身来得更早的是女孩们多姿的夏装。

你看，四月的春风还多少有些料峭时，女孩们的着装就迫不及待地率先代表夏天出现在街头巷尾了。

但是有些场合无论什么季节，似乎永远只适合穿春装或秋装，比如那些正式场合。甚至婚礼上着正装礼服也是国际惯例，即使大夏天也是如此。

因此，白领女孩穿着吊带裙、完全无袖的衣裙或露腰露脐地上班，相信会给办公室的男士们带来不小的压力，会起到扰乱军心、影响士气的作用。

当然，那种很风情的拖鞋式凉鞋、短裤，无论男士与女士都不可穿到办公室等正式场合去。赤脚不穿袜子上班也是不得体的。

被称为"巴黎最后的优雅"的伊莲娜是法国人的优雅偶像。被问及如何变得优雅，她说要少不要多。

对于着装，她说情调只适于夜或夏，日常穿衣得体实用为好。当然情调还适合逛街，除此之外的平素着装过于风情化，则会既不实用，亦不得体。

若非去参加要求化淡妆的正式场合，扮相与着装的原则是简洁清雅。平素着装应注意舒适性、实用性，并得体地配合场景需要即可。记住这个原则，就会避免在不适当的场合因穿着与化妆太夸张、太不得体，引人侧目、成为笑柄。

一旦出门，选择服装首先要顾及的是场合与自己的身份，而不是自己的喜好。即使是出门倒个垃圾，睡衣睡袍都会影响形象，如果你住的是单位的小区，有同事看见，以后他见到你，无论你再穿什么正经衣服，令他想起的永远只是你睡衣飘飘的样子。

不可忘记风情的展示是有特定的时空的。在不适当的场合，过于暴露的服饰暴露的主要不是你的肌肤，而是你的肤浅与做人的不得体。

（高原/文）

永恒时尚的女孩——"森女"

如何让自己少花钱，却永远时尚？这不是神话。

"如果走在街上，一个女孩穿着棉麻质地外套、妆容近乎透明、周身散发着天然气息，那么她很可能就是时下最流行的'森女'。'森女'这个概念定义的完全是自然、健康、清新、独立的新女孩形象。与其说'森女'是一种装扮上的潮流，倒不如说它是一种生活方式，一种热爱自然和生命、真正关注环保、不为物欲所控、奉行天然无公害生存法则的女孩所独有的生活方式。"（唐晚《"宅女"下岗 "森女"上位》）

多选用棉、麻和丝绸质料的服装，环保不说，还健康优雅，特别是能永远时尚。

崇尚LV包的女孩相较之下不仅太out，还太透着俗气。"可恶"的是，法国人如今反倒不背这种包，仿佛存心使LV包成为全球暴发户们的专供用品。人生有一大窝囊，就是花超多的钱却让自己显得俗不可耐。

与此类似的是奔驰轿车，此车标志着一种"高级的庸俗，是专供比华利山的牙医和非洲内阁部长们乘坐的品牌"。确切地说，只有中上层阶级中最糟的一类才会买奔驰，就像他们中最优秀的人士会开奥兹莫比尔、别克以及克莱斯勒这样的车，可能还有吉普车和兰德罗弗尔（英国产多用途越野车）。

"森女"的活法是一种安静如湖水、清新如朝晨的生活原态，它当然是永恒的。人生颇短，资源有限，如此永恒的活法甚是必要。

"希望有一天，中国游客去巴黎，是为了参观卢浮宫，进行一次文化之旅，或是为了参加课程，学习如何制作巧克力，而不是一头扎进LV店里买包包。"（北京某旅行社执行合伙人盖伊·鲁宾）

"一头扎进LV店里买包包"已成为许多国人出国旅游的主题，这种旅游方式一旦表现为成群结队、具有规模化就实在是一边炫富、一边丢人。如此昂贵地庸俗，也是一种现代景观。

（高原/文）

穿白衬衣有多重要

"那时候爱上一个人不是因为你有车有房，而是那天下午阳光很好，你穿了一件白衬衣。"（吴秀波）

一本《为成功而打扮》的书中有篇《如何与IBM竞争》的小文，提到IBM公司有一套非常严格的着装标准，特别是销售人员，必须要穿标准化的白色衬衣。

那么穿白衬衣带来的效应是什么呢？调查与测试的结果是：他们迟到与缺勤的比例小，对工作与家庭更尽责，让人容易产生信赖感。

事实上，着装就是一个"场"，它的"场效应"是巨大的。香港有个女子中学，至今校长要求在校生统一穿学生型旗袍。在旗袍这个"场"内，女孩子们受到旗袍的暗示与塑造，便自然表现出进退得体有度、举止从容娴雅，颇具一种平和温婉的美感节奏。

可以肯定的是，穿上旗袍的女孩子绝不会活得慌张、粗糙，不会早晨边走边吃早餐，或把早餐带到公交车、带到教室里吃；不会大呼小叫、不会……不会的恶形恶状很多。

在工作场所正式地、甚至某种意义上相对保守地着装决定着你的形象，甚至工作能力。

（高原/文）

布衣情怀

上大学时，我的一位老师一身蓝色的布衣，雪白的衬衫，戴着金丝边的眼镜，温文尔雅。

课堂上他笑容亲和、风度斯文、见解深刻，那么有魅力。大家盼望上他的课，觉得他的讲课可以让教室一点点亮起来，他的光彩真的可以照人。这使我对布衣有一种特殊的情怀，它有繁华背后的真实、质朴、温暖、甚至智慧的美。

也一直记得每到快过年，母亲为我们做棉布衣服的情景。有时一觉醒来，听见缝纫机还在响，看见母亲坐在缝纫机前，脸庞在灯下很美很柔和，然后又安心地睡了，知道大年初一一定有美丽的新衣裳。母亲的这个形象一直定格在我的心里。

母亲做的衣服并不华丽和美艳，握在手里甚至能感到有一些粗糙的纹理，就是那种有着淡粉、淡蓝小花的棉布，温馨又舒适。

母亲也用那种纯白色的顺滑的棉绸给我们做成枕套，这种枕套夏天尤其用着舒适舒心，好像能让人迷醉在夏日的清凉中。

我家至今不用枕巾，一直用棉布的枕套，每当安卧枕席时总能体会到一种母亲的温情，它让你安定、安然。

（马小萍/文）

抵制粉红

如果你是女孩子，你的生活用品很多是粉红色的吗？

家有娇女的父母往往会给孩子购买粉红色物品：粉红色蕾丝边百褶裙、粉红色洋娃娃、粉红色书包、粉红色手机电脑，直到粉红色房间装饰……

然而，英国两个母亲埃玛·穆尔和她的姐姐阿比却发起了一场"抵制粉红"运动。她们认为，市场上充斥过多的粉红色儿童商品，会让女孩子从小就学会注重外表的光鲜，忽视内心世界的塑造。

埃玛和阿比为此建立了一个名为"抵制粉红"的网站，还在著名社交网站"脸谱"上建群，希望引起广大家庭、制造商和学校的重视。"抵制粉红"运动得到不少人支持。（新华社《英国母亲"抵制粉红"》）

粉红也是一种极端的颜色，它让女孩子丧失对自我意识与独立性的自觉追求，只是过分关注外表并轻浮虚荣，从而忽视内心修养与精神素质的提升。这会对她将来的工作事业以及爱情婚姻都会带来极为负面的影响。

在许多女大学生宿舍里，也可看到粉红色用品较多。这种对粉红颜色的偏好对大学生来讲，不能算是有品味、有格调的审美趣味。

同样，有些名字太"粉红"、太女性化了也是不能用的。事实上，无论男孩女孩，名字应起得中性一些比较自然，这也是中庸之道。

（高原/文）

女人最可怜的一个剪影

在梳妆台上置办一大堆各色美容小瓶子，一天的光阴多数是在拧开瓶盖甲、旋上瓶盖乙中度过。女人最可怜的一个剪影，莫过于此了。

甚至成为女大学生了，也把主要精力用于在少女与少妇两种身份间玩穿越上，亲自扮演最真实版的穿越悲剧女主角，心思多在急于摆脱少女身份，从装扮到心态开始向少妇的全面转型上。

一个女人花心思、费精力把自己装扮成很性感的样子，一心指望有人来爱她，当然最好是那种有财力的人来爱她，这本来也是她自己的事，别人管不着。但如果除此之外她在世上一无所爱，一无所依，她就是把自己置于最可怜的境地。

世界是平衡的，通过努力嫁一个有钱的好丈夫过良好生活，绝不比通过自己的努力过良好生活省心省力。况且前者还远不如后者安全，更谈不上自尊。

中外文学史上大量的女主角的悲剧，无非就是女人缺少自强自立的机会或自觉意识从而依附于男人，落得个被始乱终弃的结局。

问题就在于那时女人的命运很难由自己主宰，其悲惨的生活境地主要应由男权社会负责。但今天除了个别国家，女人的自主性已有充分的空间时，却不愿选择自主的生活，甘愿依附他人，去过虚荣不实的生活，其可悲可怜的程度就和中外古时的女人没有可比性了。

真信了有人说的，喜欢自由的人很少，大多数人只是在寻找一副比较合身的枷锁。然而，女人比男人更需要以不息的自强来自立、以不懈的自信来自尊。枷锁毕竟不是项链。

自由需要担当，需要有更大的勇气才能享受自由。自由如海，人人都说自己喜欢大海，可是到了海边，看到风起海立的景象，他就要逃避大海般的自由了。

（高原/文）

女孩几岁才可以穿黑丝袜？

什么服饰搭配是青春女孩的大忌？首选是长筒黑丝袜。

在校园与大街上，穿短裙、短裤配黑色长筒丝袜的女孩子越来越多，殊不知，这非但不美，还显得不伦不类、俗气十足。为什么要用黑色遮住自己本就青春光泽的肌肤？

虽然如今讲究混搭，但混搭绝不是胡搭。混搭之美是美学上的多样性统一原则的体现。有时不按某些习俗惯例随心所欲地着装正是毁容之举。

黑色或深色长筒丝袜一般只有到了三十岁以上，搭配适宜的裙装才优雅耐看。青春女孩不必急着将自己装扮成少妇。

至于网状长筒黑丝袜，任何年龄段的良家女性可以永远不要考虑在公众场合穿出来，如果不想被人误解的话。

许多礼仪书一致指出，"国际惯例"是，网状长筒黑丝袜、黑色皮裙等是某些行业者的"工作服"。

（高原/文）

镜子是淑女第二张脸

值班查女生宿舍，发现所查十几个宿舍竟无一位女生的镜子是洁净的，水渍、油渍、灰尘及脏手印样样有。

有的镜子分明显示出自打买来，从未被主人给擦过"脸"，因此，搁那儿长期替主人没脸。

当然，客观地说，还是有一只镜子是干净的。就是某女生宿舍门口用来照妖的那面，因为镜面向下倾斜，一时半会儿，还不见有灰尘。

一位城市出身的女博士随丈夫回农村的婆家。早上梳头时，梳子上留有头发，没有清理就搁镜子旁边了。

婆婆告诉她，女人要活得利索清爽，就应该注意这些小事。

真是"礼失求诸野"。城市里许多人已经开放到彻底不知礼仪，相对封闭的农村里的老辈人还能守着一些祖传的为人基本礼俗。

有人会觉得做绅士淑女太麻烦，但有个账需要算一下，在世上做绅士淑女的麻烦多，还是因为不做绅士淑女而来的不方便多？

自古至今的"国际惯例"是：一个人因为追求绅士淑女的人生姿态而克制自己的放纵行止，能持守一些规范与礼俗，他们会因此而在生活与做事上更到位、更易成功,因为他们因优雅而更平和从容,更智慧,也更有力量——做什么事不需要这些品质呢?这是优秀人士之所以"优秀"的公开秘密。

镜子是淑女的第二张脸,两张脸都要清丽洁爽。

冰心咏叹:"青年啊!你要细致着意地/描你现在的图画。"

(高原/文)

让公主变雪白的细节

心情晴朗时把自己装扮利索是许多女人都可以做到的,但心情多云或转小雨时,头面不整也敢坦然出门见人的女人如今更不少见。

上大学的女孩镜子满是灰尘,床前的鞋子朝东的一只,朝西的一只,仿佛有仇;狭小的床上也是被翻红浪,很少叠起。这样的公主怎能雪白?

一生由每一天构成,怎样度过我们的一天,就会怎样度过我们的一生。不苟且、不应付、不模糊,清整洁爽就是女孩尊严与可爱的来处。

应试教育让我们的女孩子做了太多无谓的题,几乎不知如何做一个可爱有尊严的女孩。

公主不是天生自动雪白的,这一点公主们必须知道,白雪公主必须从内向外地白,不可仅仅白在肌肤,只拥有肤浅的白。

即使再微小的事情,也要倾注你的心、你的精神和你的灵魂。把心搁进每件事中,就是从每件事中恢复人性,树立尊严。

就像整个人生,我们不能绕开那些真善美的品质去活好,做一个有质量、有尊严的女人,绕开传统积淀下来的基本礼仪与规矩也会活得七零八落。

有一朋友是历史系教授,有回聊天得知他让女儿背诵《女儿经》。大家笑他迂腐阿呆,但他说,请各位下载《女儿经》好好读读,里面虽也有糟粕过时的内容,但绝大部分内容对女人来说是永恒的,就像《弟子规》一样。

闻此,我回家特意上网一看,证实朋友所言不虚。《女儿经》十分严肃细致地列出了种种女孩们应守的人生纪律,以及如何得体做女人。如:

> 早早起,出闺门。烧茶汤,敬双亲。勤梳洗,爱干净。学针线,莫懒身。父母骂,莫作声。哥嫂前,请教训。火烛事,要小心。穿衣裳,旧如

新。做茶饭，要洁净。凡笑语，莫高声。人传话，不要听。出嫁后，公姑敬。丈夫穷，莫生瞋。夫子贵，莫骄矜。出仕日，劝清政。抚百姓，劝宽仁。

另一版本的《女儿经》说：

> 但有错处即认错，纵有能时莫夸能。
> 衣服不必绫罗缎，葛棉衣服要干净。
> 箱柜桌炕勤打扫，自无半点尘土生。

的确，传统的女人有《女儿经》及从妈妈、奶奶那里传承的民俗礼仪管着，举止一般皆有一定规矩。现代女人在礼乐几近全面崩沦之后，几乎越来越少有人知道并践行做女人的永恒礼仪与规矩。

影星赫本被问及如何保持优雅和美丽。赫本说："你若要优美的嘴唇，要讲亲切的话；若要可爱的眼睛，要看到别人的好处；要有苗条的身材，把你的食物分给饥饿的人；要有优雅的姿态，走路时要记住行人不止你一个人。"

赫本讲的是普世的美丽原则。

（高原/文）

舒服不佳的姿势

有一次某高校迎接新生入校，在学校的正门设了几张桌子和椅子，还有一把很大的遮阳伞。有几位同学作为志愿者在接待新生，时间快到中午了，家长正在送新生，车来车往、人来人往。

恰好我也进校门，一抬头看见遮阳伞下坐在椅子上的一个女同学睡着了，那姿势有点"触目惊心"。

这让我想起《韩诗外传》中的故事：一天孟子的妻子独自在卧室休息，因为没有其他人，便毫无顾忌地叉开腿坐着。

偏巧这时孟子推门进来，一见妻子的坐相，非常生气。因为古代对女子的坐相有严格的要求，这种双腿向前叉开似簸箕的坐法称为"箕踞"，以箕踞向人是极失礼的。

孟子转身出去，对母亲说："我要休妻！"

"为什么？"母亲问。孟子说："因为她箕踞！"

母亲说："那么没礼貌的人应该是你，而不是你的妻子。你想想，卧室是休息的地方，你不出声、不低头就闯了进去，已经失礼了，怎么能责备别人没礼貌呢？没礼貌的人是你自己呀！"孟子哑然。

我在校门口看见的其实就是一位"箕踞"式打盹的女孩。这种坐姿甚至成为古人休妻的理由，今天我们讲究坐姿及其他姿势的优雅耐看，倒主要不是怕为人妻时被"休掉"，而是一种为人的教养。绝不随便给任何人机会"观赏"我们不雅的姿势，绝不！

这种坐姿看似很舒服、很放松，在自己家里没人看见倒也罢了，如果在大庭广众之下则是非常失礼的，是女性坐姿中的大忌。

要注意：姿势往往太舒服了就不佳。中国的太师椅的确不如沙发舒服，但坐上去让人容易有正气高档的形象气质。

（马小萍/文）

你就是你所穿的

"你就是你所穿的。"（西谚）

"服装可以表现人格。"（莎士比亚）

美国心理学家彼德·罗福认为："一个人的服装不只表露了他的情感，还显示着他的智慧。"

大家都承认，服装是一种无声的语言，是人向外界表达自己内心状态的一个重要窗口。

"束带矜庄，徘徊瞻眺。"（周兴嗣《千字文》）古人认为应穿着优雅庄重，即使散步远望都应注意仪表。只要我们出现在公众面前，你的着装会全面地体现出你的修养与品味格调，不可不慎！

在正式的场合，注意着装的优雅规范，更应该是不能马虎随便的。

如无论多热，女性都不应穿无袖的衣裙，男性不应将衬衣袖子随意卷起，短裤及那些背心状、拖鞋状的"便装"是不应登大雅之堂的，在正式场合赤足不着袜也是不得体的。这种"讲究"是自重，也是对他人的尊重。

得体着装正是得体人生的开始。

（马小萍/文）

淡妆不抹难相宜

化妆，有人是为取悦他人，这是多数人的选择；有人是为了守一种人生的礼仪规矩、一种教养，这是极少数人的做派。

有这种教养的人给自己定的规矩是：不化淡妆不见人。妆容精致有如其人生的精致，毫无苟且、从不马虎。

偶尔亮丽迷人是许多女人都能做到的，但每天都能妆容得体、顾盼举手间有飞扬的神采却不是每个女人都有的本事。

"有确凿的证据表明，在商业场合化妆的女性能得到更好的工作，同时提升得也更快。"《泰晤士报》发布的研究表明，"64%的总监认为，化妆的女性看起来更职业，18%的总监表示，不化妆的女性给人的感觉是她们根本就不愿努力工作。"

此处化妆当然指职业淡妆，而化浓妆会适得其反，给人传递出的信息是：你只关注外表，对工作没兴趣。化妆的浓淡是有度的。

适当学习一些化职业淡妆的技巧是必要的。更重要的是，懂得化职业淡妆不仅是职业道德所需，也是一个人精神与生活状态的直接呈示。

有这么一句英文："No matter how you feel, get up, dress up and show up."（不管你的感觉如何，你都要起床，打扮好自己，然后开始新的一天）

不管心情的雨雪与天气的阴晴，每天都打扮好自己，神采飞扬信心满满地开始新的一天，才是很职业、很明智并很有勇气的状态。这样的人怎会总是狼狈或永远失败？

总之，在不少场合，淡妆不抹难相宜。

（高原/文）

素面岂敢朝天

偶然瞥见某人日志《高贵女人的修炼》中有句话"别相信素面朝天"。

谁有资格素面朝天？这和唯大英雄能本色似乎一个道理。

一般人最好还是该修饰就修饰，每天拾掇清楚自己是必须的功课。

以上是前辈给我的一个文章开头，好像应试作文，接着往下展开就可以了。一口应承下来以后，却发现我这狗尾巴不是想象的那么好接续。因为本公主向来是自诩为"素面朝天"的"女汉子"。

不是自恃天生丽质，而是一个自卑的丑女内心深处有对美女"羡慕嫉妒恨"的抗拒吧。一年年春来了、秋去了才明白了"素面朝天"不是什么值得炫耀的豪杰本色，只是暴露自己欠缺某些礼仪、拙于某项技能罢了。

"妆"过的脸，是人的社会属性。什么时候妆？怎么妆？虢国夫人淡扫蛾眉的举动让正人君子鄙夷了千年，但不加描画的眉眼表现的是轻视，未经点染的唇颊传达的是冒犯。

无论多么丽质天生，正式场合都应淡妆出席，况颜色平平的我辈乎？难怪许多窗口单位都会要求女员工淡妆上岗。脸上的淡粉轻黛，如同身上的正装，显示的是一种对生命的正式态度，体现的是对自己生而为"人"的重视。

女，不仅应为悦己者容，还应该为悦己而容。叶嘉莹先生讲温飞卿的《菩萨蛮》，那"弄妆梳洗"的怨女"弄"出了人生的持守与尊严。

兰生幽谷，不为无人而不芳。没有人欣赏，更要美得动人；没有知音喝彩，更要高歌阳春之曲。

如同修身不是为名利，化妆也不必每次为取悦人，只是化给自己一个愉悦的心情，化出自己的教养。妆，也是一种阳光生活的态度。

就像"半小时把饭吃完是野蛮"并非是逢餐必做的绝对指令，铅华芳泽亦非时时都要挂在脸上。但在必要的场合请务必"妆"出婉约精致的自己。

妆，不是装。妆，是人性饱满、自尊且尊人的教养。

素面可以有且必须有，但不能时时朝天。即使再有宛若天人的丽质，正式场合敢素着面露脸都是没脸的表现。

（俞佳琪/文）

何时可以赤身

某书生借宿寺庙，天气炎热，赤身取凉。睡梦中恍惚听佛在责备自己，书生指着殿廊下同样赤身的乡民工匠为自己辩解。

佛说，他们可以，你是书生，你不可以。

这是以前看过的一则故事，我经历过的故事则是：某年炎夏外出，在一个餐馆点了碗面，正埋头吃时，忽觉旁边一道腻腻的白色肉光闪过，抬头一看，原来是上身赤裸且胖大的店老板在桌间散步。我顿时感觉饱了，匆忙结账逃之夭夭。

最怕的是冬天有事去别人家，一则很少有空气正常的，大多恶浊不堪。二则很少有着装得体的，大多是老少男女不是睡衣睡裤就是秋衣秋裤，居然能坦荡荡、施施然出来见客，浑然不觉这影响形象与对客人的尊重。

即使是最亲近的人，平素在家也不可完全短裤背心晃来晃去。必要的尊重是必须的，即使不为了顾及体面，也应为了保持彼此的些许神秘。

同样道理，以为两人都已经"熟"成夫妻了，就敞着门使用卫生间也属于放纵，属于粗俗。

那啥时可以赤身？除非独自在家，除非在海滩休闲。反正只要做过书生，这辈子就最好打消打赤膊的念头吧。

（高原/文）

嫁人时，请告诉爸爸着正装

夏天参加的几个婚礼，新娘的爸爸好像商量好似的，一律T恤。这似乎反映出某种问题。

国际惯例是正式场合、严肃场合，都必须着正装。婚礼属于正经严肃的场合，男士之"装"应该"正"到西服革履的程度，特别是新娘的父亲更应西装领带，不可穿休闲装。

可中国爸爸们如今嫁女儿几乎都是T恤、夹克等休闲服，虽不能说他们没把自己的女儿当回事，但其散漫的着装却传递的正是随便的信息。

参加婚礼的女士应套装、盛装，但不能"盛"过新娘。笔者见过两种极品伴娘，一种伴娘打扮得比新娘还新、还漂亮，让人恍惚以为是伴娘出嫁。

另一种是伴娘穿牛仔裤球鞋伴在新娘左右。此二种伴娘皆属离谱型，前者不懂事、不厚道，后者没礼仪、没教养。

当然，正装也需要考虑着装者气质身份。莫言领诺贝尔文学奖时，一身西式燕尾服，很有气场。有人怪他没穿唐装，可怪者却没设想一下，以莫言的模样特点，一身唐装，估计不易看出大文豪的派头，反而尽显地主老财的气质。

如果连该穿的衣服都没有力量穿得住、穿得体，在其他地方能行事到位、为人得体怕也是不容易吧。

得体着装是得体做人的一部分，一定需要用心做到位。

姑娘们，嫁人时，请告诉爸爸着正装。有此与国际惯例接轨的着装定会直接提升婚礼的档次。也请在请柬上注明：请尽量着正装礼服出席。

提升中国的优雅GDP，人人有责！

（高原/文）

正装"正"的是什么?

什么是正装?有人说就是正式地装,正经地装,简称"装正经"。

正装之"正"有两方面:一是服装本身的"正"(西式男正装主要是西服与燕尾服);二是"正"着装者的姿态。

正装可以矫正着装者的姿势,无论坐姿、站姿。当然,更重要的是能"正"心灵的姿态,把自己当回事,从而把工作当回事。正装能"正"出正气来。

曾看到一张图片,上面是美国白宫工作人员带家属参观白宫,其中两个家属是十岁左右的黑人小男孩,装束都是黑皮鞋、白衬衣并打了领带。

照片上还有奥巴马,正低头让其中一位男孩"摸顶"。让我最感动的不是奥巴马的亲民动作,而是那两个男孩十分得体的着装。他们即使是去白宫玩,也要显示对白宫的尊重以及自尊的形象。

英剧《唐顿庄园》中,那些贵族晚宴与舞会都是打白领结、穿燕尾服的,看着真是高贵气派。想想这种着装有时还真是十分必要的,因为通过高贵的着装让更多的生命时刻高贵起来是必要的。并且在那样的时刻,一般的西装领带打扮都是不得体的,给人有卖保险者的感觉。

子曰:"不可以无饰,不饰无貌,无貌不敬,不敬无礼,无礼不立。"一个人的服装也显示他的做人状态。着装所无声地传递出的信息太多了。

(高原/文)

岂曰无衣

每年院里的毕业论文答辩,是很尴尬的一天,我不知道该穿什么衣服。

岂曰无衣?拉开衣柜也是衣峦叠嶂、花色琳琅,只是品种不全,实在难以拎出一件可以堂皇坐在答辩席上的衣服。

服饰网店"裂帛"有句广告语深得我心——"衣服,是穿在身上的心灵"。偏生我一副散漫的灵魂,没一套正经衣裳,要"正"经地"装"便也没那么容易。幸而单位发了统一的套装,我便可以"与子同袍"了。

正装的作用和妆容有些类似,是做出来的姿态,但它少了些妆容"悦己"的效力，多了提振士气的功能，这样看来，职场的正装更像是战袍。当它束紧腰身、拉直肩背的那一刻起，就好像一个无形的命令——提气、昂头，正步走、向前冲！若没那身正装，某些场合难免气势不足，还未交战便无形中败下阵来。

学生问我，院里要求答辩着正装，怎么穿才合适？我实在不忍心让他们拿着父母的钱去专为答辩添置价格不低的西装。于是告诉她们，整洁大方像个读书人就可以，不要吊带热裤蕾丝纱，不要凉拖黑网洛丽塔，不要性感热辣，不要波西米亚。

想想学生在校期间，不是求职面试的场合，最合适的正装当是校服——这个设想可能会让太多的学生飙泪。校服留给他们的记忆就是宽大不合身的运动衣，四季不换的款式与色彩。绝大多数中学，校服大概是个性爱美的青春年少们的长达十几年的噩梦。

校服的美观在某种程度上体现着一个学校的精神面貌，不论多么阳光向上的孩子，只要套进为成长留了很多余量的低质运动服里，立马显得萎靡不振，各种志存高远的校训欲体现的精神风貌也被冲抵了。

不看英美德日那些"有钱"国家，只打量邻居印度、尼泊尔、不丹、越南，中小学校服都是款式合身、配色清爽，颇有民族特色。旅游印度时，小导游讲，他们每年做一身新校服，仅合人民币五六十元。

在印度和尼泊尔的城市学生，更多穿英式校服，衬衣领带长裤短裤百褶裙、颜色搭配好的长袜、皮鞋。小地方的非双语学校，校服则多印式，女孩子们穿着月白色长衣长裤，肩搭白色纱巾，行走在乡间小路，煞是好看。

越南女生一身洁白的奥黛，骑着单车，衣裾飘飞，是摄影师镜头里的一道风景。不丹在校的男孩女孩穿着还是民族服装，只不过统一了颜色。伊朗电影《小鞋子》里面那个穷人家的小姑娘，一身深蓝色衣裤，一顶白色头巾，洗得干干净净，穿得整整齐齐，让人心生尊重。

香港几间女校致力于培养学生的贤淑典雅，校服都采用直身蓝布旗袍。真光中学女生说，刚开始穿校服确实不太习惯，因为旗袍要求坐有坐姿、站有站相，步幅不可太大。但习惯以后穿在身上充满自豪感，"让人一看就知道我们是真光中学学生。"正装其实就是在适当的场合穿着相配的服饰，制造一种文化的"场"或营造出某种精神氛围。

我们的大学生，唯一可以"与子同袍"的机会大概就是领毕业证的时候，真心希望毕业生们莫要在那一刻首如飞蓬、袍子上露出赤裸的颈项,袍子下伸出踩着拖鞋的小腿了。狂欢恶搞的场地在操场,礼堂里面还是表现出"有衣"的样子吧!

(俞佳琪/文)

着装风格高于时尚

朋友有条呢制裙子,穿了二十余年。

此裙是八十年代上海向前服装店出品,由于做工好,质地佳,更由于很适合朋友气质,所以什么时候穿它都能赢得很高的回头率。这条裙子从而成为她最成功的购物。

优雅的人不会、也用不着三天两头出现在时装店里,因为优雅与赶时髦完全不搭调。最时髦的东西最容易过时,盲目赶时髦不仅费心、费钱,还"荣列"庸俗之辈,实在不合算。

要想生活得有格调,先得学会不赶时髦、不追逐时尚。时尚永远只适合部分人,因为你看着美丽的东西不一定能助你美丽,甚至可能还会反助你难看庸俗。

少而精是购衣原则。除了注意要少买,但买一件是一件外,还要考虑形成自己风格。只要服装样式适度别致的、质地做工较为讲究的,就永不怕过时。笔者有不少衣衫已穿了十年左右,基本上还历久弥新,证明这个原则不错。

听听专家怎么说,"我不受任何服装设计师的影响。我从不出席品牌的时装发布会,除了YSL的道别秀。我也不看时尚杂志。我甚至不会踏进任何一家时装店铺。我对时装不感兴趣,我唯一在意的事是风格。"这是一位时装设计师的自白。

正由于该设计师关注的是风格,所以他才是时装设计师,这是否向我们泄露了一流时装设计师的成功秘密?

没有风格,与个人气质、身份不相配,即使所买衣衫"巨时尚",也是没用的。当时尚在眼前晃悠时,请深呼吸,问自己:"它真的适合我吗?"

而当你形成自己的着装风格后,就很有可能时尚从后面追你了;时尚就是这么产生的。如果不顾这个实际情况，时装或其他奢侈品只会起到彰显你的鄙陋没品的作用。

（高原/文）

你可有与奢侈品相配的气质？

在法国、意大利、英国、美国等时尚品牌集中的地区，亚洲人尤其是中国人现在都是主力军，多得要有专门的接待人员负责叫号。

相对来说，消费名牌的西方人年纪偏大，地位偏高，种类偏多；东方人则年龄偏小，地位偏低，种类偏少，尤其是年轻的女性更多消费在衣服化妆品方面。

在西方，拥有多件名牌奢侈品者年龄多在三十岁以上，事业有成，收入颇丰。他们的外在形象趋于成熟、自信、优雅，个人气质与奢侈品的华丽外表相得益彰。

若无以上气质与内涵相配，可以想见的结果就是：你买的同样的奢包华服反而会起到强调你有多庸俗效果。这就是没有文化底蕴者，没有高雅气质者使用奢侈品后的悲剧效果。

琳达是一位中国画家，几年前嫁一英国商人。她丈夫很慷慨，自己买保时捷跑车，给她买奔驰跑车，却不让她买顶级品牌的服装。

丈夫教导她说："在英国，看一个人有没有钱，先问他住在哪里，再看他开什么车，绝不会看他穿什么。"

原来，欧美人也不是没有虚荣心，只是看用在哪儿。在他们看来，如果一个人没有自己的事业，却穿着名牌到处招摇，未免浅薄空虚。

国人在海外消费显得那么潇洒，那么有底气，一点也不差钱，差的就是国内对奢侈品消费缺乏"文化"、少了"教育内容"，以致奢侈品牌只是一堆衣服、皮包等物品而已。

总之，不是完全不能用奢侈品，但你得先有可观的事业，可观的气质才行。否则那个伴随奢侈品而来的特殊效果绝对出不来。

（马小萍/文）

领导不穿袜子的后果

天热比天凉更容易失礼。因为天一热，没有相当的精神力，该穿的就有穿不住的可能。做秘书的朋友讲了个男上司不穿袜子的故事。

某年夏天，领导虽然也穿了较为正式的服装，但就在某个瞬间，朋友发现领导光脚穿着皮鞋。惊讶之下，他觉得原本魁梧高大的领导比平时矮了大半截。

由于这个意外的发现，朋友说他以后见了该领导，总是忍不住想起他老人家的光脚，领导下达指示时，他也恍恍惚惚，总是听不进去，执行起来更是不易提起精神。似乎领导的光脚日渐膨胀成了领导本人，成了领导的全部形象。

领导把袜子穿不住，导致其形象受损、威信大幅下降。这怕是领导梦里也想不到的吧。

有个叫乔·莫利的美国形象设计师做过一个着装实验，目的是为了测试一下领导着装对下属的影响。

他选了100位大学毕业生，让其中50人按照中上层人士标准着装，另外50人按中下层人士标准着装。然后让他们去100个公司，声称是新上任的公司经理助理。并让这100位"助理"给秘书布置同样的工作："请把这些文件找出来，送我办公室。"

结果着装讲究的一组中有42人得到了文件，另一组不十分讲究的只有12人得到了文件。该实验得出的结论是：一个人如何着装，将影响到别人对自己的态度和配合程度。

一个穿干净挺括的白衬衣的人，也更能赢得信任与尊重。有能力把白衬衣穿白的人，素质一定不会太低。

不要怪别人以衣取人，着装显示的是你的社会地位、身份及教养程度。随便不得体的着装向下属与他人首先传递出你不值得尊重的信息——你讲的话也不会有什么价值，可听可不听；你交代的事，也不会是什么正经大事，可办可不办。

瞧！当领导的着装不讲究，你就没有威信，下属首先就不服你，然后他会不自觉地选择不配合你的工作，你说的话他当耳旁风。

领导不穿袜子的后果比较严重吧。

（高原/文）

靴子不易穿出风致的原因

这几年流行靴子，除了夏天，其他三季，可以看到各个年龄段的女士几乎人皆一双。可让人悲愤的是：真正穿出宜人风致的不多，穿着更显庸俗的倒不少。

笔者是闲人，闲来无聊，就琢磨此何故耶？终于总结出以下四个缘故：

一是女士们高矮胖瘦、身材气质是N多样的。

二是靴子的花色品种也太多，多到足够让眼睛缭乱的。

三是买靴子者的眼光更是因人而异的；能在千姿百样的靴子中瞅准一双适合自己的，那不是大多数女士都有的本事。

四是好靴子的价钱也好，不是很多女士舍得买的。而太便宜的靴子穿好看了，难度是不是也很大？何况还得虑及衣裤的搭配。

想想看，以上缘故凑在一起，买个恰好穿着好看的靴子的概率是不是如同雨点打在麦芒上？

勇敢地不再买那不适合自己的靴子吧，不要再勉强自己的纤足非要站在靴子里，如果你知道效果与愿望相反的话。

因此追求流行趋势而忽略了自己的年龄、气质、身材、职业等因素，只会让自己主要取得庸俗的"动人"效果。

真正有品位的穿衣，是个中庸的结果，既不会很赶时髦，也不会很落伍，主要参照标准是：是否适合自己的气质身份。

特别需要注意的是，如果气质庸俗，无论穿什么好衣服都会是一个结果：非但不能让你靓丽，反而更添庸俗。这就是为什么那些暴发了的家伙虽然什么名牌都能穿得起，但就是穿不出优雅风致的原因。风度与气质不是能购买的东西。

记得多年前，演员陈佩斯与朱时茂曾合演的一个小品《主角与配角》，陈君饰演一位喜欢抢镜的反派配角，处心积虑地与朱君饰演的八路军主角争戏。

里面最妙的一个细节就是两个角色的服装引出的喜剧性，饰演正面人物且长相周正英武的朱时茂无论穿什么服装都像正派人物。而陈佩斯饰演的角色是个内心龌龊、形象萎靡的反派人物，即使为争戏而穿上正经八路军军装也给人"不正经"的印象。这就是因为气质比着装重要的缘故。

还是需要加强修养，以便提升气质，至少一来能在不适合自己的时尚面前淡定,二来能恰好搭上优雅的时尚之车,不至于错过车或上错车。更不至于好不容易挤上时尚的车后,让一车的人因你不佳的气质导致的着装庸俗而对你侧目,从而白费了赶时尚的"车"钱。

这并非就是说"若无气质,你就裸奔吧"。但是在修炼出良好的气质之前,花时间、花钱买太多的衣服基本上是浪费应该是不错的判断。还是先把功夫下在让自己风度翩翩上吧,那时穿什么正经衣装都容易好看。

本文"浅论把靴子穿出风致不容易的原因"不仅适合着装的其他方面,也适合其他赶时髦赶出庸俗效果的方面。

天凉好个秋,又到了适宜穿靴子的季节,衷心希望靴子爱好者们穿出宜人的风致。

(高原/文)

大师刷墙穿纯黑外衣

有几件关于工作服的事,在时空上都距离较远,但可能说起来是一件事。

2010年在《参考消息》看到一篇中国建筑工人在蒙古国的文章,印象最深的是,蒙古人对中国工人在工作时穿得脏破如乞丐很有微词。

2011年《凤凰周刊》上《中国利益海外困局》一文,说中国某公司中标中东某项目后,虽没日没夜地大干,却反招致甲方一本本严厉苛责的备忘录:中国人是一支很差的队伍,坐车不系安全带,天黑后还干活儿,劳保服破了还穿着……

中央台《大家》栏目曾讲述宜宾城市菜某第三代传人,在厨房操作时穿的是讲究的白色的对襟绸衫,一滴油都不让溅上。

冯骥才一篇小说中的刷墙师傅,其工作服的颜色更是酷绝——纯黑。他显然存心这么穿的,因为他是刷墙大师。同事曾遇一位搞装修的师傅,头上戴了一个女式花浴帽,十分具有吓人的效果。

看来工作时,穿得脏破如乞丐并不是天经地义的。难怪有些人永远只能是匠人,有些人却可以技进乎道,把自己的活儿,哪怕是极普通的活儿,干出艺术家的味道来;而这"艺术"的味儿竟先从工作服的艺术性、有格调开始。

南京35路公交车有位女司机毕桂霞,因穿旗袍开车而名驰天下。毕女士穿旗袍后的变化是举止优雅、声音柔美,许多人专门冲她乘坐35路车。毕桂霞成为南京一道风景,这都是旗袍的"场效应"带来的。

工作服脏破如乞丐者,他所干的活儿一定不会上档次,不会高级,他也不能从所干的活儿中获得快乐。——这就是工作服定律:工作服破,工作也会破。

(高原/文)

有学者气质的泥瓦匠

暑假收拾房子,经人介绍一位姓黄的泥瓦匠来我家刷墙。

初次见面,有些惊诧:没有印象中的灰头土脸,只见黄师傅身着淡蓝色的牛仔裤,雪白的衬衫,头发梳理得整整齐齐,脚蹬一双黑色皮鞋。

若非别人介绍,真以为他是走错了门。我不禁疑惑,这个人会干这些活儿吗?

看过房间的大小,算清干活儿的面积,谈好应得的工钱,问好开工的时间,交代好所需的材料,黄师傅莞尔一笑:"那我后天早上赶八点过来。"随后潇洒离去。

我对朋友惊呼:"是他自己干吗?他哪像泥瓦工,活脱脱一副学者样呀!"我心里还是嘀咕:活儿不知干得如何?要返工怎办?我可耗不起时间啊!

黄师傅如约前来,依旧是先前的衣着,只不过手里拎着一个白色的乳胶漆桶,打开才知是干活儿的工具,一应俱全。我交代好注意事项,就去上班了。

半日后返回,见一位头戴报纸折的帽子,身穿工作装,满脸白灰、全身尘土的人,细看正是黄师傅。只见他先将刷墙的滚子沾上水将一面墙刷湿,再转身去铲除另一面已经浸透的墙壁,整个过程流畅自然、井井有条。

我不觉感叹:原来泥瓦匠的工作也可以是一种艺术。

一周后完工,看着雪白的墙,墙面平整、色泽均匀,我由衷地夸赞黄师傅的手艺好。黄师傅腼腆一笑,随即收拾自带的工具。我细看了一下,发现他已将干活儿工具洗得干干净净。

然后换下工装,认真洗脸,转眼间一个地地道道的泥瓦匠又变回了一位带儒雅气质的"学者"。心里很是佩服,他让我改变了自己对这一行业的看法。

原来，优雅可以不论职业、环境，不分身份、地位，只要心中有优雅，优雅就会无处不在。

（任丽花/文）

随意买衣服的心理陷阱

理性购买衣服也是考验素质的事，这不是天生就会的，需要注意避免陷入以下心理陷阱：

被流行劫持

追求流行趋势而忽略了自己的年龄、气质、身材、职业等因素，就会陷入媚俗的流行行列。每当"新浪潮"涌来，最好先冷静地欣赏，看是否适合自己，然后再去当"弄潮儿"也不迟。

被网购所陷

首先由于网购只能通过图片和文字描述来完成，对有些衣服的描述模棱两可甚至过于煽情，易使人在认识上产生错觉。其次无法试穿，具体是否真正适合自己，完全未知。在这么多不确定因素下买来的衣服要达到理想的效果，难度可想而知。第三，网购退换商品也是一件相对麻烦，且有成本、有风险的事情。

被劝购衣服

逛街会让人一不小心走进店里，热情的服务员会劝说试衣："不买也没关系，试试吧，你身材好，你气质不错……"于是也就随意一试，结果上身效果本就一般，然而服务员会继续劝说，你就在不知不觉中试了很多。

最后虽没有一件是自己真正需要的，然而由于试穿的太多，碍于情面，于是就挑选一件相对较好的、但并不十分喜欢的衣服回家。回家后发现，这件衣服并不能给自己形象加分，于是闲置或者穿一次得不到好评，就永远搁那儿了。

被"打折、清仓"激励

有人出门，一看到"打折、处理、清仓"就迈不动步了。觉得反正便宜，随便穿穿，丢了也不可惜，于是立刻付钱；好多人的衣橱就是这么衣峦叠嶂的。

她会认为，这么便宜，不买多吃亏。买回家发现不仅不适合自己，送人都送不出手。

没有理智的心态和价值观，只是随性地购买，还会干"买一件，配一身"的笨事。比如买了双彩色的高跟鞋，但该鞋和自己所有的裤子都配不上，就会想："我给它配条裤子。"裤子配好后，发现衣服、皮包也得配，然后辛苦淘宝。

总之，往往买了一件不得当的，导致配一身不适合自己的服饰。

（马小萍／文）

给自己的衣橱减肥

女人永远缺一件出门穿的衣服，这话绝对是真理。

没衣服穿正是许多女士常常焦虑的问题，然而同时她们多数人的衣服却多得衣橱的门都关不上。

有位朋友要去参加一个婚礼，临出门时，望着满满一柜子衣服发呆，竟然找不出一件得体的衣服去婚礼现场。

还有位朋友要做一档电视节目，请我去她家为她挑选衣服。她把许多三五年不见天日的衣服都拿出来了，地板上、床上堆满了衣服，我们比划了一下午，也没有一套衣服是比较适合上镜的。

在帮助她整理衣物的过程中发现她的衣柜是混乱的，春夏秋冬的衣服放在一起，其中劣质、不上档次的衣服太多。她说她见不得"打折"两个字，只要发现打折就要挤进去买，管它需不需要。

衣橱里有太多的衣物，但适合自己的没几件，购买的衣服太多，会被衣服牵绊、被衣服所累。这表明衣主的心也很乱，做人缺乏理性与条理。

女性本来就有一种喜欢采集物品的天性，这种天性让她们本能地去搜寻自己想要的。但如果这种"采集"太过"非理性"，就会造成衣橱臃肿不堪。

无论你买了什么，事后你会惊讶地发现很多衣物是不需要的，不适合自己的，或者当时适合自己，时过境迁由于身体和境况发生变化，已经不适合自己了。

洒脱地把辛苦"采集"来压箱底的衣物送出去，给更适合的人穿，生活会变得简单清爽许多。

当在卖场禁不住诱惑时，应该用这样一句话警示自己：钱是你的，但资源是大家的，而且资源更是有限的。

对于有非理性购买习惯的人，更应该在付钱之前，问十遍自己："我真的要买吗？"或离开一会儿那个卖场，到别处遛遛，如果还想买，再买也不迟。

有时买便宜就是买贵，当买来穿用不得体时；有时买贵就是买便宜，当买来很多场合穿用都令自己风采悦人时。

（马小萍/文）

一笑皆佛

微笑是佛祖与菩萨的经典表情。

与人照面时来个单纯的笑,高纯度是此笑的唯一讲究。此笑亦值千金。

能微笑说明从容、自信、豁达、开朗。能微笑说明已经活好、活爽、活大方。能微笑还说明能包容,一个社会的文明程度,测量的指标有很多,但最重要的是社会的包容度。一个人的文明程度不也如此?

人生就是在不同的境遇,会各式品种的笑:"被误解时能微微一笑,是一种素养;受委屈时能坦然一笑,是一种大度;吃亏时能开心一笑,是一种豁达;无奈时能达观一笑,是一种境界;危难时能泰然一笑,是一种大气;被蔑视时能平静一笑,是一种自信。"这是网上说的新"笑傲江湖"。

赶在别人嘲讽我们之前,自己先自嘲地一笑,任它再是什么级别的嘲讽都会立马失效,让嘲讽者大失所望。自嘲是抵挡嘲讽之箭的最佳盾牌。

人生第一本事是会笑,会笑才敢出来见人,会笑才会生活。会得体适时而笑,才算是长大。

不管长相如何,一笑百俊。

不管境况怎样,一笑百了。

不管男女老幼,一笑皆佛。

嘻嘻!嘿嘿!呵呵!哈哈!

(高原/文)

布施你的善意

有个比丘尼,魁梧如大丈夫,毫无女儿态。

她在星云大师办的佛学院里学习,平时几乎不和同学们来往交谈。毕业同乐会上,她扮成"脸上红红绿绿,身上五彩缤纷"的新娘,全场轰动,笑声不断。

星云大师也很诧异,她解释说:"我读书几年,因为个性保守,也没有好的朋友和人缘,我想到未成佛道,要先结人缘。所以扮一个新娘,布施一点欢喜给大家。"

这是星云大师《扮新娘》一文中讲的故事，所以也是星云大师在讲佛法，"肯布施一点欢喜给别人，才是与佛心心相印的人。"

能"布施一点欢喜给大家"，能主动为别人带去雨天的阳光，是已经成道者的觉悟。

台湾第一美女林志玲说："我是乐观的人，希望把温暖带给大家。我看过一本书，它说，一天带给一个人微笑就够了。"

把"一天带给一个人微笑"当作做人的功课，是了不得的功德，也是很高的觉悟。如此，林志玲才会对别人称她为"花瓶"的说法有很大方优雅的回应："当个花瓶也不错呀。"人家自己都这么说了，你再叫她"花瓶"还有意思吗？

林志玲还对"花瓶"有自己深刻的见解："其实大家说花瓶，也许是觉得这个女孩子看起来蛮顺眼漂亮，也没有什么不好，看自己怎么想。我觉得花瓶也可以让自己有内涵，成为经典，比如青花瓷也是花瓶，非要做花瓶，那我也要加油，得做那一种。"有此见识，她就有可能做成极品花瓶。

能如此绝妙地回应别人的嘲讽是需要智慧的，但更需要一颗善意的心。对万事心存善意，这也许正是一种最能让我们免受伤害的智慧；善良真的可以挡住伤害之箭，把它化为乌有。

主动布施善意，记着带给人微笑、快乐，一个人就活成了天使。这个当天使的机会每个人都有无限多。

（高原/文）

无水微笑

邓文迪是著名美籍华人，一直对她的印象就是很强势，她全身散发着很美国化的强势气息。直到偶阅麻宁小文《一笑而知邓文迪》，才知她真正厉害的地方。

文中特别提及邓文迪与作者握手以及面对媒体时所传递出的信息："嘿，我这是一次很认真地跟你握手，而不是不经意间的指尖触碰。与之相伴的，是她定定地看着我笑，眉眼如弯月，这个动作持续了至少5秒。这个动作结束后，她迅速地看向我身后所有的摄像，对他们环顾却又如同目标明确地微笑，明确得所有摄像都认为：'她是专门对着我微笑！'这电光石火的一刹那，她已使现场不下50

个人感受到了她的温暖和友善。"

那一"定定的"注视，会令对方强烈地感觉到被尊重、被重视，她是真诚友善的，绝没有敷衍你。

我对这个细节虽然印象深刻，但还是不能完全直观地想象到那是怎样的情景，直到某次出差去海南，在返程的南航班机上，一个空姐的笑无意间为我作了直观演示。

前排一位老者不知什么事请求空姐帮助，只见空姐带着一个训练有素的、加强版的微笑，睁大眼睛，定定地倾听老者说话。那个笑的纯度在99%以上，我霎时明白了邓文迪的笑是怎么回事。

一边写此文，一边将此事讲给儿子葱宝，这位化学课代表一语定音——那是"无水微笑"。好，就当本文标题。

常给人一个无水微笑，顺便提高自己生命的纯度。这个世界就是，你为人做事的习惯若是水分较大，它还你的也将是一个水水的结果。

操作"无水微笑"的要领是：对这个世界带着无缘无故的爱，真诚、善意地面对一切。有必要对着镜子练练"定定地笑"。

用你的微笑改变世界，勿让世界改变了你的微笑。

（高原/文）

你永远无权灰头土脸

以为摔跤，就有理由趴着？
以为得了病痛，就有权灰头土脸？
以为遭遇挫败，就可以如泥委顿？
不，不可以。做人永远都没有充分的理由让自己姿势难看，永远没有权利示人以狼狈与不堪。

即使跌倒，即便不能迅速站起来，也请趴得帅气一些。

即使病了，也要着装洁净得体、居室清雅。

当得知国君要来探望时，病中的孔子吩咐人把朝服给他加盖在被子上，以示自尊与尊重。

青年作家柏邦妮的妈妈发高烧被送往医院时，她却说："不给我化妆，我不出门。"这是教养。

即便挫败，……此生谁能幸免挫败？故请不要娇惯自己，也不要放纵自己进入泥状。得意不忘形，失意更不可忘形、失形。

生命很短，没有时间留给我们委顿如泥。尊严与体面是自己挣来的，这是你永远无权灰头土脸的根本理由。

永不灰头土脸，随时保持微笑、展示风度，既是我们永恒的权利，也是不变的义务。

永不忘：败不失雅。

（高原/文）

请微笑起航

六月最热的一天，笔者替院主管领导参加我校2013届毕业典礼。

身着象征院学位评定委员会主席的红色大礼袍坐在主席台上，虽然台上的灯光打出了"浴霸"的效果，但感觉主要还是很神圣、庄严。

当然台下是清一色穿学士服的毕业学子，整体气氛自然更是庄严神圣，估计许多同学此时才能体会大学的格调与派头。

遗憾的是，按礼仪应该在学士服下穿白衬衣、打领带，并配以黑色西裤与黑色皮鞋，但竟然几乎没有同学做到——T恤、球鞋、凉鞋甚至拖鞋似乎是当天参加典礼同学的着装标配。

典礼结束后，一位校领导说他发现学院和学院不一样。有些学院的学生表情比较正常，上台来知道微笑。有些学院的学生，不是冷漠就是面无表情，要不就是表情痛苦。

据说，日本幼儿园除训练孩子良好的生活习惯外，主要教孩子两样动作：学会笑眯眯与说"谢谢"。这种教育最具专业性，最符合教育本质。

真遗憾，咱们不少同学大学毕业了，却还没有学会笑眯眯，在基本的礼仪与教养方面还没有毕业。

当然主要责任在我们这些做老师的，在我们的教育存在很多的结构性缺陷。把孩子们从小淹在太多的无谓的题中，却连得体地笑都没学会。

"剑桥大学人类学教授阿兰·麦克法兰回忆自己八岁那年，外祖父对他的忠告是无论他'多么羞怯、不安或疲惫，都应当带着温暖的笑容和对对方境况的真诚理解，走进一个房间或投入一场友谊'。"（辛旭《礼貌是天性也是习得》）

无论上一分钟你的心情怎样不爽、感觉如何灰败，然而下一分钟当你出现在公众面前时，得体的表情一定是恒定的温雅平和。并且除了悲哀的场合外，还应注意保持微笑。这是为人的基本教养。

"不学礼，无以立。"（《论语》）孔夫子教导儿子，不学会礼，就在社会上站不住。不会礼仪性地向人微笑，当然也站不住。

当然最好笑得真诚，打从心底开始笑。如果笑的纯度一时提不上去，就请先礼仪性地微笑，暇时再苦练笑的纯度。

微笑是一种有之不必然，无之必不然的东西。不学会笑，怎能出门见人做事？

毕业了，请同学们微笑起航，微笑助你航行得更远、更美，更顺畅！

（高原/文）

会笑的女孩运气不会差

有一位年轻的女孩身高一米七左右，细看：五官端正、皮肤白皙、身材苗条。但是她的脸上似乎经常写着："别理我，烦着呢！"

和人打交道时，她还能挤出点笑容。独自一人时，她就噘起嘴来，紧锁眉头把脸搞成包子状。

她平时说话也是声调做作，语气夸张，难有真诚。她的这种表情也把她的机遇关在门外，好不容易找了个男友，却遭到男友家人的强烈反对。

她经常会说，我今天运气咋就这么差呢？许多人不喜欢和她打交道，因为她总能挑出别人身上的不是。如此一来，虽然她平时的穿着也很得体，但似乎她穿什么都白穿了。

还有一位女孩，胖乎乎的小鼻子小脸，其貌不扬，用她自己的话，就是又土又傻。但是，你怎么看她怎么舒服、怎么可爱。

她人缘极好，她自己经常说她运气好。一次寒假返校时，她非常夸张地从家里带来了五个大包，长途跋涉，从南方到北方。问她，你一路上怎么做到的？她说我一路上就是叔叔阿姨、哥哥姐姐地叫过来的，有很多人帮我啊。

她还说，对一位帮她的帅哥现在她还念念不忘呢。和她谈话很舒服，我就问她，你为啥老乐呵呵的？因为我妈说，你长得不漂亮，笑的时候比较可爱，记得平时能笑就笑。

观察了一下这个女孩的微笑，她笑的时候眼睛也在笑。有心理学家说，分布在眼睛周围的肌肉只有在内心真正愉悦时才有反应。

真诚的微笑还可以调节体内的荷尔蒙，能让人由内而外焕发光彩，而笑容也能影响他人，产生良性的结果。

事实上，所有的人无论长相如何，在真诚地笑的时候都是天使的模样。

自然了，不真诚、不自然的笑，伪装的、居心叵测的笑，不但不会为形象加分，还会破坏原来比较坦然的样子。

（马小萍/文）

微笑是法国人的名片

当走下飞机，踏上法兰西的国土时，迎接你的会是一名满脸胡须的法兰西边境检察官。那位看起来十分严厉的检察官一旦开口说话，首先就会冲你微微一笑，浓密的胡须中露出两排闪闪放光的洁白牙齿。

在法国，最优雅的微笑还有司机的微笑。当你穿过一条没有红绿灯的马路时，常常会碰到戛然而止的汽车，会看到司机会对你优雅地微笑，示意让你先通过。

与男士相比，法国女郎的微笑更是可爱。法国女郎讲话常常未语先笑。那洁白的皮肤，梦幻般的蓝眼睛，配上那明媚的微笑，可谓赏心悦目！

在法国社会，微笑被认为是一种重要的交际工具。他们的微笑训练中，面部肌肉运动、牙齿的光洁度是微笑过程的重要内容。微笑是法国人的名片。

在法国人眼中，笑还有更深沉的意蕴。微笑更是成功、自信、阳光的表现，真诚的微笑直接源于生命最深刻的本质。

容貌是人心灵的外化，表情是人情感的凝固。虽然，丽质或帅气并不是人人可以拥有的天然资本。但是，当一个人存好心、做好人，有文化、有品位时，他就会越变越漂亮，越变越有味，当然也就越优雅了。因为欢喜充心，愉悦映脸，优雅衬人。对自己的容貌负责，让自己的心充满慈悲与善意，也是美容的切实功夫。

微笑，呈示你的品性修养，胜过一切华美的服饰与化妆。

自信地微笑，舒展你的个性，彰显你的风采。

（雷岩岭/文）

目光也是语言

在所有的面部表情中，眼神最生动、最复杂、最微妙，也最富表现力。眼神又被称为目光语，就是说目光也是一种语言表达。

美国的Edward T.H.博士有一个有趣的实验结果："当眼睛受到犹如舒适刺激的吸引时，在无意识中，瞳孔会扩大，比如，通常男性的眼睛看女性的裸体照片时，瞳孔会扩大两倍……"

东方人较含蓄害羞，故有"眉目传情""暗送秋波"的目光语。而"回眸一笑百媚生，六宫粉黛无颜色"的诗句，精准地再现了杨贵妃运用目光语及体势语产生的魅力效果。

西方研究者认为："人们在说谎时，瞳孔也会明显地扩大。儿童常表现为不时地眨眼睛，而9岁以下的儿童说谎却怎么说都不会像。"

目光语说白了就是眼睛会说话，可得注意不该它"说话"时，最好垂下眼帘，免得言多有失。

据说眼神的变化，能让古代某些珠宝商从中了解到顾客对货品兴趣的高低，从而确定自己出价的高低，以达成理想的交易。估计算命先生有时就是这样从你的眼神里"算"出你的命来。

什么样的目光语是优雅的？虽众说纷纭，其实最能打动人的目光是孩子般清澈无邪的眼神。

不管是明眸善睐的女子,还是目光炯炯的长者,只要内心坦荡安然,目光自然会干净、会明澈如水。

眼睛会说话,让它"说"出得体有质量的"话",就看你了。

(马小萍/文)

交谈时目光应落何处?

有学生问:"老师,和别人交谈时眼睛应看对方身体的什么部位?是要眼对眼吗?"这确是个很有意思的问题。

在与人交往时,中西方由于习俗不同,所以有较大的差别,西方国家的人习惯于交谈时眼睛要和对方的目光接触(eye contact),这意味着尊重和礼貌。

美国人常说:"看着我的眼睛告诉我真相(Look at me straight in the eye and tell me the truth)。"英语国家的人比中国人目光交流的时间长而且更为频繁。

中国人为了表示礼貌、尊敬或服从而避免一直直视对方。先秦礼仪典籍《仪礼·士相见礼》中说,人在不说话时,在尊长前要做到"立则视足,坐则视膝"。

《士相见礼》也强调:"凡与大人言,始视面,中视抱,卒视面。"开始交谈时,要注意别人的脸,谈话中间,视线应停留在对方的胸前到衣领部位,谈话结束时,目光又应回到对方的脸部。

当然温和、平静、真诚及尊重的眼神是最让人轻松和舒服的,这一点中西方是一致的。现代礼仪讲究目光交流看场合。

一般交往中,目光是流动扫视的。除了特别亲密的人,目光一次投注的时间不宜超过3 5 秒。否则,会让人不舒服、有被审视的感觉。

公事谈判或短时间谈话,目光投向对方两眼与前额之间。一般社交场合,目光投注在对方前额和嘴部之间。长时间的谈话,不时地与之眼光对视外,更多的时间,目光投向对方嘴部到脖颈所在区域。

目光忌讳:瞳孔焦距收束,紧紧盯视对方。

目光投注的区域要特别注意:胸部以上是安全区。其他部位就不用投注了。

(马小萍/文)

无言之美

葱宝随妈上街，偶遇陈君尚田，俩"男人"只是微微笑着，轻轻顶了顶脑袋，然后一往东走，一朝西去，自始至终一言未发。

那是葱宝只有两根小葱高时的事，陈君其时与他同在某幼儿园小班"共事"。葱宝妈当时就被震呆了，多年后，还清晰地被那迷你版的无言情意感动着。

男人甲出差，在南京附近的青溪码头遇男人乙从岸上路过。有人指给男人甲说："那就是你常念叨的吹笛高手某某。"男人甲赶紧派手下去接洽男人乙："可否赏听一曲？"

男人乙也听说过男人甲之名，就下车款款连奏三曲，便又款款上车而去。"客主不交一言。"（《世说新语》）

男人甲不是路人甲，是王羲之的五公子王徽之。男人乙更非路人乙，是官至江州刺史（相当于江州"省长"）的桓子野。

此事发生现场后来变成金陵名胜，叫"邀笛步"（或"笛步"）。且看后人如何评价此事：

> 清溪水清似雪，柯亭竹坚似铁。下车来，三弄毕。上车去，不作别。两相知，不相识。如此江山如此客，六代风流一枝笛。
>
> （清·孙原湘《邀笛步》诗）

> 王徽之与桓伊都可以说是为艺术而艺术。他们的目的都在于艺术，并不在于人，为艺术的目的既已达到，所以两个人亦无须交言。
>
> （冯友兰《论风流》）

> 子猷请桓伊吹笛，欣赏之后不与人交言，似乎简傲无礼，然子猷本只想欣赏笛声之妙，并不欲与共语作缘。桓伊则自足自满于己之技艺，本不欲人赞，亦不欲人谢，故弄毕即走。两人皆风度高雅，精神洒脱，毫不在乎俗情俗礼。此正魏晋风度最动人之处。
>
> （龚斌《世说新语校释》）

这是"魏晋风度"有情而不为俗情所累、宛若风行水流的意趣。你可知中国古代的男人还有如此动人活法？

情深处，无言胜有言；情真时，无礼胜有礼。

如水男人,相知无言;如许清雅,如神清高,奈何奈何!
虽然一笑皆佛,但不笑无言有时也能佛。

(高原/文)

客气生香

"老城西鞋帽胡同住的多是买卖人家，日子过得殷实，大人孩子出来进去不仅穿戴齐整，而且彬彬有礼，那礼数可都往老派上靠。上学的孩子，路上见了邻居长辈，都忙不迭躬身行礼：张大爷您出门啊，您慢走。那姑娘们见了长辈也恭敬周到：张婶、李姨您买菜去呀，这菜真鲜亮，我帮您拎。没关系，我拎，您慢走。不光说得热乎，还真过去帮助拎。"

这是胡西凯小说《大了》中的一段。但这情形在老北京绝不是"小说"，而是写实。老北京人论老礼儿，说话十分客套，这谁都知道。您再瞧：

那生意人见了，更是相互招呼，鞠躬行礼，客套话两三句说不完，就好像名窑烧的碟子碗，单买不卖，非得一套套的：您早啊，今儿天气多好，看上去您身子骨儿是真硬朗，那气色，真棒！看得出来，生意火，您面相都带出来了！没错，托您的福，马马虎虎，运气还可以。对，没错！咱鞋帽胡同风水好。

虽然"两边礼数和客套都较上劲，其结果就是瞎耽误工夫，可都愿意，觉得这样舒坦。缺钱可以，缺礼不行！也许这其中有辩证关系，往往礼数到了，竟可以赚钱"。

这客套怎么有助于赚钱呢？你我大概都有类似经历，本来不大想买某件衣裳，可商家一句"您穿这件真是显气质"云云，于是你痛快地掏钱了。虽然回家对镜子一照，也没见自家"气质"到哪儿去，可人家那句话你就是爱听不是？

一见有顾客进铺子，商家一顿恭敬迎候。……您好哇，快看看，咱鞋店里昨天刚上三个品种。掌柜的不说我店，说咱店，好像这店铺也有对方的股份。……客人一试，没容客人说话，掌柜的便说，您这双脚，长得正，一看就知道走官道的人，这鞋穿您脚上，就跟照您脚样做出来似的，太帅了！一顿虚乎，加上客人也想买，这鞋就卖出去了。

这一番隐含技术与文化含量的"虚乎"之礼，让双方都舒坦。那些带有浓厚的京味儿的"侃"虽是虚话，但散发着人性、人情的温馨气息，让人听着有实实在在的熨帖。若省略了这种滋味，生活会粗糙粗陋，会缺失太多的滋润人心、温润人情的东西。

现如今虽然多数商家也能做到热情迎候顾客，但由于整体社会礼乐崩沦得久了，那热情的火候不是大了，就是透着虚火，一副太急于让顾客掏钱，太急切赚钱的心思完全赤裸地呈示了出来，让人不爽。

而顾客往往又太把自己当"上帝"了，不是面无表情，就是把商家当仇人。在购物过程中，一眼都不去看售货者，或冷面相对。不像是人来买东西，倒像个棒槌，直通通、硬邦邦。

做一个客气温润、上档次的顾客也需要有礼数、讲客套。必要的客套不仅是必要的，也需要成套地修习。

我们需要的不是理一次发换一个理发店，而是许多年都在一个离家不远的店里，有一个固定的彼此叵心的理发师。每次在打理头发时都能客气温雅地过一过客套的招儿，很默契、很舒心，顾主之间氤氲着一种如薰衣草般淡淡的温馨。

客气生香，客气如雾，升腾起来，能把一些生活中生硬的棱角、粗陋的东西悄然障隔掉。

(高原/文)

得体称呼他人

生活粗糙，最直接的体现之一是称呼的混乱：不讲究用词、不顾场合、不虑及身份，总之是不会得体使用称呼。

有那么一段岁月，许多中国人以"徒弟"自居，称所有与之打交道的外人为"师傅"，此风至今犹存。

港台剧的一大影响则是：让大量的人不顾场合地"昵称"自己的丈夫、妻子为"老公""老婆"——不知在正式场合应称"我先生""我夫人"或"我太太"。"老婆"是家常用法，而有人考证出，"老公"在古时是对太监的尊称。

梁漱溟《忆往谈旧录·纪念蔡元培先生》一文中有个细节提到称呼的得体："总之，北京大学实在培养了我，论年辈，蔡先生长于我二十八九岁，我只算得一个学生。然七年之间与先生书信往返中，先生总称我'漱溟先生'，我未尝辞，亦未尝自称晚生后学。盖在校内原为校长教员的关系，不敢不自尊，且以成蔡先生之谦德。后来离校，我每次写信，便自称晚学了。"

为自尊、为成全蔡元培先生的谦德,梁漱溟不拒绝蔡先生对他"漱溟先生"的称呼。而离开北大后,梁漱溟先生便主动自称"晚学"。这份前辈做人的得体值得我们玩味。

为什么从前的人有那么多的温润、谦恭?就是因为有这种化在生命中的普遍的得体与周全的修养。

(高原/文)

厚礼就是非礼

用五笔输入法在电脑上如果想输"厚礼"一词,同时会出现个"非礼"。这个震撼性的结论,让我明白:原来厚礼就是非礼。真是太精准了。

送礼送得体、送优雅、送出真情实意也是需要学习的,否则会送出"非礼""非人"的效果。送礼送到优雅的境界不容易。

严重的贪腐现象也严重扭曲了国人送礼的行为,广泛而普遍地不会送礼、不能得体送礼同时成为社会礼崩乐坏一大表现。

得体的礼物应首先饱含送者的诚心与真情。就是说不是送包装、不是送价钱高,更不是送出你的阔气、俗气。

智商很高的我们在送礼时表现出低情商甚至零情商,要么送行贿式的厚礼,要么送自己不需要的东西,或者随流俗送那些虚有精美外表、无实质内容的过度包装的所谓礼品。

当埋怨社会人性淡薄,人情冷漠时,请先反省自己在为人、在行事时有几两人性的表现与真情的付出,在至今送过的礼中我们有几次是带着真心实意去送的?

当然最显真情与诚意的礼品是用了我们的心思、花了我们的时间亲手制作的东西,它不必是昂贵的,但却因为搁进了我们的心,它一定是珍贵的。

另外,送一本书、一盒巧克力或一瓶并不昂贵的红酒,也足以表达友情,并彰显高雅之气。西方人这种送礼方式值得仿效处在于讲究礼的精神性及温情的人性,这才是送礼的本意。

送礼于人,是送诚挚的心意,如果心中没有那点诚意,礼大可不必送。礼也并非越"厚"越有诚意,没有诚意,那厚礼就是非礼。甚至有时不当的厚礼还给接受者压力,感觉欠了人情也是送礼的失败。

重要的是"用心"去送,让礼物饱含我们的心意,而这是需要"诚心诚意"地花点心思的事。

有个孩子走很远的路去给一个长者送一只梨。长者说,你不必走这么远来送它。孩子说,走那么长的路,是我送给您礼物的一部分。这送的就是一个"真"情与"诚"意。这个孩子的情商不低。

总而言之,如何送礼最考验一个人情商的高低。也请从学会送礼一点一点恢复我们的人性。

(高原/文)

你这衣服是偷来的吧?

某天,参加著名评论家雷达先生学术成就研讨会。会上来了当代文学评论界的几位大家,如李敬泽、白烨及阎晶明等,还有作家刘震云、贾平凹等。

贾平凹发言时说有些评论家的非善意评论就好比你穿了一件新衣服,他不夸你衣服的款式与花色,而是撩起你的衣襟问:"里面有虱子吧?""你这衣服是偷来的吧?"闻此妙比,与会者一片笑声。

反省一下,不论遇何人、何事或何物,我们有没有类似反应?从不打算给人以正面评价或鼓励,千方百计、绞尽脑汁也要找些茬口,挖出点那人、那事或那物的不是来才心满意足。如果要定性的话,应该说这种反应或习惯十分不雅,是粗鄙小人的惯性反应。

当然,批评家主要的职责当然是批评,但批评会有两种结果,一种批评会更促使麦田长势良好,另一种批评则会带来庄稼大面积的倒伏。这就是建设性与破坏性批评的区别。

遇人遇事主要从正面进行评价是高贵的教养,为人不可缺此。

(高原/文)

明确自己的角色身份

"君君、臣臣、父父、子子",这是讲究身份礼仪的儒家所提倡的精彩为人理念。

做领导的要拿出领导的范儿,做下属的要守下属的本分,当儿子的要像儿子,当爸爸的要有爸爸的样子。干什么的就要像干什么的!要有广义的职业精神。

然而如今,干什么的不像干什么的这问题比孔圣人时代严重多了。做人不符合身份,做事没有职业精神。大家似乎都不在自己应有的角色位置上行事做人或角色位置错位。据说一个人最像孙子的时候是当上爷爷之时。

当领导为显示"亲民",拿出手机,声情并茂地向下属朗诵其中的"有色"段子时,也就说明"君"不"君"了。这是有失身份、不自重,亦不尊重他人的典型表现。宴会上领导"率先"喝醉,也算君不君。

(高原/文)

你"搞定""摆平"吗?

相信大家都见过这样的情形:一个人穿着很有品味,像个中产以上阶层的人,但一开口说话,你会觉得他在大车店工作,家住城乡结合部。他粗鄙无聊的语言方式暴露了自己真实的素质水准与身份地位。

平常习惯用哪类词语,表明你属于哪一圈子,或者处于哪一层次的社会地位。

"摆平""搞定"已成大众日常言语方式,但是它们都曾是标准的土匪专用语,是土匪的普通话。

"强人"者,土匪也。称人"女强人",无疑等于"夸赞"某个功成名就的女士是"女土匪"。

喜欢使用"吐槽"等网络潮词者,其所吐出的只能是一种浅薄糟糕的言语品味。特别是到了一定岁数、一定地位,一个人还热衷于使用潮词,更是自掉其价、自贬身份。

某位中国名气数一数二的大导演年届耳顺时,接受某大杂志采访,说话间潮词汹涌澎湃,瞬间让自己的形象漫画起来,散发着浓浓的轻浮、浮躁的俗气味,让人没法不小看他。

当然，乱用那些没质量、没品味的词，不仅影响一个人的形象与社会地位，更直接影响汉语的纯洁纯正。

优雅说话，有意避免某些粗鄙的语言方式及用词方式，是提升生活档次，特别是身份地位的必要动作。

（高原/文）

每句话都应是善意的表达

甲乙两对夫妻，丈夫都做小生意。这天，甲丈夫回家，告知妻子："今天赚了200元。"妻子淡淡地说："就只有200元？""你以为钱好赚吗？"丈夫心中充满埋怨。

而乙妻见丈夫赚回了200元，欢天喜地地说："真不错。"乙在心里说："200元算什么，明天我会赚得更多！"第二天，乙赚回来了400元。

同样的事情，因为说话方式的不同而造成截然不同的结果。如何说好话、会说话，是学问更是能力。不管怎样，要始终牢记：使对方满意，就是使自己满意。

说话行事的建设性原则是，除常常考虑到要追求互利双赢乃至多赢的结果外，更主要的应是从善意出发，是为对方好、替对方考虑，是体谅他的处境。

如果把世人皆当同胞，行事说话就会以善意为基本点，取得建设性的和谐结果。

让说出的每句话都是善意的表达，也是积德攒人品。

（任丽花/文）

感谢女主人

恢复高考制度不久，哥哥的同学从北京邮电大学上学归来，到我家一聚，都是关系极好的朋友，很小的时候就与他熟识，自然不拘小节。

妈妈让我端了饭菜过去，没想到他竟说了一句"谢谢"，搞得我成了大红脸。因为从小到大，由于妈妈的善良与好客，哥哥的同学、朋友时常会到我家蹭饭，见惯了他们的随意与无拘无束，从未听他们谢过。

而此时的"谢谢"，就连他自己也觉得有点不好意思，说："在北京上学，大家都这样客气，习惯了。"从此我知道了，原来礼貌用语是随处可用的。

看西方电影，发现西方人做客结束后，都会特别感谢女主人的盛情款待，这种礼仪应该是普世的。

在朋友家大吃二喝后，一定记得走到女主人前，诚恳地表达谢意，这会令主人感到辛苦的款待得到了尊重与回报。如果还能"具体地"夸赞一下她家的布置或某个菜肴的可口美味，更会让主人感到十分欣慰的。

而你的温雅得体也会给主人留下十二分的印象，这是做客之道，不可不知。

凡人都喜欢别人夸自家宝贝，这让他们会很愉快。因此，路上遇见，或去某人家拜访，一定请记得适度夸赞一下他们的孩子。可以说："哟，长得真机灵！""好结实的宝宝！""你的蝴蝶结好可爱！"

随时让别人愉快，不仅是礼数，也是有人性的表示。当然还需要你适度赞美主人养的花，她家的摆设，墙上的画儿，甚至窗帘的花色等等。这是温雅得体的举止，不可省略。

（任丽花/文）

讲究发言时的风度

良好的发言风度也是需要学习的。

发言的内容言简意赅，尽量避免过多的套语。通俗地讲，发出的言应符合"说人话"这个底线标准。

发言时着装正式、精神饱满，很自然地不时和与会者有目光交流；语速应不紧不慢、音量不大不小。注意不要错位，有人在公共场合容易嗓门如雷，但在需要正式发言时却其声如蚊。

发言礼仪也必须讲究，懂得什么是失礼。比如应知发言超时是对与会者的不尊重。虚浮、粗糙的人生状态也常常体现于我们的会风上，很多会议经常有拖长延后的状况。

主因是，即使规定了发言时间，即使在提醒的铃声响了之后，发言者依然置若罔闻。这不仅与发言者追求的结果相左，更是十分失礼的。

令人欣慰的是，开会时简洁、明了、实事求是的发言，已成为新一代国家领导人的作风。当然，发言最没风度、最失礼的是不讲人话，不能讲核心的话。

（雷岩岭/文）

能道歉说明你强大且自信

每个人都生活在一定的关系中，谁也避免不了在人际交往时伤害别人或者被别人伤害。尽管大多数伤害是无意的，但学会道歉和学会接受道歉，仍然是打开通向原谅和恢复关系大门的最有效的钥匙。

但是，"道歉"在我们的意识里，往往是与"错"联系在一起的，好像道歉就意味着犯了错误。很多父母教育孩子：做错事必须道歉！但他们多次用恶语伤害孩子却从来没有反省，因为他们害怕失去作为家长的权威感。

在学校，如果发生老师向学生道歉的事，很快传开的将是"某老师承认犯了错误"，而非"老师为学生做出道歉的榜样"。

另外，在我们的习惯中，道歉也成为责任划分的依据，比如马路上两车相蹭，主动下车道歉的司机理所当然地被认为是事故的责任方，因为"如果没错为什么要道歉呢"。

道歉还常常被视作软弱和失败的表现，让道歉者感到失去自尊。一些夫妻在出现冲突后，双方首先想到的，都是通过指责对方来为自己辩护。哪怕有些心虚，嘴上也决不肯吃亏，而是千方百计地找借口："要不是你先说……我也不会……"主动"示弱"的事似乎谁都不愿去做。

事实上，道歉不仅不会使人"丢面子"，而且还能帮助提升人的自尊。能表达歉意，正说明强大、自信以及做人的友善。日本人即使被人踩了脚，连被踩者都会说"对不起"。

道歉的艺术虽然不那么简单，但只要带着真诚，谁都可以学到这门艺术。真诚道歉的人才可能得到真正的原谅。

当道歉成为修养的一部分时，我们才会得到接纳、支持与鼓励，收获道歉的益处。

不把世人当敌人，道歉就不会那么困难。道歉时最关键的动作是应看着对方的眼睛，真诚地表达歉意。

（雷岩岭/文）

寻找新伙伴

在我看来，广告只需要将所表达的信息清晰地表达出来就行了，然而自己的一次亲身感受，彻底改变了这种看法。

逛街时遇一小吃店，橱窗上贴一招聘广告，白纸黑字，写"诚聘"二字，下面写了一些要求和待遇等，这种平淡无奇的广告让人感觉不到其"聘"之"诚"。

另一家小吃店也在招聘，但不同的是橱窗上所贴的海报左上方一个厨师模样的卡通人物，旁边一行艺术字写着"寻找新伙伴"。

不管是应聘与否，让路过的人一看心里就会有暖流流过，也让准备应聘的人感到自己与店主仿佛是在合作完成一个任务，而不是受雇于人。

当一则招聘广告做到这样的效果时，它就真的是在"诚聘"。因为它体现了人性的温度，它知道尊重别人者自重，它知道诚意的表达是最好的表达。

我们总要在交流中说许多的话，但需用心使我们的表达、我们的语言更具人性温度，从而让交流更加顺畅、更加愉悦，让诚意之花随处绽放。

广告作为一种具有目的性的商业性活动，除了引导人们的消费与生活之外，上好的广告同时也在装点着我们的生活，并传递一种人性之美。

（毛永铎/文）

人生小雅

随着中国走向世界，中国人也空前多地散布到世界的各个角落了，自然为许多国家的发展贡献多多。

可是同时我们的许多上不了台盘的陋习也"光大"到世界范围里去了。

不守公德、随地吐痰、随处抽烟、随时喧哗、随便无顾忌地使用手机等等都已不算什么了。更要命的是下列"事迹"：

一对夫妇旅居巴黎，日久不育，经检查，缘于二位有一爱好，就是常吃巴黎街头广场上的鸽子。而那些鸽子都是喂过避孕药的，以控制其数量。吃它能不断子绝孙吗？

欧洲的一些公司规定职员可免费领取手机，一般人也就领一部而已，唯有中国职员气定神闲地拿至十几部的。结果许多公司就规定：中国人只准领一部。

有同胞聪明绝顶到"特制一枚硬币，打一孔，拴一线，打完电话再拽出来，决不让硬币只一次性使用"。

为省一张地铁票，两人"团结"成一人挤过每次只能通过一人的检票口。

利用一些国家商店无条件退货的便利，一些没脸的同胞就三天两头穿新衣、着新鞋，真是"光鲜"极了。

加拿大某湖盛产三文鱼，政府允许人们一次可钓一条回家食用。某人去探望同胞朋友，发现屋子里到处是血，煞是恐怖！原来那朋友正拾掇一大堆三文鱼呢。干坏事的档次都如此低，一点技术含量都没有，只剩下了让人不堪的委琐。

在许多欧洲国家，每个捕捞鱼虾的公民都知道，只有符合国家规定尺寸的鱼虾才可以捕捞，人们钓鱼时都是备着尺子的。这么"傻"，真让我们的大牙挨个笑掉。

据说一些国家的机场、渡口都有中国人专用通道。这绝不是特别优待咱，而是咱同胞大都太"有秩序"了换来的"照顾"。

人穷而志短是在常理常情之内，可以理解的。可是能出国的同胞一般至少按国内的标准都是"中产阶级"以上者，却怎么也还是一副没有脱贫的派头呢？这种生活习性将使一个人无论多么有钱，生活的做派都会像是穷光蛋。

脱贫的标志不过是精神的优雅、高贵。王朔说："有些人的智慧就是小聪明、小算计、小阴谋、小陷阱，用个堂皇的理由，只为了捞半根稻草。"真是划不着!

人生小雅需要大讲究。

（高原/文）

笔砚端　房室清

小时候没读过《弟子规》，长大了也没读，直到我那小时候没瞌睡的儿子葱宝起床太早，影响本人睡觉，为了稳住他，随手抓过《弟子规》让他默诵。

睡醒了眼，我当然要检查一下背诵情况，这才有机会正视这本蒙学读物，惊异地发现其中有许多教育孩子的话精准到位。

比如"宽转弯，勿触棱""笔砚端，房室清"等等，都对具体做一个好孩子有十二分规范意义，可操作性极佳。慌慌张张、磕磕碰碰以及所用物品杂乱无章是每个人的天然习惯。针对这一特性，《弟子规》不说空话套话，简洁有力地概括出了养成良好习惯的动作要领。

感佩之余，我便也有意亲自实践了一下这"宽转弯，勿触棱""笔砚端，房室清"。留心让每个生活中转弯的弯度稍大，避免与人或物相撞；无论在家或办公室，随时让一切物品保持洁整，注意化零为整，多余物品坚决清除，只为达标那一个"清"字。

刚开始确有些烦累，也想放弃，但无奈本人教着人文课，自己都操作不下去，上课岂有底气向学生推广？只得硬着头皮坚持，时间长了，竟慢慢体会到一种修行的感觉，越来越从容、轻松，还特别感到内心有种强大的东西开始生长。

放低重心，稳住底盘，才有上半身的灵动自如，这是练武术者都有的体会。人生自由的道理也大抵如此吧。

上了几年人文课，最大的体会也是那些真善美的普世品质还真不是能绕得过去的东西,如果想活得既踏实又潇洒的话。在甘愿接受必要的约束与节制中有大自由、大解脱、大享受。

洁爽有序的生活细节,直接带来精神的整饬与纯净。

麦家《向着天分努力》中说:"这些年来,我很注意整理身边的物件,譬如时刻保持鞋架和书架的整洁。我没有洁癖,也绝非爱做这些与趣味或诗意毫无关系的事情。这些看似不起眼的日常细节,善待它,它就能成为阳光或氧气,滋润自己,让心沉下来、慢下来、静下来,令坚持在不知不觉中成为一种习惯,一种自我赋予的习惯,一种应被祝福的习惯。"

麦家所说的习惯之所以"应被祝福",是因为一种良好的人生大幕的打开正是靠这些良好的习惯所产生的力量。最重要的是这种坚持会"让心沉下来、慢下来、静下来",从而"滋润自己"。教育的天职本就是培养一个人良好的生活习惯。

房间乱,心情也一定洁爽整齐不了。整理房间,顺便整理的是心情,提升的是生活质量。房间打理不清,人生也会随之混乱,甚至放大强化不幸感。

日本记者东海林法子,采访犯罪案件多了,竟然总结出一个规律:如果案件发生在公寓大楼内,仅从公寓外观就能判断出案件发生在哪个房间。案发地的阳台往往花凋柳败,远远看着就脏乱不堪。

试着开始把一切物品摆放端正,一生的道儿准不会行歪走斜。

你对生活有多随便,生活便对你有多敷衍。

(高原/文)

事缓则圆

有许多事不要急着去做,缓一缓,一定会想得更周全一些、更稳妥一些,做起来也会更从容、更到位,结果自然也会更圆满。

有道是:事缓则圆。

当然需要区分稳重行事与拖沓延误,需要拿捏好什么是事情的最后决断时刻。

有些重要的事,还需要为它准备预案A甚至预案B,以防突发情况措手不及。否则不仅贻误事情,还会给人留下办事不稳妥、靠不住的糟糕印象。

常做重要事，紧急事就越少；常做紧急事，紧急事就越多。据说这是经典经济学原理之一。

从容行事，所行之事也容易变成享受，甚至增加行事的美感。

总之吧，事缓则美，事缓则圆。

（高原/文）

到卫生间上厕所

"哪儿去？"

"到卫生间上厕所。"

这是笔者下课在教室外走廊上听到的一句七字真言，生动处在于比较废话，而且十分生猛，很扎耳朵。对话者是两位女生，答者很坦然，听者却替她赧然。

笔者下课在走廊上还听到过比这更强悍的答语："尿尿去。"说者是位个头儿足有一米八的男生，但语言方式却像不足一米的八岁孩童。

虽然庄子说道无所不在，"道在屎尿中"，但从这句"尿尿去"中，我左看右看，怎么也看不出"大道"的影子。或许我素质还是低吧。

当有人非要关心我们的去向时，完全可以温雅含蓄地说"去一下卫生间""去洗洗手"或"有点事"，甚至微微一笑都可以是回答……

特别是女生，太生猛的回答，会引发周边旁听者不雅的联想，有损说者形象，这是需要顾及的。

莫里哀作品讽刺贵族阶层说话做作，因为他们把镜子叫"风韵的顾问"，把椅子叫"舒适的谈话"。

然而，那些贵族的问题在于讲究过了头，而我们的问题则在于几乎不讲究，完全是两个极端。适度讲究言行之优雅是必需的。

含蓄温婉地说话，不是很困难，但贵在有此自觉意识。"进化"到像绅士淑女一样讲究一点说话方式有一定的必要性，这不也是人和动物的主要区别？

（高原/文）

宽转弯　勿触棱

转身要合乎圆，拐弯要合乎方。

这就是《弟子规》中要求的"宽转弯，勿触棱"。目的显然是希望孩子从这操作性极强的举止规范中学会从容稳健的姿态。

拐弯的弯度要大，既可避免与来自对面的人相撞，也不易让自己撞到各种弯角上，同时能保证步态从容优雅。这个细节要求十分合理。

另外也请注意，电梯前退一步立等，以免与出电梯的人相撞，先出后进，更显得体礼让。拜访他人，敲门后，请立即退后一步等待。当主人打开门时，主客便正好在一个令人舒适的距离相见。

古人要求君子的起坐立行应合乎理想的人文仪则："坐如尸（古代祭祀时代表死者受祭的人），立如齐（斋，整洁身心，以示虔敬）。"（《礼记·曲礼》）"古之君子必佩玉，右徵角，左宫羽。趋以采齐，行以肆夏，周还中规，折还中矩。"（《礼记·玉藻》）

意思是：平日坐着要像神位上的尸那样端正，站着要像祭祀时那样恭敬；走起路来，随着身上佩玉发出的徵角宫羽之声，要掌握好一定的节奏，碎步趋走时就像合着《采齐》的乐拍节奏，慢步缓行时又像合着《肆夏》的乐拍节奏。

古之君子必佩玉，除了"比德于玉"的要求外，还有实际用途——如果佩玉发出的声响是杂乱的，那就是在提醒君子走路的姿态速率不合规矩，需要调整。

不过请注意，虽"坐如尸"，但"寝不尸"（《论语·乡党》）。睡姿不能是直挺如尸，应右卧如弓。

虽然"圣狂之分，在苟不苟两字"，虽然不一定要做到一丝不苟，但在人生的某些方面尽量"不苟"却是值得追求的。《论语·乡党》有一段文字就对君子的服饰做了很具体的要求：

> 君子不以绀（gàn，天青色）緅（zōu，铁灰色）饰，红紫不以为亵服。当暑，袗（zhěn，单衣）绤（chī，细葛布）绤（xì，粗葛布），必表而出之。缁衣羔裘（黑色羊毛），素衣麑（ní，小鹿，毛白色）裘，黄衣狐裘。亵裘长，短右袂。必有寝衣（小被），长一身有半。

古代礼服尚黑色，因而黑色或近于黑色的，诸如天青色、铁灰色等就不能用来做衣服的镶边装饰。红色与紫色在古代也属于贵重的颜色，因而孔子告诫君子不要拿红紫色的布料做居家穿的衣服。夏天时，穿粗葛布或细葛布单衣外出时一定要套上外衣才得体。

甚至孔子要求君子睡觉时至少要盖一条长一身有半的小被。住寝室时，应注意熟睡的我们是无法控制自己睡态的，易造成流淌口水，泄露春光的后果。为了维护形象的美感，最好安装帘子，好有个遮挡，以免不雅睡相"外传"。这种要求不是"琐碎无聊"吧？

许多人旅游时倒是一身正儿八经的西装，可偏偏在正式的场所，比如写字楼、办公室、音乐厅、婚礼等等场合一身休闲——拖鞋、背心全套上阵，无所顾忌。

失去禁忌的生活必然是粗糙无礼的，没有一定约束的生活也必然是一汪浑水，这种状态不可能令生活有一种建设性的追求，更遑论生活的艺术性了。

将所有的拘束都解开就是放肆，所以相当程度的约束与克己复礼是极其必要的，这是振拔自己的生命而能有所担当的必要修养。

（高原/文）

挺直腰板能带来的好运

"诸葛老太看报纸时，上身挺得笔直，与桌面呈九十度。上海话称之为'功架摆得很好'，真的是个非常讲究仪态的老人。"（滕肖澜《星空下跳舞的女人》）这是在赞美一位旧日贵族的优雅坐姿。

直立行走是人与动物区别的一大标志，而挺直腰板行走坐立则是有高贵教养者的典型姿势。身姿若常常颓败如狗尾草状，准是由于为人"进化"不充分。

在许多西方电影里，绅士出场也总是上身与头部笔直而自然挺立，绝无摇摆乱晃等非必要动作。据说这不是天然形成的，而是纯粹靠在家里长期头顶一本书走路练出来的。

哪些时候需要挺直腰板？用餐、开会、行走及站立等等都应注意身姿。只须记住，因为趴着不雅，故需要趴着或如虾弯立的时候不多。坐下时双膝并拢，下巴收紧，后背挺直，一般勿趴伏在桌子上。

还请注意勿抖腿，民间俗语说"男抖穷，女抖贱""人抖福薄"。总之，坐下时请勿开启玉腿的"抖动模式"。倒不是因为"穷"啊、"贱"啊或福薄啊，主要是难看。

哈佛商学院曾有研究称，你的坐姿可以帮你增强自信。挺胸，或者前倾，这种姿势让人们认为你很有威信。这可是有科学根据的，因为这能提高大约20%的睾酮水平，同时降低了压力荷尔蒙皮质醇，从而看上去信心十足、威风八面。

只要笔直地坐两分钟就能产生心理差异，激发出正能量，感觉体内清正之气上升，浊邪之气下降。这当然能让人感觉更强大和更负责任。随时注意笔直坐立，可带来心理状态与命运状态的良性循环。

命由己造。许多时候，正是一个人的心态、姿态等等替他决定了命运。有事没事，请保持心态阳光健康，姿态优雅健朗，让这些最终成为良好的生命习惯，好运由此开始。并且即使在厄运中，也能"有效"地终止它。

犹太作家普里莫·列维《奥斯维辛幸存记》中曾记了这样一件事：他进了奥斯维辛，万念俱灰，觉得每天用脏水清洗自己的身体毫无意义。一天，他见到一位年近五十的同伴，就着脏水使劲地擦洗自己。

这位同伴给列维上了一课：正因为集中营会把人变成野兽，我们一定不能成为野兽。我们是奴隶，毫无权利，受尽侮辱，必定要死，但我们还有一种力量——拒绝认命的力量。所以，我们没有肥皂也必须用脏水洗我们的脸，用我们的衣服把自己擦干。我们必须把鞋擦亮，不是因为规定如此，而是为了尊严与得体。我们必须挺直了走路，不是向普鲁士的纪委致敬，而是为了继续活着，不要开始死去。

既然任何时候我们都无权灰头土脸，那我们就必须先要挺直腰板，才能无论阴晴雨雪洒然地永恒前行。

随时挺直腰板向真正的人进化，也是向高贵进取。年轻的腰板，不，每个人的腰板生来都是高贵的，没有理由不挺直了。

随时挺直自己，也能有效地防止精神涣散与生命的懈怠。如果你此时正坐在桌前，有请笔挺坐两分钟，看能有什么奇妙的变化与感觉。

（高原/文）

修炼端坐

有布人衣单者,讲述了这样一个故事:晚年的大安禅师终日端坐,不言不语,无所事事。

这为他赢来懒安禅师之名,也得到许多嘀咕——呆坐不语如木石,这是禅?终日端坐不修为,也叫禅?

作为回应,大安禅师请众人与自己一起默默端坐三天,以体认自己的本真生命。可众人只端坐了一日就累得坐不下去。大安禅师一语点醒:"老僧端坐一日,胜过千年忙。"

这个故事让我明白:凡人之凡在于大都坐不住,遑论端坐。坐倘不端,何来端做的人生?正心诚意、变化气质的修为,从先学会端坐来。

留一点端坐的时间,每天哪怕十分钟。坐时最好面对一杯清水养的绿植。

静静端坐,澄澈我心、修固我心、端正我心。这是为心培土,扶正我心。

修道不是修什么非凡的动作,而是修日常行止的诚谨与端正;优雅是正而美。

诚心静坐,可体认天理、与道大适;体认天理、与道大适,可享天趣、可得天乐。

静后见物自然皆有春意——安静下来,就能于四时、于万物皆看见春天。

(高原/文)

学会走猫步

此处学会走猫步,不一定是走模特式猫步,而是像猫一样无声无息走路。

讲话一般轻到只让当事人听见、动作轻到不干扰别人……走路更需要轻,尤其不可穿钉子皮鞋让走路太响亮,它无非高调地告诉大家自己还缺常识——一切行为都以不令人侧目、不妨碍影响他人为准则。

温雅安静的举止,无疑将会为人际交往形象加分。动作的幅度与音量是完全可以调到绅士淑女级别或静音模式的。在很多场合保持安静不出声,是优雅的基本要求。

学走猫步吧。当然有时能走出模特的优雅也是必要的。

法国瓦莱里《脚步》诗曰:"你的脚步圣洁、缓慢,是我的寂静孕育而成。"

(高原/文)

拎个塑料袋也要有姿有态

与儿子葱宝逛街,有时我会把外包装较难看的物件让他拎着。

近来才意识到这是一个下意识动作,比较"卑鄙"的动机是为了维护自己做为葱宝妈的形象。

当然,日常我们难免手提肩扛一些物件,最好请讲究美感。

即使拎个塑料袋也要有姿有态,追求好看、耐看的效果。当然那个塑料袋的颜色最好与服装颜色协调,比如穿粉红者不宜拎大红袋子。

英国雨多,曾经的绅士出门,手中必有一把曲柄伞。他们如何将这伞拿得优雅呢?扛肩膀上?夹胳膊下?手中抡圆了甩着?

不,他们每走三步,便把伞提起来一下,由此形成一种节奏,这使得拿伞这个小小动作具有了大大的美感。

生命就是here-now(此时此地)的讲究,就是此时此地的风采。随时随地漂亮,便一生一世美丽。

活在当下,人尽皆知,但有请"操作"当下活着。就从即使拎个塑料袋也要有姿有态开始吧。

(高原/文)

安静地等待

生活由无数个等待构成,等待时保持安静、平和是十二分必要的。

在许多场合,稍等片刻大家都可以做到,但时间一长,人的修养高低就显出来了,并且与时间长短成正比。

修养越高者,越能平和安静地等待较长时间,不急不躁,不愠不火。

修养不到位者,先是表现为坐不住,走来走去,继而嘟嘟囔囔、甚至骂骂咧咧,这除了让自己更难受并且形象难看外,基本没啥好处。

安静地等待是能力,是素质,更是不可少的风度。

> 如果留心一些
> 鸽群中总有少数鸽子是静默的
> 它们喜欢寂静时出现的天空
> 这样的鸽子才是鸽子
> 用静默保护自己的荣誉

这是武汉京汉大道上的诗歌广告。也向鸽子学习,用安静保护我们的荣誉。

(高原/文)

管好你的桌子

笔者曾去某单位办事,被一女孩逮住大声询问如何保持身形苗条。在那个被隔成小间的大办公室里谈论如此个人化的问题,却正是破坏形象的。

再看这女孩的办公桌,十分热闹:包子半只、打开的口红一管、用过的餐纸一团、尘垢蒙面的镜子一个、萎靡不振的毛熊一头……蓝色的隔板上贴着姿势夸张的玉照,办公文件就杂陈其间,有一份文件上还醒目地留着油渍,看不出这是办公室,还是"办私室"。

无论在哪里,只要属于自己的桌子、柜子,保持其雅洁、清爽是底线要求。不可柜门半开、抽屉歪斜、露出五颜六色、杂乱不堪的私人用品。

曾看一篇有关日本幼儿教育的文章,印象最深的是老师让家长准备几种不同尺寸的袋子带到幼儿园。老师会教小朋友分门别类地学会收纳自己的物品。

在老师精心调教之后,四五岁的小家伙吃饭、玩耍、睡觉各有专门服装,一天换几次行头,从容不迫、有条不紊。

长大以后,当然就会长成一个有能力、井井有条的人。这你只要注意一下成年日本人打开的手提箱就可印证,里面物品各归其类,十分洁爽有序。

某省级示范中学,其国际部学生宿舍设施也是示范级的。但就是许多学生连被子都不叠,都是"楼妈"(生活老师)帮整理的。

虽然这些学生高三毕业时，有许多还会考上国内甚至欧美著名大学，但如此素质，怎能说就是教育成功呢？

连自己的内务都管理不好的人，能管好、做好其他事的可能性不大吧。

今人与前人最大的区别正在粗糙与谨严上。园林建筑家陈从周先生在《书带集》一书中提到："马先生使用文房四宝极认真，砚必洗涤，墨必包存，笔必净悬，池必清水，每晨亲自整理，不假人手。"

文中的马先生（马叙伦）是著名学者，曾任高教部部长。

（高原/文）

败在简历的应聘

《武汉晨报》曾有篇报道，讲大学毕业生小陈因一份简历而应聘失败。

参加招聘会的早晨，匆忙间，小陈的简历一不小心被水打湿了。为了不迟到，小陈将简历晾了一下，就匆匆塞进了背包。

在招聘现场，小陈看中了一家房地产公司。当时因为在回答问题环节小陈表现不错，招聘人员就向他要简历。

但他从包里掏出的简历却让招聘人员眉头皱起。那份简历上面不仅水迹斑斑，而且又被划得伤痕累累。

三天后，小陈参加了面试，无论是现场操作，还是产品推介，他都完成得很出色。然而，面试一周后，小陈依然没有得到录用通知。

当他询问时，对方告诉他："你输在了简历上，老总认为，一个连简历都保管不好的人，很难想象他能做好其他的管理工作。"这次经历，让小陈深切感到，决定事情成败的，有时往往只是一个小小的细节。

小陈在应聘前的头一天晚上该做什么呢？除准备好应聘的得体行头外，就是应该将打印与装订雅洁的简历放入一个较硬质的、看上去较正式并且质量良好的文件袋中，再装入与应聘场合相配的包中。如此就不至于发生上述悲剧。

当然，早起一些，为自己出门预留出充足的时间，也不会把事情搞坏。

细节能够表现整体的完美，同样也会影响和破坏整体的完美，细节可以决定成败，细节代表形象。讲细节、重细节，因为教养体现于细节，细节展示素质。

（雷岩岭/文）

你确定会使用卫生间吗?

你确定自己会使用卫生间吗？未见得。因为完全会用卫生间需要较高的情商与素质。

中国入世首席谈判代表龙永图曾在瑞典遇这么一件事，上洗手间时，听到隔壁的洗手间里发出"砰砰"的响声，他很是纳闷。

龙永图刚出洗手间，一位女士满脸焦急地迎上来，询问他有没有在里面看到她的孩子，孩子进到洗手间里都十多分钟了。

龙永图听后，便折回去，打开那扇洗手间的门，只见一个七八岁的小男孩正在摆弄抽水马桶，因为它不出水，急得他满头大汗。在他的意识里，觉得如厕后不冲水是不能离开的。瑞典小男孩的这种觉悟，值得我们反思。

去韩国的人也会对其公共卫生间的洁净与令人愉悦的香味印象深刻。这其中，除了管理员的尽职尽责外，与每一个使用者的自觉维护不无关系。

比韩国太早文明的咱们这里，则常常是浓重的异味在很远的地方就为公共卫生间作了指示。大家都已知道，卫生间和使用卫生间的文明是一个家庭、一个单位、一个社会文明程度的窗口。

谨记如厕时的礼仪：人多时，事先在门外等候，依次进入，且不可与人紧挨着排队；即使再内急，也要装作从容淡定，不能让人看出你仿佛从来没进过卫生间。如厕后及时冲洗；洗完手万不可把带水的手到处乱甩。

这些都是起码的如厕惯例，也是衡量他人、判断自己是否文明的标志。方便自己的同时记着方便别人、顾及别人，这很简单也很必要。会100%使用卫生间，真的需要较高的情商。

（雷岩岭/文）

拙而不雅的动作

常常见到有人为你添水倒酒时，不是太满，就是溢出杯外，然后又慌手慌脚地去擦。

诸如此类拙而不雅的动作是不是很常见？它们的来处是不自信、心不平，因而不能从容平稳地做好哪怕添水倒酒这类小事。

"风度"的准确定义就是在适当的场合做适当的事，讲适当的话；并且是稳稳地做、稳稳地说。

"绅士举止从容而灵活，他在做某事的时候，不会做些不必要的小动作——他不慌不忙。简化的动作是一种优美；优美地走过一间房或者高雅地端起一杯茶，就是要避免那些拙而不雅的动作。"

这是一篇谈绅士文章中的一段。

有必要在家练练怎样稳稳地倒水、倒酒。当然，请记着"茶七酒八"的礼仪规矩。茶倒七分满，酒斟八分满。

（高原/文）

身体距离的民族差异

交际中的身体距离，在不同习俗文化中和不同的民族心理中是极不相同的。

欧美人对中国的一些现象感到不可思议：两个人在路边谈话，另一个人可以毫不介意地从两人中间穿过。

或在拥挤的列车上，一个人可以要求其他几个人靠里挤一挤，然后挤坐在一起。这在欧美是不可能的，他们视这种要求为侵犯行为，是空间的干扰和侵犯。但在国人看来，要求挤一挤是人情之常，没有任何恶意，而且国人对拥挤也习以为常。

在国内，女孩经常手拉手散步逛街，男孩有时也相互勾肩搭背以示亲密。欧美人却认为，成年以后同性之间亲密的体触行为，是同性相恋的表示。

中国人的文化心理状态使得他们在这个拥挤的世界里将自身空间范围仅限于身体本身，他们宽容大度。甚至受到别人触碰时（只要不是有意的）会毫不介意，没有受到侵犯的感觉。

而欧美人对此特别敏感，动不动就以为别人侵犯了自己，甚至对方身体还未靠近就会做出让中国人看来是"反应过度"的反应。

也可以观察一下阿拉伯人和英国人的谈话情形。阿拉伯人按照自己的民族习惯认为站得近才表示友好，英国人则按英国的习惯会往后退。因为他们认为，保持适当的距离才合适。结果谈话中阿拉伯人不断往前挪，英国人不断往后退。到谈话结束时，两个人离原来站的地方可能已相当远了。

　　可见，身体距离的认知，不同的国家、不同的民族有不同的习惯。当然与不同国家的人交往时，除了按国际礼仪以礼相待以外，以对方为尊，虑及并尊重对方的习惯是核心要求。

（马小萍/文）

用餐小雅

有公司招聘人才的面试场所设在餐桌上,就是因为餐桌上的表现最能集中反映一个人的综合素养。

处处是形象,时时显教养。餐桌更是一个人形象与教养的展示平台,应留意在这个平台上扮演好有教养的角色。以下提示一些优雅用餐基本礼仪,谓之用餐小雅。

中餐宴会都讲究"面门为上、以远为上、观景为上,尚左尊东、中座为尊"。安排多于一桌的宴席时,还要考虑桌次问题。桌次的尊卑以距离主桌的远近而定,主桌为上桌。

在中餐用餐前,为用餐者所上湿毛巾,只能用来擦手,万不可擦脸、擦嘴甚至擦汗。擦手之后,应将其稍叠整齐再放回盘中,由侍者取回。

个人小食盘在餐桌上一般应保持原位,不宜搬动,而且不宜多个摞放在一起。

夹菜时,不宜端着小碟去接(除非有汤汁的菜),应把小碟放在桌上再夹。一次取放的菜肴不可过多,既杂乱不堪,又显得贪婪。

不宜将多种菜肴堆放在一起,它们不仅会彼此"相克",相互"串味",而且看着也不雅。食物的残渣、骨、刺,应将其取放在食碟前端。个人食盘始终放在桌上,不可用嘴就着吃盘内食物。

有的菜式需要手持食物进食,侍者此时会在餐桌上摆上一个盛放清水的水盂。它里面的水只能用来洗手,不可饮用。在水盂里洗手,应两手轮流沾湿指尖,轻轻浸入水中涮洗。洗毕,应将手置于餐桌之下,用纸巾擦干。

大餐桌上大都有转盘,若饭桌上有长幼尊卑,为表敬意,一道菜刚上来,侍者自会转到长者或尊者面前。之后其他人就可以过一会儿转一下,主要照顾同桌他人用餐,不可让人觉得你是在为自己转。转的方向应该以顺时针为宜。

用餐时,尽量不要当众用牙签剔牙。非剔不可时,应以另一只手掩住口部,切勿大张嘴巴,大肆剔牙。剔出来的东西,切勿当众观赏或再次入口,也不可随手乱弹、随口乱吐。剔牙之后,不可长时间叼着牙签。除非是果盘,取用一般食物时,不可用牙签扎取。

餐后,一定要确认是否有东西粘在牙齿上。曾与同学聚会照相,等照片出来，发现一位女同学笑得最灿烂，可牙齿上却色彩斑斓——辣椒红、菠菜绿的。多尴尬，多遗憾！

（马小萍/文）

得体请客

得体请客主要有两个指标：地点得体、点菜得体。这也是主人做人是否得体的展示，一定用心考虑周全，让客人舒心，同时也给客人留下良好印象。

地点得体很重要。某君请客，说去一个老字号吃饭，大家欣欣然前往。谁知这个饭店位于巷子深处，出租车不愿进去，几位女士只好穿着高跟鞋在高低不平的小巷左弯右拐，好不容易才找到。

还有一位客人，不熟悉当地，天又黑了，找得更是辛苦。另外几位路途较远的客人开着车，费劲开进了巷子却又找不着停车位。那个老字号里的洗手间也让人不爽，虽然那餐饭味道还不错，但那些狼狈和尴尬，让此次宴请大打折扣。

因此，挑选宴请地点要考虑多方面的原因，地点恰当与否，这不仅体现主人办事稳重得体与否，还体现着主人对宴请的重视程度。应选择食物质量好、口碑佳、价格合理、环境优雅、服务优良的饭店。应考虑客人尤其是主要客人交通是否方便，并应虑及是否有停车场等相关设施。

当然，宴请的地点还需依据宴请的目的、规模、形式和费用来确定，客人较多应定在大饭馆，客人较少则宜选小酒楼。同时，按主宾的意思和有地方特色来选择宴会地点也很重要。

正式的宴会更要讲究环境优雅有档次，气氛和谐，让用餐者能冷静、专注、心情愉悦地交流；还应该有洁白的桌布、洁净的餐具、柔和的灯光等。

点菜如何得体？请看下文《葱宝点菜》。

（马小萍/文）

葱宝点菜

一位读博士的哥哥假期回家，请两位同学和上初中的葱宝聊天吃饭。

那位哥哥知道葱宝的业余爱好是阅读形形色色的美食书，对吃比较"专业"，那天就让他点菜。

葱宝与哥哥们吃完聊完，刚进家门，葱宝爸就接到那位哥哥的爸爸打来的电话，夸赞葱宝点菜水平之高。

原来葱宝那天点的是：烤鸭半只、黑椒牛柳、糖醋里脊、香菇油菜，还有一个什么汤。既点了那个店的特色烤鸭，还荤素搭配，给了主人面子，又吃得温雅尽兴。

这应该是葱宝长那么大，所做第一得体之事。问他怎么还有这本事？葱宝大咧咧地说，这有啥？不过平时老听说"中庸"一词，就小小操作了一回呗。

当主人一定要请客人点菜时，客人若推托不过，就请注意中庸。点太便宜的，不给主人面子；点太贵的，则是客人不懂事。

若客人执意不点时，主人也应注意中庸得体。否则点贵的，既不实惠自己又心里不爽；点太不上档次的，客人不悦，自己没面子。

总之，中庸点菜法就是在价钱上多选中档的，在数量上选适量的，再适当照顾特色与主宾的口味等等，所点之菜一定错不了，一定会宾主皆欢的。

这就是得体中庸的点菜，还是那句话，中庸是最自然的生活做派，选择中庸常常就是选择得体的行事风格。

世界首富比尔·盖茨曾在美国家中招待中国国家主席胡锦涛，这应是一场何等隆重的晚宴，然而盖茨只精心为晚宴准备了三道菜：烟熏珍珠鸡沙拉、黄洋葱配牛排或大比目鱼配大虾（客人可选一）、牛油杏仁大蛋糕。

三道讲究的菜式足矣，这就是大气，就是得体。要是这个晚宴是十三道或三十道菜肴，那个盖茨一定不是美国的盖茨。

（高原/文）

割不正不食

孔圣人也是吃红烧肉的，但那肉如果切得不方不正，他老人家会拒吃。这也是食不厌精的组成部分。

这不是穷讲究，而是一种高级的生命态度，是人把自己当回事。

当菜蔬或肉品可以胡切乱食时，当饭可以在任何地方吃，在教室、在办公室、在公交车上，甚至可以边走边吃时，为人的体面也就谈不上了。凡是尊重自己的人，就不会在这些生命的细节上苟且。

凤凰卫视主持人王鲁湘说："由绝大多数普通人创造的物质财富经由少数人加以提炼，会形成一种比较精致的生活方式、生活态度、生活观念和生活品味。这是我们人类的精华，我们称之为'贵族精神'。它高居于人类精神的金字塔尖，如果它缺失了，就是人类精神高度的缺失。"

当然，不一定苛求全社会的人做到"割不正不食"，但必须有相当一部分人把它当成自己的教养。它同"席不正不坐""笔砚端，房室清"等等共同帮助君子成就一个正心诚意的高贵生命。

（高原/文）

怎样吃自助餐才划算

据说，"扶着墙进，扶着墙出"是吃自助餐的"最高境界"。

然而，经过一番综合全面的考量，还是发现：在自助餐厅里应比平时格外吃得少些，仿佛才比较划算；而且还应该格外讲究吃相，似乎才对。

这样做，说明你已经具备了一定的格调与自尊，你这人也已上一定的档次，因为你懂得节制是高贵的。就是说，你的温饱问题也已经得到解决，吃饭不再是你生命的中心。

这个结果难道不是最符合你的利益？吃饭是为了活着，但活着却不是为了吃饭，是这个道理吧？

如何吃饭全然彰显你的智商与情商。若只操心把本儿吃回来，只拣最贵菜品果蔬，盘中食物峻若华山，吃相饕餮作虎狼状，完全不知用餐的节奏，不知用餐时应适度与他人进行温雅交谈……那么，这些都将透露出一个信息——这辈子你还没有真正吃饱过，你不会吃饭，甚至你没吃过饭。

据说，有些公司的人才招聘会设在餐厅。因为从如何落座，如何举箸喝汤，到如何与人交流，等等，餐厅正是全面展示一个人素质与教养的绝佳场所。若不会吃饭，有时想找个工作都没门儿。

陶杰《自助餐里的哲学》一文说："一个有教养的自助餐消费者，吃自助餐时必定表现出一种高贵的节制。与一个狼吞虎咽、宁愿拿多了吃不完也硬要把食物堆满一桌子的俗客相比，只取一碗汤、一小盘沙拉加一杯咖啡的人，更令人尊敬。他明明付了钱，却不会吃到尽，相当于手上有无限的权力，但从来不滥用。"

需要记着：学会吃饭不是小事，不仅形象攸关，工作攸关；而且还性命攸关，因为吃得太多太急，会引发各种疾病。

（高原/文）

餐桌上挑肥拣瘦者小气

定居以色列的朋友回国，大家相聚。

席间上了一盘鱼，有人提醒这朋友不吃鱼，话音未落，她已连声说"可以吃，可以吃"，并立马夹了一块，表情愉悦地吃下。

这似乎就是教养，给人面子，自己也倍显爽朗大气，双赢。

除非实在违背习俗或由于忌口，一般不宜过度挑拣。餐桌上挑三拣四，横不吃，竖不咽者肯定小气，好似与很多食物前世有仇。

这种人没口福不说，大概也比较短命，因为难养。而且与他们进行合作也可能比较困难，因为不能包容。

信仰某些宗教的人会在餐前感谢某某赐予食物，这种做法实在很智慧。对食物感恩、对食物表示敬意不仅饭能吃香，还可使精神保持平和、灵魂归位。

（高原/文）

使用筷子的"规章制度"

有次参加同事婚礼,一位女士每道菜上来,都要在盘中东挑西捡。上来的汤她也用筷子捞里面的菜蔬,弄得桌上的人食欲全无,情绪低落。

还有一位吃得高兴用筷子指点江山。酒过三巡,还有人得意忘形,用筷子敲着碗边打起拍子。

然而,使用筷子有严格的"规章制度",也就是用筷子是有禁忌的,兹列如下:

迷筷:筷子伸出却不知夹什么好。应瞧准了再伸筷子,勿举筷不定。

脏筷:用筷子在盘里来回扒拉,无论是整理剩菜还是挑肥拣瘦都不合适。

敲筷:用筷子敲桌子或餐具碗碟,似乎只有乞丐才敲碗。

指筷:手拿筷子指人,或者边说话,边挥动筷子。

抢筷:两人同时夹同一盘菜,筷子撞在一起。

刺筷:对夹不起的食物,用筷子当叉子,扎着夹。

吸筷:用嘴巴含着筷子。

泪筷:夹菜时汤汁淋了一桌。

粘筷:筷子上还粘有菜叶等物又去夹别的菜。

连筷:同一道菜连夹三次以上;无论多喜欢它,都应适度矜持。

斜筷:应吃自己面前的菜,不宜伸筷太远,一般不可起身夹较远的菜。

贡筷:把筷子插在饭菜上,这种插法通常是在祭奠死者。

分筷:将筷子分放在餐具左右,只有在吃绝交饭时才这样摆。

横筷:这表示用餐完毕,但客人和晚辈不可先横筷子。筵席中暂时停餐,可以把筷子搁在碟子或者筷架上。如果将筷子横搁在碟子上,那是表示酒足饭饱不再进膳了,但不收拾碗碟,表示"人不陪君筷陪君"。

长短筷:就是同时使用不一样长短的筷子,应避"三长两短"的忌讳。

如果筷子掉了,按北京的老礼儿应该用右手捡。

另外,使用勺子也有不少纪律:尽量不要单用勺子去取菜。用勺取食时,不宜过满,免得洒落弄脏餐桌或衣服。可在舀取带汤汁菜肴后,在菜盘上方"暂停"片刻,待汤汁不会再流时,再移向自己享用。

暂且不用勺子时,应置之于自己的食碟上。不可直接放在餐桌上,或是让它在食物之中"立正"。取用的食物若过烫，也不宜用嘴吹凉，可放置片刻。尽量不要把盛有食物的勺子塞入口中，或反复吮吸它。

以上规章制度与纪律，只是为了保证像"人"一样优雅用餐，为了保证我们良好的形象。

（马小萍/文）

君子食不语

不管你嘴里嚼的是榨菜还是海参，边吃边说就泄露了不雅。

并非聚会吃饭的时候不可以交谈，那样的话，这个世界上就没有午餐会和酒宴了。但是，张口说话前，务必先把嚼着的食物咽下去，再用舌尖确认一下牙齿外侧及嘴唇边上有没有残留的食物。

如果有人问话，可以示意对方你正在嚼东西。这时，你可以稍稍加快咀嚼的速度，再用舌尖确认牙齿周围没有东西以后，便可以开口说声"对不起"。对方不会因为你不能立即回答他的问话而不悦。

若对方的问题不立即回答便不行，则可以用一张餐巾纸，或用手掌遮住自己的嘴部，简单地应答一下对方。等自己嘴里完全利落之后，再给对方一个充分的答复。

很多人不习惯对方不即刻回答自己的问题，这正是我们要提醒人们的地方。发问的一方也要学会意识到这一点：对方有可能刚好嘴里有东西，不方便答话。如果这样，你可以微笑和略带歉意地说一句："抱歉，慢慢吃。"如此一来，彼此都很得体。

当然，与人说话或出门前，一定要确认自己的牙齿上没有依附着菠菜绿、鸡蛋黄之类物质。为了防止损毁形象，如果是较正式的宴会，阁下你最好不吃那些易于留在牙齿上的食物，以免自己在不知不觉中造成形象受损。

还有就是，女士们除了与家人用餐，在外的一切餐会上最好不要当众吃蒜，无论你多么爱吃它，因为那也是自毁形象的机会，无需抓住。

（任丽花/文）

长到几岁就不能再喝饮料？

到了二十多岁以后还好喝饮料，走哪儿手里都拎着可乐瓶是幼稚且少品味的表现。无需以喝瓶装水来显示自己时尚。

况且从道法自然的观点来看，自然界没有的水不是好水。尽量不喝瓶装水也表明一种低碳的姿态。

有一条泾渭分明的分界线把社会上层和底层划分得清清楚楚，那就是饮料的甜度：较干还是较甜。"干"就是那个dry，意思不是无水，而是无糖、不甜。

经典的东西，往往是永恒的。分清生活中该保守的经典与该创新的方面，是很必要的智慧。到了一定岁数，能在某些方面自觉活得保守一点，才显格调与风度。

优雅从来不和太激进、太潮流的东西结伴同行。

茶、咖啡是有品位的饮品，因为它们是经历史传统积淀的经典饮品，富含精神文化性。

（高原/文）

你为爱吃麻辣烫付出的代价

从火锅店里归来，一身蒜泥油碗的味儿，从发梢至足尖，必须全身沐浴、里外更衣，才能安然入睡。

麻辣烫与火锅已流行了二十余年了，而这二十年正是国人精神亘古未有地亢奋浮躁的二十年。

真不知众人是因为浮躁而爱上了这类刺激性食物，还是因为麻辣烫与火锅刺激并加重了社会的浮躁气息。

吃得清淡一些，岂止有助于精神的升华，品味的提升，更益于皮肤的光洁，肠胃的安宁。让胃安静一些，精神也会更安宁一些。

要不那些高僧大德者们为何一律选择从饮食的清淡纯粹上开始宁静自我？修行从来都是从嘴巴开始的。

弘一法师吃白水莱菔白菜的安详样子，让人觉得只有他才吃出了莱菔白菜的真滋味、全滋味。

把一切菜蔬肉品都统一成麻辣烫的味道，应该是对这些菜蔬肉品天然本味美味的不尊重。总觉得不由分说地把它们都推入烫锅，很像在施暴，那些菜蔬肉品很委屈、很受伤，你知不知？

烹调的境界是让食材尽量呈示出自己的天然本味，而不是遮蔽、去除它们的自然之味。

麻辣烫的长期流行，是社会浮躁的症状之一。

正像二十五岁后一般应不再喝饮料，到了二十五岁后，少吃些过于刺激性的食物有助于生活与精神品质的提升。

有女孩子一边买昂贵的化妆品，一边大吃有害皮肤的麻辣烫、火锅，这不是在做"赶了鬼出，又赶鬼进"的笨事吗？

（高原/文）

尊重是大德

尊重是什么意思呢？

马未都《尊重》一文说："尊，本是一种酒器。古代饮酒，仪式感极强，尊即变得重要，尊重由此而生。人对物尚能如此，人对人呢？"

生活中，需要我们去尊重自然、尊重他人的人格、尊重他人的付出、尊重他人的文字及一切需要尊重的人与事。总之，人生需要尊重的方面很多，需要逐一学会去尊重。

这种尊重也是自尊的表现，当一个人能去尊重一切需要尊重的人与事时，他本质是在尊重自己作为一个人的存在。尊重是大德。

一

卓别林某次上台演出前，一位观众提醒他上衣纽扣忘扣了。卓别林一边感谢一边系好扣子，但那位观众走后，他又解开了。一位记者看到后不解，卓别林说他要演的是一位长途跋涉者，松开纽扣更能表现他的状态。但对他人的善意提醒，也要报以尊重。

二

任台湾文化部长的龙应台曾在"立法院"接受民进党段宜康的质询，被称"厚脸皮""马团队中耀眼的花瓶"，被段穷追猛打地要她对国民党在白色恐怖时期的罪孽表态。龙应台拨了一下讲台上的话筒拂袖而去，留下一个颤抖的话筒在台上，几分钟后，她又重新站回到备询席上。这段视频被广为传播。

龙应台告诉我，之所以拒绝回答，是因为反对表态文化，这有悖于她一贯坚持的宽容原则。"宽容是说，在你认为对的事情里，也要留一点空间给别人，不能拿着你的对去压迫别人表态。"（李宗陶《官员龙应台》）

三

伊卡纳西欧是西班牙著名斗牛士，在一次斗牛中他被激怒的牛不断叉起摔下，鲜血直流。助手们要扶他离开场子，但他却拿起木兰卡，与牛继续过招。几番漂亮的角斗后，牛早已支不住了，可人们看不懂的是，伊卡纳西欧就是不用剑结束斗牛。

最后，人们听到伊卡纳西欧大声宣告：留下这头牛，我养它到老，它是今晚的英雄。观众起立、鼓掌，狂抛表达赞赏的白手绢——为了伊卡纳西欧输得有气度、有风范以及对斗牛的尊重。

四

钱学森家里的厨师曾说，钱老每次下楼吃饭，都穿得整整齐齐，像出席正式活动，从来不穿拖鞋、背心。这是看得起咱、尊重咱。钱老儿子钱永刚听了厨师的话后，也学了父亲的样子，每逢去餐厅吃饭，都穿戴整齐。

五

有次在某高校听国家图书馆馆长詹福瑞先生的报告，他刚一进场，学生全体主动起立以示敬意。这个礼仪动作是十分必要的。

六

"老马今天……"，葱宝回家聊及学校之事时，如此"亲昵"地称呼他的一位老师。虽然我不是老马，但听着却感觉耳朵扎扎的。

老师毕竟是老师，拉平辈分地直呼"老马"，是为人处世轻慢苟且的前奏。

年轻的"老马"有时还被儿子叫做"马哥"，这倒可以接受。

（高原/文）

以尊重的方式待客

一

刘若英《一世得体》一文写祖母一生努力在大小诸事上"得体"。虽然家有厨师，但身为女主人的祖母通常坚持自己下厨做几样招牌菜，以示对客人的尊重。

她的本事是一切进行得有条不紊，算好时间，出了厨房还能梳洗一番再上桌，菜没凉，头发也没散。祖母展示的是做人的诚意与漂亮。

二

现在去某些人家，很荒诞的情景往往是，主人不停地问你喝水否？你一客气，他就作罢。过一会儿又问，你再客气，他再作罢。

如此主客往复若干个回合，直到你听出逐客之意，知趣告退，那杯水竟永远端不出来。做人如此没有诚意，那是你、是我吧？

只要有客来，无论他喝与不喝，那杯水一定需要用干净雅致的瓷杯或玻璃杯端出来，绝不可节约掉。

客人喝不喝不重要，重要的是主人在待客时不能玩太多虚活儿，这才像是得体、高贵的"主人"。当然注意不能用一次性纸杯，是尊重客人，也是自尊。

古人云："做人无半点真恳念头，便是个花子，事事皆虚。"

三

到许多新装修的朋友家做客，估计大家都受到要求换拖鞋或鞋子上套个塑料袋的"礼遇"。

当穿上主人那显然被穿过的旧拖鞋或鞋子套上塑料袋后，笔者觉得说话都不流畅了，十分尴尬别扭，只得敷衍几句逃出。

得体的做法是，客人客气地问要不要换鞋时，主人也应客气地说不用。

想想如果是主人你做客他家，估计你也不愿穿人家的拖鞋或被套上塑料袋，那么就不应再要求来访客人如此了。

（高原/文）

尊重他人的文字

多年前笔者几首小诗被编入某诗集，等拿到书后一看，顿生一种严重受辱的感觉。文字被编辑严重篡改，竟然没有征询你。

那些语句完全不是你要说的，看着十分恶心，想起来会恶心一辈子。笔者向来不是一个小气的人，但当时就是感到很受伤，导致一夜无眠。

虽然现在已原谅那编辑，想着他大概是不知应该与作者沟通、不知应尊重他人的文字，他肯定不是故意让我难受。但至今想起那件事心里还是很不爽。

"所有的事都会发生两遍",有句谚语如此说。当然,好事发生两遍的少些,恶心的事最爱卷土重来。

后来笔者在某报发一文,等印出来一看,又勾起了往昔恶劣的感觉。字数被删减忍了,标题被改换忍无可忍也忍了。读后发现,经此删改,特别是配上那编辑赐予的"新"标题,你那原本言有物、语清新的文章句句都成废话了。

从此真怕了在这些根本不劳驾你看清样的地方发文章了。

虽然有些时候,我们需要改动他人的文稿,但是一定要征得对方的同意,否则就是无礼,就是对他人的不尊重。

(高原/文)

你发"裸体"电子邮件吗?

如今大家发电子邮件,都懒得使用信纸,称呼问候署名全节约了,粗糙一句直奔主题的话就打发了,彻头彻尾一封"裸体"信件,浑然不觉这也是自己形象的组成部分。

与此相配合的粗糙行为还有发短信无标点、省称呼。

优雅是对粗糙的抗拒,行事养成温和、温雅、温润、温馨的格调,主要是为了善待自己。请给你的电子邮件穿件优雅的"外套",也是尊重他人的意思。

吾日三省吾身,反省一下每天有多少粗陋的言行还是有必要的。你优雅,中国就不粗糙。

爱国从咱们的生命细节爱起,似乎比较有实际效果。如此再高喊"钓鱼岛是中国的"之类高亢口号才会激情饱满,才有底气,听上去也更像是真的。

(高原/文)

被冷遇的味道

张君与李君是同学,张君去李君学校宿舍玩。

"各位,这是我的中学好友张君。"李君兴奋地向自己的舍友们介绍自己的朋友。没想到，只听见其他几位同学"噢"了一声，便各忙各的事情去了。

如此冷淡的反应让两人都十分尴尬。从此，李君再不敢将自己的好朋友请到宿舍来了。

我们常会碰到被冷遇的情况，外出办事时、咨询问题时等等，"亲自"被冷遇的味道实在不美妙。

当然了，别人与我们也不是故意要冷落他人，让人难堪的，只是大家都不知道：应该把给人温暖善意、给人尊重友好当作为人的必备素质，当作自己良好的形象，这是自己生命有质量的象征，也是表明一个人已经活好了的自然而然的状态。觉悟提升到这一层次，那么，随时向他人表示善意与尊重估计就不那么勉强了。

（任丽花/文）

不围观名人

有位中国留学生在伦敦街上行走，突然发现有个面熟的青年在路边锁自行车。

正要看个仔细，同行的英国同学却拉着他直往前走。走了几十米后，这位留学生才反应过来那是威廉王子，于是埋怨同学没让他把王子看个"爽"。

可他的英国同学却说："王子也应该有自己作为普通人的生活，不要去打扰他。"不围观名人，尊重他们享受普通人生活的自由，也是教养，并且关乎人文。

有了这个故事的觉悟垫底，当笔者某年在丽江古城某院落，偶遇演员陈佩斯与家人吃饭时就镇定多了，没去盯着他看，也没给陈佩斯的餐桌上添一道"粉丝"的菜。

倒是陈佩斯似乎不太习惯有人见了他居然"不认识"，反而是他盯着我们一家三口看。这个情景要是拍个小品可能有点意思。

（高原/文）

纸杯待客失礼

某大学请外地某高校校长来作报告，全校教工聚在大礼堂聆听。

荒诞的是，众目睽睽之下，只见两个礼仪小姐款款上台来，一人提暖壶，一人拿个纸杯，恭恭敬敬为那位校长献上茶水。这种令人喷饭的事，我们怎么做得如此"自然"？

家中来客用一次性纸杯或塑料杯，是当今许多家庭惯常的做法，以示干净，其实这种做法是失礼的。

如果较真的话，一次性杯子不能算真正的杯子。用其待客，毫无品位不说，还显示主人缺乏诚意，对客人不尊重、不礼貌。况且它们并不卫生，纸杯的制作免不了有毒的漂白剂与胶水，塑料杯更是在高温下会析出毒素。

对于客人的来访，主人应该用质地良好的瓷杯或清雅的玻璃杯招待客人，用一次性的纸杯显得没把客人当回事。

（任丽花/文）

小钱包，大改变

原来一宿舍的男生都没有用钱包的习惯，总觉得拿个钱包很麻烦，用钱包是女生的事，有了钱包还容易给小偷提供方便的"抓手"。

直到大一时，一节大学人文课上，老师要求每个同学都试着用钱包。回到宿舍，一阵笑谈后，大家竟然觉得老师的要求有道理，于是弟兄们都出去一起买了钱包。原本没打算一直用下去，想着买来了用两天就扔到某个角落里。

结果我们要大四了，宿舍成员基本上都还延续着这个习惯，甚至有人换了新的、更精致的。钱包已经成了弟兄们生活中不可缺少的一部分，大家逐渐习惯了把钱币按面值大小理整齐放入钱包，不会损坏，比较卫生，而且有多少钱一目了然。

在没有钱包之前，我们总是不管钱多钱少，一把塞入口袋。很多时候我们连自己究竟有多少钱都不知道。买东西掏钱时，一掏一把皱巴巴的像咸菜一样的人民币，然后当着很多人的面一张一张地凑钱，不仅浪费别人的时间，也让自己非常尴尬难看。

即使别人支付给你的人民币不那么洁净平整，当我们使用出去之时，还是应该按币值大小理顺、理整齐了交给对方，并且同时保持温和的表情，目视对方。从容优雅的良好形象就是由无数这样的小姿态组成的。

小小的钱包让自己的生活方式有了新的转变，因为有了钱包，我学会了把一张张整齐平展的钱递给别人，既尊重了别人，同样也尊重了自己。而且，这也是把心放平的一种姿态。

当然这更尊重了人民币，让它洁净平整，也是举止文明的爱国表现吧。

（毛永铎/文）

坐在马桶上勿打电话

如果知道别人打给我们的电话是坐在马桶上打的，一是心中不爽，二是对那人印象由此与马桶绑定一处。

所以避免自己也坐在马桶上与人煲电话粥是必要的，如果你不希望自己的形象与马桶有什么关联的话。

不尊重他人，他人岂可尊重你？

著名人类学巨著弗雷泽的《金枝》里大量记录的无非是许多民族生活中曾经存在的巨量的敬畏与禁忌。这种普世存在的敬畏与禁忌的民俗是一种生活智慧，绝非纯粹的迷信。

虽然我们大多数人没有宗教信仰，但是却不可不知，绝无敬畏与禁忌的生活迟早是要全面崩盘的。

《古兰经》规定如厕后用左手使用卫生纸，不能用左手给人递东西。这绝不是琐碎无聊的要求。

（高原/文）

交叉抱胳膊意味着什么

心理学家彼德·科利特教授，曾在东英吉利大学的科学研讨会上，向与会者分析了一些政要独有的肢体语言。

例如：英国首相布莱尔会在紧张时摆弄他左手的小拇指，在感到脆弱时会把手放进口袋，在受到威胁时通常会摸自己的胃部。科利特说，摸自己的胃部或后脑勺，是一种自我安慰的行为。

他还解读了英国财长戈登·布朗和布莱尔的微妙关系，当布莱尔备受关注并操控大权时，布朗看起来相当的不舒服。在一次工党大会上，布朗甚至有多达322个小动作，从而泄露了他极不舒坦的心理……

心理学家研究了几千人的行动实例结果显示：在多数身体自我接触中，承受接触频率最高的部位是头部，比如对噪音感到不耐烦时用手掩耳，或光线太强时用手遮眼，用手掩盖哭泣的脸孔等难过表情……

将手举向头，"抓""擦""摸"这些动作确实是以维护头部清洁或健康为目的，属于整理身体动作的自我接触。然而，当陷于情绪混乱或紧张状态时，抓头的动作可以视为是表达不满、困惑、害羞、痛恨等情绪。

听演讲时，如果听者开始用手支头时，那就是一个信号。表明他感到厌倦和乏味了，必须用手支头以免打瞌睡。演讲者见状就赶紧长话短说吧。

一个人在交谈时双臂紧紧交叉于胸前，跷起二郎腿，一般会产生拒人千里之外的感觉，表达的是防御心理或傲慢态度。许多人觉得交叉双臂是因为这样比较舒服。然而当你心理上放松时，任何姿势都是舒服的。如果心中是消极的、防御的或者不安的，那么，交叉双臂的姿势也不会使你真正舒服。

如果在交叉双臂的同时，还攥紧拳头，更表示敌对的防御态度，它往往同咬牙切齿，涨红的脸结合在一起，它们表达的是某种强烈的、非建设性的信息。

优雅其实就是人在交际时各种得体的表现，包括自我形体动作的得体。如何尽量避免非建设性的不良肢体动作？其实这也不是多么复杂的事，当我们心存诚意、意有敬心时，形于外的肢体动作一定是得体自然的。

（马小萍/文）

看病不需要旁听者

去医院看病，医生问诊时，集体围观，大家早习以为常。

有次陪回国休假的朋友去看专家门诊，医生的房间已有十来个人，一人在看病，大家都在做听众。

"海归"朋友已不习惯被人围观，快到她时，就去和叫号的护士论理。小护士奇怪地看着她说："我们一直是这么看病的，要不你去给病人说让他们回避。"

这搞得她很无奈，很尴尬。在她给医生诉说病史时，环顾四周，"观众"们除了全神贯注地旁听，有的还不时插嘴发问。

东西方文化差异很大，尊重个人隐私甚至被写进了美国的宪法，病人和医生的谈话作为隐私是需要保护的。

朋友说在美国，病患和医生面对面看病时，不允许别人探头探脑，更没有众人"旁听"的习俗。难怪在海外多年的朋友，对"集体看病"，已非常不习惯了。

其实我们也有太多的不自在，经常有不被尊重的感受。不管得什么病，说出来总不是什么光荣有面子的事，最好就不要参与旁听了。

各医院的专家心理素质也是一流的，经常看见专家们在众多的病患和家属的包围中从容淡定地看病，专家的周围还围了几圈焦虑的听众。

需要知道，看病是一对一的事，也需要知道尊重他人隐私不是小事。医生看病场所也应有黄线提醒这一点。

有篇付秀宏的文章《别人的不幸也是隐私》，讲英国一位苏珊女士失去了丈夫与一个孩子后，备受打击的她住进了医院。当地电视台不顾苏珊的反对，播出了她的遭遇，结果随后市民们热情的慰问让苏珊心力交瘁，她一纸诉状把电视台告上法庭。

法官史密斯说："生活中，不幸也是一个人的隐私。电视台为提高收视率，没有征得当事人的同意，擅自播放采访录像，给苏珊小姐造成了极大伤害，这是一种严重的过错。"

不是所有人都愿意让别人了解自己的不幸，特别是那些自我意识、自尊心比较强者，最不喜欢在自己狼狈时被人看见、被人安慰，他们更希望自己慢慢恢复。这种权利与自尊应得到尊重。

（马小萍/文）

用心用力去握手

简单的动作,往往不简单,比如握手礼,做得体到位并非易事。

一位世界级形象设计大师郑重强调,握手是陌生人之间的首次身体接触,就三五秒钟,意味着经济效益!这段话在很多商人身上得到了证实。

礼仪专家英格丽讲过这样一件事:说有一位叫艾丽的女士,她是个热情而敏感的人,在中国某著名房地产公司任副总裁。

有一天,她接待来访的建筑材料公司主管销售的某经理。当艾丽离开办公桌微笑着走向这位经理时,他先伸出手来,让艾丽握了握。

这次接见在几分钟内结束,几天后这位经理想要再与艾丽联系时,每次都被艾丽的秘书挡驾。当然生意也就泡汤了,到底原因何在呢?

艾丽说:"首次见面,他留给我的印象不但是不懂基本的商业礼仪,而且没有绅士风度。他是一个男人,地位又低于我,怎么能像一个王子一样伸出高贵的手来让我握呢?而且他的手握起来就像一条死鱼,冰冷、绵软、毫无热情,他的心可能也如此。他的手没有让我感到对我的尊重。"

乍一看,确实觉得艾丽太敏感,甚至有点矫情。但是握手确实有它的规矩和讲究。所谓死鱼式握手,在西方礼仪中是最被人厌弃的,被认为不带任何积极意义。它的主要特征是不动大拇指,这类握手多见于矜持的女性、被追捧的官员、初次接受面试的大学生等。

曾有留学生向我抱怨说,与中国女孩握手,她们只给几根冷冰的手指然后匆匆抽离,让他很受伤。其实被抱怨的一方也许根本就没有意识到自己的错误,因为多数人不是由于冷淡,而是不知道如何正确握手。

一定力度的握手,表达的是诚意及你做人的力量感。

用心用力去握手,真心真诚在握,并动用你尊贵的大拇指,就是正确的握手礼。

(马小萍/文)

请您掌心向上

翻转手心,使原本向上的手心朝下,这样一个看似简单的手势变化却能够彻底改变他人对你的看法和态度。

例如，要求某人搬运物品，如果掌心向下，别人会觉得你在命令，会产生敌对情绪，他可能会拒绝你的要求。如果你采取手掌向上的姿势，他也许会答应并愉快去完成。因为他感到了被尊重。

纳粹在敬礼的时候，手臂伸直，手心完全向下，这种方式是第三帝国作为世界独裁者，妄图拥有所谓无上权力的象征。如果希特勒向下属敬礼时，手心向上，估计谁也不会把这个小个子放在眼里，所以纳粹的手势是凌驾于他人之上的、甚至让人恐惧的、蔑视一切的手势。

在日常生活中，如果手掌攥拳，伸出一个手指对别人指指点点，是最令人不舒服的，也容易引发人与人之间的冲突。因为指着别人的身体有教训之嫌，指着别人的头和鼻子则有侮辱之意。

如需要为他人引导或指示方向时，标准的手势应当是：伸直并拢的手指，腕关节伸直，指尖与手掌形成一条直线，先指向被引导者的身体中段部位，随后再指向应去之处。

掌心向上这种手势语在接待来宾时，会促进温雅平和、彬彬有礼气氛的形成。这个动作令宾主都会很舒服。

请掌心向上，现在就试试那种优雅的感觉。

（马小萍/文）

用手说出的话

"用手说出的话"，其专业术语叫手势语。

似乎无论哪个民族，张开的手掌从来都是同真实、忠诚和服从联系在一起，也通常告知对方没有武器。

许多宣誓的场合都是：宣誓人把手掌放在心口上。在西方，当人们在法庭上作证时，左手抚《圣经》，然后右手掌举起，面向法官宣誓。

在日常交往中,手心向上是一种表示妥协、服从和善意的手势,也是乞丐乞讨时习惯用的一种表达哀求之意的动作。当然乞丐的手势是可怜和谦卑的,和一般充满自信、手心向上的肢体语言有着本质的区别。

如果你希望他人开口说话,你可以向他伸出右手,摆出一个手心向上的手势以示"谈话的移交",邀请的礼仪手势肯定是掌心向上的。

手也可以直接表达一个人的情感、欲求。美国某著名主持人在重大播音前,总是两手是汗,他把这叫作"完美的汗水"。这实质上是精神在出汗,它对一般人而言是不想讲话出丑,对更高层次的说话者而言是追求完美。

从"袖手旁观"等成语也可以明白,手势语也是人际关系中最直接的情感传达方式之一。用手说出的话,同用嘴巴说出的一样,应该注意得体讲究。手势语也是讲纪律的、有原则的。

(马小萍/文)

必知的办公室礼仪

职场上,我们既要维护个人的权利,又要顾及别人的感受,要将体谅和尊重别人当作自己工作的指导原则。

办公的房间、桌椅、文件柜等非个人所有,但这些财产在供职期间既然提供某人使用,就容不得别人侵占。若用他人之物,应记住完璧归赵的礼数。

即使在自己的办公区域,也需要顾及别人的感受,以不影响他人为前提。说话音量要小,不要唯恐别人不知。不宜谈说家庭、购物等过于私人化的话题,更不可把办公室搞成八卦论坛,上班期间不可上网玩QQ游戏、网购物品。

尽量减少噪音,以免干扰别人。个人区域应保持卫生整洁,勿乱放过于私人化的物品,并避免发出异味,令人不悦,影响自己形象。

进入别人的办公室，应敲门而入，须经同意方能入座。不将自己的物品随意放在别人的桌上，不能未经同意随意翻看别人桌上的文件、书籍、抽屉里的东西等，更不可随意打开别人的电脑。对方要有电话、来客，应询问是否回避，或可及时告退。

使用办公设备与其他公共财物的规则一样，不会使用者请勿随意操作，否则将给大家造成不便。用完设备要维护整洁，以便他人继续使用。若大家共用的办公场所，则要发扬主人翁精神，主动清洁、美化环境。

遵守以上礼仪，并不困难，只要记住"己所不欲，勿施于人"，你不愿别人在你办公室做的事，自己也应相应地注意不要失礼。

（任丽花/文）

学做好听众

生活中，善于倾听的人是受欢迎的。学会倾听也是一种做人的优雅。

人们对痛苦和快乐的诉说往往不是为了快速解决问题，而是希望有人分担痛苦、分享快乐。因为将自己的快乐告诉别人，快乐会成为大家的快乐；将自己的痛苦加以诉说，痛苦会在诉说中慢慢消解。

很多时候，人们身边需要的只是一个善解人意、愿意倾听的听众。有人并不一定需要你解决他的问题，你能认真地、投入真诚地听他诉说，就已经是在"解决"他的问题——缓解了他的某种不良情绪或痛苦。当他倾诉时，不要随便打断，聚精会神地倾听是最好的尊重与善意。

当然，也应明白，并不是所有的人都愿意听你的唠叨。如果生活中有了一些不如意，最好的办法是养成自我排解的习惯。提升修养，超脱处事，拥有平和、安宁的心态，敏捷、理性的思维，豁达、大度的言行，可以使我们将许多痛苦与烦恼化之于无形。

切记不要时时将别人当作你抒发愁怨的对象，哪怕是你最好的朋友，也有听烦听厌的时候，更何况，他（她）们亦有烦心之时？

（任丽花/文）

有事弟子服其劳

大学毕业的小徐刚到一家事业单位上班，因为是在见习期，所以单位分配他与主任同一个办公室，接电话、搞卫生，上传下达。

时间不长，小徐认为自己一天待在办公室无事可干，就迟到早走，甚至说不来就不来。主任实在忍无可忍，就对小徐说："年轻人还是应该勤快些，比如，你早上可以按时上班，打打开水，搞搞卫生……"主任话未说完，小徐脱口而出："我打水干什么？我又不喝水。"主任当场无语。

见习期满，主任写给小徐的鉴定是不合格，小徐傻眼了。

年轻人与人交往，一定要记住"出门三步，小人受苦"或《论语》中说的"有事弟子服其劳"。因为我们年轻，所以脏活、累活及服务的事，我们要多干、抢着干。不要认为这是吃亏，这是最起码的做人原则。

进入一个单位，谁不是从最基层干起？只有安心做好那些分内的琐碎小事、繁杂的苦事累事，一个人才能得到成长与他人的尊重以及领导的器重，才有机会往上提升自己。

怀才不遇者，大多是自恃有才，现在的位置与工作是大屈我才，因而敷衍工作，从而失去了升迁的机会。

某院领导与年轻的同事一起值班，这个年轻同事的教养很好，主动填写那张单位发的内容较为繁琐的值班表。领导表示她填一部分就可以回家了，但她坚持自己做完表上要求的工作。就这件不大的事，她给领导留下了十二分良好的印象，很是难得。

出门在外，领导拎包，下级岂能空手？进入室内，年长者未坐，年轻人岂能入座？

一定记住并操作："出门三步，小人受苦""有事弟子服其劳"。

（任丽花/文）